教育部人文社会科学研究青年基金项目
"《文苑英华》诗学批评研究"(项目编号14YJC751010)资助

何水英 著

《文苑英华》诗学批评研究

中国社会科学出版社

图书在版编目（CIP）数据

《文苑英华》诗学批评研究/何水英著. —北京：中国社会科学出版社，2016.9
ISBN 978-7-5161-9213-9

Ⅰ.①文… Ⅱ.①何… Ⅲ.①古典诗歌—诗歌评论—中国 Ⅳ.①I207.22

中国版本图书馆 CIP 数据核字（2016）第 258431 号

出 版 人	赵剑英
责任编辑	武兴芳
责任校对	王佳玉
责任印制	戴　宽

出　　版	中国社会科学出版社
社　　址	北京鼓楼西大街甲 158 号
邮　　编	100720
网　　址	http://www.csspw.cn
发 行 部	010-84083685
门 市 部	010-84029450
经　　销	新华书店及其他书店
印　　刷	北京君升印刷有限公司
装　　订	廊坊市广阳区广增装订厂
版　　次	2016 年 9 月第 1 版
印　　次	2016 年 9 月第 1 次印刷
开　　本	710×1000　1/16
印　　张	21
插　　页	2
字　　数	291 千字
定　　价	76.00 元

凡购买中国社会科学出版社图书，如有质量问题请与本社营销中心联系调换
电话：010-84083683
版权所有　侵权必究

目 录

绪 论 …………………………………………………………（1）

第一章 《文苑英华》诗编撰的基本面貌 ……………………（9）
  第一节 《文苑英华》修纂的基本情况 …………………（9）
    一 修纂《文苑英华》的文化背景 ……………………（9）
    二 编纂宗旨及成书过程 ………………………………（13）
  第二节 《文苑英华》诗的编纂性质 ……………………（16）
    一 《文苑英华》诗的选本性质分析之一：以先唐诗作为中心
    ………………………………………………………（18）
    二 《文苑英华》诗的选本性质分析之二：以唐代诗作为中心
    ………………………………………………………（26）
    三 《文苑英华》选本性质被误解的原因 ……………（30）
  第三节 《文苑英华》诗的选录与接受 …………………（32）
    一 诗歌的收录范围 ……………………………………（32）
    二 诗歌的选录标准及接受效果 ………………………（40）
  第四节 《文苑英华》诗的编纂体例 ……………………（42）
    一 《文苑英华》诗编纂的体例特征之一——撮其类列 ………（42）
    二 《文苑英华》诗编纂的体例特征之二——分以部居 ………（52）

第二章 《文苑英华》诗学辨体批评·················(60)

第一节 《文苑英华》诗类目的命名与释名·················(60)
第二节 《文苑英华》诗的创作范式
——以音乐类诗为例·················(68)
 一 音乐类诗的体例编撰特征·················(68)
 二 音乐类诗的创作流变·················(70)
第三节 《文苑英华》诗与歌行之辨·················(79)
 一 《文苑英华》歌行录文概述·················(79)
 二 《文苑英华》歌行观·················(96)
 三 《文苑英华》歌行与诗之关系·················(103)
第四节 不避艳诗而避艳词
——《文苑英华》不录词体之辨·················(110)
 一 不避艳诗,有意不录艳词·················(110)
 二 《文苑英华》不录词体的原因·················(112)

第三章 《文苑英华》的先唐诗选录与批评·················(117)

第一节 《文苑英华》所录先唐诗作概述·················(117)
 一 对南朝诗作的选取·················(118)
 二 对北朝诗作的选取·················(128)
 三 对隋代诗作的选取·················(133)
第二节 《文苑英华》与先唐选本选诗比较·················(137)
 一 《文苑英华》选诗对《文选》的继承与创新·················(137)
 二 《文苑英华》与《玉台新咏》重诗分析·················(154)
第三节 《文苑英华》对南朝艳诗的收录·················(163)
 一 《文苑英华》选录南朝艳诗数量及类型特征·················(163)
 二 《文苑英华》选录南朝艳诗的态度·················(166)
 三 《文苑英华》的艳诗态度对宋初艳诗的影响·················(170)
第四节 《文苑英华》先唐诗学批评的个案分析
——以庾信为中心·················(173)

一　庾信诗歌收录概述 …………………………………………（173）
　　二　庾信诗歌选录与宋初诗教特征 …………………………（178）

第四章　《文苑英华》的唐诗选录与批评 ……………………………（188）
　第一节　《文苑英华》选录唐诗概述 ……………………………（189）
　　一　对初唐诗歌的选取 ………………………………………（190）
　　二　对盛唐诗歌的选取 ………………………………………（199）
　　三　对中唐诗歌的选取 ………………………………………（207）
　　四　对晚唐诗歌的选取 ………………………………………（216）
　　五　《文苑英华》选唐诗的基本倾向 …………………………（222）
　第二节　《文苑英华》与"唐人选唐诗"选本选唐诗比较 ………（226）
　　一　《文苑英华》与"唐人选唐诗"选本选诗比较概述 ………（227）
　　二　从选本比较看唐诗学的演进 ……………………………（244）
　第三节　《文苑英华》唐诗学批评的个案分析
　　　　　——以白居易为中心 ……………………………………（251）
　　一　白居易诗收录概述及与唐人接受的异同 ………………（252）
　　二　《文苑英华》重视白居易及其杂律诗的原因 ……………（257）
　　三　从白居易诗歌的选录看宋初馆阁文臣的诗学意识 ……（261）
　　四　编者杨徽之对白居易的接受及其文学史意义 …………（264）

第五章　《文苑英华》诗学批评综论 …………………………………（273）
　第一节　《文苑英华》诗学批评特点及成因 ……………………（273）
　　一　《文苑英华》诗学的批评特点 ……………………………（273）
　　二　《文苑英华》诗学批评特征的成因 ………………………（281）
　第二节　周必大《〈文苑英华〉序》与文学史权力 ………………（286）
　　一　周必大《〈文苑英华〉序》的特殊意义 ……………………（286）
　　二　"铨择说"背后的文学史权力运作与表现 ………………（289）
　第三节　从宋初诗歌创作看《文苑英华》的批评效能 …………（296）
　　一　《文苑英华》诗类目的设置原则 …………………………（297）

二　《文苑英华》诗类批评视域下的宋初诗歌特征 ………… (299)
　　三　宋初诗歌创作显现的《文苑英华》诗类批评效能 ……… (303)
　　四　影响《文苑英华》诗类批评效能发挥的因素 …………… (306)

主要参考文献 ………………………………………………………… (309)

附录 …………………………………………………………………… (320)

后记 …………………………………………………………………… (327)

绪　　论

一　国内外研究现状和趋势

宋初统治者一统天下之后，推行佑文政策，倡儒学，修书兴教。太平兴国七年，宋太宗因虑及前代文集繁多，各擅所长，蓁芜相间，命馆阁文臣李昉、扈蒙、徐铉等编纂《文苑英华》，意在选录前代文章之精华，发挥文教功能。该书历经四年多编纂而成，分三十八体收录唐及唐前诗文两万余首（篇），是继《文选》之后完整保存下来的最早的一部分体编录型文学总集，为研究宋初选本发展及文学观念提供了重要文献资料。《文苑英华》最初以选本形式出现，但在流传过程中，因文献散佚严重，其文献价值越发凸显。相当一部分研究者就认为《文苑英华》的主要特点是保留了大量的前代文献，如南宋周必大认为《文苑英华》收录柳宗元、白居易、权德舆、李商隐、顾云、罗隐等人的诗文是"全卷取入"[1]，《四库全书总目》认为《文苑英华》"实为著作之渊海"[2]。而当代学者承其观点，进一步阐释了《文苑英华》录文的文献价值，如陈尚君认为："可以毫不夸张地说，现存的唐人近半数诗文是靠它而保存下来的。"[3] 郭勉愈认为："《文苑英华》是北宋立国之后推行'抑

---

[1]　（宋）周必大：《文忠集》，景印文渊阁四库全书本（第1147册），台湾商务印书馆1986年版，第583页。
[2]　（清）永瑢：《四库全书总目》，中华书局1965年版，第1692页。
[3]　傅璇琮、蒋寅：《中国古代文学通论（隋唐五代卷）》，辽宁人民出版社2005年版，第485页。

武右文'政策的产物。其编纂的目的在于上继《文选》,搜集和保存前代的文学文献。"① 何忠礼认为:"(《文苑英华》)共选录作家二千二百余人,作品二万余篇,几乎将唐、五代诸家文集中的诗、赋、歌行、各类制诰、策问等搜罗以尽,亦可称为辞章之渊海"②,等等。总体而言,《文苑英华》的文献价值得到普遍认可,其选本意义相对忽略。相对《文选》研究的热度而言,《文苑英华》的关注度并不高,近四十年来学界对《文苑英华》的研究主要从以下两方面展开。

其一,从文献学角度入手,注重考察《文苑英华》版本、校勘、作品辑佚等情况。

《文苑英华》虽为选本,但因其保留了大量的前代文献,其文献价值历来为人重视,早期对《文苑英华》的研究也多从文献学角度出发。20世纪80年代以前提及《文苑英华》的论文,如程千帆的《杜诗"曾闪朱旗北斗殿"解》、郭启茂的《唐宋传奇校勘辨伪》等,多将《文苑英华》用作文献校勘资料。80年代涉及《文苑英华》的论文数量上增多,主要也是延续了以前的研究特点,但对《文苑英华》本身的研究力度加大,如高文超的《北宋"四大书"的编辑成就》从图书编纂角度介绍了《文苑英华》的成书、内容等;吴企明的《论〈文苑英华〉中的李白诗》针对《文苑英华》中收录的李白诗,辨析诗作真伪,分析致误原因;何法周的《〈文苑英华〉、〈唐文粹〉的编选情况、相互关系及其他——答石华同志》主要对两部总集编纂者、收录诗文情况进行考证、辨析,探讨《文苑英华》与《唐文粹》的关系。后两篇论文虽然主要还是从校勘考订角度对《文苑英华》进行研究,但已经属于专题研究范围。21世纪初对于《文苑英华》文献研究继续深入,以郭勉愈《〈唐文粹〉"铨择"〈文苑英华〉说辨析》为代表,此文考证精审,专题性更强,所探讨的问题更具总结性。

其二,从文学角度入手,主要就《文苑英华》所录作品的文体特征、选录特点、与时代风气的关系等问题进行探讨。

---

① 郭勉愈:《〈唐文粹〉"铨择"〈文苑英华〉说辨析》,《北京师范大学学报》2002年第6期。
② 何忠礼:《宋代政治史》,浙江大学出版社2007年版,第70页。

20世纪90年代以前的《文苑英华》研究主要停留在文献学层面，90年代之后从文学角度上对《文苑英华》的关注逐渐增多。初期以林心治的《歌行的基本含义及其由来——唐歌行诗体论之一》和《〈文苑英华〉歌行体性辨——唐歌行诗体论》为代表，这两篇论文对《文苑英华》歌行体的性质、收录诗歌特征等作了详细论述。此后还有张志全的《试论盛、晚唐别离诗意境的差异——以〈文苑英华〉所收诗歌为例》、李白林的《从〈文苑英华〉的编辑看宋人的文学观念》等论文，这些论文基本上立足于《文苑英华》收录的诗文，从文学接受角度考察《文苑英华》选录诗文的情况及其所体现的文学观。

近十余年来，学界对于《文苑英华》的研究有所突破。凌朝栋的专著《〈文苑英华〉研究》是《文苑英华》研究领域的力作。该专著将文献学与文学研究结合，不仅对《文苑英华》的编纂、版本等方面有细致的考证，还从文学角度上对《文苑英华》进行关注，提出不少新见解。如对历来学人认可的《文苑英华》的录文"起于梁代"说提出质疑，认为《文苑英华》录文上限应该为建安时期徐干的作品；又从编纂体例、宗旨、目的、录文特点等方面探讨《文苑英华》与《文选》的关系，认为"《文苑英华》在宋初编撰时，虽然并没有开宗明义，明确其有上接《文选》、仿效其体例进行编撰的思想……却可看到是有意而为之。在真宗及以后的修订、校勘、刊刻中，这方面的意识渐渐明朗化，才为后人所指明"[1]。作者通过《文苑英华》录文考察，探讨北宋对前代文学的接受情况，认为北宋文臣对待南朝梁代宫体文学是"一种谨慎、有所侧重地兼收并蓄的态度"[2]"《文苑英华》对于隋唐五代文学的文献保存、辑佚、校勘、文学思想以及作家考证等，有着一般总集不可代替的价值和意义"[3]，这些看法都很有见地。但整体而言，该书以文献考辨为主，从文学批评角度辨析《文苑英华》及其与宋初诗学关系很简略。成明明在专著《宋代馆阁与文学研究》第五章"北

---

[1] 凌朝栋：《〈文苑英华〉研究》，上海古籍出版社2005年版，第144页。
[2] 同上书，第158页。
[3] 同上书，第199—200页。

宋馆阁编修四部大书与文学"中考察了《文苑英华》的编纂、流传情况及反映的文学观等,但她认为《文苑英华》不是严格的选本,文学意义不突出。王园的专著《唐诗与宋代诗学》第一章"唐诗范式的选择与宋初诗坛风尚"中从《文苑英华》选唐诗中总结宋初的唐诗范式,惜未注意唐诗类分所带来范式之别的问题。黄燕妮的博士论文《宋代〈文苑英华〉校勘之研究》专力研究《文苑英华》的校勘特点;刘小明的博士论文《唐宋判文研究》以《文苑英华》所录判文作为研究对象之一。此外,程章灿的《总集与文学史权力——以〈文苑英华〉所采诗题为中心》一文专论《文苑英华》对诗的改编问题;王辉斌的《论歌行与乐府的关系——以〈文苑英华〉为研究重点》一文讨论《文苑英华》歌行与乐府问题;巩本栋《〈文苑英华〉的文体分类及意义》一文就《文苑英华》的文体分类价值进行了深入分析。这些问题的探讨进一步深化了《文苑英华》研究。

综上所述,人们对于《文苑英华》的研究不断深入,但尚有可开拓的学术研究空间。《文苑英华》共收三十八种文体,就《文苑英华》诗体部分而言,这一部分的作品选录由宋初名儒杨徽之完成,共收录诗作一万余首,收录作品数量居各体之首,其中收录先唐诗歌一千二百余首,收录唐代诗歌九千四百余首,是唐宋以来与中古诗歌研究关系最为密切的总集之一,也"可以认为是宋代第一部唐诗选集"[①]。从文学批评角度来说,诗歌选本是一种以选寓评或选中兼评的文学批评样式,在中国古代文论史上占有重要的地位。早在20世纪30年代方孝岳就提出"凡是辑录诗文的总集,都应该归在批评学之内。选录诗文的人,都各人显出一种鉴别去取的眼光,这正是具体的批评之表现"[②],但从研究现状来看,对于《文苑英华》选诗及诗学批评研究还处于零散状态,尚有可开拓的学术空间。其一,对《文苑英华》诗的编纂性质及编纂体例特征的探讨有待深入;其二,对《文苑英华》诗学辨体批评关注较少,诸如歌行与诗之关系,歌行与乐府关系以及诗歌类型的源流、创

---

① 施蛰存:《唐诗百话·历代唐诗选本叙录》,华东师范大学出版社1996年版,第801页。
② 方孝岳:《中国文学批评·中国散文概论》,生活·读书·新知三联书店2007年版,第19页。

作范式问题都有待深入研究。其三,《文苑英华》选诗与文学观念的研究空间尚可拓展。纵向通过《文苑英华》与其他选本的比较来动态考察《文选》类选本诗学批评及诗学观念变化;横向对《文苑英华》选诗与宋初诗学思潮关系研究有待深化。其四,选本批评是宋初诗学批评的主要方式但常被忽略,《文苑英华》批评机制、批评模式、批评价值的探索有待深入。

鉴于《文苑英华》当前的研究状况,本书对《文苑英华》选录诗歌进行了系统研究,重点从诗学批评角度对《文苑英华》诗歌编纂体例、文体、诗歌风格范式、题材、批评走向等问题进行探讨,为考察宋代文学的复杂多样性提供一种新的研究视角。

二 本书的内容及主要观点

本书主要内容分五个部分:(一)《文苑英华》诗编撰的基本面貌介绍,主要阐述《文苑英华》诗歌编纂性质、收录范围、编撰体例特征。(二)从诗学辨体角度分析《文苑英华》所体现的诗学观念。主要从《文苑英华》诗体内部入手,对《文苑英华》诗类目的命名与释名、类型创作范式进行分析,通过对《文苑英华》诗与歌行之辨、不录词体原因的探析,辨析其所录诗体的特征。(三)考察《文苑英华》对先唐诗歌的选取与批评情况,以此透视宋初的先唐诗学观。主要通过考察《文苑英华》与《文选》《玉台新咏》的关系,探讨《文选》类总集在宋初的发展演变特征,分析宋初与南朝的文学共性及其意义;通过对《文苑英华》所录南朝艳诗的分析,探讨宋初文臣对艳诗的态度,并对宋初艳诗衰微的问题进行了深入思考;对《文苑英华》选录庾信诗进行分析,考察宋初对庾信诗歌的接受特征以及所体现的诗学观念。(四)考察《文苑英华》对唐诗的选取与批评情况,以此透视宋初的唐代诗学观。主要通过对《文苑英华》与"唐人选唐诗"十三种选本选录唐诗的比较,分析唐至宋初唐代诗学观的演进特点;重点分析《文苑英华》选录白居易诗的特点,考察宋初对白居易的接受情况。(五)对《文苑英华》诗学批评进行综论。首先,以《文苑英华》录文为中心，考察《文苑英华》诗选所体现的诗学批评特征；其次，以周必大《文苑英华序》为中心，重点探讨《文苑英华》序、跋所体现的诗学批评特点；最后，结合宋初诗歌创作实际，探讨《文苑英华》的诗学批评效能，从接受角度对《文选》类总集的诗学批评走向进行探讨。

本书通过对《文苑英华》诗作选录分析，寻求其诗学批评意义，力求客观再现宋初诗学思维。只有尽可能了解当时之真实，以当时之实比照现今之实，才可能对《文苑英华》的认识更为全面。重要观点有：

第一，有学者认为《文苑英华》这部文学选集是"网罗放佚"的非选本总集，这是一种误解。误解的形成与周必大"全卷取入"说有关，也与《文苑英华》体例特征、时代文学审美观的差异和前代诸多文集散佚有关。

第二，历来认为《文苑英华》续《文选》，但《文苑英华》在诗歌编纂结构、类型、类目排序等方面明显不同于《文选》。这种新变反映出宋初"缘情"与"体物"结合的题材意识特征、主张教化的编纂思想，对此后的诗歌总集编纂如编纂结构、类型排序、类目设置等方面都产生了不可忽视的影响。

第三，《文苑英华》与《玉台新咏》重合诗歌 87 首，两集重诗透露宋初与梁代后期的三方面文学共性：对艳诗"吟咏性情"功能的认可，对梁代"通变"与"新变"，诗人态度的相似性以及文辞尚丽倾向的相类性。对两个时代文学共性的探讨，有利于拓宽"分体编录"型总集在宋初的发展演变的研究视野，为考察宋初文学观念提供一个新视角。

第四，《文苑英华》收录南朝艳诗意味着宋初从官方层面接受了艳诗，但它不旗帜鲜明地肯定艳诗地位，而是通过筛选宫体诗、改变诗歌类型等方式淡化艳诗色彩，体现出宋初文臣对艳诗的暧昧态度。在艳诗题材向词体转移的背景下，宋初文臣的这种态度使得《文苑英华》收录艳诗没有发挥范本作用，对宋初艳诗的发展没有起到实质推动作用。

第五，通过对《文苑英华》与"唐人选唐诗"十三种选本选录唐诗的比较，发现宋初选唐诗更突出题材意识，题材有日常生活化倾向；宋人对唐诗选录态度更具包容性，更强调诗歌的教化功能，对唐代诗人的接受较唐人而言变化也较大。

第六，宋初名儒杨徽之是被人忽视的宋初白体诗人，他对白居易诗歌的接受特征主要体现在其对白居易"风雅"诗学精神、清丽典雅的诗风、自适心态以及诗歌酬唱形式的接受上，对宋初馆阁诗风由浅易走向工丽典雅起到了推动作用。

第七，宋初诗坛推崇白居易，一般认为白居易的闲适诗或讽谕诗为宋初文士所重。而《文苑英华》对白居易及其杂律诗的重视，显示出宋初馆阁文臣对诗歌创作的规范意图，由此也看出馆阁文臣弱化诗之讽谕功能、题材倾向日常生活以及追求典雅秀丽诗风的诗学意识。《文苑英华》对白诗的选录可以说是白体诗派的一次诗学改良，在一定程度上促进了宋初诗学的发展。

第八，《文苑英华》主要有三个诗学批评特征：诗歌尊君意识进一步强化，倾向颂扬尚文采的"风雅"追求以及诗用以教化、但人的德行不入批评标准。其成因与宋初儒学复兴、文化主体心态都有关系。官方虽在文学上未强调作者德行，但是以政治上的德行要求来确保士人文德兼修。

第九，宋初编纂的《文苑英华》有指导创作的目的，体现出编纂者对诗歌创作引导的主动意识。依据《文苑英华》诗类设置对宋初诗歌进行题材归类考察，可以看出《文苑英华》诗类批评效能并不强，出现了选本编纂的引导意向与实际创作偏离的现象。《文苑英华》本身的批评机制、传播途径的限制及诗歌创作的时代背景的影响都制约了它的批评效能的发挥，也使此后的分体编录型总集在诗类编纂上出现转变。

第十，总集的序跋中隐藏的文学史权力无处不在，以周必大《文苑英华序》中所提的"《唐文粹》铨择《文苑英华》"之说为考察对象，可以发现"铨择说"背后文学史权力的运作属于有意而为，周必大在知晓《文苑英华》《唐文粹》两集的情况下有意将两者紧密联系，使关系不大的两集变成了包含关系，《文苑英华》成为《唐文粹》的母本。这种文学权力的运用很明显提高了《文苑英华》的价值，也改变了两总集的文学史地位。

三 尚待完善的问题

　　本书选择《文苑英华》诗歌作为关注对象，《文苑英华》共收录诗歌一万多首，涉及诗人一千多人，收录范围从汉末建安至唐代，纰漏、重复较多，对已有的文献材料进行爬梳是必要的，但是要对每一首诗都进行校勘考证，时间有限，故只能借助于前人的研究成果进行辨析。中华书局1966年影印时对目录进行重新编录，就其中一些纰漏、失缺之处进行纠正、增补。除此之外，对于《文苑英华》收录的先唐诗歌诗人主要借鉴逯钦立《先秦汉魏晋南北朝诗》的研究成果加以考辨。对《文苑英华》收录的唐代诗歌则依据佟培基编纂的《全唐诗重出误收考》进行辨析。这一部分的工作目前做得较为简略，有待日后进行补充。在论及《文苑英华》诗歌源流与创作规范时，本书仅限以音乐类为例进行探讨，其他诗类型的源流及创作规范未展开论述，有待日后完善。

　　此外，《文苑英华》诗歌是按类型进行选取的，在探讨其与前代诗歌关系时，以类型为单位，从这一角度切入应该更为符合文本设置，但是要将这25类诗的收录情况在本书中都逐一说清楚，从实际情况而言也是不可行的。所以在这一问题上，本书没有以类型研究为重点，而是将诗歌按朝代顺序重新归类，分先唐和唐代两大部分进行分析，均采取"面"和"点"结合的方法，在全面考察《文苑英华》对前代各段诗歌选录情况的基础上，分别取"选本对比研究"以及"对典型诗人诗作接受"这两个"点"，有针对性地对重点问题进行论述。先唐诗歌选取《文选》《玉台新咏》为比照对象，唐代诗歌以"唐人选唐诗"选本为比照对象，从选本角度探讨《文苑英华》诗与前代诗歌关系。在"典型诗人诗作接受"上则选择北周的庾信和中唐的白居易分别作为先唐、唐代示例，对两者诗歌的收录情况细致分析，进一步阐明宋初的诗学观念。从诗类型角度对《文苑英华》诗进行研究仍是一个可以深入的课题，因时间和学识所限，对这一课题的深入研究也只能待日后再开展。

第一章 《文苑英华》诗编撰的基本面貌

宋初兴学尊儒，推行文教政策。在此背景下，《文苑英华》应运而生。该书分三十八种文体，选录作品两万余篇，意在选录诗文精华，发挥书籍的教化功能。宋太宗令李昉等人编纂《文苑英华》之时，已明确该书是要从前代文章中撮取精要，但目前学界对《文苑英华》的选本性质存有异议，《文苑英华》选本性质被忽视，就谈不上其选本批评价值。本章重点就《文苑英华》的选诗性质问题进行讨论，在此基础上深入讨论其诗歌选录范围、标准、接受效果、编纂体例等问题，从整体上了解《文苑英华》诗的编纂面貌。

第一节 《文苑英华》修纂的基本情况

一 修纂《文苑英华》的文化背景

公元960年，赵匡胤发动"陈桥兵变"，夺取后周政权建立宋朝。一方面，采取一系列措施发展生产，使农业经济得到迅速恢复发展的同时，放宽商业政策，鼓励发展手工业和商业，都市日渐繁荣，市民阶层逐步壮大。另一方面，鉴于唐五代藩镇割据的教训，宋朝加强中央集权制巩固政权。在建立宋朝的第二年，宋太祖赵匡胤"杯酒释兵权"，解除了武将石守信等人的兵权，重文轻武成为宋朝的基本国策。宋太宗两次北伐失败之后，重视清除内患。宋太宗认为："国家若无外忧，必有内患。外患不过边事，皆可预防。唯奸邪无状，若为内患，深可惧也。帝王用心，常须谨此。"①宋初统治者通过一系列整治措施，集军权、财权、政权于一身，国家权力达到空前集中。宋初国势虽弱，但是重文政策的实施，使国内处于相对稳定的状态，形成了以下几点文化背景特点。

（一）抑武佑文，兴学尊儒

晚唐五代，政权更迭，战事频繁，传统儒家意识遭到破坏。北宋政权确立后，宋太祖鉴于五代武人的割据专横，大力推崇儒学，重用儒生。他曾对宰相赵普说："五代方镇残虐，民受其祸，朕令选儒臣干事者百余，分治大藩，纵皆贪浊，亦未及武臣一人也。"②宋太祖"首崇经术，加重儒生"（魏了翁《成都府学三先生祠堂记》），宋太宗对儒术更是钟爱，他"崇尚儒术，听政之暇，观书为乐，殆至宵分，手不释卷"③，此后的真宗、仁宗都致力于推行文教政策，偃武佑文，兴学尊儒。

大兴科举是宋初实践文教政策的一大举措。宋太祖时期科举取士尚未成气候，"国初犹右武，廷试进士多不过二十人，少或六七人"④，至太宗则大开仕进之门，太宗曾云："朕欲博求俊乂于科场中，非敢望拔十得五，止得一二，亦可为致治之具矣。"⑤他即位后首度开科取进士及诸科五百人，此后的科举取士人数更是迅猛增加。曾巩《元丰类稿》卷四十九记载淳化二年进士一万七千三百人，仅此一年所取进士就超过唐代进士取科总数六千六百多人。宋朝大开科举之门，放宽科举限制，不重乡贯，调动士人仕进积极性。大批世俗地主阶层甚至寒门子弟涌入

---

① （宋）李焘：《续资治通鉴长编》，中华书局1979年版，第719页。
② 同上书，第293页。
③ （宋）范祖禹：《帝学》，载于敏中《四库全书荟要》（第248册），（台北）世界书局1985年版，第204页。
④ （宋）叶梦得：《避暑录话》，载上海古籍出版社编《宋元小说笔记大观》，上海古籍出版社2001年版，第2613页。
⑤ （宋）李焘：《续资治通鉴长编》，中华书局1995年版，第393页。

官僚机构，文化力量迅速集于朝中，如参与《文苑英华》编纂工作的宋白、贾黄中、吕蒙正、李至、苏易简、范杲、宋湜、赵昌言等人都是当朝进士出身。正是由于宋朝统治者强烈的儒教意识，宋初统治者对于文化整理工作也极为重视。宋太祖下诏广开献书之路，丰富三馆藏书。宋太宗为蓄天下图书，纳天下贤俊而重修昭文馆、史馆和集贤院三馆。太宗尤重视发挥文学的政治教化作用，为"丧乱以来，经籍散失，周孔之教，将坠于地。朕即位之后，多方收拾，抄写购募，今方及数万卷，千古治乱之道，并在其中矣"①。正是因为对书籍教化的重视，宋太宗的修书意识很强，宋初所修《太平御览》《太平广记》《文苑英华》《册府元龟》四大书就有三部是在宋太宗统治时期完成的。

（二）享乐思潮蔓延

北宋初期，一方面采用文教政策，重用儒生，儒家文化在社会生活中的地位日益彰显。而另一方面出于政治目的又提倡享乐，世俗文化得到发展。唐安史之乱后，儒学传统价值观念瓦解，五代之君多为西戎之族，战乱频繁，朝代更迭，内部皇位争夺不择手段，受儒家文化影响更小，君臣关系崩溃，享乐之风日炽。赵匡胤也是利用悖逆传统礼法的手段，发动宫廷政变做了皇帝，统治者本身儒家文化根基浅。北宋建立之初，宋太祖劝石守信等："人生如白驹之过隙，所为好富贵者，不过欲多积金钱，厚自娱乐，使子孙无贫乏耳。尔曹何不释去兵权，出守大藩，择便好田宅市之，为子孙立永远不可动之业，多致歌儿舞女，日饮酒相欢以终其天年。"②其后继者继续这种政策，真宗"临御岁久，中外无虞。与群臣燕语，或劝以声妓自娱"（王莹《群书类编故事》卷九）。这种为了巩固政权而对功臣提倡的"积金钱""自娱"享乐之风，纵容了人性欲望，是五代世风的延续，形成文恬武嬉的奢侈享乐的社会风气。

（三）文学创作趋向娱情

宋初虽然重视儒学文化建设，但是五代延续下来的柔弱文风在宋初太祖、太宗、真宗三朝都难以革除。宋初五十年两大创作板块——诗、

---

① （宋）程俱撰，张富祥校正：《麟台故事校正》，中华书局2000年版，第38页。
② （宋）李焘：《续资治通鉴长编》，中华书局1979年版，第50页。

词的创作都倾向娱情,多粉饰太平,自我愉悦。

词的发展在五代本就与享乐之风密不可分,特别是西蜀,蜀主荒淫,词人狎客会集,文学的娱乐消遣倾向加重,轻艳之词应淫逸纵乐生活繁衍。前蜀后主王衍、后蜀后主孟昶均喜好词艺,王衍曾使"宫伎多衣道服,簪莲花冠,施脂夹粉,名曰醉妆,自制《醉妆词》云云。又曾宴于怡神亭,自执板,歌《后庭花》《思越人》曲"①(《词林纪事》卷二引《北梦琐言》)。孟昶"尝夜同花蕊夫人避暑摩诃池上,作《玉楼春词》云"(王弈清《历代词话》卷三)。至宋初,市民阶层的兴起,世俗享乐的生活方式及其文化审美趣味促使词体日益兴盛,词继续发挥着"用助娇娆之态""以资羽盖之欢"(欧阳炯《花间集序》)的娱乐功能。上层统治提倡歌舞享乐的生活,筵宴、填词唱曲活动日渐频繁,形成上层文化平民化趋势。统治者本身对词也很喜爱,陈师道《后山诗话》载:"吴越后王来朝,太祖为置宴,出内妓弹琵琶。王献词曰:'金凤欲飞遭掣搦,情脉脉,看取玉楼云雨隔。'太祖起,拊其背曰:'誓不杀钱王。'"吴越钱王因词活命,足见宋太祖对词的喜爱。《词学集成》载宋太宗"洞晓音律,制大小曲及因旧曲造新声,施之教坊舞队,曲凡三百九十,又琵琶一曲,有八十四调"②,文莹《续湘山野录》载:"太宗尝酷爱宫词中十小调子……命近臣十人各探一调撰一辞。"③这些都显示出上层文化阶层对于词的钟爱。

宋朝初建,统治者渴望用太平气象来彰显国势,对诗歌创作有所期待,"太祖尝顾近侍曰:'五代干戈之际,犹有诗人。今太平日久,岂无之也!'中官宋永图于僧寺园亭中得诗百篇以进"④。太宗时期,"当天下无事,留意文艺"(《石林燕语》),君臣之间赋诗酬唱活动更是频繁。据《续资治通鉴长编》卷二六载雍熙元年(984)春,太宗召集宰相近臣赏花,令侍从词臣各赋诗。赏花赋诗自此始。次年春,又命群臣赋

---

① (清)张思岩:《词林纪事》,古典文学出版社1957年版,第39页。
② (清)江顺诒:《词学集成》,载唐圭璋《词话丛编》,中华书局1986年版,第3219页。
③ (宋)文莹:《续湘山野录》,中华书局1984年版,第67—68页。
④ (宋)阮阅撰,周本淳校点:《诗话总龟前集》,人民文学出版社1987年版,第132页。

诗习射，此后每年如此。而宋初诗坛的中间力量，多由五代入宋，如徐铉、李昉、宋白等。这些入朝旧臣亲历改朝换代不止一次，多因循守旧，行事小心谨慎，明哲保身。在这种背景下，诗歌的唱和形式尤受欢迎。这些唱和之作，多为消遣之作，内容趋于肤浅，情感单调。如李昉与李至有《二李唱和集》多为自娱之作，李昉自序："朝谒之暇，颇得自适，而篇章和答，仅无虚日。缘情遣兴，何乐如之。"（《二李唱和集序》）

由于宋初统治者倡导儒术，对文化工作相当重视，朝廷储备了修书必要的人力和图书资料。在《文苑英华》修纂之前，大型类书《太平御览》《太平广记》已完成编纂，这两部书的完成为《文苑英华》编纂积累了丰富的经验。儒学思想是《文苑英华》修纂的指导思想，宋初君王作为一种政治策略倡导的享乐之风以及倾向娱乐的文学创作，对《文苑英华》诗文的选录倾向都有一定影响。

二 编纂宗旨及成书过程

李焘《续资治通鉴长编》载："上以诸家文集，其数实繁，虽各擅所长，亦榛芜相间。乃命翰林学士宋白等精加铨择，以类编次，为《文苑英华》一千卷，壬寅，上之，诏书褒答。"① 可知《文苑英华》的编纂目的之一是对诸多文集"精加铨择"，编选精华。《玉海》引《宋会要》《宋太宗实录》对此记载更详细，称："帝以诸家文集其数至繁，各擅所长，榛芜相间，乃命翰林学士承旨李昉……阅前代文章，撮其精要，以类分之为千卷，目录五十卷，雍熙三年十二月壬寅书成，号曰《文苑英华》。……宋白等表曰：'席缙经史，堂列缣绅，咀嚼英腴，总览翘秀，撮其类列，分以部居，使沿沂者得其余波，慕味者接其妍唱。'上览而善之，诏答曰：'近代以来，斯文浸盛，虽述作甚多，而妍媸不辨，遂令编缉，止取菁英，所谓摘鸾凤之羽毛，截犀象之牙角。书成来上，实有可观，宜付史馆。'"② 阐明《文苑英华》要选录精华之外，还强调"使沿沂者得其余波，慕味者接其妍唱"的示范作用，即为世人提供学习和创作的范本。

---

① （宋）李焘：《续资治通鉴长编》，中华书局1979年版，第625页。
② （宋）王应麟：《玉海》，江苏古籍出版社、上海书店1987年版，第1022页。

而《文苑英华》编纂的一个更大宗旨是发挥文教功用。宋太宗下令编纂《太平御览》《太平广记》等书时，曾说："王者虽以武功克敌，终须以文德致治。朕每退朝，不废观书，意欲酌先王成败而行之，以尽损益也。"① 雍熙元年正月，太宗谓侍臣曰："夫教化之本，治乱之源，苟无书籍，何以取法？"② 从太宗的一席话中不难看出宋初王朝对待文化的态度，对己而言是要从中借鉴文治经验，对国民而言是要发挥文学的教化作用。正是出于教化目的，宋太宗在修书用人上是有所选择的。例如在诗歌编选上，宋太宗就选择致力于儒学复兴的宋初名儒杨徽之，"以徽之精于风雅，分命编诗，为百八十卷"（《宋史·杨徽之传》）。可见太宗组织编纂《文苑英华》之意。

关于《文苑英华》的编纂时间和编纂人员，《宋史》曰："太平兴国五年，（宋白）与程羽同知贡举，俄充史馆修撰、判馆事。八年，复典贡部，改集贤殿直学士、判院事。未几，召入翰林为学士。雍熙中，召白与李昉集诸文士纂《文苑英华》一千卷。"③《宋会要·崇儒》有详细记载：

> 太平兴国七年九月，命翰林学士承旨李昉，学士扈蒙，直学士院徐铉，中书舍人宋白，知制诰贾黄中、吕蒙正、李至，司封员外郎李穆，库部员外郎杨徽之，监察御史李范，秘书丞杨砺，著作佐郎吴淑、吕文仲、胡汀，著作佐郎直史馆战贻庆，国子监丞杜镐，将作监丞舒雅阅前代文集，撮其精要，以类分之，为千卷。雍熙三年十二月书成，号曰《文苑英华》。昉、蒙、蒙正、至、穆、范、砺、淑、文仲、汀、贻庆、镐、雅继领他任，续命翰林学士苏易简、中书舍人王祐、知制诰范杲、宋湜与宋白等共成之。④

可知《文苑英华》的编纂时间为太平兴国七年（982）九月至雍熙

---

① （宋）李攸：《宋朝事实》，中华书局1955年版，第37页。
② （宋）李焘：《续资治通鉴长编》，中华书局1979年版，第571页。
③ （元）脱脱等：《宋史》卷439，中华书局1977年版，第12998页。
④ （清）徐松：《宋会要辑稿》，中华书局1957年版，第2247页。

三年（986）十二月，历时四年多。有李昉、扈蒙、徐铉、宋白、贾黄中、吕蒙正、李至、李穆、杨徽之、李范、杨砺、吴淑、吕文仲、胡汀、战贻庆、杜镐、舒雅、苏易简、王祐、范杲、宋湜等21人前后参与《文苑英华》编纂工作。这21人中有19人在《宋史》有参与《文苑英华》编纂的记载，胡汀、战贻庆无记载。但是《宋史》又提到了《宋会要》未提及的赵昌言、王旦和盛度①等3人也参与《文苑英华》的编纂工作。综合而言，参与《文苑英华》编纂的大概有24人。

一部总集编纂的真正完成，校勘工作必不可少。《文苑英华》校勘工作在编纂之时就已经开始。宋白等在上《文苑英华》表中提及"席缮经史"，此处提及的"经史"很可能就是用于校勘的。《文苑英华》录文起于建安，梁前的作品只录12篇，"经"均为先秦两汉书籍，不成为其录文来源。史书作为录文来源的可能性也不大，《文苑英华》所录先唐诗歌只有任昉诗《答刘孝绰》与史书记载类似。全诗如下：

  阋水既成澜，藏舟遂移壑。彼美洛阳子，投我怀秋作。久敬类诚言，吹嘘似嘲谑。兼称夏云尽，复陈秋树索。讵慰耋嗟人，徒深老夫托。②

《梁书·谢举传》作《秘书监任昉出为新安郡别举诗》，引托一韵。《南史·刘孝绰传》载为"彼美洛阳子，投我怀秋作。讵慰耋嗟人，徒深老夫托。直史兼褒贬，辖司专疾恶。九折多美疢，匪报庶良药"③，引"作、托、恶、药"四韵。《文苑英华》引"壑、作、谑、索、托"五韵。显然，《文苑英华》录此诗并不以史书所载为底本，最有可能是用史书做校勘参照本。

《文苑英华》书成之后，在宋代经历过四次较大规模的修订校勘，

---

① 赵昌言，《宋史》卷267本传记载其"入拜职方员外郎，知制诰，预修《文苑英华》"；王旦，《宋史》卷282本传记载其"为著作佐郎，预修《文苑英华》《诗类》"；盛度，《宋史》卷292本传记载其"尝奉诏同编《续通典》《文苑英华》，注释御集"。
② （宋）李昉：《文苑英华》，中华书局1966年版，第1207页。
③ （唐）李延寿：《南史》，中华书局1975年版，第1010页。

第一次在真宗景德四年（1007），第二次在真宗大中祥符二年（1009），第三次在淳熙八年（1181），《玉海·总集文章》云："景德四年八月丁巳，命直馆校理校勘《文苑英华》及《文选》，摹印颁行。祥符二年十月己亥，命太常博士石待问校勘，十二月辛未又命张秉、薛映、戚纶、陈彭年复校。孝宗以秘阁本多舛错，命周必大校雠以进，淳熙八年正月二十二日以一百十册藏秘阁。"① 第四次由周必大主持，始于嘉泰元年（1201），止于四年（1204）。参与校勘工作的彭叔夏等人将校勘成果集成《文苑英华辨证》十卷。此次校勘最为精湛，明代胡维新认为"至嘉泰之再雠，乃称全本"②，《四库全书总目》称其"考核精密"③。

元、明两朝基本上没有对《文苑英华》进行校勘。清代校勘《文苑英华》也是小规模，如劳格《文苑英华辨证拾遗》，补充了《文苑英华辨证》中的一些遗漏。叶石君、范履、张元亮等人也对《文苑英华》进行过校勘。20世纪20年代末，罗振玉、段琼林等学者对《文苑英华》也做过部分校勘，规模都很小。20世纪30年代，傅增湘吸收前人成果，对《文苑英华》明初刻本进行校勘，校出讹误四五万字，校勘较全面，包括疑字、脱讹、脱句、脱全篇、错简、补注、补校记等。傅增湘对此次校勘很满意，但一些学者认为此次校勘"不仅不注据校的出处，而且还有不少遗漏，不足令使用者信赖"④。

第二节 《文苑英华》诗的编纂性质

关于《文苑英华》是类书还是总集的问题，凌朝栋《〈文苑英华〉性质辨析》一文从《文苑英华》的编纂方式、取材范围、编纂体例方面进行考证，认为《文苑英华》是诗文总集，不能作为类书。⑤ 该文对

---

① （宋）王应麟：《玉海》，江苏古籍出版社、上海书店1987年版，第1022页。
② （宋）李昉：《文苑英华》，中华书局1966年版，第3页。
③ （清）永瑢：《四库全书总目》，中华书局1965年版，第1692页。
④ （宋）李昉：《文苑英华》，中华书局1966年版，第6页。
⑤ 凌朝栋：《〈文苑英华〉性质辨析》，《图书与情报》2003年第1期。

《文苑英华》的总集性质论述翔实，足以说明《文苑英华》的总集性质。而总集还有选本和非选本之分。"总集"这一概念较早见载于《隋书·经籍志》，其云："总集者，以建安之后，辞赋转繁，众家之集，日以滋广，晋代挚虞苦览者之劳倦，于是采摘孔翠，芟剪繁芜，自诗赋下，各为条贯，合而编之，谓为《流别》。是后文集总钞，作者继轨，属辞之士，以为覃奥，而取则焉。今次其前后，并解释评论，总于此篇。"① 唐人理解的总集是对众多文集"采摘孔翠，芟剪繁芜"，选录诗文精华而辑成的选集。至清代纪昀等编《四库全书总目·总集总叙》所云："文籍日兴，散无统纪，于是总集作焉。一则网罗放佚，使零章残什，并有所归；一则删汰繁芜，使莠稗咸除，菁华毕出。是固文章之衡鉴，著作之渊薮矣。"② 又把总集分为两类：一类是"著作之渊薮"型，即竭尽所能搜访诗文汇成集；另一类为"文章之衡鉴"型，即选集。文学总集性质也基本固定下来，即一为"网罗放佚"非选本总集，一为"选取精华"的选本总集。在《文苑英华》属于选本还是非选本问题上也存在异议，有些学者认为它是"网罗放佚"非选本总集，录诗文"不作选择"。如周必大认为《文苑英华》对柳宗元、白居易、权德舆、李商隐、顾云、罗隐等人作品"全卷取入"（《文苑英华序》）。陈尚君认为"其收录时限和体例虽都与《文选》相接，但并不以别择见长，而是几乎不作选择地收罗了数量巨大的南北朝后期到唐五代的作品"③，郭勉愈认为《文苑英华》"在编选上并没有明确的收录标准，而是尽量追求'多'和'全'"④；何忠礼称《文苑英华》"亦可称为辞章之渊海"⑤，上述观点基本上认为《文苑英华》录文上是"不作选择""追求'多''全'""搜罗以尽"。

要弄清《文苑英华》的性质，先要了解《文苑英华》编纂宗旨，前文对此已有阐述（见本章第一节）。《文苑英华》是选取前代文集精

---

① （唐）魏徵：《隋书》，中华书局1973年版，第1089—1090页。
② （清）永瑢：《四库全书总目》，中华书局1965年版，第1685页。
③ 傅璇琮、蒋寅：《中国古代文学通论（隋唐五代卷）》，辽宁人民出版社2005年版，第485页。
④ 郭勉愈：《〈唐文粹〉"铨择"〈文苑英华〉说辨析》，《北京师范大学学报》2002年第6期。
⑤ 何忠礼：《宋代政治史》，浙江大学出版社2007年版，第70页。

华编纂而成的,这在《续资治通鉴长编》《玉海》等文献资料中记载很清楚,也就是说《文苑英华》的选本性质是可以从文献记载中得到证明的。从《文苑英华》编纂之初认为的"撮其精要",到当今"不作选择"观点的出现,表面上是两种录文观的不一致,而实际上是对于《文苑英华》总集的性质认识发生了改变。按理来说,区别一部总集是网罗所有作品的总集还是选取精华的选本,是不难的。这种异议是后人对《文苑英华》性质的误解,还是《文苑英华》编纂者在实际录文中悖于"撮其精要"的指导思想,的确追求作品的"全""多"?《文苑英华》分三十八体,如果逐一分析各体录文情况,可以对《文苑英华》的性质有更确切的认识,但是篇幅有限,不可能在此一一分析。《文苑英华》由馆阁文臣分工合作,"诗"是《文苑英华》的重要文体,在一千卷的作品中它占了一百八十卷,如果单独抽出仍可看成诗歌总集。本书的关注重心是《文苑英华》诗的部分,通过分析其收录情况,阐明《文苑英华》诗的收录性质,同时也可以窥探《文苑英华》的性质。

一 《文苑英华》诗的选本性质分析之一:以先唐诗作为中心

《文苑英华》收录先唐诗作一千两百余首,通过对《文苑英华》所录先唐诗歌的来源考辨,发现除了文集之外,类书成为《文苑英华》选录诗歌的重要来源。这一点可以帮助我们判断《文苑英华》先唐诗歌的性质,以下详细论述。

(一)类书:《文苑英华》诗歌的重要来源

前代文集汇集了作家的几乎全部文学作品,为选家选录作品提供了方便,是后人编纂诗文总集最有可能利用的文献资源。《麟台故事》《续资治通鉴长编》《玉海》等文献都记载文集为《文苑英华》的录文来源,但是文集不是唯一的来源,类书也是《文苑英华》的录文重要来源。下面比较《文苑英华》与《艺文类聚》《初学记》[①]先唐诗歌录入情况来探讨此问题。

[①] 三书所用版本:(唐)欧阳询:《艺文类聚》,中华书局1999年版;(唐)徐坚:《初学记》,中华书局2004年版;(宋)李昉:《文苑英华》,中华书局1966年版。

《文苑英华》收录先唐诗歌共 1245 首，其中建安 1 首，晋 1 首，南朝宋 6 首、齐 4 首、梁 626 首、陈 260 首，北朝北魏 3 首、北齐 43 首、北周 114 首，隋 187 首。在这 1245 首诗歌中乐府诗歌 439 首，其余 806 首分入《文苑英华》诗其他 22 类（帝德、省试类不录先唐诗歌）。其中与《艺文类聚》录入为同一首诗的 557 首，包括梁前 6 首，梁 397 首、陈 91 首、北魏 2 首、北齐 12 首、北周 40 首、隋 9 首。与《初学记》录为同一首诗的有 369 首，其中梁前 2 首，梁 163 首，陈 65 首，北魏 1 首，北齐 25 首，北周 28 首，隋 85 首，具体录入对照如表 1-1。

表 1-1　　《文苑英华》与《艺文类聚》《初学记》重诗比较

《文苑英华》先唐诗歌录入情况	与《艺文类聚》《初学记》内容相同或相近诗歌录入情况			
诗歌类型	诗歌数量（首）	《艺文类聚》录入总数	《初学记》录入总数	录入《艺文类聚》《初学记》诗歌（除去两者重复现象）
^	^	^	^	总数　与《文苑英华》先唐诗歌录入重合比率（％）
天部	134	89	88	130　97
地部	94	47	48	85　90
应制	62	30	41	61　98
应令附应教	43	22	20	37　86
朝省	9	7	2	8　89
乐府	439	146	14	150　34
音乐	48	19	47	47　98
人事	7	1	3	3　43
释门	4	2	0	2　50
道门	10	4	4	5　50
隐逸	11	11	0	11　100
寺院	13	2	3	5　39
酬和	34	14	3	16　47
寄赠	42	14	3	16　38
送行	50	27	2	27　54

续表

《文苑英华》先唐诗歌录入情况 || 与《艺文类聚》《初学记》内容相同或相近诗歌录入情况				
诗歌类型	诗歌数量（首）	《艺文类聚》录入总数	《初学记》录入总数	录入《艺文类聚》《初学记》诗歌（除去两者重复现象）	
^	^	^	^	总数	与《文苑英华》先唐诗歌录入重合比率（%）
留别	13	6	0	6	46
行迈	30	18	5	19	63
军旅	12	9	0	9	75
悲悼	46	20	13	25	54
居处	26	16	12	18	69
郊祀	12	9	1	10	83
花木	56	18	44	46	82
禽兽	50	26	16	35	70

　　从表1-1中可以看出，天部、地部、应制、应令附应教、朝省、音乐、军旅、隐逸、郊祀、花木、禽兽、居处、行迈这13类录入诗歌与类书关系较为密切。此表中显示乐府类重合比率最小，这主要是类书中收录乐府诗歌数量有限造成的，例如《艺文类聚》收录的乐府主要集中在乐部，共253首。其中属于同录的，《文苑英华》有154首，分入乐府和音乐类，乐府类146首，音乐类8首，所占比重也是比较大的。总体而言，上表这组数字可以大体反映《文苑英华》与类书的关系，而细分析诗歌各类的录入情况则更为明确。

　　《文苑英华》体例首先以文体分类，各类下有子类，有的有二级子类，这些子类的分类与类书分类有相同或相近之处，如《艺文类聚》首起天部，下分日、月、星、云、风、雨、雪、霁、雷、雾等，《初学记》天部分类也相似。《文苑英华》诗歌首起也是天部，分日、月、星、雨、雪、晴霁、云、风、露、雾等，从中可以看出类书对其诗歌分类上的影响。而从子类的录文情况来看，《文苑英华》与《艺文类聚》《初学记》录文有诸多相似或吻合之处。以《文苑英华》天部录入的梁代诗歌为例,与类书对照可知此特点,详见表1－2。

表1－2　《文苑英华·诗》《艺文类聚》《初学记》天部类梁代诗歌比较

天部	文苑英华 数目	文苑英华 诗歌（梁代）	艺文类聚 数目	艺文类聚 诗歌（梁代）	初学记 数目	初学记 诗歌（梁代）
日	2首	李镜远《日》、刘孝绰《咏日应令》	2首	同《文苑英华》（李镜远《日》作《李镜远诗》）	2首	同《文苑英华》
晴霁（《艺文类聚》作霁）	3首	梁简文帝《开霁诗》《雨后诗》、王筠《望夕霁诗》	2首	梁简文帝《开霁诗》、王筠《夕霁诗》（《文苑英华》作《望夕霁诗》，《艺文类聚》截录三韵）	3首	同《文苑英华》
风	9首	简文帝《咏风诗》、沈约《咏风》二首、刘孝绰《咏风诗》、王台卿《咏风诗》、庾肩吾《咏风诗》、何逊《咏风》、贺文标《春风》、费昶《入幌风》	8首	简文帝《咏风诗》、沈约《八咏》（《文苑英华》作《咏风》录全诗，类聚截录二十二韵）、梁元帝《咏风诗》（《文苑英华》作沈约）、刘孝绰《咏风诗》、王台卿《咏风诗》、庾肩吾《咏风诗》、何逊《咏风诗》、贺文标《春风诗》	4首	梁元帝《咏风》（《文苑英华》作沈约）、王台卿《咏风诗》、何逊《咏春风诗》、费昶《入幌风》
霜	1首	张率《咏霜》			1首	张率《咏霜》
露	2首	刘蟾《惊早露》、顾恺《赋得露》			2首	刘蟾《惊早露》、顾恺《赋得露》
雾	2首	伏梃《行舟遇早雾》、沈趋《赋得雾》	3首	梁孝元帝《咏雾诗》二首、伏梃《行舟值早雾诗》（《文苑英华》作《行舟遇早雾》）	2首	伏梃《行舟遇早雾》、沈趋《赋得雾》
端午（《艺文类聚》《初学记》作"岁时部·五月五日"）	2首	王筠《五日》、魏收《五日》	1首	王筠《五日望采拾》截录五韵（《文苑英华》作《五日》）	2首	王筠《五日望采拾》（《文苑英华》作《五日》）、魏收《五日》
冬（《艺文类聚》《初学记》作"岁时部·冬"）	3首	梁简文帝《大同十年十月戊寅》《玄圃寒夕》《冬夕》	4首	梁简文帝《大同十年十月戊寅诗》《玄圃寒夕诗》《大同十一月庚戌诗》、庾肩吾《岁尽诗》	3首	梁简文帝《大同十年十月戊寅》《玄圃寒夕》《冬》（《文苑英华》作《冬夕》）

从表1-2可以看出,《文苑英华》这些子类诗歌的录入与《艺文类聚》《初学记》关系的密切:有的不出类书范围,如风类,《文苑英华》所录9首诗歌就包括在《艺文类聚》《初学记》所录的诗中;有的录入诗歌仅题目有差异,如端午类与冬类,录入的诗歌数量、作者以及诗歌内容都一样,仅在题目上有稍微差别,王筠诗《文苑英华》作《五日》,《艺文类聚》《初学记》作《五日望采拾》,梁简文帝诗《文苑英华》作《冬夕》,《初学记》作《冬》;有的录入诗歌数量、题目、内容都一致,如日类、晴霁类、霜类、露类和雾类录入的梁代诗歌与《初学记》同。此表只是以《文苑英华》诗天部类为例,其他类别的先唐诗歌也有类似情况。《文苑英华》虽然没有明确说明录文来源与类书有关,但是通过分析可以发现《文苑英华》先唐诗歌与类书关系密切。

(二) 五种录文方式:类书对《文苑英华》录文内容的影响

既然类书是《文苑英华》先唐诗歌录文的重要来源,那么《文苑英华》编纂者对于类书中的诗歌是如何处理的,其具体录文方式又是怎样的?通过对《文苑英华》与《艺文类聚》《初学记》所录先唐诗歌的比较,可以概括出以下五种录文方式。

1. 类书中的某一类诗歌全部录入。这种方式包括两类:一是某个朝代某种类型的诗歌全部录入。如表1-2中的日类和晴霁类,录入的梁代诗歌就与《初学记》中的类型名称、选录诗歌吻合。而与《艺文类聚》在诗歌题目上有出入,应该是从《初学记》中直接录入。霜类、露类和雾类的梁代诗歌录入情况也与《初学记》对应类型朝代录入一致。再如《文苑英华》地部湖类录陈代诗歌2首:刘删《泛宫亭湖》、阴铿《渡青草湖》,《艺文类聚》水部湖类录陈代诗歌也是这2首,应该可以说明编纂者是直接用了《初学记》所录诗歌。二是类书中所录某类型诗歌全部录入。如《文苑英华》地部石类,录诗8首:萧稚《赋得翠石应令》、阴铿《咏石》、崔仲方《奉和周赵王咏石》、岑德润《赋得临阶危石》、虞茂《赋得石》、朱超《咏孤石》、标法师《咏孤石》、高丽定法师《咏孤石》,与《初学记·地理上》石类所录诗歌一致。

2. 类书相互参照录入。以类书相互参照录入形式有两类：一是综合类书录文。以《文苑英华》"花木·柰"类为例，梁代诗歌中《文苑英华》录褚沄《柰》一首，《艺文类聚》也是只录这一首，但作楮湮《柰诗》。《初学记》同样也录这一首，而作褚沄《咏柰诗》。从类别选录诗歌来看，《文苑英华》所录诗歌题目与《艺文类聚》只差一"诗"字，而作者与《初学记》一致，很有可能是两类书比照之后综合的结果。二是选定其一类书录文。《文苑英华》采取"类书中的某一类诗歌全部录入"方式时，有的取自《艺文类聚》，也有的录自《初学记》的，诗歌究竟从哪一部类书录入为佳？在此选录过程中，编撰者必定经过一定的权衡来确定。以处居类为例，在子类"堂"中，《文苑英华》录一首诗歌，即梁庾肩吾的《咏疏圃堂》，这与《艺文类聚》处居类堂子类所录一致。而《初学记》中此类录3首，包括了《文苑英华》所录。很明显，编纂者采用了《艺文类聚》的录文。而如上文提到的天部霜类、露类等，则明显取于《初学记》。

3. 参照其他文集，从类书中选取录入。例如《文苑英华》隐逸类11首，《艺文类聚》隐逸类中包括了这11首，其中庾信的《奉和赵王隐士》，《艺文类聚》《文苑英华》并引"贤、川、钱、穿、弦、泉、年、然、船"九韵。两者只在三首诗歌的题目上有出入，如《文苑英华》中庾肩吾《别周处士弘正》、周明帝《招隐士逍遥公韦》、周弘让《留赠山中隐士》，《艺文类聚》分别作《别周弘正》《贻韦居士》《无名诗》。这些题目很可能是编纂者参照其他文集之后的定夺，如庾肩吾《别周处士弘正》，题目与《艺文类聚》异，而与本集同，疑其选录此诗时参照过本集。再如音乐类中"琴"子类录入诗歌6首，《初学记·乐部下》琴类录先唐诗歌8首，这8首中包括了《文苑英华》所录，只有个别词语有出入，如沈炯《赋得为我弹鸣琴》"空为贞女引，谁达楚妃吟"，"吟"《初学记》作"心"。这些出入可能因为年代久远，版本多次校勘引起的，也有可能是编纂者参照其他文集校勘的结果。

4. 参照类书，从别集或者其他文集录入。如《艺文类聚》天部雪类所录梁代诗歌13首，分别是：梁简文帝《雪朝诗》《咏雪诗》《咏雪颠倒使韵》、沈约《咏余雪》、任昉《同谢朏花雪诗》、丘迟《望雪诗》、裴子野《上朝直雪诗》《咏雪诗》、吴均《咏雪诗》二首、何逊《咏雪诗》、刘孝绰《对雪诗》、庾肩吾《咏花雪诗》。而《文苑英华》录此类诗歌9首：梁简文帝《雪朝》《咏雪》、任昉《同谢朏花雪》、庾肩吾《咏花雪》、吴均《咏雪》二首、裴子野《咏雪》、何逊《咏雪》、刘孝绰《对雪》。只是剔除了《艺文类聚》所录的梁简文帝《咏雪颠倒使韵》、沈约《咏余雪》、丘迟《望雪诗》、裴子野《上朝直雪诗》四首。从中可以看出《文苑英华》在这类诗歌的录入上受《艺文类聚》的影响是比较大的，基本上是在《艺文类聚》所定范围内进行筛选，但是对选定的诗歌也并非直接照搬，而是做了相应的处理，如刘孝绰《对雪》，《艺文类聚》《初学记》均引其中四韵，《文苑英华》录此诗相同。但是何逊的《咏雪》，《艺文类聚》《初学记》引"春、新、尘"三韵，《文苑英华》则是全录，以小字注明"此二句以本集添入"。这首诗应该不是从类书中直接选取，这种全录很有可能就是编纂者以其他文集进行过对比的结果。

5. 从类书直接取截录诗歌或借鉴类书的截录方式截取诗歌。《文苑英华》收录的诗歌截录有10首，属于与类书截录相同或相近的有：江淹《贻袁常侍》引其中五韵，与《艺文类聚》同；任昉《答刘孝绰》引其中五韵，《酬谢宣城朓》引其中五韵，与《艺文类聚》同，《被褐守东山》引其中十四韵，与《艺文类聚》基本相同（《文苑英华》中"淙""襹"韵，《艺文类聚》作"潫""缔"）；吴均《赠杜容成》引其中四韵，刘孝绰《对雪》引其中四韵，均与《艺文类聚》《初学记》同；闻人倩《春日》引其中四韵，与《艺文类聚》《初学记》同。庾信《奉和赵王隐士》引其中九韵，与《艺文类聚》同。这种截录方式很有可能是直接取自类书。

另外，《文苑英华》也有类书全录而其截录的诗歌，如徐干《情诗》，引后四句作《自君出矣》，《艺文类聚》全录。梁元帝《和刘尚书兼明堂昌宫》引其中五韵，《初学记》全录。这种截录方式或是借鉴了类书的截录方式截取诗歌，使其更符合类别编排需要，但是此种方式在录先唐诗歌时极少采用。

（三）"事""文"结合：类书成为《文苑英华》录文来源的原因

类书是分门别类采集各种古籍中的有关资料，加以整理汇编而成，主要目的是让人们在浩瀚的典籍中快捷有效地查阅到自己所需。中国第一部大型类书《皇览》出现于三国魏时期，其收集材料限于历史事件，《玉海》言"类事之书始于《皇览》"①。南北朝时期的两大类书《华林遍略》《修文殿御览》以收集骈偶丽句为主，但主要是便于人们查典用事。先唐这些类书着力点都在"事"而非"文"上，这引起了唐代修撰类书者的不满。欧阳询《艺文类聚·序》指出："《流别》《文选》专取其文，《皇览》《遍略》直书其事。文义既殊，寻检难一。"为此，《艺文类聚》一改前代类书体例，将"事""文"并于一类中，按"事居其前，文列于后"顺序排列。唐代另一部大型类书《初学记》将子类分为"叙事""事对""诗文"三个部分，也是采用类似的排列，将"事"与"文"归于一类之下。唐代类书"事""文"结合的体例是对前代的类书与文集进行综合的结果，这种综合大大密切了类书与文学的关系，使得类书具有文学选本性质以及文学批评特征，反过来也为后代文学总集的编纂提供了录文依据。

综上所述，《文苑英华》录文"不作选择"批评意见用在《文苑英华》先唐诗歌上是欠妥的。宋白上表虽然没有明确指出录文来源，但是他指出了编撰过程是"撮其精要"，这说明编纂者编纂思想并不是求"多""全"，而是更重"精"。从《文苑英华》先唐诗歌的录入情况来看，唐代类书录文本身已经过筛选，《文苑英华》又在此基础上进行选录、删减或增补，属二次筛选，可见其录文并不是"不作选择"或者求"全""多"，而正是实践了编纂者"撮其精要"的录文指导思想。此外，在《文苑英华》修纂之前，同一时期的重要类书《太平御览》已修纂完成，宋太宗下令从《太平御览》纂修人员中抽出近半，加上杨徽之等共二十几人共同修纂《文苑英华》。从两书的修纂者来说，属

---

① （宋）王应麟：《玉海》，江苏古籍出版社、上海书店1987年版，第1025页。

于同一集团,而与《文苑英华》诗歌上大量借鉴类书不同的是,同为类书的《太平御览》对前代类书诗文的借鉴并不大,以《太平御览》天部为例,分34子类共收诗歌33首,全部为先唐诗歌,在每一子类的内容安排上并不将诗文单独列开。这33首诗与《艺文类聚》所收录的诗歌大致同8首,《初学记》同7首,与《文苑英华》所收录没有相同。由此可见,虽然《太平御览》《文苑英华》这两部书的编纂时间相近,编纂人员有重合,但是就诗歌而言,在录文上唐代类书对《太平御览》影响不大,而《太平御览》对《文苑英华》影响也极小,这说明宋初类书编纂上仍以"事"为主,不似初唐类书重"文"。《文苑英华》选择利用重"文"的类书,这也证明了《文苑英华》对文学精华的重视。

二 《文苑英华》诗的选本性质分析之二:以唐代诗作为中心

前面对于《文苑英华》收录先唐诗来源做了考辨,可知《文苑英华》对于先唐诗作的录入是有所斟酌挑选的。再来看《文苑英华》对唐代诗作的收录情况。唐代诗文在《文苑英华》所收作品中比重极大,《文苑英华》网罗全选作品的看法也多针对此部分而出,那么《文苑英华》所录唐代诗文是否未经选择,只求网罗作品,存文献?

(一)周必大所言不符合《文苑英华》录文实际

《文苑英华》录文未作选择的观点最早源于南宋的周必大,他在《〈文苑英华〉序》中提道"是时印本绝少,虽韩柳元白之文尚未甚传,其他如陈子昂、张说、九龄、李翱等诸名士文集世尤罕见。修书官于宗元、居易、权德舆、李商隐、顾云、罗隐辈或全卷取入"[①],其中说的"文集罕见""全卷取入"含有两层意思:一是《文苑英华》全卷录入了柳宗元、顾云等人的文集;二是《文苑英华》修书者考虑到唐代诸名士文集在当时罕见,应以保存文献为主,所以全卷录入。但周必大的说法与《文苑英华》文本并不相符。

首先,其与《文苑英华》编纂目的不符。宋太宗欲修《文苑英华》

---

① (宋)周必大:《文忠集》,景印文渊阁四库全书本(第1147册),台湾商务印书馆1986年版,第583页。

是因宋初所存的前代诸家文集数量渐繁，但是在质量上"蓁芜相间"，故而要删减繁芜，选出优秀的作品编辑成书，意在为学习者提供范本。《文苑英华》成书之后，宋太宗"览之称善"，也表明对《文苑英华》选录文章精华的认可。若周必大所说"全卷取入"是属实，则意味着《文苑英华》编纂者在录文时没有选录文章精华，这显然违背了《文苑英华》的编纂目的。

其次，因"文集罕见"而全录并不是《文苑英华》编纂标准。周必大认为"文集罕见"是《文苑英华》出现全卷收录现象的原因。但是相对唐人文集而言，宋初所存的唐前文集更少。就北朝的北齐和后周文集来说，《新唐书·艺文志》载有北齐《杨休之集》30卷、《邢子才集》30卷、《魏收集》70卷、《刘逖集》40卷、后周《明帝集》50卷、《赵平王集》10卷、《宗懔集》10卷、《王褒集》20卷、《萧捴集》10卷、《庾信集》20卷、《王衡集》3卷。北齐和北周文集在宋初也当数"罕见"。依周必大所认为的，这些文集作品《文苑英华》应全录，但《文苑英华》并没把这些文集全卷录入，可见"文集罕见"非其录文标准。

最后，《文苑英华》并非全卷收录了柳宗元、白居易等诸家诗文。《文苑英华》收录周必大认为是"全卷取入"的作家作品数量具体为：柳宗元诗文201篇，包括赋4篇、诗1首、文196篇；白居易诗文679篇，包括赋14篇，诗254首、文411篇；权德舆诗文312篇，包括诗86首，文226篇；李商隐诗文223篇，包括诗55首，文168篇；顾云诗文27篇，包括诗歌7首，文20篇；罗隐诗文168篇，包括诗歌143首，文25篇。依周必大的理解，这就是北宋编纂《文苑英华》时所存上述诸家的文集数量，实际上并非如此。

《宋史·艺文志》载宋初"有书万余卷。其后削平诸国，收其图籍，及下诏遣使购求散亡，三馆之书，稍复增益"[1]，虽所收书籍名目不详，但可据文献资料推测上述诸家文集在宋初的存佚状况。如白居易

---

[1] （元）脱脱等：《宋史》，中华书局1977年版，第5032页。

文集，据《新唐书·艺文志》载《白氏长庆集》75卷。《崇文总目》载《白氏文集》70卷，《元白三州唱和诗》1卷，《白氏制朴》3卷，《元和制策》3卷，《八渐通真议》1卷（白居易撰）。据白居易《白氏集后记》自叙："白氏前著《长庆集》五十卷，元微之为序；后集二十卷，自为序；今又续后集五卷，自为记。前后七十五卷，诗笔大小凡三千八百四十首。"后虽有所散佚，但绝大多数保存下来，流传至今。宋绍兴刻本《白氏文集》71卷是今存最早的白集刻本，诗文3600多篇，诗近3000首。而《文苑英华》仅收诗文679篇，其中诗254首。相对于3600多首（篇）来说，从中选600多首（篇）并不为多。

又如李商隐文集，《新唐书·艺文志》载李商隐《樊南甲集》20卷、《乙集》20卷、《玉溪生诗》3卷、《赋》1卷、《文》1卷。《崇文总目》载李义山诗3卷。宋陈振孙《直斋书录直解》载："《李义山集》八卷、《樊南甲乙集》四十卷，唐太学博士河内李商隐义山撰。……《玉溪生集》三卷，李商隐自号。此集即前卷中赋及杂著也。"① 《文苑英华》收李商隐诗55首，文168篇，而从上述材料记载来看，这223篇诗文肯定不是李商隐的全集，单是诗歌而言李商隐在宋初的存诗应该有3卷，也不可能只存55首。

再如《新唐书·艺文志》载《柳宗元集》30卷，《崇文总目》亦载《柳子厚集》30卷。而《文苑英华》收录柳宗元诗只有1首，绝非全集录入。《新唐书·艺文志》集部载顾云《集遗具录》10卷，《宋史》载有《顾云集遗》10卷，《崇文总目》集类载顾云《凤策联华》3卷，而《文苑英华》收录顾云诗歌只有7首，显然也非全集录入。

综上所述，周必大所论虽注意到了《文苑英华》对一些作家作品收录相对多的情况，但他没有注意到《文苑英华》的编纂有"选"的特点，后人大多沿袭周必大此说，《文苑英华》编纂的初始真实逐渐被掩盖。

（二）《文苑英华》所录唐代诗文亦经过择取，录文倾向明显

假设《文苑英华》只是为了保存文献而去搜集唐代诗文，那么

---

① （宋）陈振孙：《直斋书录直解》，上海古籍出版社1987年版，第483—484页。

《文苑英华》所录诗文应该体现不出其审美倾向，而实际其录文倾向是很明显的。此以《文苑英华》《才调集》选文为例比较就可证明。《才调集》成书于五代，《崇文总目》"总集类下"载"《才调集》十卷"，此书在宋初秘阁应存。《才调集》总共收录韦庄等唐人诗歌1000首，韦縠《序》言："遂采撷奥妙，并诸贤达章句。……韵高而桂魄争光，词丽而春色斗美。"① 可知编纂者的选诗标准是"韵高""词丽"。不少艳情之作入选该书，如其所录李白28首中有15首，白居易27首中有12首，韦庄63首中有17首，温庭筠61首诗中有24首。而所收的元稹诗57首、王涣诗13首、孙棨诗4首则全为艳诗。《文苑英华》在对艳诗的选录上与《才调集》区别明显。

《才调集》所录诗人中最推崇韦庄，其所录韦庄诗歌中有不少是艳诗，如《叹落花》《春日》《贵公子》《立春》《伤灼灼》《春愁》《上春词》等。但是韦庄诗仅有8首（其中《悼亡姬》为艳诗）被选入《文苑英华》，韦庄在《才调集》中所录的艳诗均被《文苑英华》摒弃。又如温庭筠在《才调集》的诗歌数量排第二位，温庭筠诗录入《文苑英华》的亦达139首。但《才调集》重视的是温诗中《春愁曲》《舞衣曲》《苏小小歌》等诸如此类的艳诗，这些艳诗同样被《文苑英华》摒弃，温诗中以行迈、寄赠、登临、送别等为题材的诗歌为《文苑英华》所重。元稹被选入《才调集》的57首艳诗，无一首进入《文苑英华》。被选入《才调集》的李商隐艳诗如《锦瑟》《碧城》《晓坐》《银河吹笙》等，《文苑英华》都未选录。《文苑英华》收录李商隐55首诗，多为咏物诗、咏史诗。若《文苑英华》收录唐诗只是为保存文献，那么两书在选录作品上不可能有如此明显的差异。《文苑英华》应该囊括《才调集》所录的1000首诗，但实际上《文苑英华》《才调集》二者只重合诗歌181首。由此也可见《文苑英华》选录唐代诗文并非全集收录，不作选择。

综上，我们可以得出结论，即《文苑英华》应为选本性质的文学

---

① 傅璇琮：《唐人选唐诗新编》，陕西人民出版社1996年版，第691页。

总集。各个时代文学审美倾向各异，但不能因为与《文苑英华》编撰者文学观相抵牾就忽略其选本性质。

三 《文苑英华》选本性质被误解的原因

《文苑英华》这部以选本面貌出现的文学总集在后人的接受中变成网罗全部的文学总集，其选本价值意义逐渐被忽略。引起这种变化的原因主要有四点.

其一，《文苑英华》收录作品多，无刊本，难以流传，阻碍了范本作用的发挥。周必大称："今二书闽蜀已刊，惟《文苑英华》士大夫家绝无而仅有。……当真宗朝姚铉铨择十一，号《唐文粹》，由简故精，所以盛行。近岁唐文纂印浸多，不假《英华》而传，况卷帙浩繁，人力难及，其不行于世则宜。"[1] 指出《文苑英华》常人难见的状况。《文苑英华》成书后，长期藏于朝廷秘阁，一般人难以见到，直到宋宁宗嘉泰年间周必大主持刊刻《文苑英华》才有刊本问世。《文苑英华》所录诗文浩繁，流传面又极窄，而在当时对唐代古籍的整理亦逐渐增多，《文苑英华》传承文学作品的作用减少，《文苑英华》为人们提供范本的编纂初衷也难以实现。

其二，《文苑英华》部头大，收录诗文繁多，但是收录不均衡。如其所收唐代诗人有800多人，收诗10首以下的565人（342人仅收诗1首），而有22人收百首以上，如白居易（254首）、李白（228首）、杜甫（194首）、刘长卿（181首）、王维（155首）、卢纶（154首）、贾岛（153首）、郑谷（151首）、宋之问（145首）、刘禹锡（143首）、皎然（142首）、罗隐（142首）、温庭筠（139首）、许浑（136首）、赵嘏（121首）、张籍（120首）、张说（118首）、张九龄（113首）、刘得仁（112首）、张乔（112首）、方干（111首）、李峤（105首）。《文苑英华》所录这22人的诗歌数量占到其所录唐诗总数的三成以上，显示出《文苑英华》录诗的极不均衡性。在

---

[1] （宋）周必大：《文忠集》，景印文渊阁四库全书本（第1147册），台湾商务印书馆1986年版，第582—583页。

具体诗人诗文的收录上，《文苑英华》多则收录某人诗作一两百篇，少则收一两篇，这种录文的不均衡会让读者容易感觉《文苑英华》对作品编纂的标准是网罗所有。

其三，文学审美标准不同带来的影响。文学审美观念及标准在各个时代呈现的特点不一。即便是相近时期或同一时代，也存在审美差异的情况。如秦嘉的五言诗，钟嵘的《诗品》将之列入中品，《文选》则不收录，《玉台新咏》将其收入其中，可见同为梁代，选家的诗歌审美尺度不尽相同。《文苑英华》也是如此，它选文虽本着选录诗文精华的目的，但如李白的《早发白帝城》、杜甫的"三吏""三别"等今人认为是名篇的诗歌，《文苑英华》都未收录。而在今人看来内容空洞、感情肤浅的应制、应令、草木、鸟兽等类型诗作，《文苑英华》却选录了不少。正因为如此，所以后人对《文苑英华》录文水准多存异议，类似"在作品的收录上，给人一个突出的印象是又滥又缺"[①]这样的批评观点屡见不鲜。

其四，大量的文集文献因年代久远、保存不善而亡佚，使得《文苑英华》文献价值日渐突出。《文苑英华》编修于宋初，当时距唐较近，旧集多存，再加上宋太宗抑武佑文，重视图书建设，广泛搜采书籍，所以唐代文集蕴藏还比较丰富。南宋距离北宋不远，周必大可以利用不少六朝及唐代文集校勘《文苑英华》。但是随着时间的流逝，唐代文集散佚情况越来越严重。唐代不少诗文依赖《文苑英华》而幸得保存。在《四库全书》所辑的唐别集中，《张燕公集》据《文苑英华》补61篇杂文；李华、李邕、李商隐、萧颖士等人文集依赖《文苑英华》辑录而成。后人编纂《古诗纪》《全唐文》《全唐诗》等总集时亦充分利用到了《文苑英华》。如此，《文苑英华》的文献价值越来越突出，其选本价值却逐渐被掩盖了，后人对《文苑英华》总集性质的认识也逐步由选本性质转变成"网罗放佚"的非选本性质。

虽然《文苑英华》本身所具备的一些因素以及文献散佚容易使人们重视《文苑英华》的文献价值，忽略其选本意义，但是《文苑英华》

[①] （宋）李昉：《文苑英华》，中华书局1966年版，第4页。

作为选本出现的事实是不能改变的。选本批评是宋初很重要的文学批评方式,如果只注重《文苑英华》的文献价值,会失去从选本角度考察北宋初期文学发展情况的一个视角。

第三节 《文苑英华》诗的选录与接受

一 诗歌的收录范围

《文苑英华》总计收录诗10650首,诗人1085人,其中先唐诗1245首,诗人218人;唐代诗9405首,诗人867人。《文苑英华》录诗有154首重合,包括同诗同题同作者的93首,同诗同作者不同题的有47首,同诗同题不同作者的有14首,先唐重诗4首,唐重诗150首。除去这154首重诗,实际录入10496首。收录诗歌下限为五代,罗隐、皮日休、曹邺、刘驾、陆龟蒙等都是晚唐诗人,韦庄、贯休、黄滔由唐入蜀,殷文圭、杨夔由唐入吴。《文苑英华》录文下限一般无异议,而《文苑英华》录文上限问题则有异议,这种异议也主要在诗这一文体中。以下重点论述《文苑英华》收录诗的上限问题。

(一)《文苑英华》录文上限的几种说法

1. "南北朝"之说

《文苑英华》编成后经历了四次修订校勘。《文苑英华》编纂成书后,在宋代经历了四次校勘,时间分别为景德四年(1007)、祥符二年(1009)、淳熙八年(1181)、嘉泰元年至四年(1201—1204)。"南北朝之说"是在第四次校勘中周必大提出的,其称:"盖所集止唐文章,如南北朝,间存一二。"[1] 这也是最早较明确指出《文苑英华》收录作品范围的说法。

2. "梁""梁末"之说

明代刊刻《文苑英华》时,胡维新《刻〈文苑英华〉序》称:"《苑》

---

[1] (宋)周必大:《文忠集》,景印文渊阁四库全书本(第1147册),台湾商务印书馆1986年版,第582—583页。

之集始于梁，而部系类分悉宗《选》例，非嗣文以承统乎？"提出《文苑英华》收文迄于梁。清人在此基础上又具体到"梁末"，《四库全书总目》言《文苑英华》"梁昭明太子撰《文选》三十卷，迄于梁初。此书所录，则起于梁末，盖即以上续《文选》。其分类编辑，体例亦略相同，而门目更为繁碎"①，录文上限更为明确。《文苑英华》收文起于"梁""梁末"之说被现代诸多学者接受。

3."三国魏"之说

今人凌朝栋经过详细考辨之后认为："《英华》收录诗文并不始于'梁末'，而是始于三国时期魏。具体地讲，《英华》卷二○二节选了'建安七子'之一徐干的《室思诗》六章之三，题为《自君之出矣》；卷一五七收录了魏人程晓《嘲热客》，题为《伏日作》。这些才是《英华》选录最早的作品。"②

《文苑英华》录文上限其实是个比较简单的问题，只要翻阅《文苑英华》目录就可以发现《文苑英华》录文有梁以前的作品。后来的校勘者周必大没有把建安及晋包括进去，胡维新更是把梁前作品全忽略，而长期以来学界都认可了胡维新的观点，包括中华书局影印《文苑英华》时，参用其抄本和其他书籍重新编订了一个篇名目录，而在出版说明中仍是延续胡维新的观点，认为"全书上起萧梁"③。如果是误认，何以长期以来学界并不否定"南北朝"之说，或者"梁""梁末"之说？如果不是误认，《文苑英华》录文上限的传统观点为何与文本不符合？

（二）"南北朝"之说、"三国魏"之说与文献真实

周必大提出的《文苑英华》录文起始"南北朝"之说，从文本实录来看，忽略了建安徐干的《自君之出矣》和晋程晓的《伏日作》这两首诗。

1.作品失序与徐干的被忽略

一般来说，编纂者编纂总集时有对作家作品按时代排列的意识，如

---

① （清）永瑢：《四库全书总目》，中华书局1965年版，第1691页。
② 凌朝栋：《〈文苑英华〉收录诗文上限考略》，《文学遗产》2004年第3期。
③ （宋）李昉：《文苑英华》，中华书局1966年版，第1页。

《文选》的编纂。《文选序》明确作品排序"远自周室,迄于圣代"这样一种"各以时代相次"的原则,但是在实际操作中常会出现失序情况。关于这一问题学者多有注意,如枚乘卒于司马相如之前,而《文选》"上书"体中枚乘《上书谏吴王》排在司马相如《上书谏猎》之后,排序存在失序问题。同一朝代内的失序现象在《文苑英华》中也存在,以其诗"悲悼类"为例,悲悼类分追述、哭人、哭僧道、哭妓、送葬、坟墓、第宅、怀古、踪迹、挽歌十个子类,各子类作家排序依次为:

追述:沈约(441—513)、陈子昂、张说、杜甫、高适、释灵一;

哭人:沈约(441—513)、陶弘景(456—536)、何胥(陈)、庾信(513—581)、薛德音(隋)、张正见(?—582前)、阴铿(?—563)、江总(519—594)、刘斌(隋)、孔绍安(约577—622)、褚亮(560—647)(此后为唐人,略);

哭僧道:(不录唐前诗)杨炯、孟浩然、释皎然、严维、刘长卿、张谓、钱起、耿纬、司空曙、于鹄、李端、元稹、贾岛、刘得仁、李洞、张祜、方干、项斯、周贺、温庭筠、张乔、李远、陈陶、裴说(前为哭僧人诗,后为哭道士诗)、沈佺期、刘长卿、刘禹锡;

哭妓:(不录唐前诗)杨炯、宋之问、张祜、温庭筠、皇甫冉、李群玉、韦庄;

送葬:张正见、庾信(513—581)、王褒(约513—576)、唐太宗、顾况、刘长卿、皇甫冉、权德舆、陈羽、唐彦谦、罗隐;

坟墓:何逊(473?—519)、虞骞(梁)、庾肩吾(487—551)、阴铿(?—563)、无名法师(北周)、陈昭(陈)、卢思道(隋)、骆宾王、沈佺期、徐彦伯、张说、张九龄、王维、杜甫、颜胄、贾彦璋、常建、刘长卿、岑参、刘湾、顾况、耿纬、权德舆、韩愈、孟郊、吕温、白居易、贾岛、许浑、项斯、温庭筠、曹邺、聂夷中、张祜、郑谷、陈陶、陆龟蒙、罗隐、曹松、唐彦谦;

第宅:萧子范(梁)、王筠(梁)、何逊(梁)、刘孝威(梁)、江总(陈)、元行恭(隋)(此后为唐人,略);

怀古:何逊(梁)、沈炯(陈)、卢思道(隋)、段君彦(隋)、陆敬（隋）、孙万寿（隋）（此后为唐人，略）；

挽歌：卢思道（此后为唐人，略）。

从以上作家排序可以看出，基本上按"唐前—唐"的时代排序，唐代也基本上按初中晚唐的顺序排列，但有失序现象，如送葬子类顾况置于刘长卿之前，而坟墓子类中，顾况又置于刘长卿之后。顾况生约727年，卒约820年，刘长卿生年不详，约卒于790年，二人有交游来往。此属于同一朝代内失序现象。

另外，《文苑英华》还有不同朝代诗人排序乱序现象。哭人子类中，隋代薛德音排在张正见、阴铿等陈代诗人前面，庾信排在张正见前面而送葬类中又置于其后。这种现象在《文苑英华》中存在几处，如卷一九三乐府第二同题《阳春歌》，刘宋时期的吴远迈置于柳顾言、顾野王之后；其卷二〇二乐府第一十同题《巫山高》，卒于齐中兴二年的刘绘放在梁简文帝、王泰、范云、萧铨、庾羲之后；其卷二〇二乐府第十一中同题《有所思》，刘绘排在梁简文帝、昭明太子、王筠、庾肩吾、王僧孺之后。徐干的排序也属于此类问题。乐府类《自君之出矣》同题诗人排序为鲍令辉、范云、陈书达、贾冯吉、徐干。徐干为建安人士，按时代而言理应置最前而不是最后。

周必大在总结《文苑英华》存在的问题时，并没有谈到作家排序问题。彭叔夏的《〈文苑英华〉辩证》对于《文苑英华》问题总结更为全面，但也没有谈到排序问题。《文苑英华》将徐干排于陈代诗人之后，很有可能是将徐干误认为是陈或之后的诗人，而周必大等校勘者不提及这一问题，多半是疏忽所致。

2. 校勘疏漏与程晓被忽略

程晓的《伏日作》，《文苑英华》收入天部类，置于魏收诗后面，但是未署名，只在目录上有名字。全诗如下：

平生三伏时，道路无行车。闭门避暑卧，出入不相过。今世褦襶子，触热到人家。主人闻客来，频蹙奈此何。谓当行起去，安坐止踞跨。所说无一急，唠啥一何多。疲倦向之久，笑问君极那。摇扇臂中痛，流汗正滂沱。莫谓此小事，亦是一大瑕。传戒诸高明，热行宜见诃。①

此诗在《文苑英华》前编纂完的《太平广记》《太平御览》中均收录。《太平广记》"嘲诮一"载：

晋程季明《嘲热客》诗曰："平生三伏时，道路无行车。闭门避暑卧，出入不相过。今代愚痴子，触热到人家。主人闻客来，嚬蹙奈此何。谓当起行去，安坐正咨嗟。所说无一急，嗑嗑吟何多？"摇扇腕中疼，流汗正滂沱。莫谓为小事，亦是人一瑕。传诫诸朋友，热行宜见呵。"②

《太平御览》时序部十九载：

程晓诗曰：平生三伏时，道路无行车。闭门避暑卧，出入不相过。今世能襫子，触热到人家。主人闻客来，频就奈此何，谓当行起去，安坐止跦跨。所说了无急，嗑吟一何多。疲倦向之以，甫问居极那。摇扇臂中疼，流汗正滂沱。莫谓此小事，亦是人一瑕。传戒诸高明，热行宜见呵。③

《太平广记》《太平御览》所载与《文苑英华》的虽有出入，但是可以肯定属同一首诗。这三部书同为北宋初馆阁所编，《文苑英华》参与人员有近半与《太平御览》相同。既然《太平广记》《太平御览》均录此诗，而且注明作者程晓，可以肯定馆阁藏书中所见的这首诗是有名可查的。而《文苑英华》的目录中标明其名，但是在总集里置于魏收诗后面，未署名，这属于编纂者的疏漏。周必大主持的《文苑英华》

---

① （宋）李昉：《文苑英华》，中华书局1966年版，第746页。
② （宋）李昉等：《太平广记》，中华书局1961年版，第1964页。
③ （宋）李昉等：《太平御览》，中华书局1960年版，第160页。

第四次校勘用力很勤，但是纰漏仍存在。《伏日作》和徐干的《自君之出矣》都用小字夹注过，说明校勘者是注意到这两首诗的。《伏日作》用的是《艺文类聚》校对，《艺文类聚》云：

> 晋程晓诗曰：平生三伏时，道路无行车，闭门避暑卧，出入不相过。今世褦襶子，触热到人家。主人闻客来，嚬蹙奈此何。摇扇脾中疼，流汗正滂沱。传诫语高明，热行宜见诃。①

《艺文类聚》明确写明作者为晋程晓，周必大等人校勘时也未予以增补其名，此属于编纂者和校勘者的疏漏。这种疏漏本身表明此诗的作者并没引起编纂校勘者的注意，因此，周必大"南北朝"之说将其遗漏也是自然的。

（三）"梁"之说与编纂者编纂预设

《文苑英华》先唐作品涉及的文体有27种，所收录梁前作品有11首诗歌。《文苑英华》收文上限胡维新的"梁"及以后"梁末"之说，从文本上看的确忽略了梁前作品，但是更接近编纂者的编纂预设。

《文苑英华》编纂者在观念上有"续《文选》"的预设。首先，编纂体例上与《文选》类似。《文选》的体例编撰原则是"凡次文之体，各以汇聚"，将文体分赋、诗、骚、七、诏等37类。其次，"诗赋体既不一，又以类分"，诗赋以下进行类分，将赋分京都、郊祀、耕藉等15小类。诗分补亡、述德、劝励等23类。在类分上多以写作目的、内容情感为主要标准。《文苑英华》的编纂体例也大体如此，它将文体分赋、诗、歌行、杂文、中书制诰等38类，除了对诗赋分类之外，对其他文体如歌行、杂文等也进行了分类，如赋分天象、岁时、地类、水等38类，诗分天部、地部、帝德、应制等25类，歌行分天、四时、仙道、纪功、征戍等24类，子类多以内容为类分标准。最后，《文苑英华》与《文选》录诗重合仅有9首（丘迟2首，沈约7首），录文用意上体现出

———

① （唐）欧阳询：《艺文类聚》，上海古籍出版社1999年版，第87页。

"续《文选》"观念。《文苑英华》作品编排时,唐前作品有标注作者时代的,如卷一五五《望齐霁》作者为梁王筠,《喜晴》为周庾信,《雨晴》为隋王胄。卷一五六《春风》为梁贺文标,《和王充书德充咏白云》为梁沈约,标注最早的年代为梁代,对于我们现在所认为的梁前作品都没有标注时代。从这种标注来看,编纂者有录文作品从梁开始的设想。

《文苑英华》诗分25类,每类诗的卷首诗人安排也可以看出编纂者录文始于"梁"的意图,如表1-3所示。

表1-3　　《文苑英华》诗类卷首诗人及所录最早作家统计

序号	诗歌分类	卷目	卷首诗人时代统计									年代最早的作家
1	天部	8	梁	6	陈	1			唐	1		魏 程晓
2	地部	8	梁	4	周	1			唐	3		梁 范云
3	帝德	1			唐					1		唐 李世民
4	应制	11	梁	2	陈	1	周	1	隋	2	唐 5	梁 丘迟
5	应令附应教	1			梁					1		梁 萧子显
6	省试	10			唐					10		唐 殷寅
7	朝省	2	梁	1					唐	1		梁 何逊
8	乐府	20	梁	14	陈	2			隋	1	唐 3	建安 徐干
9	音乐	2	梁	1					唐	1		梁 沈约
10	人事	5	梁	2					唐	3		梁 吴均
11	释门	6	梁	1					唐	5		梁 何逊
12	道门	5	梁	1	周	1			唐	3		梁 沈约
13	隐逸	4	梁	2					唐	2		梁 任昉
14	寺院	6	梁	1					唐	5		梁 萧衍
15	酬和	7	梁	1					唐	6		梁 任昉
16	寄赠	19	梁	1					唐	18		梁 范云
17	送行	20	梁	1	隋	1			唐	18		梁 范云
18	留别	3	梁	1					唐	2		梁 任昉
19	行迈	10	梁	2					唐	8		梁 吴均

续表

序号	《文苑英华》诗							
	诗歌分类	卷目	卷首诗人时代统计					年代最早的作家
20	军旅	2	梁				2	梁 沈约
21	悲悼	10	梁	4	隋	1	唐 5	梁 沈约
22	居处	9	梁	2	周	1	唐 6	梁 庾肩吾
23	郊祀	1	梁				1	梁 吴均
24	花木	7	梁	3	隋	1	唐 3	梁 范云
25	禽兽	3	梁	2	陈		1	梁 何逊

从表1-3中可知180卷诗中卷首为梁代诗人的有56卷，其他124卷的卷首诗人均为梁后。而25类诗中有21类诗所收诗最早年代始于梁代，有2类始于唐代，始于梁前的只有天部和乐府两类，《文苑英华》分类很细，天部分43子类，程晓的《伏日作》只在伏日一子类，未署名。乐府类中梁前这8首乐府均未标明年代，排序上又存在失序问题。可以推测当时的编纂者是把梁前这9首作品当作梁代诗来看待的。

胡维新购得《文苑英华》善本，据此进行刊刻。他肯定了周必大主持的第四次校勘，认为"至嘉泰之再雠，乃称全本"（《刻〈文苑英华〉序》），所以胡维新组织的这次刊刻并没有着力对《文苑英华》专门校勘。虽然同是主持刊刻，但是胡维新与周必大的关注点不一样，周必大关注文本真实，而胡维新更注重文学接近心迹的真实，包括编纂者的编纂意识，看似与文本实际距离更大的"梁""梁末"之说实际上更接近于编纂者编纂观念的起始预设。

文学总集编纂的观念预设与实际操作往往有出入，以此带来的文献真实与编纂者的编纂意识真实之间的矛盾问题是值得注意的。周必大"南北朝"之说和凌朝栋的"建安"之说是从文本中考证实际收录情况，这种文献考证能够澄清事实问题，但是容易忽略编纂者思维的逻辑预设。胡维新对于《文苑英华》收文"迄于梁"的说法是从文本中把握编纂者的编纂预设。而后一种观点对后世影响最大，从中可以看出人们在《文苑英华》收录范围问题上的接受倾向。这种观点也容易产生误导，或是误认为"迄于梁"是文本实录，或者将编纂预设认定为编纂真实。

二 诗歌的选录标准及接受效果

（一）选诗标准

宋太宗认为前代诸家文集良莠不齐，因而要选录文章精华编纂《文苑英华》。但是何谓文学精华？《文苑英华》编纂者并没有给出明确标准，这就需要依靠《文苑英华》选录的作品来分析其选录标准。《文苑英华》诗分二十五子类，诗歌之"精华"标准因类而异。如《文苑英华》天部类，细分四十二子类，如日、月、中秋月、玩月、对月、望月、杂题月、星、雨、喜雨、对雨、苦雨、杂题雨、咏雪、对雪、咏雪杂题、晴霁、风、杂题风、云、杂题云、霜、露、雾、烟霞、天河、虹霓、元日、春、人日、上元、寒食、上巳、夏、端午、伏日、秋日、秋、七夕、九日、冬、夜等，这些子类表明天部关注点为天体运行、四季变化以及岁时，即"景"为选诗的中心。如入选"日"子类的诗歌多与太平气象、歌功颂德有关，呈现出雍容特点。而与"月"类的诗歌，多与思妇、思人联系，感情含蓄婉约。与"风"类有关的诗，唐前多用"春风"入诗，至唐代入诗的"风"则有时节差异、地域不同、形态之别等。虽然从内容上来看千姿百态，但是收录的诗以景致描写为主，有抒发情感的也以个体体验为主，如仕途不顺、思人之忧等，很难从中看出社会内容，诸如梁元帝《咏细雨》、唐太宗《望雪》、李白《初月》等。这类诗涉及社会现实的极少，仅见杜甫《秋兴》对国之兴衰的忧叹，郑谷《中秋》对"乱兵何日息"的现实关注。

又如《文苑英华》所录悲悼类诗，情感深沉含蓄，语言较为平易。如沈约的《悼亡》在自然永恒与人生短暂的对照中，睹旧物思亡人悼情深沉，突出自我感受。诗无特别命意，亦无石破天惊的手法，但哀婉之情悄然溢出，语言自然流转。张正见的《伤韦侍读》诗一、二句高度评价韦侍读才俊人杰，中间四句写逝水、悲风、秋气、宿草、寒松等自然景物，虽不直接言人亡，却句句含悲，最后两句以丧歌寄托无限哀情。陶弘景的《和约法师临友人》、沈炯《望郢州城》等都是这类诗作。梁代江淹有《悼室人诗十首》，此诗组是现存资料中南北朝时期最长的悼亡诗，多描写周围自然环境，渲染悲伤情感，着力表现自我悲郁心情，辞藻较雕琢，与《文苑英华》录入的悼亡系列风格迥异。挽歌中北齐温子升《相国清河王挽歌》虽有明确的哀悼对象，但是言辞质朴，情感冷静。这两种悲悼诗《文苑英华》均未录，从中亦可看出《文苑英华》对悲悼类诗的选录倾向。

（二）接受效果

宋太宗将书籍视为教化之本，意欲以儒家文化匡正五代浇漓之风。《文苑英华》是在北宋王朝推行文治政策的产物，其所选作品皆为太宗命馆阁文臣撮文章精要而成。因为杨徽之"精于风雅"（《宋史·杨徽之传》），宋太宗指定他选录《文苑英华》诗歌作品。宋白等人上表所云"席缙经史，堂列缣缃，咀嚼英腴，总览翘秀，撮其类列，分以部居，使沿沂者得其余波，慕味者接其妍唱"（《玉海》卷五十四），这是《文苑英华》编纂者对编纂工作的自我评价以及期待。杨徽之编选诗歌主要是为世人提供诗歌创作和学习的范本，发挥诗教功能，为"以文德致治"（李攸《宋朝事实·圣学》）的政治目的服务。《文苑英华》编纂完成之后，太宗"览而善之"（《玉海》卷五十四）肯定了《文苑英华》选取诗文精华的价值，自然也包括肯定了《文苑英华》的诗歌选录。杨亿称《文苑英华》诗是"非风雅之言，未尝取也"（《故翰林侍读学士杨公行状》）。由此可以看出时人对《文苑英华》的选本价值的认可。到了明代则对《文苑英华》的诗文选录才有异议，胡维新在《刻〈文苑英华〉序》中云：

> 或訾《苑》集渔采泛博，艳靡伤于华，雕镂乖于雅，骈偶牵于拘，纤媚沦于弱，使湮之，不足虑者。是论也，以品文也，指疵而掇粹也。兹刻也，以论世也，备戴而识遗也。若言咨翼圣文主明精，较瑕等瑜，存纯划驳，则《苑》之绮华不若《选》之雅劲，存乎《选》，《苑》可无刻也。《选》之雅劲不若经之精奥，存乎

经，《选》可无刻也。审是文可尽废哉？①

从胡维新所说有人认为"訾《苑》集渔采氾博，艳靡伤于华，雕镂乖于雅，骈偶牵于拘，纤媚沦于弱，使湮之，不足虑者"中可以看出当时人们对于《文苑英华》并不肯定，胡维新批评了当时人们以瑕掩玉的观点，总体上肯定了《文苑英华》，但他也是承认《文苑英华》选文雅劲不足的缺点。但学人更多的是肯定《文苑英华》录文的文献价值，如绪论中所提的周必大、胡应麟、《四库全书总目》及今之学人陈尚君、郭勉愈等人的观点都认可《文苑英华》文献价值而否定其选本意义，认为录文上是"不作选择""追求'多''全'"。从接受角度来看，《文苑英华》有从"文学精华"向"非精华"的接受转变倾向，但选本的文学意义不在于流传过程中是否仍被认为"精华"，更多的在于可以通过这一窗口更准确地把握一个时代的文学观念。

第四节 《文苑英华》诗的编纂体例

《文苑英华》分赋、诗、歌行、杂文、中书制诰等38种文体选录作品，38种文体收录作品，有的文体之下还有二级子类甚至三级子类。《文苑英华》的编纂体例可用宋白上表所言"撮其类列，分以部居"（《玉海》卷五十四）来概括，即分类选作品，按照一定的格局编排。

一 《文苑英华》诗编纂的体例特征之一——撮其类列

（一）历代文学总集的诗歌类分

收录诗体的文学总集的类型大致有两种：一是单独汇聚诗歌作品的诗歌总集，如《玉台新咏》《西昆酬唱集》《瀛奎律髓》《元诗别裁集》等。二是"分体编录"的诗文总集，将诗歌作为其中一种文体进行编

---

① （明）胡维新：《刻〈文苑英华〉序》，载李昉《文苑英华》，中华书局1966年版，第5页。

纂。如《文章流别集》《文选》《文苑英华》《唐文粹》等。这两种类型的总集诗歌类分各异,以下详细论之。

1. 诗歌总集的诗歌分类

诗歌总集最早可以追溯到《诗经》,虽历代目录学家、史家均将《诗经》归入经类,但从文学编纂角度来说,它也是一部诗歌总集。《诗经》305篇分风、雅、颂三部分。关于风、雅、颂的区分标准,大致有两种看法:一是以政治功能为标准,如《毛诗序》曰:"主文而谲谏,言之者无罪,闻之者足以戒,故曰风。……雅者,正也,言王政之所由兴废也。政有大小,故有小雅焉,有大雅焉。颂者,美盛德之形容,以其成功告于神明者也。"二是以音乐为标准,宋郑樵云:"风土之音曰风,朝廷之音曰雅,宗庙之音曰颂。"(《通志·总序》)朱熹则以题材内容与音乐结合阐释《诗经》"风、雅、颂"的区分标准,他在《诗集传序》指出:

> 凡诗之所谓风者,多出于里巷歌谣之作,所谓男女相与咏歌,各言其情者也。……若夫雅、颂之篇,则皆成周之世,朝廷郊庙乐歌之词。[1]

朱熹认为"风"多属民间男女相咏的歌谣,"雅""颂"则多为"朝廷郊庙乐歌之词"。其《诗集传·小雅序》又将"大雅""小雅"区分,认为"小雅"乃"燕享之乐","大雅"乃"会朝之乐"。朱熹将内容与音乐联系辨析"风""雅""颂"三者差异,这实际上就是题材、内容与音乐相结合的诗歌分类。无论何种标准,《诗经》"风""雅""颂"的区分已经透露出当时人们的诗歌分类意识。

此后出现的此类诗歌总集多有散佚,如汉代王逸有"《汉诗》百二十三篇"[2],《隋书·经籍志》载南朝此类诗歌总集:《诗集钞》10卷、《古诗集》9卷、《六代诗集钞》4卷、《诗英》9卷、《今诗英》8卷、《古今诗苑英华》19卷、《诗缵》13卷、《众诗英华》1卷、《诗类》6

---

[1] (宋)朱熹注,赵长征校点:《诗集传》,中华书局2011年版,第2页。
[2] (南朝宋)范晔:《后汉书》,中华书局1965年版,第2618页。

卷、《玉台新咏》10卷、《百志诗》9卷、齐《释奠会诗》10卷、《齐宴会诗》17卷、《青溪诗》30卷、《西府新文》11卷、《百国诗》43卷、《文林馆诗府》8卷等。这些书籍只能依据目录判断为诗歌总集，其编纂体例已难考察。今能见到较完整的为《玉台新咏》，《玉台新咏序》讲明诗歌编纂的类型"撰录艳歌，凡为十卷"，所收录的诗歌以反映男女情爱的题材为主。10卷之中，又以诗歌句式相分，录五言8卷，七言1卷，五言二韵1卷。从中可以看出《玉台新咏》的诗歌类分方法：首先是确立了某一种题材大类，其次以五言、七言等体式进行细分，属于题材与体式的结合的诗歌类分，但是没有以"五言""七言"等字样明确标明子类分类形式。

上述分析可以看出，《诗经》和《玉台新咏》均为诗歌总集，但是编纂体例有所不同。《诗经》为汇集众多诗人诗歌的综合性类分选本，先以综合各类的诗为大目，再细分类型进行编排。《玉台新咏》是汇集众多诗人某一类型诗歌的选本，先确定某一种诗歌类型，再进行各种编排。

综合性诗歌总集的诗歌类分，除了《诗经》按内容结合音乐性质类分之外，此后有按风格、体式、诗家、题材类分等。以风格分的，如张为撰《唐诗主客集》，原书分"广大教化""高古奥逸""清奇雅正""清奇僻苦""博解宏拔""瑰奇美丽"六类，这六类即按诗歌风格区分。以体式分的，如清孙洙撰的《唐诗三百首》古今诗体兼收，分五古、七古、七言乐府、五言律诗、七言律诗、五言绝句、七言绝句等七体选录诗歌。以诗家分的，如殷璠《河岳英灵集》，原书收常建、李白、王维等24人诗234首，按照诗家排序，诗归各家目下。以题材分的，如《搜玉小集》（选编者不详），据现存资料可知，可能是唐代最早的分类选诗本，今本录诗61首34人，以应制、戎旅、吊古等内容为次编排，但并未标明。晚唐顾陶编的《唐诗类选》，从标题上就强化诗歌类分意识，该书今不存，《新唐书·艺文志》和《宋史·艺文志》载有此书，疑其在宋以后亡佚，但尚可从顾陶自撰的《序》里看到一些介绍，《序》言所选之诗"始于有唐，迄于近段，凡一千二百三十二首，分为二十卷。命曰唐诗类选，篇题属兴，类之为伍而条贯，不以名位卑崇、年代远近为意。骚雅绮丽，区别有观，宁辞披拣之劳，贵及文明之代"。该书的分类编排今已无法弄清，从所提的"篇题属兴"来看，大概是结合诗题和内容类别而定。唐代以后，南宋赵孟奎所编《分门纂类唐歌诗》为分类编选诗的代表，是书原有100卷，分天地山川、朝会宫阙、经史诗集、城郭园庐、仙释观寺、服食器用、兵师边塞、草木虫鱼8类，每类下又分小类，主要以题材分类。现仅存天地山川类5卷，草木虫鱼类6卷。明代张之象编撰的《唐诗类苑》也是一部比较重要的诗歌类分选集，全书200卷，分天部、岁时、地部、山部等39大类，1094个子类，如"天部"下有日、月、星、河等18个小类，分类依据与赵孟奎《分门纂类唐歌诗》相似。

从上述可知，综合性分类的诗歌总集，诗歌类分方式多样化，而且类分越来越细。以内容题材分类为例，《搜玉小集》的类分尚未以子目明确，到了宋代以后，诗歌题材分类已经非常细致了。

单独汇集某一类型诗歌的总集，子类的分类也是这种趋势，先有《玉台新咏》集合众家"艳诗"为类型的类分，子类尚未明确。后来又出现以某一诗体形式为类型编纂的诗歌总集，如元方回的《瀛奎律髓》专收律诗，分登览、朝省、怀古、风土、升平等49类，各类下的子类以五言和七言的句式相分。明代敖英编撰的《类编唐诗七言绝句》，此书专收七绝，分吊古、送别、寄赠、怀思、游览、纪行、杂咏、道释等15类。诗歌类型越来越繁杂，出现二级、三级子目，有的总集编纂多种类分方式交替运用。

2. "分体编录"型诗文总集诗歌分类

"分体编录"的诗文总集比诗歌总集出现得迟。《隋书·经籍志》《四库全书总目》皆认为"分体编录"型总集始于挚虞《文章流别集》。《隋书·经籍志》载挚虞的《文章流别集》41卷，已佚。挚虞《文章流别论》对诗歌有所论述："古之诗有三言、四言、五言、六言、七言、九言。古诗率以四言为体，而时有一句二句杂在四言之间，后世演之，遂以为篇。"[1] 由此推测，挚虞的《文章流别集》应该是以文体分，

---

[1] （清）严可均：《全上古三代秦汉三国六朝文》，中华书局1958年版，第1905页。

其中设有诗体一类。若诗体下有子类，子类则当以几言句式为标准。以几言形式类分的观念在魏晋南北朝时期比较普遍。钟嵘《诗品》论诗以此为准，《文心雕龙》论诗也以句式分类。萧统《文选·序》提到这种类分方式，"又少则三字，多则九字，各体互兴，分镳并去"，但是他没有采纳这种类分方式，而是以题材为主要标准进行诗歌类分。在《文选》中将诗分补亡、述德、劝励、献诗、公宴等23类。《文选》虽不是这类型文学总集的第一部，但是之前的诸多文学总集逐渐亡佚，《文选》对后世的影响就越来越大，出现了不少以《文选》为蓝本的"分体编录"型文学总集。

《古文苑》与《文馆词林》为《文选》之后唐人所编的"分体编录"型诗文总集。《古文苑》，编者不详，相传为唐人旧藏本。陈振孙《直斋书录解题》云：

> 不知何人集。皆汉以来遗文，史传及《文选》所无者。世传孙洙巨源于佛寺经龛中得之，唐人所藏也。①

宋代章樵对此书进行补遗勘误，重编为21卷。文体有文、赋、歌、诗、状、述、铭、赞等。卷八、卷九录诗，诗无子目，有直接标明诗题，也有标明四言诗五首，六言诗三首者。这说明《古文苑》诗歌类分意识上倾向于以诗体句式为主。《文馆词林》原有1000卷，原书在宋初已佚。以日藏弘仁本《文馆词林》最详尽，罗国威整理有《日藏弘仁本文馆词林校正》，该集卷一五六、一五七、一五八为诗，这3卷诗下均标有"人部、赠答、杂赠"字样，每卷的首行题为"四言"，从这种编排大致可知《文馆词林》所选诗是先按文体分出"诗"为母类，再按内容分子类，子类下又以四言、五言等诗体形式相分。这两部总集今只见残卷，无法全面了解诗体类分情况，但是从残卷中亦可看到《文选》分体编纂的影响。

---

① （宋）陈振孙：《直斋书录解题》，上海古籍出版社1987年版，第438页。

自宋以后，受《文选》影响较大的诗文总集有《文苑英华》《唐文粹》《宋文鉴》《元文类》《文章辨体》《明文衡》《文体明辨》《明文在》等。有的编纂者直陈其所编纂的文学总集与《文选》相关，如姚铉《唐文粹》，其《序》云："岂唐贤之文，迹两汉，肩三代，而反无类次，以嗣于《文选》乎？……得古赋、乐章、歌诗、赞颂、碑铭、文论、箴议、表奏、传录、书序，凡为一百卷，命之曰《文粹》。"① 吕祖谦《奉圣旨铨次札子》言："寻将秘书省集库所藏本朝诸家文集，及于士大夫家宛转假借，旁采传记它书，虽不知名氏，择其文可录者，用《文选·古诗十九首》例，并行编纂。"② 陈旅《国朝文类序》介绍苏天爵编《元文类》称："以为秦汉魏晋之文则收于《文选》，唐宋之文则载于《文粹》《文鉴》，国家文章之盛，不采而汇之，将遂散轶沉泯……乃搜撷国初至今名人所作，若歌诗、赋颂、铭赞、序记、奏议、杂著、书说、议论、铭志、碑传，皆类而聚之。积二十年，凡得若干首，为七十卷，名曰《国朝文类》。"③

《文苑英华》为宋初朝廷组织人员编纂，翰林学士承旨李昉、宋白等20余人先后主持其事。全书1000卷，共收录魏晋至晚唐五代的作家约2200人，作品20000余篇。其文体分赋、诗、歌行、杂文、中书制诰等38类，其中诗分天部、地部、帝德、应制、应令附应教等25类，主要以内容为诗歌类分标准。子类下面又细分多类，如"天部"类分日、月、中秋月等42类，"地部"类分山、终南山、太山等36类。《唐文粹》为姚铉编纂，该书专收唐人作品。全书100卷，收录作品近2000篇，不取近体诗、骈文和律赋。文体分古赋、诗、颂、表奏书疏、策制、文论等17类，诗下子类分今古乐章、琴操、乐府辞、古调歌篇4类，注重以音乐形式类分。《宋文鉴》为南宋秘书郎吕祖谦编纂，全书150卷，收录宋南渡以前作家200余人，作品2500余篇，文分赋、

---

① （宋）姚铉：《唐文粹序》，载《唐文粹》，《四部丛刊初编》本，商务印书馆1936年版。
② （宋）吕祖谦：《奉圣旨铨次札子》，载《宋文鉴》，《四部丛刊初编》本，商务印书馆1936年版。
③ （元）陈旅：《国朝文类序》，载苏天爵《国朝文类》，《四部丛刊初编》本，商务印书馆1936年版。

律赋、四言古诗、乐府歌行、五言古诗、七言古诗等60种文体。它没有将诗作为一个母类，而是直接细分为四言古诗、乐府歌行、五言古诗、七言古诗、五言律诗、七言律诗、五言绝句、七言绝句、杂体等9类为母类，这9类主要以诗的句式形式分类。《元文类》，元翰林待制苏天爵编纂，全书70卷，收录元初至中叶作家162人，作品800余篇。文体分赋、骚、乐章、四言诗、五言古诗、乐府歌行等43类，在诗体的分类上与《宋文鉴》相近。与《宋文鉴》诗体类分相似的还有明代吴讷编纂的《文章辨体》和徐师曾编纂的《文体明辨》，两书均不以"诗"为母类，直接将以诗体形式类分的四言、五言、律诗、绝句等作为母类。《明文衡》为明翰林院侍讲学士程敏政编纂，有41种文体，不设"诗"，只有"乐府""琴操"之分。《明文在》100卷，清薛熙编，分赋、乐章、古诗、律诗等46体，选录明人作品2000余篇。在诗的分类上，也主要以诗句式为依据。

可见"分体编录"型诗文总集，主要是在诗文"分体"上受到《文选》的影响，在诗体类分上特点和标准各有不同。

总之，此类诗文总集主要依据内容题材和句式分类诗歌，有时候往往是两者结合。这两种诗歌类分形式在史书或者其他材料中也常被人们提到。以内容区分诗歌的，如《北史·文苑传》载庾信"虽位望通显，常作乡关之思"；《南史·崔元祖传》称崔元祖"从驾至何美人墓，上为悼亡诗"；白居易《与元九书》云"自足下谪江陵至于今，凡枉赠答诗仅百篇"，等等。乡关之思、悼亡诗、赠答诗、边塞诗等都是以内容为诗歌类分依据。以诗体句式区分诗歌的，如《北史·裴敬宪传》载裴敬宪"工隶草，解音律，五言之作，独擅于时"；《旧唐书·文苑传》称沈佺期"善属文，尤长七言之作"，称刘禹锡"精于古文，善五言诗，今体文章复多才丽"。可见人们在诗歌分类意识上存在的共性。以内容题材类分，一般根据类别就可判断出诗歌的大致内容指向。而以诗歌体式分，则容易让读者了解到诗歌的形式特征。

（二）《文苑英华》诗的分类及其特征

宋人所称的"类"包括了各文体以及各体之下的各子类。具体到诗体，首先分天部、地部、帝德、应制、应令附应教、省试、朝省、乐府、音乐、人事、释门、道门、隐逸、寺院附塔、酬和、寄赠、送行、留别、行迈、军旅、悲悼、居处、郊祀、花木附果实草、禽兽等25类逐次排序，各类下除帝德、应令附应教、省试、乐府、释门、寺院附塔、酬和、寄赠、留别9类外，其余均有子类，具体见表1-4。

表1-4　　　　　　《文苑英华》诗类统计

序号	类	子类	数量	卷数
1	天部	日、月、中秋月、玩月、对月、望月、杂题月、星、雨、喜雨、对雨、苦雨、杂题雨、咏雪、对雪、咏雪杂题、喜雪、晴霁、风、杂题风、云、杂题云、霜、露、雾、烟霞、天河、虹霓、元日、春、人日、上元、寒食、上巳、夏、端午、伏日、秋、七夕、九日、冬、除夜	42	8
2	地部	山、终南山、太山、华岳、南岳、庐山、望夫山、归山、山中、杂题、山杂题、洞、峡、石、孤石、太湖石、杂题、海、江、潮、河、湖、潭、水、泉、瀑布、杂题、曲江、昆明池、温汤、池、游泛、池杂题、溪、游泛、杂题	36	8
3	帝德		0	1
4	应制	赐宴、酺宴、侍宴、巡幸、扈从、元日、人日、上元、晦日、春、寒食、仲春、中和节、上巳、夏、秋、七夕、九日、追赏、雨、晴、雪、宫、台、宅、殿、楼、阁、亭、园、幸宅、昆明池、兴庆池、降庆池、公主林亭、送公主、送钱、寺院、杂题、宫观、杂题	41	11
5	应令附应教		0	1
6	省试		0	10
7	朝省	趋朝、寓直	2	2
8	乐府		0	20
9	音乐	乐、琴、筝、笙、琵琶、篌篌、箫、笛、杂乐、歌、舞、歌妓	12	2
10	人事	宴集、宿会、逢遇	3	5
11	释门		0	6
12	道门	游仙、神仙、怀仙、梦仙、谪仙、仙谷遇毛女、桃源、秦越人洞中咏、下元斋咏、歌词、宫观、送赠道人、送宫人入道	13	5
13	隐逸	征君、居士、处士、山人、隐士	5	3
14	寺院附塔		0	7
15	酬和		0	7

续表

序号	类	子类	数量	卷数
16	寄赠		0	19
17	送行	送人省亲、赋物送人、歌	4①	20
18	留别		0	3
19	行迈	奉使、馆驿	3②	10
20	军旅	讲阅、征伐、边塞、边将	4	2
21	悲悼	追述、哭人、哭僧道、哭妓、送葬、坟墓、第宅、怀古、遗迹、挽歌	10	10
22	居处	上阳宫、九成宫、华清宫、宫、苑、殿、楼、台、阁、堂、亭、园斋、别业、村墅、山庄、田家	16	9
23	郊祀	宿斋、祠庙	2	1
24	花木附果实草	牡丹、桃花、杏花、紫薇、梅花、芙蓉、莲荷、石榴（花）、海棠、玫瑰、玉蕊、蔷薇、菊花、蜀葵、山花、刺桐、看花、惜花、残花、杂花、柳、松、柏、桂、桧、杉、桐、槐、竹、笋、樱桃、柑橘、桃李、梨、石榴、枣栗、柰、梅、荔枝、杂果实、树木、藤、药、茶、兰、萱、众草、苔、芦苇、萍、枸杞、杂咏、木叶	53	7
25	禽兽	凤、鹤、鹰、乌、鹊、雁、莺、百舌、鹦鹉、鸳鸯、鸂鶒、孔雀、鹭鹚、鸡雉、鹧鸪、凫、鸥、鹅鸭、燕、雀、子规、杂题、蝶、蜂、萤、蝉、促织、蜘蛛、马、猿、獭、鱼、龟	33	3

由表1-4可以完整看到《文苑英华》诗的分类，有25大类，包括了子类279类，类目繁多。其分类主要体现出以下三个特征。

1. 类分上以内容、题材为主

《文苑英华》诗分天部、地部、帝德等25大类，从类型名称上可基本判断出诗歌的大体内容，如应制、应令（附应教）、省试、酬和、寄赠这几类以接收对象来区分；天部、地部、帝德、朝省、音乐、人事、释门、道门、隐逸、寺院（附塔）、行迈、军旅、悲悼、居处、花木、禽兽这些类别归类则以诗歌的内容主题为主；也有两者兼有的，如有送行、留别；此外，乐府类则以诗的体式来定义。这种类分标准本身不太一致，在实际选录中容易出现混淆含糊，《文苑英华》收录的诗中就有154首同

---

① 前面十九卷未立子类，后面列送人省亲、赋物送人、歌三目。
② 前面七卷未立子类，后面列奉使、馆驿二目。

时分属两类的重合现象。总体而言,《文苑英华》诗的类分仍以内容题材为主,尤其是其279类子类的题材特征明显。

2. 诗歌类型强调自上而下的空间结构

《文苑英华》诗歌首类为天部,再是地部,再到与君王有关的帝德、应制等类,此后与其他人相关的活动、事物,形成"天—地—人(物)"自上而下的空间结构。此种空间意识本是哲学范畴,《易·说卦》:"昔者圣人之作《易》也。将以顺性命之理,是以立天之道曰阴与阳,立地之道曰柔与刚,立人之道曰仁与义。兼三才而两之,故《易》六画而成卦。"刘勰《文心雕龙·原道》把天、地、人并立称三才,纳入文学视野。此后的类书如《艺文类聚》《初学记》将这种空间结构细化,首部为天部,下分为天、日、月、星、云、风等子类。将这种结构真正移入文学的是《文苑英华》,它继承类书类分的方式,25类诗中除帝德应令附应教、省试、乐府、释门、寺院附塔、酬和、寄赠、留别9类外,其余均有子类,子类较多的如花木类53子类,禽兽类33子类,天部42子类,应制类41子类,地部36子类等。

3. 诗歌类分中蕴含文化特征

诗歌以题材内容类分反映出编纂者对诗歌的认识,与诗歌创作题材的自身发展有关,而类分意识同样也会受到时代影响。例如《文苑英华》的诗歌类型中,有一个突出的特点就是对僧道和妓女立目,释门类中以僧人为主,道门类中有"送赠道人"一子类,音乐类中有"歌妓"一类,悲悼类中有"哭僧道""哭妓"两子类。此种立目特点就反映出了北宋初的社会文化特征。

宋太宗崇奉释老,《宋朝事实》卷七载有他对佛教的态度:

    太平兴国中,始置译经院于太平兴国寺,延梵僧翻译新经。……太平兴国七年九月,诏曰:"朕方隆教法,用福邦家。念天下之度人,拘有司之制度,俾申素愿,式表殊恩。应内外系籍童行长发,并特与剃度。"[1]

---

[1] (宋)李攸:《宋朝事实》,中华书局1955年版,第123页。

宋太宗以佛教俾助政治，通过建译场、翻译梵书、普度等方式大力弘扬佛教，稳定民心，维护统治。宰相赵普赞云："陛下以尧、舜之道治世，以如来之行修心，圣智高远，动悟真理，固非臣下所及。"① 而对于道教，宋太宗同样从治国之术考虑，自言："《老子》五千言，读之甚有益，治身治国，并在其中。"（《宋朝事实》卷三《圣学》）宋太宗的诗歌创作，《全宋诗》收录十八卷，其中主要包括《逍遥吟》十一卷、《缘识》五卷，以阐发老庄哲学或宣扬佛教教义为主，从这种文学创作特点也可以看出宋太宗对道释的重视。就歌妓情况而言，宋代蓄养家妓现象也很普遍，"两府、两制家内，各有歌舞，官职稍有如意，往往增置不已"（朱弁《曲洧旧闻》卷一），皇帝对此也鼓励。如宋太祖劝石守信"歌儿舞女，以终天年"（《宋史·石守信传》），明王莹在《群书类编故事》也提到宋真宗"与群臣燕语，或劝以声妓自乐"。由这些材料可以看出宋初上层阶级对于佛道的重视和对文人士大夫声色追求的鼓励。这种提倡必定会促使僧人道士及歌妓数量的增加。《文苑英华》编撰者将僧道、歌妓独立为子类反映出时代风气。以悲悼类的"哭妓"子类为例，《玉台新咏》专录艳歌，其中也有对歌妓关注饱含悲伤情感的，《文选》亦有对女性命运感叹的，但是这些文集均未见为歌妓哀悼的。同样含悲伤情感的歌妓类诗歌题材，唐前传递的多为存者的忧伤，选家注意的也多是此种类型的悲伤，而《文苑英华》则增加了比悲伤同情更为深刻的悲悼情感。如果说僧道与政治的联系紧密，"哭妓"则更大限度体现出宋代文人对于最低层女性的人格尊重和理解。宋代士大夫对女性包括妓女给予更多人性的关注，《宋稗类钞》的《闲情》就载有不少宋代官员与妓女之间的真情事例，宋词中描写与妓女之间恋情的更是层出不穷。而作为北宋初奉皇帝诏令而编纂的《文苑英华》为妓女立子类哀悼，也是宋初正统文人对于女性的人道关照特点的折射。

二 《文苑英华》诗编纂的体例特征之二——分以部居

《文苑英华》总计收录诗10650首，诗人1085人（《文苑英华》各

---

① （宋）李焘：《续资治通鉴长编》，中华书局1979年版，第554—555页。

类诗之间所录诗人有重合,此为实际人数),除去154首重诗,实际录入10496首。宋白上表言《文苑英华》选录作品是先类分,然后"分以部居",即根据某些原则来分布诗作。《文苑英华》诗的分布情况见表1-5。

表1-5　　　　　　　　《文苑英华》诗分布

序号	类型	《文苑英华》诗							诗人总数（人）	诗歌总数（首）
		先唐诗						唐诗			
		诗数量（首）	朝代	诗人数量（人）	诗数量（首）	朝代	诗人数量（人）	诗数量（首）	诗人数量（人）	诗数量（首）	
1	天部	134	晋	1	1	北齐	3	4	130	416	187	550
			梁	32	85	北周	4	13				
			陈	6	14	隋	11	17				
2	地部	94	梁	18	34	北魏	1	1	147	391	191	485
			陈	9	21	北齐	2	2				
			隋	10	22	北周	4	14				
3	帝德	0	未录先唐诗歌						22	60	22	60
4	应制	62	梁	11	28	北魏	1	1	121	601	154	663
			陈	4	7	北齐	4	4				
			隋	10	17	北周	3	5				
5	应令附应教	43	梁	7	21	北齐	1	3	15	18	35	61
			陈	2	8	北周	1	2				
			隋	9	9							
6	省试	0	未录先唐诗歌						315	454	315	454
7	朝省	9	梁	5	5	北齐	1	1	63	113	72	122
			陈	1	1	北周	1	1				
			隋	1	1							
8	乐府	439	建安	1	1	陈	30	129	180	648	288	1087
			宋	3	6	北齐	6	7				
			齐	4	4	北周	5	31				
			梁	41	219	隋	18	42				

续表

序号	类型	《文苑英华》诗									诗人总数（人）	诗歌总数（首）
^	^	先唐诗						唐诗		^	^	
^	^	诗数量（首）	朝代	诗人数量（人）	诗数量（首）	朝代	诗人数量（人）	诗数量（首）	诗人数量（人）	诗数量（首）	^	^
9	音乐	48	梁	13	20	北齐	3	3	57	100	92	148
^	^	^	陈	8	9	北周	1	4	^	^	^	^
^	^	^	隋	10	12				^	^	^	^
10	人事	7	梁	2	2	北齐	4	4	106	327	113	334
^	^	^	隋	1	1				^	^	^	^
11	释门	4	梁	3	3	隋	1	1	87	374	91	378
12	道门	10	梁	4	4	北齐	1	1	104	298	113	308
^	^	^	陈	1	1	北周	1	2	^	^	^	^
^	^	^	隋	2	2				^	^	^	^
13	隐逸	11	梁	2	4	北周	3	5	71	192	78	203
^	^	^	陈	2	2				^	^	^	^
14	寺院附塔类	13	梁	2	2	北齐	1	1	105	391	114	404
^	^	^	陈	4	7	北周	1	2	^	^	^	^
^	^	^	隋	1	1				^	^	^	^
15	酬和	34	梁	10	25	北周	2	3	94	316	109	350
^	^	^	隋	3	6				^	^	^	^
16	寄赠	42	梁	13	27	北周	1	1	156	898	177	940
^	^	^	陈	1	3	隋	6	11	^	^	^	^
17	送行	50	梁	8	24	北齐	1	1	170	1182	191	1232
^	^	^	陈	4	10	北周	2	6	^	^	^	^
^	^	^	隋	6	9				^	^	^	^
18	留别	13	梁	7	11	陈	1	1	69	181	78	194
^	^	^	隋	1	1				^	^	^	^
19	行迈	30	梁	8	11	北齐	3	3	146	593	167	623
^	^	^	陈	4	7	北周	2	5	^	^	^	^
^	^	^	隋	4	4				^	^	^	^

续表

序号	类型	《文苑英华》诗								
		先唐诗						唐诗		诗人总数（人）	诗歌总数（首）
		诗数量（首）	朝代	诗人数量（人）	诗数量（首）	朝代	诗人数量（人）	诗数量（首）	诗人数量（人）	诗数量（首）		
20	军旅	12	梁	2	5	北齐	2	2	68	128	75	140
			陈	2	2	北周	1	3				
21	悲悼	46	梁	8	21	北周	3	6	132	520	153	566
			陈	5	10	隋	5	9				
22	居处	26	梁	7	13	北周	2	6	139	589	155	615
			陈	5	5	隋	2	2				
23	郊祀	12	梁	4	7	北周	1	1	37	52	46	64
			陈	3	3	隋	1	1				
24	花木	56	梁	13	30	北齐	4	4	106	385	141	441
			陈	5	7	北周						
			隋	12	13							
25	禽兽	50	梁	16	25	北魏	1	1	83	178	118	228
			陈	8	13	北齐	3	3				
			北周	2	2	隋	5	6				

从表1-5可以看出《文苑英华》诗的"分以部居"既包括诗在类型上的分布也包括诗在各朝的分布，呈现出以下几个特点。

（一）诗分布的不均衡性

《文苑英华》收录诗10650首，归入25个子类中。这些诗的分布极不均衡。首先，整体上诗分布不均衡。《文苑英华》诗分25类，以录诗数量排序为：送行（1232首）、乐府（1087首）、寄赠（940首）、应制（663首）、行迈（623首）、居处（615首）、悲悼（566首）、天部（550首）、地部（485首）、省试（454首）、花木（441首）、寺院附塔类（404首）、释门（378首）、酬和（350首）、人事（334首）、道门（308首）、禽兽（228首）、隐逸（203首）、留别（194首）、音乐（148首）、军旅（140首）、朝省（122首）、郊祀（64首）、应令附应教（61首）、帝德（60首）。从各类收诗数量来看，不仅不均衡而且差距悬殊，数量最多的送行类有1232首，最少的帝德类仅60首，不到送行类的二十分之一。郊祀、应令、帝德等诗歌类型收录诗作少，与这些类型的诗作本身创作数量不多有关。如应令附应教类，《先秦汉魏晋南北朝诗》收140余首，《全唐诗》中存此类诗27首。《艺文类聚》将应令诗归入天部、水部、人部、礼部和果部。《初学记》将应令诗归入天部、岁时、地理、储宫、礼部、乐部、政理、文部、果木、鳞介、虫部。两者在类别上都没有将应令独立一类，《太平御览》类型上未分应令一类。《文苑英华》给这些数量少的诗作立类，又说明编纂者对此的重视。

其次，各朝代之中，诗于各类中分布亦不均衡。《文苑英华》录诗情况具体如下：

建安诗1首，收录乐府类。晋诗1首，收录天部类。宋诗6首，归入乐府类。齐诗4首，归入乐府类。梁诗626首，包括乐府（219首）、天部（85首）、地部（34首）、花木（30首）、应制（28首）、寄赠（27首）、禽兽（25首）、酬和（25首）、送行（24首）、应令附应教（21首）、悲悼（21首）、音乐（20首）、居处（13首）、留别（11首）、行迈（11首）、郊祀（7首）、朝省（5首）、军旅（5首）、道门（4首）、隐逸（4首）、释门（3首）、人事（2首）、寺院附塔类（2首），共23类，帝德、省试2类不录。

陈诗260首，包括乐府（129首）、地部（21首）、天部（14首）、禽兽（13首）、送行（10首）、悲悼（10首）、音乐（9首）、应令附应教（8首）、应制（7首）、寺院附塔类（7首）、行迈（7首）、花木（7首）、居处（5首）、寄赠（3首）、郊祀（3首）、隐逸（2首）、军旅（2首）、朝省（1首）、道门（1首）、留别（1首），共20类，帝德、省试、释门、人事、酬和5类不录。

北魏诗3首，地部、应制、禽兽类各1首，其余22类不录。

北齐诗43首，包括乐府（7首）、天部（4首）、应制（4首）、人事（4首）、花木（4首）、应令附应教（3首）、音乐（3首）、行迈（3首）、禽兽（3首）、地部（2首）、军旅（2首）、朝省（1首）、道门（1首）、寺院附塔类（1首）、送行（1首），共15类，帝德、省试、释门、隐逸、酬和、寄赠、留别、悲悼、居处、郊祀10类不录。

北周诗114首，包括乐府（31首）、地部（14首）、天部（13首）、送行（6首）、居处（6首）、应制（5首）、隐逸（5首）、行迈（5首）、悲悼（6首）、音乐（4首）、酬和（3首）、军旅（3首）、应令附应教（2首）、道门（2首）、寺院附塔类（2首）、花木（2首）、禽兽（2首）、朝省（1首）、寄赠（1首）、郊祀（1首），共20类。

隋诗187首，包括乐府（42首）、地部（22首）、应制（17首）、天部（17首）、花木（13首）、音乐（12首）、寄赠（11首）、应令附应教（9首）、送行（9首）、悲悼（9首）、酬和（6首）、禽兽（6首）、行迈（4首）、道门（2首）、居处（2首）、人事（1首）、朝省（1首）、释门（1首）、寺院附塔类（1首）、留别（1首）、郊祀（1首），共21类，帝德、省试、隐逸、军旅不录。

唐诗9405首，包括送行（1182首）、寄赠（898首）、乐府（648首）、应制（601首）、行迈（593首）、居处（589首）、悲悼（520首）、省试（454首）、天部（416首）、地部（391首）、寺院附塔类（391首）、花木（385首）、释门（374首）、人事（327首）、酬和（316首）、道门（298首）、隐逸（192首）、留别（181首）、禽兽（178首）、军旅（128首）、朝省（113首）、音乐（100首）、郊祀（52首）、帝德（60首）、应令附应教（18首）。

从以上对各朝诗歌在《文苑英华》25类诗中分布统计可以看出各类之间的收诗数量存在差距，有的差距还很大。先唐的各朝代诗歌并未完全分布于25类，如梁代诗歌，乐府类收录最多，而帝德、省试类不录。陈代诗歌亦是乐府类选录最多，帝德、省试、释门、人事、酬和5类不录诗歌，先唐其余各朝情况类似。唐代虽然25类均有收录，但收录最多的是送行类有1182首，而最少的应令附应教类只有18首，差距悬殊。每类子类中，各时代诗收录也不均衡。如表1-5所列，天部类收录550首诗歌，包括晋1首，梁代85首，陈代14首，北齐4首，北周13首，隋17首，唐416首。

此外,《文苑英华》25类诗下分子类,子类之下又有子目录分,这些子类下的子目录诗歌分布同样具有不均衡性。以悲悼类诗为例,共分追述、哭人、哭僧道、哭妓、送葬、坟墓、第宅、怀古、踪迹、挽歌10个子类,总共录入诗歌566首,其中属于先唐的46首,分属在追述、哭人、送葬、坟墓、第宅、踪迹和挽歌7个子类中,哭僧道、哭妓和怀古类所录诗作均为唐代作品,其中哭僧道类录30首,哭妓类录14首,怀古类录48首。这三类诗题目中都有特点,"哭僧道""哭妓"在题目中均点明某僧某道某妓,"怀古"类收录的诗歌题目中均注明"怀古",或表达对古人的缅怀之情,或表达昔对盛今衰的感叹。这三类诗只录唐代诗歌,大概是先唐此类诗歌创作极少,查阅《文选》《艺文类聚》《初学记》《先秦汉魏晋南北朝诗》等文献,均未发现有先唐此类诗歌的记载。

(二) 收录先唐诗与唐代诗重心各异

《文苑英华》所录的先唐诗中,除梁前和北魏的14首诗外,其余均是乐府收录最多。至唐代有所变化,送行和寄赠多于乐府。从表1-6所列的乐府在各朝代所占比重也可以来看这种特点。

表1-6　　　　　　《文苑英华》所录各朝乐府数量比重

朝代	各朝所录诗总数	各朝收录乐府数量	各朝诗中乐府所占比重(%)
梁	626	219	35
陈	260	129	49.6
北齐	42	7	16.7
北周	114	31	27.1
隋	187	42	22.5
唐	9405	648	6.9

如表1-6所示,陈乐府所占比重居第一,占了陈代诗的一半,梁次之,唐乐府占唐诗比重最小,由此可见宋初文臣收录先唐诗与唐代诗重心不同,但是在选录各朝乐府时,对新兴音乐辞曲普遍收录较少。

郭茂倩《乐府诗集》根据乐府歌辞来源及用途分为12类。依据此类分,《文苑英华》所录的梁代乐府中,相和歌辞62首,杂曲歌辞60首,鼓吹曲辞26首,横吹曲辞25首,清商曲辞21首,舞曲歌辞8首,琴曲歌辞 6 首，杂曲歌辞 9 首，杂歌谣辞 2 首。陈代乐府中，横吹曲辞 58 首，相和歌辞 27 首，杂曲歌辞 22 首，鼓吹曲辞 18，琴曲歌辞 3 首，清商曲辞 1 首。北齐乐府中，相和歌辞 4 首，鼓吹曲辞 3 首。北周乐府中，相和歌辞 13 首，杂曲歌辞 9 首，杂歌谣辞 5 首，横吹曲辞 2 首，清商曲辞 2 首。隋代乐府中，相和歌辞 14 首，杂曲歌辞 9 首，横吹曲辞 7 首，清商曲辞 1 首，舞曲歌辞 4 首，鼓吹曲辞 3 首，近代曲辞 4 首。唐代乐府中，相和歌辞 195 首，杂曲歌辞 192 首，横吹曲辞 78 首，新乐府 56 首，鼓吹曲辞 41 首，清商曲辞 37 首，琴曲歌辞 35 首，舞曲歌辞 7 首，近代曲辞 4 首，杂歌谣辞 3 首。《乐府诗集》未收录的唐乐府有 65 首，包括凤箫曲 1 首、拟塞外征行 1 首、广陵行 1 首、塞上 1 首、古意 28 首、古兴 9 首、古词 5 首、古歌 1 首、拟古 10 首、黄鹤 1 首、射雉词 1 首、苦哉行 1 首、怀哉行 1 首、忆昔行 1 首、逼仄行 1 首、云中行 1 首、江风行 1 首。《文苑英华》所录乐府均为文人乐府，从上述类型可以反映出《文苑英华》收录乐府的一个特点，即保持了与新兴音乐辞曲的距离性。如南朝的新兴音乐为清商曲辞，今所见录存于宋郭茂倩的《乐府诗集》中近 500 首南朝乐府民歌，绝大部分属于"清商曲辞"，只有少数属于"杂曲歌辞""杂歌谣辞"等。《文苑英华》有梁 21 首，陈 1 首属"清商曲辞"。近代曲辞亦是隋唐新兴音乐，仅据郭茂倩《乐府诗集》所录 187 首，但是《文苑英华》所收近代曲辞仅 8 首。

《文苑英华》收录的唐代诗歌中，送行类诗歌数量居首位，其次为寄赠类，乐府诗数量退居第三。唐代的边塞争战、追逐仕途、博取功名、交友漫游、升迁贬谪等都促成了人际交往活动频繁，送行、寄赠类诗歌的增多反映出社会生活的变化。

第二章 《文苑英华》诗学辨体批评

文体发展由简至繁，不同文体的作品有其相对稳定的风貌特征。徐师曾《文体明辨序》指出："盖自秦汉而下，文愈盛；文愈盛，故类愈增；类愈增，故体愈众；体愈众，故辨当愈严。"① 分体编录型诗文总集并不直接阐述文体辨析理论，而是通过对诗文的分体分类来实现其辨体批评。《文苑英华》分三十八种文体编录诗文，诗体是其中的重要一类。诗分诸多子类，这些主要类目的名称特征如何？《文苑英华》将诗体与歌行体分开，选录艳诗但不录艳词，又体现出编纂者怎样的诗学辨体意识？本章主要围绕这些问题进行阐述。

第一节 《文苑英华》诗类目的命名与释名

《文苑英华》诗分天部、地部、帝德、应制等25大类，不少大类之下又细分诸多小类，共279小类。鉴于小类类目繁多，不便展开阐述，以下就《文苑英华》诗的25大类名称含义以及收录诗作特点，按照《文苑英华》所排顺序依次做介绍。

天部类：天，《说文解字》曰"天，颠也，至高无上，从一大"。

---

① （明）徐师曾著，罗根泽校点：《文体明辨序说》，人民文学出版社1962年版，第78页。

中国古代"天"的含义深刻，大致有至高神之天和自然之天。出现在诗歌中，则体现出天命观与自然景物的描写，《诗经》中便有不少。如"天实为之，谓之何哉！"（《邶风·北门》），"天难忱斯，不易维王"（《大雅·大明》），"天生蒸民，有物有则"（《大雅·蒸民》），"天命不彻，我不敢效我友自逸"。（《小雅·十月之交》），这些都为天命观。"悠悠苍天，此何人哉？"（《王风·黍离》）"绸缪束薪，三星在天"（《唐风·绸缪》），此为客观的自然之景描写。典籍中作为类别的"天"首先出现在类书中，涉及包括天体、天象变化。如《艺文类聚》天部类，下分为天、日、月、星、云、风、雪、雨、霁、雷、电、雾、虹。《初学记》天部类，分天、日、月、星、云、风、雨、雪、霁、霜、雹、露、雾、虹霓、霁晴。《文苑英华》天部类分42子类，与类书不同的是，除了涉及天体、天象变化之外，它将岁时也归入天部，大概因为岁时与气候变化关系密切。《文苑英华》将天部列为首位，继承了传统天为至高的秩序观念，但是在选录诗时比较注重景致描写，侧重表现自然之天。

地部类：地，《神农书》曰：湛浊为地。《黄帝素问》曰：积阴为地，故地者浊阴也。《白虎通》云：地者元气所生，万物之祖也。蔡邕《月令章句》曰：总丘陵原隰阪险曰地。《文苑英华》地部分山、终南山、太山、华岳、南岳、庐山、望夫山、归山、山中、杂题、山杂题、洞、峡、石、孤石等36子类。从这些子类可以看出《文苑英华》主要将与地表有关的山、石、水归为地类，接近于蔡邕的理解。

帝德类："德"为古代五行之说，指一种相生相克循环不息，当运时能主宰天道人事的天然势力。相传为帝王受命之符，帝王或朝代代表一"德"。史料中载"帝德"多指君王德行，远古即有对帝德的评议，意在政治需要。如《尚书·虞书·大禹谟第三》载：

> 皋陶曰："帝德罔愆。临下以简，御众以宽。罚弗及嗣，赏延于世。宥过无大，刑故无小；罪疑惟轻，功疑惟重；与其杀不辜，

宁失不经；好生之德洽于民心，兹用不犯于有司。"①

司马迁《史记·五帝本纪第一》载：

> 三年丧毕，让丹朱，天下归舜。……于是舜乃至于文祖，谋于四岳，辟四门，明通四方耳目，命十二牧论帝德，行厚德，远佞人，则蛮夷率服。②

帝德有良莠之分，皋陶所论帝德以及舜命十二牧评论帝德，实际上都是对君王提出了必要的品行要求。《文苑英华》收录帝德类诗 60 首，内容均为赞颂君王好的政绩德行。

应制类：应制诗是奉天子之命而作的诗。唐王维有《从岐王过杨氏别业应教》诗，赵殿成笺注："魏晋以来，人臣放文字间，有属和于天子，曰应诏；于太子，曰应令；于诸王，曰应教。"应制诗大多是在公式化的宴席上为御制而唱和的。宋葛立方《韵语阳秋》卷二云："应制诗非他诗比，自是一家句法，大抵不出于典实富艳尔。"这类诗的思想内容大抵是歌功颂德，粉饰太平，主要用于追求艺术形式的精美得当。《文苑英华》收录的应制诗，根据活动场合、应制内容的不同分赐宴、酺宴、侍宴、巡幸、扈从、元日等 41 个子类。其中有很多同题应制诗，最能体现出应制类的君臣唱和特点。如卷一七〇收录唐中宗《登骊山高顶寓目》，李峤、刘宪、赵彦昭、苏颋、崔湜、李乂、武平一、张说同题奉和，为《奉和登骊山高顶寓目应制》。《文苑英华》卷 171 收唐玄宗《答张说南出雀鼠谷》，宋璟、苏颋、王丘、袁晖、崔翘、张九龄、王光庭、席豫、梁升卿、赵冬曦同题奉和，题为"奉和圣制答张说南出雀鼠"。

应令附应教类：应令诗，为应皇太子之命而和的诗。应教诗，为应诸王之命而和的诗，风格上与应制诗类似。

---

① 陈成国：《尚书校注》，岳麓书社 2004 年版，第 14—15 页。
② （汉）司马迁：《史记》，中华书局 1959 年版，第 38 页。

省试类：省试即科举中的礼部试，省试有试诗的要求，主要包括了进士科的省试诗与博学宏词科的省试诗。省试诗由于在题目和用韵上都有严格的限制，在内容情感表达上会有所拘谨，较难与读者产生共鸣，明代王世贞就认为"凡省试诗类鲜佳者"（《艺苑卮言》卷四），对这一类诗歌创作成就予以了否认。而《文苑英华》收省试类诗454首，居25子类中第10位，可见对省试类诗歌是比较认可的。南宋严羽《沧浪诗话》言："或问'唐诗何以胜我朝？'唐以诗取士，故多专门之学，我朝之诗所以不及也。"① 可知宋人对唐省试诗的认可趋同。《文苑英华》所录省试诗主要以山水景致入题，另外也有以物入题者，如咏乐、咏动植物等。省试诗感情多倾向表达诗人对圣朝君恩的感激以及对知遇的期待。

朝省类：主要是与朝廷政事有关的内容，《文苑英华》朝省类分趋朝、寓直两子类，多描述朝廷官员为政生活。《文苑英华》此类分影响了后世总集的编纂，方回《瀛奎律髓》卷二"朝省类"序云："公槐卿棘，序鹭班鸳，人臣岂恶此而欲逃之？进思尽忠，退思补过，可以荣而无所愧，则声诗亦所以言志也。"所阐述的朝省内容不出《文苑英华》朝省类涉及的范围。

乐府类："乐府"本是主管古代掌管音乐的官署名称，在秦代已设立，汉沿秦制，乐府作为一种官署保留了下来。汉武帝又试图通过乐府机构，采集歌谣观民风，"自孝武立于乐府而采歌谣，于是有代、赵之讴，秦、楚之风。皆感于哀乐，缘事而发"（《汉书·艺文志》），保留了大量民歌，后人将乐府所唱的诗以及仿乐府古题所作的诗都称为乐府诗，或者简称乐府，"乐府"从官署的名称转变为诗体。《文苑英华》所录均为文人乐府，有拟古题者，如"长歌行""短歌行""长安道""白头吟"等，此类乐府居多，其中有未离古意的，如"行路难"，郭茂倩《乐府诗集·杂曲歌辞十》题解："《乐府解题》曰：'《行路难》，备言世路艰难及离别悲伤之意，多以君不见为首。'"《文苑英华》所录

---

① （清）何文焕：《历代诗话》，中华书局1981年版，第695页。

"行路难"亦多为此意。也有不少拟古而翻新意,如李白的《梁甫吟》《战城南》《远别离》等。此外,也有自拟新题者,如杜甫的《逼仄行》《忆昔行》等。

音乐类:音乐诗以音乐为审美对象,包括乐器、弹奏效果、歌、舞以及表演者等,诗人用诗歌形式对音乐进行鉴赏批评。《文苑英华》首次从诗歌分类上肯定了音乐类诗的诗体地位,其音乐类诗分乐、琴、筝、笙、琵琶、箜篌、箫、笛、杂乐、歌、舞、歌妓12个子类。《文苑英华》音乐诗子类将以礼乐为审美对象的"乐"放在首位,体现出对音乐诗的政教功能的重视。而其所收录的不少音乐类诗又可以归入宫体诗中,同时又显现出对诗歌娱乐功能的接受。

人事类:董仲舒认为"天之所为,有所至而止,止之内谓之天性,止之外谓人事,事在性外,而性不得不成德"(《春秋繁露》卷十),对"人事"倾向于事务的理解。《太平御览》人事类分为叙人、孕、产、姓、名、头、面、美丈夫、美妇人、叙圣、叙贤、叙交友、道德、师、宾客、侍士、施恩等,基本上将涉及人各个方面的内容都包含进去了,从中也可以看出北宋初期文臣对人事的理解。《文苑英华》人事类诗分宴集、宿会、逢遇三子类,其特点都是相聚,只是地点场合不同。编者在诸多人事之中选择这三类,与北宋朝廷风气亦有关。《麟台故事》云:"三馆、秘阁官升迁、外补者,众必醵会置酒,集于僧舍以饯之;其外补者,或赋诗以赠其行。祖宗盛时,三馆之士出局,必相过从,或集于名园僧舍,饮酒赋诗。"[①] 可见北宋官员宴饮饯行赋诗已成惯例。《文苑英华》系朝廷修书,编者对于这类活动自然是最熟悉不过。

释门类:"释氏之炽于中国久矣。士大夫靡然从之,适其居,友其徒,或乐其说,且深好之而研其所谓学,此一流也。诗家者流,又能精述其趣味之奥,使人玩之而不能释,亦岂可谓无补于身心者哉?"(方回《瀛奎律髓》"释梵类"序)儒、释、道糅合构成中国士大夫的精神特质,方回道出了文人与释门的关系,故而涉及释门的诗歌也很多。释

[①] (宋)程俱撰,张富祥校正:《麟台故事校正》,中华书局2000年版,第340页。

门有僧侣、尼姑、寺、庵以及诸多活动,《文苑英华》释门类诗只选取了诗歌中与僧侣有关的内容,或将僧侣作为描写对象,或写寻访僧侣之事,而绝大部分为士大夫与僧侣的赠答唱和,亦有僧侣之间的赠答之作,这部分亦可归入《文苑英华》诗的其他类别如酬和、寄赠、送行、留别等,但因交往对象为僧侣而归入释门类。

道门类:道门类顾名思义收录内容与道家有关的诗歌,与释门类只选录与僧侣交往的诗不同,道门类诗涉及神仙之说、道家建筑、道人、道门活动等内容,分游仙、神仙、怀仙、梦仙、谪仙等13个子类。

隐逸类:《晋书·隐逸列传》首次明确用"隐逸"为题为隐士立传。而钟嵘《诗品》从诗歌角度第一次明确陶渊明"古今隐逸诗人之宗"。《文选》诗有"招隐""反招隐"两类。《艺文类聚》人部二十隐逸类收诗37首,《文苑英华》隐逸类诗的确立大概受此影响,其按诗题隐逸群体不同分征君、居士、处士、山人、隐士五类。与释门类相似,收录的多为士大夫与隐逸人士交往的赠答之作,或写离别述思念,表达深厚友情;或咏隐逸人士,描写他人的隐居生活,表达自己对隐逸生活的向往。

寺院附塔类:寺院及塔均与释门有关,《文苑英华》将此独立成一类,着眼点在寺院塔这些建筑物上,或作为诗人的游览对象,或作为活动场所出现。所以诗题中有"奉和""寄"等可以归为酬和、寄赠类的,或者有"过""宿"等表明行旅的,而又与寺院有关的均归为此类。

酬和类与寄赠类:《文选》诗中有赠答类,为文人相与赠答之作。传统以"赠答"类统称,台湾学者梅家玲认为:"赠答诗是中国文学中十分特殊的一类作品,所谓'赠',是先作诗送给别人,'答',则系就来诗旨意进行回答。其回环往复之际,自然形成一对应自足的情意结构。因此,从性质上说,'文人自作'和'有某一特定的倾诉对象',乃是它的必要条件,也是与民间具有'对唱'性质的歌谣及一般抒情、叙事之作最大的不同处。"[①]《文苑英华》将赠答诗分为赠、答两者,且

[①] 梅家玲:《汉魏六朝文学新论——拟代与赠答篇》,北京大学出版社2004年版,第101页。

将"答"活动的酬和类置前。只有酬和活动发生,赠答才得以形成。从这一角度考虑,酬和活动对于赠答活动的最后完成比寄赠活动更重要,酬和类置于寄赠类前也有其道理。《文苑英华》酬和类从诗歌题目来看,多以"酬某某""和某某""答某某"为题,很明显是回应某人、某诗、某事而作。而寄赠类则包括远寄和面赠,"远而有寄,面而有赠"(方回《瀛奎律髓·寄赠类序》),有明确的倾诉对象,多以"寄某某""赠某某""呈某某"为题。

送行类与留别类:这两类诗都是离别之作,《文苑英华》根据主客体行为不同分为送行类与留别类诗,"送行类"是偏重客体离开某地,题目以带"送某某"字眼的居多,也有"别某某"者。送行类前十九卷未分子类,最后一卷分送人省亲、赋物送人、歌三类。"留别类"主要侧重主体离开某地,题目以含有"别某某"者居多。方回《瀛奎律髓》将这两类合为"送别类序",其序言:"送行之诗,有不必皆悲者,别则其情必悲。"从情感层面区别了二者,以《文苑英华》所录送行类与留别类作品来看,虽然别情也不全悲,但是留别类的悲情成分远比送行类多。

行迈类:行迈,即出行、远行,如《诗经·王风·黍离》有"行迈靡靡,中心摇摇"。《文选》诗有"行旅类",《文苑英华》"行迈类"诗与之有相似之处,以描述行途或者出行中某一地点的所见所闻所感为依据收录诗歌,前者如江洪《江行》,王勃《早行》《途中》,崔曙《途中晓发》,罗邺《早发》《东归》《行次》等,后者如王昌龄《九江口作》《客广陵》,张籍《晓次淮扬》《枫桥夜泊》等。除了一般性的行途或者停留地点外,《文苑英华》行迈类最后一卷另外分出"奉使"和"馆驿"这两类,"奉使"类多为"送某某"至某地,如果依据"送某某"归类,此子类也可归入送行类,但是与《文苑英华》送行类诗不同的是,行迈类的"奉使"子类出行的地点为国外,《文苑英华》编纂者偏重于"至某地"的出行动作和地点,故而归入行迈类。唐代有驿馆制度,驿馆兼有通信机构和官方招待所的双重职能。驿由中央直接管辖,馆属于地方政府设置。"馆驿"类有描述馆驿者,有以馆驿为定点观景者。这两类收录的均为唐代诗作,从中亦反映出唐代外交以及官方活动的频繁。

军旅类：即与军事战争以及战地边界等内容相关的诗，《文苑英华》"军旅类"诗分讲阅、征伐、边塞、边将四子类，讲阅与征伐是两种军事形态，一为演习武事，校阅军实，一为现实的战争。讲阅类多表现出军队阵容气势，征伐类则有行军途中所见所闻，也有两军交战状态的描述。边塞类的着眼点在战地边界，或是描写塞外风景，或是叙述戍守边疆的生活。边将类以人物为标准归类，多赠答、送别之作，对象为将士，也有替将士代言抒怀者，如刘长卿《代边将有怀》。

悲悼类：万物皆有兴衰，人生更是无常。诗以抒情，抒悲哀情感的诗歌古已有之，《乐府诗集》引《乐府题解》曰："《左传》云：'齐将与吴战于艾陵，公孙夏命其徒歌《虞殡》。'"① 《虞殡》为男性而哀，汉代古诗《伤三贞诗》则可视为最早为女性悲悼的诗歌，而作为诗歌类型最早出现在文学总集里当数《文选》。《文苑英华》诗歌立悲悼类，共分追述、哭人、哭僧道、哭妓、送葬、坟墓、第宅、怀古、踪迹、挽歌十个子类，总共录入诗歌566首，其中属于先唐的46首，分属在追述、哭人、送葬、坟墓、第宅、踪迹和挽歌七个子类中，哭僧道、哭妓和怀古类未录先唐诗作。涉及生离死别、时代兴衰，情感哀伤，从内容上可以分为悼个体的消逝和悲时代沧桑变幻两类。

居处类：《文苑英华》居处类诗根据人居住、活动的场所不同分上阳宫、九成宫、华清宫、宫、苑、殿等16个子类，以上阳宫、九成宫、华清宫等宫殿居首，田家居末。从这种子类的排序中可以看出《文苑英华》编纂者的尊卑意识。《文苑英华》居处类诗以处所为类分标准，一般把处所作为观景感怀的地点，但是有的实际上与居处关系不大，如韦应物的《赠田家翁》、包何的《江上田家》因诗题有"田家"而归入"田家类"，这两首诗与作为处所的农家关系不大，而是主要写人。

郊祀类：郊天、祭祖是古代帝王为强化王权和独尊性而以国家名义进行的重要活动。郊祀类诗分宿斋和祠庙两个子类。宿斋类诗是与祭祀等礼仪前的斋戒活动有关的诗。祠庙类诗，有描述祭祀活动，有将庙宇

---

① （宋）郭茂倩：《乐府诗集》，中华书局1979年版，第396页。

作为游览景地者。

　　花木附果实草类与禽兽类：这两类根据描写对象不同而区分，类分细致。花木附果实草类以植物为对象，分牡丹、桃花、杏花、紫薇、梅花、芙蓉、莲荷等53个子类。禽兽类分凤、鹤、鹰、乌、鹊、雁、莺等33个子类。这两类涉及的动植物种类繁多，有纯粹描写物者，重描摹刻画的"形似"，主体意识不强。南北朝时期的咏物类多属于此，如刘孝绰《咏百舌》、张正见《赋得山中翠竹》等；也有借物抒情、托物言志者，是士人自我投射和社会现象的投射，如骆宾王的《在狱咏蝉》，唐代不少咏物诗都体现出这一特点。

第二节　《文苑英华》诗的创作范式
——以音乐类诗为例

　　诗分类是《文苑英华》诗体编纂体例的一大特点。《文苑英华》的编纂目的之一是"使沿泝者得其余波，慕味者接其妍唱"，编纂者分门别类选录诗作，是要让读者知晓诗类的流变过程，品味其精要。据可查的文献资料来看，《文苑英华》是首次从诗歌分类上肯定了音乐类诗的诗体地位。音乐类诗歌在唐以前已经出现，但是数量不多。而至唐代已经很繁荣，在《全唐诗》中描写乐器和器乐的诗篇300首，而描写听歌赏乐的诗篇有400首左右。这还仅是依据诗题判断归纳的数量，如果从内容上判定，音乐诗的数量将不止这一统计数量。音乐诗的繁荣使得立目成为需要。以下以《文苑英华》音乐类诗为例，观其特征，以此了解《文苑英华》诗类型的创作范式特点。

一　音乐类诗的体例编撰特征

　　《文苑英华》体例编纂"撮其类列"特点不仅体现在各文体上，在每一具体文体中也有体现，如诗体之音乐类诗细分为乐、琴、筝、笙、琵琶、箜篌、箫、笛、杂乐、歌、舞、歌妓12个子类。《文苑英华》在音乐类诗的类分上可能受到其他书籍影响。其一，《文苑英华》编纂受《文选》影响比较大，《文选》虽无音乐诗类，但是有音乐赋，包括乐器、舞、啸等，《文苑英华》音乐类诗的出现很有可能受到《文选》赋音乐类的启发。其二，类书中的分类对《文苑英华》也可能有影响。如《艺文类聚》有乐部，包括乐府、歌舞、琴、筝、箜篌、琵琶、笙竽、箫、笙、笛、筑11类。《初学记》乐部分雅乐、杂乐、夷乐、歌、舞、琴、筝、琵琶、箜篌、钟、盘、鼓、箫、笙、笛15类。《太平御览》乐部分雅乐、历代乐、鼓吹乐、宴乐、优倡、歌、舞、钟、盘、琴、笛、箫、筑、笙、竽、簧、埙、鼓、琵琶、觱篥、五弦、六弦、七弦、太一、方响、缶、铎、铙、镯、角、铜钵、壤、抚相、春牍、拍板35类。虽然类书不以"音乐"为类，但是乐部的子类分类与《文苑英华》音乐类诗很相近，《文苑英华》音乐诗子类分类很有可能受此影响。

"分以部居"是《文苑英华》诗编纂上的另一特点，反映出北宋文臣对各类以及各个时段诗歌的态度。《文苑英华》音乐类诗收录梁、陈、北魏、北周、隋、唐六朝共148首诗歌，其具体分布见表2-1。

表2-1　　　　　　　《文苑英华》音乐类诗各朝诗歌分布

类型	诗歌总数	梁	陈	北魏	隋	唐	类型	诗歌总数	梁	陈	北周	隋	唐
乐	8	1	2		4	1	箫	1	1				
琴	29	3	1	1	1	23	笛	14		2		1	11
筝	10	5	1			4	杂乐	6					6
笙	4	2				2	歌	22					22
琵琶	3					3	舞	7	5	1	1		
箜篌	1	1					歌妓	43		3		2	31

《文苑英华》音乐诗按照审美对象不同可以分两类：一是咏礼乐。这类音乐主要是通过观乐与国家兴衰、君王恩幸结合。二是咏俗乐，包括咏乐器和赏歌舞。咏乐器类包括琴、筝、笙、琵琶、箜篌、箫、笛等，主要是对乐器结构、弹奏效果以及听者感应等方面的描写。赏歌舞类，注重描摹女性容貌、姿态，特别是歌舞动作。从表2-1中可以看

出，音乐诗的分布仍体现出不均衡性：其一，偏重咏俗乐类型诗歌。《文苑英华》音乐类诗中，咏礼乐的诗歌总共只有8首，其余均为咏俗乐者。与《文苑英华》赋体收录正好相反。《文苑英华》"赋"下亦设与音乐有关的类别，不以"音乐"为名，而是采用与类书相同的名称，设乐类九卷收赋88篇，无子类。九卷之中各卷内容有所侧重，如乐一、二收吟咏筝、笙、琵琶等乐器之赋，乐三至乐六为雅乐之论，与政治联系紧密，如《吴公子听乐赋》《钧天乐赋》《太常观四夷乐赋》《月德教胄子赋》等，卷七收琴赋，卷八收歌赋，卷九收舞赋。相比之下，《文苑英华》赋更看重涉及礼乐的篇章。其二，各子类收录数量不均。歌妓类数量最多，为43首，而最少的篌篌类和箫类只各录1首。其三，各朝代诗歌在子类中分布不均。如篌篌类和箫类只收录梁代诗歌。唐朝的音乐诗虽然收录比其他朝代多，但主要集中在琴类、琵琶、笛类、歌类和歌妓类这五类上，篌篌类、箫类和舞类未收录。其四，北朝本土诗人不录。音乐类中虽然录有北朝北魏、北周诗，但这三首诗的作者萧悫和庾信都是由南入北的诗人。

二 音乐类诗的创作流变

《文苑英华》音乐类诗的审美对象为音乐，包括乐器、弹奏效果、歌、舞以及表演者等，诗人调动多种感觉器官欣赏音乐，用诗歌形式对此进行鉴赏批评。《文苑英华》修书完毕之后，宋白等人上表中除说明"撮其类列，分以部居"的编纂体例外，还表明了"使沿沂者得其余波，慕昧者接其妍唱"的目的，这里隐含着编纂者"诗歌史"的意识。实际编纂中，《文苑英华》基本按时代顺序排列诗歌，也体现出编纂者这种意识，即通过选录各代诗歌之精华反映出诗歌的流变。就音乐类诗歌来说，梁、陈两代都比较注重艺术功能，但是陈代音乐类诗孕育了新变，唐代音乐类诗歌则强化了这种变化。以下详细阐述《文苑英华》音乐类诗的创作流变特征。

1. 主题倾向由观赏称颂向知音、家园意识转移

观赏主题是梁代音乐诗的重要主题倾向，观赏主题是梁代音乐诗

的重要主题倾向,在现存45首梁代音乐诗中,有37首主题倾向观赏。《文苑英华》收录的梁代音乐类诗明显体现出这一特点,如杨皦《舞应令》:

> 红颜自燕赵,妙妓迈阳阿。就行齐逐唱,赴节暗相和。折腰送馀曲,敛袖待新歌。嚬容生翠羽,慢睇出横波。虽称赵飞燕,比此讵成多。

诗歌咏舞,从人的歌声、腰、袖、容、眼神各方面描写,诗人对舞者远距离冷静观照,多从感官上赞叹舞者之美。除杨皦《舞应令》外,还有王台卿《咏筝》、陆罕《咏笙》、萧纲《咏舞》等。

赏性主题在齐代音乐诗中已经出现,这是音乐类诗主题的一个重要转变。

用诗的形式表现音乐,可以追溯到《诗经》。《诗经》中涉及的乐器有20多种,提到音乐演奏的也有十余首,如"琴瑟在御,莫不静好"(《郑风·女曰鸡鸣》)、"妻子好合,如鼓琴瑟"(《小雅·棠棣》)喻为夫妻相合,"伯氏吹埙,仲氏吹篪"(《小雅·何人斯》)示兄弟融洽,总体而言,这些音乐描写粗线条概括化,不对音乐本身展开描写。汉代诗歌音乐描写则转向重"情",诗歌音乐描写向细腻转变,更多的是借助音乐传达友情、恋情,如"箫鼓鸣兮发棹歌,欢乐极兮哀情多"(刘彻《秋风辞》)的相思之情,"丝竹历清声,慷慨有余哀"(李陵《别诗》)的离别之绪,这种情感中透露出对相知的留恋和渴望。《古诗十九首》中更是直接表达出知音情结,《西北有高楼》尤为突出:"清商随风发,中曲正徘徊。一弹再三叹,慷慨有余哀。不惜歌者苦,但伤知音稀"。这种音乐与知音情感结合的音乐描写成为一种传统。魏曹丕《燕歌行》、曹睿《步出夏门行》等诗中的音乐描写都是这一类型。两晋知音情结更为突出,音乐融在生活中,如"鸣琴在御,谁与鼓弹"(嵇康《四言赠兄秀才入写诗》)、"夜中不能寐,起坐弹鸣琴"(阮籍《咏怀》一)、"知我故来意,取琴为我弹"(陶渊明《拟古诗》)等,或是独坐弹唱，或是听人演奏，内心都透出知音的渴望。但是这些诗歌虽涉及音乐描写，音乐却只是一种辅助，不是主要审美对象。南朝宋代诗歌中音乐描写出现新特点，即出现以音乐为题材的诗歌，这类诗歌题目明确指向音乐，保留下来的有宋孝武帝刘俊《夜听妓》与鲍照《夜听妓》两首，这两首诗审美对象与音乐有关，听妓实际上是听艺妓所弹奏，其延续的仍是知音主题，抒情性强。依据《文苑英华》音乐类诗特征划分，音乐类诗歌正式出现的时期应该是南朝宋代。

齐代音乐诗保存的数量仍很少，仅有5首。与宋代不同的是，齐代音乐诗偏向观赏性。以谢朓的《夜听妓》2首观赏特点最为明显，诗歌全篇皆是歌舞场景、女性姿态描写。此外出现对乐器的吟咏，如王融《咏琵琶》、谢朓《咏乐器·琴》等，这类诗歌将器具的视觉上的描摹与演奏上的听觉愉悦感结合，以满足感官浅层享受为主。

观赏性主题音乐诗在梁代得到极大发展，音乐内容上从听音乐、咏乐器扩张到咏舞观妓，传统音乐知音主题大大减弱。而陈代音乐诗主题不如梁代那样某一类特别突出，显示出主题的多样性和均衡性。《文苑英华》选录的陈代音乐类诗虽然数量少，但这种特点亦是明显。首先，梁代的观赏主题在陈代得以继承，如阴铿《侯司空宅咏妓》、刘删《侯司空宅咏妓》、江总《和衡阳殿下高楼看妓》等都属这一主题性质。其次，其他主题占的比重逐渐增大，一是知音主题的回归，如"空为贞女引，谁达楚妃心"（沈炯《为我弹鸣琴》）、"田文垂睫泪，卓女弄弦心"（江总《赋得咏琴》）都是用典故表达知心渴望，江总另外一首诗《待宴赋得起坐弹鸣琴》也属此类型。二是边塞羁旅主题的出现。羁旅主题以笛类诗歌为代表，现留存下来的周弘让、贺彻各自的《赋得长笛吐清气》，将人物置于塞外，音乐营造出萧瑟甚至有些悲壮的氛围，传达征人羁旅的思乡离愁。

梁陈代音乐诗的创作者分属多个文学集团。梁代，如沈约、何逊、王僧孺属永明体诗人范围；殷芸、刘孝绰、徐勉属于萧统集团；庾肩吾、王台卿、刘遵、徐陵等属萧纲集团；刘缓属于萧绎集团等。陈代，如陈后主、江总属陈后主文学集团；阴铿聚于候安都文会，刘删则徐伯阳文会和候安都文会都加入。为何梁代音乐诗观赏主题突出，而陈代音乐诗主题呈多样性？考察梁代的文学集团，集团多有统治者参与，文人联系比较紧密，都有自己的文学理论和创作特点，他们以突出诗歌的某种风格在文坛占一席之地，如萧统坚持文质彬彬之作，萧纲高举艳诗旗帜。在写某一类型诗歌时，这种集团界限是模糊的，往往创作出风格相似的诗歌，如梁武帝、何逊、萧统的宫体性质诗歌与萧纲艳诗有相似性。音乐诗的欣赏主题在梁代突出，这说明音乐诗基本模式在梁代文坛达成一种共识。而陈代的文学集团是松散的，以文会居多，缺少树立理论的文学集团领袖，与统治者联系也减弱，这种松散性使人们对某种主题难以达成共识，但反过来也有益于活跃文学思维，故而音乐诗主题多样性的出现在陈代有适合的环境。而正是因为陈代音乐类诗主题的多样性出现，为日后唐代诗人创作提供了借鉴，唐人有所选择地强化了诸如知音、边塞思乡这些重抒情的主题，诗歌转向以抒情为主，《文苑英华》音乐类中所录者，如"知音难再逢，惜君方年老"（岑参《秋夕听罗山人弹三峡流泉》）、"世人爱筝不爱琴，则明此调难知音"（戎昱《听杜山人弹胡笳》）、"却应筵上客，未必是知音"（王贞白《席上赠歌者》）、"钟期不可遇，谁辨曲中心"（唐释彪《宝琴》）等，这些音乐诗传达的都是强烈的知音渴望。而如"始遇丝管赏，已怀故园情"（韦应物《楼中阅清宫》）、"金河戍客肠应断，更在秋风百尺台"（李益《夜上西城听梁州》）、"不知何处吹芦管，一夜征人尽望乡"（李益《闻笛》）、"江城吹角水茫茫，曲引边声怨思长"（李涉《润州听暮角》）等诗则充满羁旅离愁与思乡之情。

2. 诗歌"形似"特征减弱，境界扩大

梁陈音乐类诗发展有从注重诗歌"形似"特征到"形似"特征减弱、境界扩大的变化过程。这种变化在《文苑英华》所收录的梁陈音乐类诗中可以看到。

梁前期的音乐类诗一个比较突出的特征是咏物特征强，首先从诗歌题目上可以体现，如《咏琴》《咏筝》《咏笙》《咏舞》等。"咏物诗，齐梁始多有之"（王夫之《姜斋诗话》卷下），在咏物诗盛行的时代，

音乐诗与其他咏物诗有相似之处,都有固定的审美对象,描摹性强,感
情寄托少。但是也有异于其他咏物诗之处,那就是由于音乐演奏者多为
女性,这类咏乐器诗歌往往细致地描写乐器、演奏音乐特征之后,带出
女性,将物的静态外形、音乐的动感与人的神情举止结合起来,静态美
与动态美相融。如梁元帝《和弹筝人》其一:

> 琼柱动金丝,秦声发赵曲。流征含阳春,美手过如玉。

诗歌先写筝的外形、演奏内容,最后以"美手过如玉"为点睛之
笔,将音乐美与若隐若现的女子联系,增强诗歌艺术感染力。

梁代中后期出现大量以咏人为主的歌舞类音乐诗,诗歌中人物成了
主导,视觉、听觉与感觉的结合性更强,但是咏物的描摹手法也更为突
出。如:

> 新妆本绝世,妙舞亦如仙。倾腰逐韵管,敛色听张弦。袖轻风
> 易入,钗重步难前。笑态千金动,衣香十里传。持此双飞燕,定当
> 谁可怜。(王训《舞应令》)

诗歌对于舞者衣着、容貌、神态等都进行了精雕细刻。这种追求形
似上逼真的创作使诗歌感情越发空洞,缺乏生命力。陈代诗人在克服音
乐诗这一弊病上做了努力,这类诗作虽然物性特征仍存在,但是"形
似"特征减弱,从局部细致、密集描写走出,转向大的空间视野。如
《文苑英华》所录阴铿《侯司空宅咏妓》、刘删《侯司空宅咏妓》、江总
《和衡阳殿下高楼看妓》这三首咏妓诗,对于歌妓本身的描写已经大大
减少。以刘删《侯司空宅咏妓》为例,全诗如下:

> 石家金谷妓,妆罢出兰闺。看花只欲笑,闻瑟不胜啼。山边歌
> 落日,池上舞前溪。将人当桃李,何处不成蹊。

同是咏妓诗歌,刘删与王训所作已有比较大的差别,整首诗将人置于宽广的活动环境,表现人物美的方式也不再拘泥于对人物神情、服饰、举止等的细致刻画上。

这种特点在《文苑英华》选录的两首陈代咏笛诗上体现得最为明显:

商声传后出,龙吟郁前吐。情断山阳舍,气咽平阳坞。胡骑争北归,偏知引乡苦。羁旅情易伤,零泪如交雨。(周弘让《赋得长笛吐清气》)

胡关氛雾侵,羌笛吐清音。韵切山阳曲,声悲陇上吟。柳折城边树,梅舒岭外林。方知出塞虏,不惮武溪深。(贺彻《赋得长笛吐清气》)

诗人将视野转向浩渺边塞,胡关遥远,羁旅艰辛,乡愁揪心。与梁代咏乐器诗歌相比,境界阔大,社会现实感增强,描写疏朗刚健。

陈代音乐诗的描写转变反映出南北朝诗风的融合特征。总体而言,南方文学纤巧婉丽,北方文学质朴刚健。梁代出现赞赏北方人作品的现象,如梁武帝称赞北魏末年文人温子升作品,"曹植、陆机复生于北土。恨我辞人,数穷百六"(《魏书·文苑·温子升传》),但是这种称赞并不普遍,徐陵就是其中的反对者。《隋唐嘉话》卷下载徐陵对魏收的态度,云:"梁常侍徐陵聘于齐,时魏收文学北朝之秀,收录其文集以遗陵,令传之江左。陵还,济江而沉之,从者以问,陵曰:'吾为魏公藏拙。'"可见徐陵并不以北方文学为佳,更觉自胜一筹。从南北文学发展来说,梁代处于繁荣期,北方文学处在发展期,受南方文学的影响更大,如庾信和王褒入北,史称"奇才秀出,牢笼于一代"(《周书·王褒庾信传》)。而到了陈代,对于北方文学的欣赏则成为普遍现象。《北史·薛道衡传》载:"江东雅好篇什,陈主尤爱雕虫,道衡每有所作,南人无不吟诵焉。"[1]《隋唐嘉话》云:"薛道衡聘陈,为《人日诗》

---

[1] (唐)李延寿:《北史》,中华书局1972年版,第1338页。

云:'人春才七日,离家已二年。'南人嗤之曰:'是底言?谁谓此虏解作诗!'及云:'人归落雁后,思发在花前。'乃喜曰:'名下固无虚士。'"①这两则材料显示薛道衡的作品备受南人喜爱。徐陵在陈时对北方文学的态度也与在梁时截然相反,陈文帝天嘉二年(561),北周殷不害使陈带来了北周文人李那《陪驾终南》《八重阳阁》《荆州大乘寺》《宜阳石像碑》等四篇诗文,徐陵看后极为赞赏,他在《与李那书》中称李那诗文"铿锵并奏,能惊赵鞅之魂,辉焕相华""才壮风云,义深渊海",认为李那文章文质相谐,意气宏壮深远,同时写出了李那诗文在南方引起轰动的情况:"京师长者,好事才人,争造蓬门,请观高制,轩车满路,如看太学之碑,街巷相填,无异华阴之市。"可见陈代文人对北方文学中的意境宏大、文质并重的作品的欣赏。陈代音乐类诗也体现出了对北朝诗的吸收特点,诗在注重艺术形式的同时增加了情志内容。而这种南北文学融合经过初唐努力最终在盛唐得以完成。如高适《塞上听吹笛》云"雪净胡天牧马还,月明羌笛戍楼间。借问梅花何处落,风吹一夜满关山",诗歌境界宏大,感情充沛,自然清新,无论情志内容还是艺术形式上,都是前代同类题材的诗歌所不能企及的。而如果没有前代诗歌在南北诗风融合上的努力,唐代音乐类诗也难达到这种成就。

3. 诗歌情感由浅层感官体验向心灵化转变

梁代音乐诗主要是在观赏中得到满足,娱乐目的明显,以歌舞与歌妓类音乐诗最为突出。审美主体与客体处于相对独立状态,所以情感多限于表面化的浅层体验。陈代音乐诗中仍有这类情感特征,试以《文苑英华》所录梁沈君攸《待夜出妓》和陈江总《和衡阳殿高楼看妓》比较:

    帘间月色度,烛定妓成行。回身钏玉动,顿履佩珠鸣。低衫拂鬟影,举扇起歌声。匣中曲犹奏,掌上体应轻。(沈君攸《待夜出妓》)
    绮楼侵碧汉,初日照红妆。弦心艳卓女,曲调动周郎。并歌时转黛,息舞暂分香。挂缨银烛下,莫笑玉钗长。(江总《和衡阳殿

---

① (唐)刘𫗧撰,程毅中点校:《隋唐嘉话》,中华书局1979年版,第1页。

高楼看妓》)

　　这两首诗虽然对歌妓描写有所差异，江总诗较沈君攸诗关注点扩大，不似沈诗那样对于歌妓本身衣着、容貌、姿态着力描写，但是情感特征是相似的，都是限于观赏的愉悦满足，情感单调。但是陈代音乐诗中有知音与羁旅主题的融入，诗歌情感由浅层感官体验到心灵化转变。上文提到的周弘让和贺彻的咏笛诗就是典型代表，羁旅之苦下的塞外乡愁，传达出异乡人的真情实感，动人心弦。

　　梁代诗歌的娱乐性积淀已久，陈代诗歌总体也未摆脱这种娱乐特征。陈代这类抒情性强的音乐诗也多是在以一种娱乐心态而作。首先，这些诗歌出现不少赋得之作，如江总《赋得咏琴》《侍宴赋得起坐弹鸣琴》、周弘让《赋得长笛吐清气》、贺彻《赋得长笛吐清气》等，"赋得"即赋某字、某诗句、某韵等为题，多是在宴会上产生的命题诗作，陈后主这类诗作题下不少都标明在座的人，如《立春日泛舟玄圃各赋一字六韵成篇》，题下注："座有张式、陆琼、顾野王、谢伸、褚玠、王缓、傅縡、陆瑜、姚察等九人上。"其次，从诗歌创作环境来看，娱乐性很强。不少诗歌都是在筵宴文会中产生的，从以下两则材料对当时的创作状况可窥一二。

　　　　《陈后主集》有《序宣猷堂宴集五言》曰：披钩赋咏，逐韵多少，次第而用。在座有江总、陆瑜、孔范等三人。后主诏得迍格白易夕掷斥拆啮，诸人诗用韵与所得韵次前后正同，曾不挽乱。（《陔余丛考》卷二十三）①

　　　　太建初，中记室李爽、记室张正见、左民郎贺彻、学士阮卓、黄门郎萧诠、三公郎王由礼、处士马枢、记室祖孙登、比部贺循、长史刘删等为文会之友，后有蔡凝、刘助、陈暄、孔范亦预焉，皆一时之士也。游宴赋诗，勒成卷轴，伯阳为其集序，盛传于世。

----
① （清）赵翼：《陔余丛考》，中华书局1963年版，第465页。

(《陈书·徐伯阳传》)①

宴饮、集会，以文会友，以诗娱乐，陈代留存下来的不少诗作都产生于类似的环境中。

最后，从诗人的实际生活也可看出这种娱乐态度。周弘让在《与徐陵书荐方圆》中称"吾荷朝恩，得安丘壑，身名两泰，夫复奚言。但愿沐浴尧风，遨游舜日，安服饱食，以送余齿"，以游乐饱食为生活目标。江总则常与后主娱乐，史载"（后主）常使张贵妃、孔贵人等八人夹坐，江总、孔范等十人预宴，号曰'狎客'。先令八妇人襞采笺，制五言诗，十客一时继和，迟则罚酒。君臣酣饮，从夕达旦，以此为常"。②

娱乐之下抒情浓郁的诗歌出现，显示出陈代文人的微妙心理。陈代文人多以享乐、保身方式处世，却又未全泯灭内心的真实渴望。以江总为例，江总经历梁代侯景之乱，在陈代身居高位，却不持政务，享乐人生，其《自叙》言：

> 官陈以来，未尝逢迎一物，干预一事。悠悠风尘，流俗之士，颇致怨憎，荣枯宠辱，不以介意。太建之世，权移群小，谄嫉作威，屡被摧黜，奈何命也。后主昔在东朝，留意文艺，夙荷昭晋，恩纪契阔。嗣位之日，时寄谬隆，仪形天府，厘正庶绩，八法六典，无所不统。昔晋武帝策荀公曾曰："周之冢宰，今之尚书令也。"况复才未半古，尸素若兹。晋太尉陆玩云："以我为三公，知天下无人矣。"轩冕傥来之一物，岂是预要乎？弱岁归心释教，年二十余，入钟山就灵曜寺则法师受菩萨戒。暮齿官陈，与摄山布上人游款，深悟苦空，更复练戒，运善于心，行慈于物，颇知自励，而不能蔬菲，尚染尘劳，以此负愧平生耳。③

---

① （唐）姚思廉：《陈书》，中华书局1972年版，第468—469页。
② （唐）李延寿：《南史》，中华书局1975年版，第306页。
③ （唐）姚思廉：《陈书》，中华书局1972年版，第346—347页。

"官陈以来，未尝逢迎一物，干预一事"，这是对时局的清醒认识而采取不涉足于权力之争的无为策略，是江总身处乱世而自保的法宝。而"流俗之士，颇致怨憎，荣枯宠辱，不以介意。太建之世，权移群小，谄嫉作威，屡被摧黜，奈何命也"，无奈、孤独与超脱相杂其间，看似超脱的江总最后也只得去佛教中寻找心灵归宿。那么，他在娱乐的宴会上感叹"罕有知音者，空劳流水声"（《侍宴赋得起坐弹鸣琴》），这种享乐与知音渴求交织，犹如织茧破茧的矛盾心理就不难理解了。从中也不难看出陈代诗人在诗歌抒情功能上所做的努力，唐人则沿着这种方向，让诗歌从筵宴、庭院等狭小空间走出，走向广阔宇宙空间。

第三节　《文苑英华》诗与歌行之辨

"歌行"之名最早出现在梁沈约编撰的《宋书·乐志》中，此后"歌行"常被后人提及探讨。唐代白居易、元稹、李绅等，宋代宋敏求、严羽，明代王世贞、胡应麟、胡震亨、许学夷，清代王夫之、沈德潜、王闿运、钱良择等均有自己的观点。今人葛晓音、林心治、薛天纬等学者对这方面关注也比较多，其中薛天纬的《唐代歌行论》可以说是现今歌行研究的力作。通常而言，"歌行"属于"诗"是学界的共识，研究者也一般是将"歌行"置于"诗体"之下研究的。而《文苑英华》将"歌行"独立成一体，区别于诗类，首次从文体上确立其地位。依据《文苑英华》文本考察宋初歌行观十分必要，反过来有助于对《文苑英华》"诗"体的理解。

一　《文苑英华》歌行录文概述

《文苑英华》歌行体20卷，分天、四时、仙道、纪功、征戍、音乐、酒、草木、书、图画、杂赠、送行、山、石、隐逸、佛寺、楼台宫阁、经行、兽、禽、愁怨、服用、博戏、杂歌24个子类。收录作品共364首，其中录入先唐作品18首，包括齐1首，梁8首，陈5首，北魏

1首，北齐1首，北周1首，隋1首，另外《木兰歌》作唐代韦元甫作品录入，其余为唐代作品。作品在各子类分布如下：天17首，四时10首，仙道22首，纪功7首，征戍7首，音乐42首，酒18首，草木20首，书13首，图画16首，杂赠14首，送行17首，山12首，石3首，隐逸3首，佛寺4首，楼台宫阁18首，经行11首，兽15首，禽15首，愁怨18首，服用18首，博戏12首，杂歌32首。去重合歌行2首（杜甫的《徒步归行》既归入杂歌类，又归入杂赠类作《徒步归行赠李特进借马》；李白《梁园吟》既归入经行类，又归入酒类作《梁园醉歌》），实际共录362首，其中晚唐王毂的《梅》阙文。

（一）作品题目及句式特点

1. 题目特点

《文苑英华》歌行体题目可以分为三类：一是乐府古题，如《长安道》《箜篌引》《白雪歌》（下文有阐述，此不赘）。二是以内容主题加"篇""辞""歌""谣"等字样，如《春日篇》《杨柳歌》《陪侍郎叔华登楼歌》《大漠行》等，其中题目含"歌"者145首、含"行"69首、含"篇"者23首、含"叹"者3首、含"吟"者4首、含"引"者5首、含"章"者1首、含"辞"者1首、含"词"者11首、含"谣"者6首、含"曲"者4首、含"怨"者3首、含"操"者1首、含"弄"者1首。薛天纬《唐代歌行论》借用松浦久友《中国诗歌原理》一书中的说法，将此类歌行题目称为"歌辞性诗题"[①]，此处也借用。这类歌辞性诗题总共279首。三是只有主题词语的题目，如《闲宵望月》《拜新月》《明月》《秋闺月》《秋来》《送陈章甫》等，共81首。

2. 句式特点

（1）七言体184首，此类以转韵占绝大部分。如王勃《滕王阁歌》、宋之问《明河篇》、郭元振《古剑歌》、王维《桃源行》、白居易《长恨歌》《琵琶引》、高适《封丘作》、李白《陪侍郎叔华登楼歌》、杜甫《观公孙大娘弟子舞剑器行》等。七言体中包括七言四句体4首，

---

① 薛天纬：《唐代歌行论》，人民文学出版社2006年版，第6页。

有祝元膺《梦仙谣》、陈陶《仙人词》二首和顾况《丘少府小鼓歌》。此类歌行体近七绝,但不合律,后人每以"七言古绝"称之。

(2) 杂言体141首。杂言歌行除1首无七言句外,其余均兼有七言句,且多以七言句式为主。如骆宾王《畴昔篇》,七言中杂以五言。再如李峤《宝剑篇》、胡皓《大漠行》、杜甫《兵车行》、李白《元丹丘歌》等,七言中杂三、五言。

(3) 骚体11首。此类作品的一个显著特点是句中带"兮",如陈子昂《春台引》、宋之问《冬宵引》、李白《鸣皋歌送岑征君》、白居易《无可奈何歌》等。

(4) 五言体24首。此类以主题加歌辞性诗题为题目者有21首,如刘禹锡《昏镜篇》《马嵬行》等。另3首题目只含主题词,包括无名氏的《闲霄望月》、李贺的《送韦仁实兄弟入关》和王季友的《滑州赠崔士灌》。

(5) 四言体1首,即陈子昂的《庆云章》。

(二) 收录历代歌行情况

《文苑英华》歌行总共收录362首(剔除重诗2首),包括先唐12人共18首,唐代83人共337首,另有7首佚名。唐代歌行中,可考作家80人作品334首,大致分为初唐12人20首,盛唐18人99首,中唐35人168首,晚唐15人47首,有名而不可考作家3人共3首。[①]

1. 对先唐歌行的收录

《文苑英华》录入先唐歌行18首,包括齐代朱孝廉1首;梁代梁元帝3首、鲍泉2首,沈约、高允生、戴暠各1首;陈代江总4首、沈炯1首;北魏萧综1首;北齐邢劭1首;北周庾信1首;隋朝辛德源1首。另外今人多认为是北朝民歌的《木兰歌》,《文苑英华》作唐代韦元甫作品录入。18首歌行有五言体9首,七言体3首,骚体2首,杂言体4首(其中1首以五言为主的杂言,3首以七言为主的杂言)。题目中属

[①] 唐代作家的时段划分主要参看傅璇琮《唐代诗人丛考》(中华书局2003年版)和陈贻焮主编《增订注释全唐诗》(文化艺术出版社2001年版)。有名而时段不可考者有英才、柳曾、王国华等三人。

于"歌辞性诗题"者有 13 首,其中含有"篇"的 7 首、含"怨"者 1 首、含"歌"者 2 首、含"谣"者 1 首、含"辞"者 1 首、含"行"者 1 首。非"歌辞性诗题"者 5 首。先唐歌行具有以下几个特点。

(1) 从题目来看,包括乐府旧题者,改制乐府题者和主题加"篇""引"等具有歌辞性特征的非乐府题者。

其一,乐府旧题者包括《白雪歌》《霹雳引》。《白雪歌》为周曲,《乐府诗集·白雪歌》题解:

> 谢希逸《琴论》曰:"刘涓子善鼓琴,制《阳春》《白雪》曲。琴集曰:《白雪》师旷所作商调曲也。"《唐书·乐志》曰:"《白雪》,周曲也。"张华《博物志》曰:"《白雪》者,太帝使素女鼓五十弦瑟曲名也。"①

《霹雳引》,《乐府诗集·琴曲歌辞》题解古琴曲有五曲、九引、十二操,《霹雳引》为九引之一。

其二,改制乐府题者,包括《赵瑟》《王子乔行》和《独酌谣》。《赵瑟》,《乐府诗集·江南弄》题解:

> 《古今乐录》曰:"梁天监十一年冬,武帝改西曲,制《江南上云乐》十四曲,《江南弄》七曲:一曰《江南弄》,二曰《龙笛曲》,三曰《采莲曲》,四曰《凤笛曲》,五曰《采菱曲》,六曰《游女曲》,七曰《朝云曲》。又沈约作四曲:一曰《赵瑟曲》,二曰《秦筝曲》,三曰《阳春曲》,四曰《朝云曲》,亦谓之《江南弄》云。"②

《王子乔》为古辞,《乐府诗集·吟叹曲》题解:

> 《古今乐录》曰:"张永《元嘉技录》有吟叹四曲:一曰《大

---

① (宋) 郭茂倩:《乐府诗集》,中华书局 1979 年版,第 823 页。
② 同上书,第 726 页。

雅吟》，二曰《王明君》，三曰《楚妃叹》，四曰《王子乔》。《大雅吟》《王明君》《楚妃叹》，并石崇辞。《王子乔》，古辞。"①

高允生将其改为《王子乔行》。《独酌谣》首见于陈后主，其有《独酌谣四首》，《乐府诗集·杂歌谣辞》收录，云："陈后主序曰：'齐人淳于髡善为十酒，偶效之作《独酌谣》。'"②

其三，主题加"篇""引"等具歌辞性特征的非乐府题者，如《春日篇》《奉和湘东王春日篇》《秋日篇》《姬人怨》等。

（2）句式上五言比重大，歌行篇幅短小。18首歌行有9首为五言古体。篇幅最长的为沈炯《独酌谣》22句。《木兰歌》篇幅较长，但是宋人是将其当唐人诗作收录的。

（3）齐梁体风格明显，亦有个体抒情出现。

《文苑英华》所录先唐歌行，"齐梁体"特征较为明显，写闺情的有8篇。以江总的《姬人怨》《姬人怨服散篇》《闺怨篇》为典型。《姬人怨》句句对偶，触景生情，直抒相思苦。《姬人怨服散篇》换韵，写男性求仙给女性带来的痛苦。《闺怨篇》不换韵，偶句形式一气呵成，"寂寂""纷纷"叠字运用，增强了歌行的艺术感染力。但是也出现个体抒情明显的篇章，如萧综的《听钟鸣》、刑劭的《冬日伤志篇》、沈炯的《独酌谣》等。萧综的《听钟鸣》为以七言为主的杂言体。萧综是梁武帝第二子，于梁普通六年（525）奔北魏。《梁书》本传载："初，综既不得志，尝作《听钟鸣》、《悲落叶》辞，以申其志。"《洛阳伽蓝记》卷二载："洛阳城东建阳里有台，高三丈，上作二精舍，有钟，撞之，闻五十里。太后移在宫内。置凝闲堂。初。梁豫昌王萧综闻此钟声。遂告听钟歌三首行于世。"可见此歌行为触景生情之作，采用赋体直接陈述不得志的悲伤情感。刑子才的《冬日伤志篇》感慨于洛阳的衰败之景，情调悲凉，笔力刚劲自然。沈炯的《独酌谣》在独饮的孤寂中渗透着"寄语号呶侣，无乃太尘嚣"的清高傲然个性。

---

① （宋）郭茂倩：《乐府诗集》，中华书局1979年版，第424页。
② 同上书，第1227页。

（4）对隋代歌行新变有所忽略。

《文苑英华》所录隋代歌行的只有辛德源《霹雳引》：

> 出地声初奋，乘干威更作。云衔天笑明，雨带星精落。碎枕神无绕，震楹书自若。侧闻吟白虎，远见飞玄鹤。

此歌行采用乐府旧题，五言句式，一韵到底。而卢思道的《听鸣蝉篇》，从题目上说属于歌辞性的非乐府类型。作者从听鸣蝉写起，在悲凉的意境氛围中，传递出失国之痛。再铺写京城钟鸣鼎食的繁荣，引出功名富贵不可期的感慨。感情沉痛激愤，个体抒情色彩浓。全篇39句，为以七言为主的杂言转韵体，与初唐长篇七言歌行无太大的差别。歌行体从隋过渡到初唐这一环节中，《听鸣蝉篇》应该有开启初唐歌行特征的意义，而《文苑英华》未录。

2. 对初唐歌行的收录

《文苑英华》收初唐歌行20首，包括宋之问5首，陈子昂3首，李峤、乔知之各2首，王勃、骆宾王、武三思、薛曜、张说、郭元振、张楚金、司马逸客各1首。题目均为"歌辞性诗题"，其中含有"篇"者9首，含"行"者3首，含"引"者2首，含"歌"者5首，含"章"者1首。初唐歌行在先唐歌行发展的基础上，形成其特点，主要如下。

其一，从形式上说，仍继承先唐题目特点，以"篇"为主；体制多样，这20首歌行包括四言1首，七言3首，骚体5首，杂言11首（其中以七言为主的杂言9首）；篇制渐宽，如李峤《宝剑篇》24句，宋之问《明河篇》24句，薛曜《舞马篇》42句，乔知之《羸骏篇》43句，李峤《汾阴行》43句，司马逸客《雅琴篇》50句，这些均超过了《文苑英华》所录先唐歌行篇制最长者。而骆宾王的《畴昔篇》，清人陈熙晋题下注："案临海生平行迹，略见于此篇。当作出狱之后，未除临海丞时也。"（《骆临海集笺注》卷5）叙写个人境遇，感慨抒情长达200句，可谓鸿篇巨制。

其二，从内容上看，闺情内容少，个体抒情类多。近人王闿运云："初唐犹沿六朝，多宫观闺情之作。"① 《文苑英华》歌行体所录初唐闺情之作只有乔知之《绿竹篇》。而对于个体抒情类型收录较多，有咏物抒情结合者，如宋之问《明河篇》、乔知之《赢骏篇》、武三思《仙鹤篇》、司马逸客《雅琴篇》、薛曜《舞马篇》、李峤《宝剑篇》等。有叙事抒情类，王勃《滕王阁歌》、骆宾王《畴昔篇》、宋之问《放白鹇篇》、李峤《汾阴行》等。

其三，对偶律化与赋化趋势并存。对偶展现中国古典诗歌的整饬美。到齐梁时期，"永明体"新诗出现，诗人有意识追求对偶，也开始自觉追求之后四声相谐的韵律美，陈代阴铿等人进一步促成诗歌的律化，到了唐代的沈佺期和宋之问最终完成了南朝沈约等人倡导的"永明体"四声诗律向唐诗的平仄过渡。初唐七言歌行也必然要受到这种趋势的影响。骆宾王的《畴昔篇》、王勃的《滕王阁歌》、李峤的《汾阴行》等歌行中对偶句很多，如：

> 阳关积雾万里昏，剑阁连山千种色。十年不调为贫贱，百日屡迁随倚伏。丛竹凝朝露，孤山起暝烟。（骆宾王《畴昔篇》）
> 滕王高阁临江渚，佩玉鸣鸾罢歌舞。画栋朝飞南浦云，珠帘暮卷西山雨。（王勃《滕王阁歌》）
> 背上铭为万年字，胸前点作七星文。（李峤《宝剑篇》）
> 埋玉陈牲礼神毕，举麾上马乘舆出。（李峤《宝剑篇》）
> 玉徽闭匣留为念，六翮开笼任尔飞。（宋之问《放白鹇篇》）

上述句子皆可称工对，不少符合近体诗平仄格律。先唐古体诗中这种律化的句子罕见。唐代以后，古体诗中律化的句子渐多，像王勃的《滕王阁歌》，句子的平仄基本合律，仄韵和平韵交替，四句一换韵，到后来成为入律古风的典型。

---

① （清）王闿运：《湘绮楼诗文集》，岳麓书社1996年版，第2161页。

歌行体尤其是长篇由于不受篇幅制约，用韵自由，句式多样，比较适合铺张扬厉，将赋的手法运用于歌行，境界开阔，气势恢宏。如骆宾王《畴昔篇》无论是规模还是容量都颇为壮观，淋漓尽致地抒写了诗人富于戏剧性的坎坷遭遇和豪侠风概，在回顾少年意气、诗苑盛会、吴楚风物的同时，又时时穿插以节序之悲、失路之叹和衔冤之恨。这种长篇歌行的赋化至唐初起贯串整个唐代，李白、杜甫、王维、高适、元稹、白居易等都擅长此法，如李白《忆旧游寄谯郡元参军》《梁园吟》，杜甫《丽人行》《兵车行》，王维《老将行》，元稹《连昌宫词》，白居易《长恨歌》等都如此。

其四，重视陈子昂和宋之问。胡应麟《诗薮·内编》卷三认为"七言古诗，概曰歌行"，将七言歌行视为与五言古、五言律、五言绝句、七言绝句、七言律等并列的诗体。认为至"四杰"，七言歌行始成体制。"建安以后，五言日盛。晋宋齐间，七言歌行寥寥无几。独《白歌》、《行路难》时见文人集中，皆短章也。梁人颇尚此体《燕歌行》、《捣衣曲》诸作实为初唐鼻祖。陈江总持、卢思道等篇什浸盛，然音响时乖，节奏未协，正类当时五言律体。垂拱四子，一变而精华浏亮，抑扬起伏，悉协宫商，开合转换，咸中肯綮。七言长体，极于此矣。"他又给初唐的七言歌行一个总评价："唐七言歌行，垂拱四子，词极藻艳，然未脱梁陈也。张、李、沈、宋，稍汰浮华，渐趋平实，唐体肇矣，然而未畅也。"胡应麟把"初唐四杰"、张说、李峤、沈佺期和宋之问列为重要作家。而《文苑英华》所录初唐作家，则以宋之问为首，陈子昂次之。

陈子昂主张汉魏风骨，《文苑英华》收录他《春台引》《庆云章》《山水粉图》这3首歌行。《春台引》"怀宇宙以伤远，登高台而写忧"，叙写一般情怀。《庆云章》《山水粉图》，一为颂扬圣明，一为描述山水图画，两者对先唐歌行均有革新。

陈子昂提倡汉魏风骨，反对齐、梁以来的形式主义文风。卢藏用说他"横制颓波，天下翕然质文一变"（《陈伯玉文集序》），宋刘克庄《后村诗话》说："唐初王、杨、沈、宋擅名，然不脱齐梁之体，独陈拾遗首倡高雅冲淡之音，一扫六代之纤弱，趋于黄初、建安矣。"《庆云章》采用四言体转韵形式颂扬武则天大周王朝：非我天子，庆云谁昌。非我圣母，庆云谁光。庆云光矣，周道昌矣。九万八千，天授皇年。庆云与卿云意同，疑仿古四言体逸歌《卿云》而作，《尚书大传》云："帝将禅禹，于是百工相和而歌卿云。"但是作者没有用乐府旧题，语言质朴，气势壮大，与辞藻艳丽的梁陈文风迥异。《山水粉图》为题画歌行，此类题材先唐少见。该歌行采用骚体形式描述画中山水：山图之白云兮，若巫山之高丘。纷群翠之鸿溶，又似蓬瀛海水之周流。行文婉转、自然。

　　《文苑英华》收录宋之问 5 首歌行，多以抒情为主。如《明河篇》属咏物抒情者，《本事诗》云："宋考公天后朝求为北门学士，不许，作《明河篇》已见其意。"《放白鹇篇》写友情，有抒情缘起、经过。《冬霄引》《高山引》均以骚体形式表达对故人的思念。从陈子昂到宋之问，可以看出歌行抒情重心发生变化，即由一般情感向个体抒情转移。张说在这一时期也写过不少个体抒情的歌行，如《巡边在河北作》《城南亭作》《离会曲》《遥同蔡起居偃松篇》《同赵侍御干湖作》等。而《文苑英华》只录《送尹补阙元凯琴歌》一首，以凤飞比喻对友人的不舍之情。

　　3. 对盛唐歌行的收录

　　评论盛唐歌行，胡应麟《诗薮》言："高、岑、王、李，音节鲜明，情致委折，浓纤修短，得衷合度，畅乎，然而未大也。太白、少陵，大而化矣，能事毕矣。"[①] 认为高适、岑参、王维、李颀在歌行由初唐的"未畅"转化为"畅"上起到重要作用，而李白、杜甫将歌行发展推至最高峰。《文苑英华》收盛唐歌行 99 首，包括杜甫 52 首，李白 18 首，李颀 10 首，崔颢 3 首，王维、王翰各 2 首，李康成 1 首，胡皓 1 首，万齐融 1 首、刘庭琦 1 首，丁伦芝 1 首，王邕 1 首，苏涣 1 首，万楚 1 首，高适 1 首，王泾 1 首，蔡孚 1 首，刘商 1 首。这 99 首歌行有

---

① （明）胡应麟：《诗薮》，中华书局 1958 年版，第 47—48 页。

五言体4首，七言体59首，杂言体35首（均以七言为主）、骚体1首，属"歌辞性诗题"者有89首，其中含"歌"为题者40首，含"行"者38首，含"篇"者4首，含"叹"者3首，含"怨"者2首，含"吟"者1首，含"引"者1首。非"歌辞性诗题"者10首。从《文苑英华》对盛唐歌行选录来看，有其关注特点。

《文苑英华》收录的盛唐歌行在诗题上的明显变化是，以"歌""行"为题者剧增。杜甫52首歌行中，"行"有33首，李白18首中有14首"歌"，李颀的10首歌行中有6首"歌"。在李白、杜甫之前的盛唐歌行，《文苑英华》重点拈出李颀，录其10首歌行；只录高适歌行1首，王维2首，岑参歌行则不录。高适的七言古体不少是"古题乐府"，《文苑英华》将其归入诗体的乐府类。歌行体中所录《封丘作》，直接以第一人称写自己任封丘尉时的不堪忍受之事以及由此产生的归隐之心。王维的《老将行》《桃源行》这2首都是自拟新题，内容咏古。岑参的歌行均为自拟新题，如《函谷关歌送刘平事使关西》《胡笳歌送颜真卿使赴河陇》《梁园歌送河南王说判官》《走马川行奉送出师西征》《白雪歌送武判官归京》等，这些歌行与高适的《封丘作》一样，将叙事抒情相结合，个体抒情色彩浓厚，尤以边塞内容成就高，而《文苑英华》未录。在边塞题材上，《文苑英华》只录胡皓《大漠行》和万齐融《仗剑行》这两首倾向抒发社会群体共同情感的作品。《文苑英华》所录李颀歌行以赠酬送别类多。李颀的10首歌行有一半为赠酬送别类，如《送康生入京进乐府诗》《送陈章甫》《送山阴姚丞携妓之任兼寄苏少府》《听董大弹胡笳声兼寄语弄房给事》等。

李颀之后，《文苑英华》盛唐歌行推崇李白、杜甫。初唐歌行呈律化趋势，而至李白处则有极大转变。清人钱良择言："旋干转坤，断以李、杜为歌行之祖。李、杜出，而后之作者不复以骈俪为能事矣。"（《唐音审体·古诗七言论》）毛先舒认为李白歌行"跌宕自喜，不闲整栗"（《诗辨坻》卷三），从《文苑英华》收录李白的歌行中可以看出这一特点。这18首歌行包括七言体7首，以七言为主的杂言体10首，骚体形式1首。多以散句成篇，转韵自由。从题目上看主要是"歌辞性诗题",包括含"歌"的14首,含"吟"的1首,含"行"的1首,另两首为主题性诗题,一为《惜空罇酒》,一为《忆旧游赠谯郡元参军》。李白歌行行文飘逸,想象丰富,形式自由,任意挥洒,诸如"尧舜之事不足惊,自余嚣嚣直可轻"(《怀仙歌》)、"东山高卧时起来,欲济苍生未应晚"(《梁园吟》)的雄心壮志,"黄河之水天上来,奔流到海不复回"(《空惜罇酒》又作《将进酒》)、"巨灵咆哮擘西山,洪波喷流射东海"(《西乐云台歌送丹丘子》)的磅礴气势,此类极具个性的语言在李白歌行中比比皆是。

李白的歌行不少用第一人称写成,个人的情感表现突出。这种方式在高适的歌里已经有所采用,而李白更是大量运用,诸如"我浮黄云去京阙,挂席欲进波连山"(《梁园吟》)、"横河跨海与天通,我知尔游心无穷"(《元丹丘歌》)、"张良未逐赤松去,桥边黄石知我心"(《扶风豪士歌》)、"我乘素舸同康乐,朗咏清川飞夜霜"(《劳劳亭歌》)、"巨鳌莫戴三山去,我欲蓬莱顶上行"(《怀仙歌》)、"琼杯绮食青玉案,使我醉饱无归心"(《忆旧游寄谯郡元参军》)、"弃我去者昨日之日不可留,乱我心者今日之日多烦忧"(《陪侍御叔华登楼歌》)等。这些七言或杂言句中已见李白鲜明的自我形象。而《鸣皋歌送岑征君》则一改以前骚体歌行形式篇幅短,抒情含蓄的特点,以"吾"的第一人称抒发身世离忧之感。全篇51句,长短交错,最长的15字,最短的4字,情感随之跌宕起伏,诚如沈德潜所云"学楚骚而长短疾徐,纵横驰骤,又复变化其体,是为仙才"(《唐诗别裁》卷六)。

《文苑英华》盛唐歌行尤其推崇杜甫,收录其52首歌行,占了所录盛唐歌行的一半有余,包括36首七言体,14首杂言体,2首五言体。题目多为"歌辞性诗题",包括含"行"者有33首,含"歌"者13首,含"叹"者3首,含"引"1首。杜甫的"歌辞性诗题"歌行均为自拟新题,将主题置于题中。另2首为只含主题者,即《赠裴施州》《送顾八分文学适洪吉州》。

社会现实感强是杜甫歌行的一个特点。由于杜甫出生于"奉儒守官"之家,自年少就有"至君尧舜上,再使风俗淳"(《奉赠韦左丞丈二十二韵》）的抱负，他经历了唐代由盛转衰的动乱时期，理想一再碰壁，生活日益困窘，《文苑英华》所录其歌行对此也有描述，如《百忧集行》：

> 忆年十五心尚孩，健如黄犊走复来。庭前八月梨枣熟，一日上树能千回。即今倏忽已五十，坐卧只多少行立。强将笑语供主人，悲见生涯百忧集。入门依旧四壁空，老妻睹我颜色同。痴儿未知父子礼，叫怒索饭啼门东。

以年十五之时的强健和五十岁的衰老对比，很真实地叙述了自己的生活窘境。由于对社会的各种黑暗、民生疾苦有了切身的体会，民生始终是杜甫关注的焦点之一，如《负薪行》通过夔州妇女艰苦劳作、悲惨境地的具体描述，表达自己对"四十五十无夫家""一生抱恨堪咨嗟"的夔州妇女深深的同情和不平之鸣。《兵车行》《忆昔行》《最能行》等都是用简洁的叙事手笔刻画出百姓的生存状态。

此外，杜甫歌行有咏物类如《新画山水障歌》《天育骠图歌》《骏马歌》《朱凤行》《杜鹃行》等。较之其他内容的歌行而言，虽然不是直面社会现实，但是杜甫也是借物抒情，折射社会现实，如《天育骠图歌》中对于骏马"如今岂无騕褭与骅骝，时无王良伯乐死即休"感叹，何尝不是中国古代知识分子的不遇心声。

与李白一样，杜甫的歌行也有不少以第一人称完成，如："酒尽沙头双玉瓶，众宾皆醉我独醒"（《醉歌行》）、"少年努力纵谈笑，看我形容已枯槁"（《苏端薛复筵简薛华醉歌》）、"丹青不知老将至，富贵于我如浮云"（《丹青引赠曹将军霸》）、"我今衰老才力薄，潮乎潮乎奈汝何"（《李潮八分小篆歌》）等。李白笔下的"我"，充满昂扬豪迈的气概，即便抒发忧伤之情，也是颇显大气洒脱，悲而壮。而杜甫笔下的"我"，多是愁容满面、生活困窘的状况。李白不着重写生活细节，他将社会现实进行重新融合，宏观地概括。杜甫的歌行更多的是站在一旁以"我"的眼睛去看周围的人事，由于自身经历了动乱，也是颠沛流离，对所见之事有着切身的体会，他与诗中那些普通百姓是同呼吸的，将自我的全部情感都倾注在他们的身上，忧他们所忧，歌行在貌似客观描述中爱憎自明，叙事与抒情高度结合。

要之，《文苑英华》收录的盛唐歌行较初唐而言，有几个明显的特点：一是题目由"篇"向"歌""行"集中。二是韵律上律化趋势减弱。三是在句式上七言形式尤为凸显，特别是杜甫的歌行，52首中七言体就有36首。四是某几位作家作品尤其突出。初唐歌行中，收录作家的作品最多者有5首，总体上较均衡。而盛唐歌行，李颀、李白和杜甫三人的歌行数量占到了总数的80%，尤其重杜甫，其歌行占了总数的一半。歌行的内容到杜甫处也有了很大的转变，对社会现实问题的关注增大，自我抒情与诗歌的社会功用结合得更紧。

4. 对中唐歌行的收录

《文苑英华》歌行收录的唐作家和作品的数量均超过前面各期，共收录歌行168首，作家35人，包括白居易34首，刘禹锡20首，韦应物19首，顾况17首，释皎然16首，李贺14首，卢纶7首，王季友4首，权德舆、任华各3首，李端、元稹、李绅、释贯休、牛殳、张南容各2首，张氏、李如璧、刘长卿、韦元甫、李季兰、罗隐、鲁收、戴叔伦、朱逵、窦冀、张谓、韩翃、贾岛、吕温、袁瓘、释灵澈、司空曙、刘言史、张建封1首。这168首歌行包括七言体82首，杂言体74首，五言体9首，骚体3首。歌行题目以"歌辞性诗题"居多，有其中含"歌"者76首、含"行"者19首、含"词"者7首、含"谣"者3首、含"曲"者3首、含"引"者1首、含"吟"者1首、含"操"者1首、含"篇"者1首，非"歌辞性诗题"56首。

胡应麟评价中唐歌行："降而钱、刘，神情未远，气骨顿衰。元相、白傅，起而振之，敷演有余，步骤不足。昌黎而下，门户竞开，卢仝之拙朴，马异之庸狠，李贺之幽奇，刘义之狂谲，虽浅深高下，材局悬殊，要皆曲径旁蹊，无取大雅。张籍、王建，稍为真澹，体益卑卑。"[①]

[①] （明）胡应麟：《诗薮》，中华书局1958年版，第48页。

他拈出钱起、刘长卿、元稹、白居易、韩愈、卢仝、马异、李贺、刘叉、张籍、王建等11人作为中唐歌行的代表。《文苑英华》则以卢纶、韦应物、皎然、顾况、刘禹锡、白居易、李贺为主。

卢纶,大历"十才子"之一,《文苑英华》录其歌行7首,多雄浑之气。白居易评价韦应物歌行"才丽之外,颇近讽兴"(《与元九书》),《文苑英华》收录韦应物歌行19首,如《金谷园歌》讽刺石崇的骄奢;《酒肆行》讽刺京城酒肆的假冒以及客人的图慕虚荣;《鼙鼓行》写扬州百姓的生活困苦。除"讽兴"特征的歌行外,《文苑英华》收录的韦应物歌行还有咏物类如《古剑行》《寇季膺古刀歌》;闲适娱乐类如《弹棋歌》《听莺曲》;写仙道的如《学仙》《龟头山神女歌》;个人情怀类如《送孙征赴云中》《送楮秘书归旧山歌》《白沙亭逢吴叟歌》《五弦行》等,这些歌行的内容和角度各有不同,但是音调流美,感情充沛。

《文苑英华》收录皎然的16首歌行,以七言为主,有11首七言,5首杂言。歌行多为咏物类,如咏白云的《白云歌寄陆长源》,咏音乐的《观李中丞美人轧筝歌》,咏茶的《饮茶歌诮崔石使君》《饮茶歌送郑客》,咏书法的《张伯高草书歌》等共有11首,其余或写景象或赞叹友人。皎然在诗歌创作上受佛教"心性"学说影响,歌行中呈现出空明宁静、超然淡泊的诗境。

顾况歌行,《文苑英华》收录17首,包括8首七言,1首五言,1首骚体,7首杂言,内容以咏画、咏乐、咏技艺、咏草木等居多。其中《丘小府小鼓歌》为歌行中少见的七言四句式。顾况歌行意象奇特,如《朝上清歌》对于道教清界展开梦幻般的想象,令人惊叹。此外,顾况歌行不入律特点明显,清人翁方纲评顾况歌行曰:"邪门外道,直不入格。"(《石洲诗话》卷二)歌行不入律自李白、岑参开始逐渐成为趋势,而至顾况歌行不入律程度更高,《文苑英华》所录基本上属于不入律歌行。顾况一些歌行的"卒章显志"和口语方言特点,前者如《宜城放琴客歌》,后者如《杜秀才画立走水牛哥》,对元白新乐府有一定的影响,张为《主客图》就将顾况列于"广大教化主"白居易之升堂。

《文苑英华》收录刘禹锡17首歌行,13首七言,3首五言,1首杂言。这17首歌行有反映社会时政和生活的，如《城西行》《平齐行》2首、《平蔡州》3首、《泰娘歌》；有咏物类，寓情于物，讽谕性质较强，如《白舌吟》讽散布流言之人，《飞鸢操》讽伪君子，《昏镜》讽自欺欺人者；有反映社会风俗的，如《竞渡歌》《竞渡曲》；有写游览娱乐的，如《送僧仲嗣东游兼寄灵澈》《观棋歌送儇师西游》等。刘禹锡歌行对时局、社会现实的关注度比较高，显示出作者较强的社会责任感。

《文苑英华》收录白居易的歌行34首，包括杂言27首，七言5首，骚体2首。白居易《白氏长庆集》诗分讽谕、闲适、伤感和律诗四类。后集有杂体、格诗和歌行三类。34首包括讽谕中的新乐府21首，伤感类5首，后集5首，《素屏谣》和《无可奈何歌》归入文的"铭赞箴谣谒"一类。白居易的感伤诗写一时感触，而往往有寄托，如陈鸿说白居易创作《长恨歌》"不但感其事，亦欲惩尤物，窒乱阶，垂于将来者也"（《长恨歌传》）。《琵琶引》则有遭际之感。这两首长诗叙事曲折，写情入微，韵律和谐，艺术成就很高，流传甚广，"童子解吟《长恨曲》，胡儿能唱《琵琶篇》"（唐宣宗李忱《吊白居易》四）。这两首在唐代广为流传的作品都是七言古体，题目为自命新题的"歌辞性诗题"。《文苑英华》以后的宋人对《长恨歌》多有批评，如魏泰评《长恨歌》"岂特不晓文章体裁，而造语蠢拙，抑已失臣下事君之礼矣"（《临汉隐居诗话》），张戒认为"其叙杨妃进见专宠行乐事，皆秽亵之语……不若子美诗微而婉也"（《岁寒堂诗话》卷上）。《文苑英华》选录《长恨歌》应该是认可《长恨歌》"欲惩尤物"主题的。

《文苑英华》对白居易新乐府也极为重视，50首中选录了21首，其中《七德舞》《骊宫高》《牡丹芳》为美颂君王贤臣之词，《百炼镜》《青石》《鸦九剑》为规劝君王之词，《涧底松》《秦吉了》写民生疾苦，其余14篇为讽刺警戒之词。

"元白"一派，除白居易外，元稹、李绅、王建、张籍等人也创作了相当数量的新乐府，元稹歌行收录《连昌宫词》和《望云骓马歌》篇制较长的歌行。李绅从早年起就小有名气。他作古歌时，往往在诗题或题下小序中特意注出。如赴寿州刺史任时听到当地咏唱民生疾苦的民间歌谣所作杂言体诗《闾里谣》,此首《文苑英华》收录。《文苑英华》收录李绅另一首歌行《过荆门歌》,对望夫女的"忠贞"充满同情。而王建、张籍作品未收录。

《文苑英华》收录李贺歌行14首,包括10首七言,3首杂言,1首五言。李贺虽有"少年心事当拏云,谁念幽寒坐呜呃"(《致酒行》)雄心壮志的直接表露,但是多数歌行是表现内心的幽微曲折,跳跃性强,想象奇特。如"羲和敲日玻璃声,劫灰飞尽今古平"(《秦王饮酒》)联想出人意料,多被评论家赞赏。《旧唐书》本传就以"如崇岩峭壁,万仞崛起"来评价李贺歌行的文思体势。

综上所述,《文苑英华》选录中唐歌行有三个特点:其一,从题目上看,选录"歌""行"为题的歌行数量比重大,但是明显倾向于"歌",有"行"的近四倍之多。非"歌辞性诗题"数量剧增,占到了总数的近三分之一,而此前这类题目占总数比重最多的先唐也只有六分之一。与前面几个时期相比,杂言形式比重增多。其二,对中唐文坛各流派等作品均有选录,以"元白"一派为主角。其三,所选录的歌行讽谕功能有所增强,如韦应物、白居易、刘禹锡等人的歌行对社会有较多关注。

5. 对晚唐歌行的收录

胡应麟《诗薮》评晚唐歌行:"庭筠之流,更事绮绘,渐入诗余,古意尽矣。"[1] 对晚唐歌行基本是持否定态度。《文苑英华》收晚唐歌行47首,作家15人,包括陆龟蒙8首,陈陶7首,顾云、薛蓬各6首,李沇、王毂各3首,韦蟾、赵搏、秦韬玉、崔钰、裴谐各2首,张鼎、沈传师、祝之膺、僧鸾各1首。这47首歌行包括七言31首,杂言14首,五言1首。另有一首是王毂的《梅》,只有题目,内容阙文。题目含"歌"者17首,含"行"者5首,含"词"者4首,含"谣"者2首,含"吟"者2首,含"篇"者2首,含"引"者1首,含"曲"者1首,含"弄"者1首,非"歌辞性诗题"12首。

---

[1] (明)胡应麟:《诗薮》,中华书局1958年版,第48页。

《文苑英华》所收录陆龟蒙的8首歌行,自我形象突出,如《散人歌》其序言:"散人者,散诞之人也。心散,意散,形散,神散,既无羁限,为时之怪民。"作者自号江湖散人,以"散人"之眼观当时的社会现象和生活状况。对"人间所谓好男子,我见妇女留须眉。奴颜婢膝真乞丐,反以正直为狂痴"社会现象的讽刺,也对"小丑背叛当奸夷"的社会动乱进行批判。又如"自言逋客持赠我,乃是钱塘丁翰之"(《丁隐君歌》)、"我有愁襟无可那,才成好梦刚惊破"(《夜雨吟》)、"我与时情大乖刺,只是江禽有毛发"(《水鸟》)等歌行,凸显出一个感叹社会现实的乖逆,不同流合污而欲隐退红尘的自我形象。而薛蓬的歌行中则充满对人生易老、繁华易逝的惆怅、无奈和伤感,如"青春枉向镜中老,白发虚从愁里生"(《追昔行》)、"惆怅人生不满百,一事无成头雪白"(《老去也》)、"五年老,知奈何?来日少,去日多。金锤锤碎黄金镊,更唱樽前老去歌"(《镊白曲》)、"君看野外孤坟下,石羊石马是谁家"(《醉春风》)等。对人生的悲观感叹在每个时代均有,而在薛蓬的歌行里如此频繁出现,也与王朝的衰落有关。《文苑英华》收录陈陶的7首歌行均为七言体,《冬夜吟》《独手摇》《小笛弄》反映歌舞生活,《谪仙词》《仙人词》2首对道家仙境的向往,《古镜篇》感叹于古镜光不死,万影成枯骨,古镜的永恒之下更显生命无常。收录的顾云6首歌行或写道教清宫,或写天气之变,碧苔之美,画马的绝妙。其他作者歌行有写音乐,寺庙,咏物等,大都不涉世事。唯见赵搏的《废长行》《琴歌》讽刺不务恤民者及谗言者,保留了一份干预现实的热情。

总之,《文苑英华》所录晚唐歌行对社会的批判和关注内容大为减少,而晚唐歌行对于人生际遇、盛衰无常等个体感叹增多。七言仍为歌行句式的主体,晚唐之前的歌行杂言体均有七言句式,而晚唐则出现了无七言句式的杂言歌行。如陆龟蒙《紫溪翁歌》总共11句,句式三言、四言、五言、八言杂糅,呈现散文化特点。晚唐歌行凸显自我的特点明显,但是这种自我的凸显方式主要是在社会隔离的自我小天地里或闲适自得或哀叹伤感,情感基调上低沉。盛唐歌行的昂扬精神、中唐歌行的忧民意识在晚唐歌行中很少见。积极入世之心转向山林隐逸寻求心灵安顿，对于道界仙界向往的歌行内容增多，如韦蟾《道林寺》、沈传师《岳麓寺》、李沇《梦仙谣》、祝之膺《梦仙谣》等均有此倾向。

6. 其他

《文苑英华》歌行中有英才、柳曾、王国华3人3首作品，作者生活年代不确定。柳曾的《险竿行》为杂言体，规劝"轻命重钱权"者要迷途知返。王国华的《邻相反行》为七言体，以相邻两家不同的生活方式讽谕博取功名者的不明世事，表达对农耕生活的认可，《全唐诗》将此诗作者定为薛蓬，收录584卷。英才的《明月湖醉后蔷薇花歌》为杂言体，以盛景写哀情，一边是姹紫嫣红的花丛景致，一边是人世时运盛衰反差的感叹，最后只以"莫思身外穷通事，且醉花前一百壶"来消解忧愁，《全唐诗》将此诗作者定为无名氏。另外有7首歌行阙名，包括1首五言体，即《闲霄望月》，咏静夜月景，《全唐诗》将此诗作者定为李沇；1首杂言体，即《门前柳》，写离别忧伤，《全唐诗》将此诗作者定为崔钰；5首七言体，包括《郑女弹筝歌》，咏弹筝技艺之高，《全唐诗》将此诗作者定为顾况；《南阳小将张彦峡口镇税人场射虎歌》，赞张彦武艺高超，《全唐诗》将此诗作者定为白居易；《分柑子歌示诸小》，以分柑之事教诲人，《全唐诗续补遗》卷一六将此诗作者定为无名氏，《桃源行》，写送友人往如仙境之桃源，《全唐诗》将此诗作者定为武元衡；《西川座上听金五云唱歌》，赞叹歌声的美，《全唐诗》将此诗作者定为陈陶。

二 《文苑英华》歌行观

（一）北宋之前的"歌行"含义

胡震亨言："歌最古，行与歌行皆始于汉。"（《唐音癸签·体凡》）汉乐府中有"某歌行"为题者，如《燕歌行》《怨歌行》《长歌行》《同声歌行》等。但是这些含有"歌行"字样的作品，实际上应该是"某歌"加"行"，"歌行"还不是独立的词语。真正将"歌行"作为名称出现在沈约的《宋书·乐志》中。

《宋书·乐志四》载有《晋鼙舞歌》5篇：《洪业篇》《天命篇》

《景皇帝》《大晋篇》《明君篇》，称为"《鼙舞歌行》"；《铎舞歌诗》2篇：《圣人制礼乐篇》《云门篇》，称为"《铎舞歌行》"；《拂舞歌诗》5篇：《白鸠篇》《济济篇》《独禄篇》《碣石篇》《淮南王篇》，称为"《拂舞行》"（中华书局1974年版《宋书》王仲荦校勘记曰："据前后文例，'拂舞'下当脱'歌'"）；《杯盘舞歌诗》1篇：《杯盘舞》，称为"《杯盘舞歌行》"；《巾舞歌诗》1篇：《巾舞》，称为"《公莫巾舞歌行》"。

《鼙舞歌》晋之前就有，《晋书·乐志下》云："鼙舞，未详所起，然汉代已施于燕享矣。傅毅、张衡所赋，皆其事也。旧曲有五篇，一、《关东有贤女》，二、《章和二年中》，三、《乐久长》，四、《四方皇》，五、《殿前生桂树》，其辞并亡。"汉魏《鼙舞歌》内容已不得而知。曹植《鼙舞歌》和《晋鼙舞歌》均有辞存，曹植的《鼙舞歌》融入了个人感情，如"路人尚酸鼻，何况骨肉情"（《圣皇篇》）、"岁月不安居，乌乎我皇考！生我既已晚，弃我何期蚤。《蓼莪》谁所兴，念之令人老。退咏《南风》诗，洒泪满袆抱"（《灵芝篇》）等，而《晋鼙舞歌》内容皆为颂扬帝王功德。此后有《梁鼙舞歌》也是完全歌颂性质，《旧唐书·乐志》言："《明君》，本汉世《鼙舞歌》。梁武帝时改其词以歌君德。"沈约并不把汉魏《鼙舞歌》或曹植的《鼙舞歌》五篇称为歌行，而只是把晋乐府中的"舞曲歌辞"中的《晋鼙舞歌》《拂舞歌诗》《杯盘舞歌诗》《巾舞歌诗》称为歌行，句式上有五言体、四言体、杂言体。由此可知，沈约所言"歌行"仍属于歌的一类，指晋出现的朝廷舞曲歌辞，没有固定的句式形式。郑樵《通志乐府总序》言："舞与歌相应，歌主声，舞主形。至三代之舞，至于汉魏，并不着辞也。舞之有辞，自晋始。"实际上，曹植的《鼙舞歌》已经有辞，郑樵所言"舞之有辞，自晋始"当是指朝廷乐舞。由此推测，沈约所认为的歌行实际上是晋代朝廷歌舞乐中的"某歌""某某歌"配上辞，便称为"歌行"，其特点是声、舞、辞结合。

初、盛唐无"歌行"之称，至中唐元白诗派经常运用"歌行"这一概念。元稹《乐府古题序》云："近代惟诗人杜甫《悲陈陶》《哀江头》《兵车》《丽人》等,凡所歌行,率皆即事名篇,无复依傍。"将杜甫"即事名篇,无复依傍"的新题乐府称为歌行。句式有七言体,也有以七言为主的杂言体,如《丽人行》以七言为主,间杂五言。

白居易《与元九书》言:"当此之时,足下兴有余力,且与仆悉索还往中诗,取其尤长者,如张十八古乐府,'李二十新歌行,卢、杨二秘书律诗,窦七、元八绝句,博搜精掇,编而次之,号为《元白往还诗集》'。"① 在此,白居易提到了诗的四种类别:古乐府、新歌行、律诗和绝句,很显然,歌行不是古乐府。白居易在《编集拙诗成一十五卷因题卷末戏赠元九李二十》有"每被老元偷格律,苦教短李伏歌行"句,"歌行"下自注:"李二十常自负歌行,近见予乐府五十首,默然心服。"白居易的乐府50首即《新乐府》50首,歌行既然不是古乐府,在此处又与白居易的新乐府同时提出,那么它和新乐府有什么关系呢?

李绅曾有《新题乐府》12首,今已佚。元稹《和李校书新题乐府十二首序》云:"予友李公垂,贶予乐府新题二十篇,雅有所谓,不虚为文。予取其病时犹急者,列而和之,概十二而已。"这12首包括《上阳白发人》《华原磬》《五弦弹》《西凉伎》《法曲》《驯犀》《立部伎》《骠国乐》《胡旋女》《蛮子朝》《缚戎人》《阴山道》。白居易《新乐府》50首包含有这12首新题乐府题目,很有可能针对李绅的新题乐府而作。可见白居易所说的李绅歌行,指的是李绅的新题乐府,白居易的这些新题乐府又与其他38首乐府一起称为新乐府,也就是说白居易是将新乐府视为歌行。这些新乐府都是七言古体,自创新题,与古乐府相对。又,白居易《新乐府序》曰:"凡九千二百五十二言,断为五十篇。……其体顺而肆,可以播于乐章歌曲也。"认为新乐府可以入乐。由此可见,白居易所认为的歌行是与古乐府相对的自创新题的"新乐府",可以入乐,句式为七言古体。

晚唐的歌行观对中唐有所扩充,论者主要有贯休和李群玉。贯休有《读顾况歌行》言顾况歌行之诡谲怪异。而皇甫湜在《唐故著作郎顾况

---

① (唐)白居易撰,顾学颉校点:《白居易集》,中华书局1979年版,第965—966页。

集序》中对顾况有"偏于逸歌长句,骏发踔厉,往往若穿天心,出月胁,意外惊人,语非寻常所能及,最为快也"的评语。从二人对顾况作品的评价以及所提及的"歌""逸歌"来看,皇甫湜和贯休应该都是针对顾况的同一类作品,在概念上,皇甫湜所言逸歌长句,贯休称为歌行。现存唐诗中所称"长句"者均为七言,今顾况所留七言古体题目几乎都带"歌",故可以判断出贯休所称"歌行"是包括"歌辞性诗题"的七言古体。李群玉大中八年向朝廷献诗,有《进诗表》"谨捧所业歌行、古体、今体七言、今体五言四通,合三百首,谨诣光顺门,昧死上进"。从李玉群《表》所提"歌行、古体、今体七言、今体五言四通"可以判断歌行当指七言古体。

综上所述,唐人理解的"歌行"主要有两方面特点:一是题目自创,与古乐府相对;二是以七言为主的古体。

(二)《文苑英华》歌行观

沈约对歌行的理解仅限于晋代朝廷"歌"中的歌辞,与舞、乐结合紧密。唐人多将乐府歌行并提,将歌行视为一种与古乐府相对的新乐府。到了晚唐,虽然不限于对新乐府的理解上,但仍是在诗的范畴里将其与乐府视为同一层面的诗体形式理解,句式上单是七言为主的古体。相比较而言,北宋文臣对歌行的理解则广泛得多。

歌行在《文苑英华》编纂者眼里实际上就是"歌",这一点可以从歌行的分类特点中看出。歌行分天、四时、仙道、纪功、征戍、音乐、酒、草木、杂赠、送行、山、石、隐逸、佛寺、楼台宫阁、经行、兽、禽、愁怨、杂歌等24类,其中杂歌类收录的作品题目有主题词加歌辞性词语的,如"××歌""××行""××曲""××怨""××谣",也有直接以主题词为题的,如白居易《江南遇天宝乐叟》、薛逢《君不见》《老去也》等。杂歌前面的23类,每一类的内容都指向明确,唯有杂歌类内容杂糅,是将某些不便归类的作品归在一处而成。从"杂歌"这一名称可以看出,这些题目和内容各异的作品都是可冠以"歌"称的。由此可以看出,编纂者在对《文苑英华》歌行分类时,意识上首先应该是将歌行分为"歌"与"杂歌"两类,杂歌前的23类为歌,因为每一类都有具体主题，所以确定类型时就直接依据该类的主题来定，隐去了"歌"字样。这种分类特点可以从《文苑英华》诗的分类找到相似之处，《文苑英华》诗的二级子类中对于具有该子类特征但又不能入具体类别的诗都归杂类，称"杂×"，如诗"天部"中有月、中秋月、玩月、对月、望月和杂题月，其中杂题月收录与月有关但是不能归入前面几类的诗。又有雨、喜雨、对雨、苦雨、杂题雨等类，杂题雨也同杂题月。《文选》诗有"杂歌"类，《艺文类聚》则将"诗"与"歌"分开，单独成一文体，与"赋""颂""表"等并列，《文苑英华》将"歌行"独立一体很可能受到它的影响。

《文苑英华》所录歌行形式多样，句式以七言古体及兼七言的杂言为主，题多为"歌辞性诗题"。具体有以下几种情况。

1. 七言古体归入歌行者。唐人已将七言古体归入歌行，《文苑英华》沿袭了这一观点，并且将此类型视为歌行主要类型，362首歌行中有184首是齐七言体。从《文苑英华》歌行所录的七言古体来看，歌行题目形式比较广泛，有乐府古题者，如韦应物《长安道》、李贺《箜篌引》；有非乐府古题而用主题加歌辞性词语构成的"歌辞性诗题"，如李颀《王母歌》、刘长卿《疲兵篇》、陈陶《古镜篇》等，这类题目占七言古体歌行绝大多数；也有只有主题词者，多为赠答送别类，如韩翃《送客之江宁》、张渭《赠乔林》、僧鸾《赠李粲秀才》等。

2. 杂言入歌行者。杂言入歌行者也是《文苑英华》歌行的主要类别，其所录362首歌行中有141首杂言。题目特点与齐七言入歌行有类似，但无乐府古题者。这些杂言多兼有七言句（只有陆龟蒙《紫溪翁歌》无七言句），有的"三七"杂句式仅开头语杂三言，如李峤《汾阴行》、王涯《后庭怨》去掉开头语"君不见"，均为齐七言体。

3. 五言古体入歌行者。《文苑英华》将五言古体中的非乐府古题且用主题加歌辞性词语为题者归入歌行，如邢劭《冬日伤志篇》、张南容《静女歌》、杜甫《赠严二别驾相逢歌》等。由乐府古题改制的五言古体不入歌行，如李白《塞上曲》《塞下曲》虽为五言古体，题目亦为"歌辞性诗题"，但其题目仍与乐府古题有联系。《乐府诗集·横吹曲辞一》"出塞"题解：

  《晋书·乐志》曰："《出塞》《入塞》曲，李延年造。"曹嘉之《晋书》曰："刘畴尝避乱坞壁，贾胡百数欲害之，畴无惧色，援笳而吹之，为《出塞》《入塞》之声，以动其游客之思，于是群胡皆垂泣而去。"按《西京杂记》曰："戚夫人善歌《出塞》《入塞》《望归》之曲。"则高帝时已有之，疑不起于延年也。唐又有《塞上》《塞下》曲，盖出于此。[①]

  《文苑英华》不将其归入歌行，而归入诗体乐府类。

  另外《文苑英华》歌行收录有无名氏的《闲霄望月》、李贺的《送韦仁实兄弟入关》和王季友的《滑州赠崔士灌》三首非"歌辞性诗题"且与乐府古题无联系的五言古体作品。其中王季友的《滑州赠崔士灌》归入诗隐逸类作《滑州赠崔高士》，这就说明属于五言古体而题目没有歌辞性特征的作品是否属于歌行，在北宋初期存在争议。

  4. 骚体杂言入歌行者。此类歌行句式杂糅，既有兼有七言者，如梁武帝《秋辞》、宋之问《冬霄引》等，也有无七言者，如陈子昂《山水粉图》、宋之问《嵩山天门歌》等。歌行题目只有陈子昂《山水粉图》篇制短小，无歌辞性词语，其余均为主题加歌辞性词语者，且至唐以后歌辞性词语只为"某歌""某引"。《文苑英华》杂文有"骚"一类，题目多无歌辞性诗题，属"歌辞性诗题"的仅见陆龟蒙《迎潮送潮辞》和刘蜕《悯祷辞》，《文苑英华》歌行中梁元帝《秋辞》归入此类作《秋风摇落》。由此可以概括骚体入《文苑英华》歌行的三个特点：一是句式中有"兮"字；二是题目有"某歌""某引"这类歌辞性词语；三是若无歌辞性词语，则为篇制短小的抒情作品。

  5. 四言入歌行者。《文苑英华》只录一首四言体，即陈子昂的《庆云章》，此歌行从他的《周受命颂》抽取。题目为自创新题，称颂武则

[①] （宋）郭茂倩：《乐府诗集》，中华书局1979年版，第317—318页。

天登基一事。虽后人称陈子昂"上《周受命颂》以媚悦后"(《新唐书·陈子昂传》),陈子昂似有谄媚之嫌,但也符合后来杜甫所言"即事名篇"写时事的新乐府特点。

后人在分析"歌行"时,基本上都将歌行归入诗,在诗范畴下将两者做区别。如胡应麟云:"七言古诗,概曰歌行。"(《诗薮》内编卷三)钱良择云:"歌行本出于乐府,然指事咏物,凡七言及长短句不用古题者,通谓之歌行。"(《唐音审体》)徐师曾云:"放情长言,杂而无方者曰歌;步骤驰骋,疏而不滞者曰行,兼之曰歌行。"(《文体明辨序说·乐府》)而《文苑英华》将歌行独立出来,意在突出这一在唐代兴盛的新体裁,在"歌行"概念上与后人有所差异,因而《文苑英华》所反映出来的"歌行史"也有很大不同。如前文所述胡应麟把"初唐四杰"、张说、李峤、沈佺期和宋之问列为初唐歌行重要作家;盛唐歌行以高适、岑参、王维、李颀、李白、杜甫为主;以钱起、刘长卿、元稹、白居易、韩愈、卢仝、马异、李贺、刘叉、张籍、王建11人作为中唐歌行的代表;对晚唐歌行基本是否定的。而《文苑英华》初唐歌行以宋之问、陈子昂为主,盛唐则以杜甫、李白、李颀为主,中唐歌行重卢纶、韦应物、皎然、顾况、刘禹锡、白居易、李贺;晚唐歌行亦收录47首,作家15人,主要有陆龟蒙、陈陶、顾云、薛蓬等。

学人论"歌行"多从歌行内容、句式等方面考察其特点,本节分析《文苑英华》歌行也主要是从这方面入手。南宋郑樵考察"歌行"与他人有所不同,其《通志·乐略·正声序论》云:

> 古之诗曰歌行,后之诗曰古近二体。歌行主声,二体主文。诗为声也,不为文也。浩歌长啸,古人之深趣。今人既不尚啸,而又失其歌诗之旨,所以无乐事也。凡律其辞则谓之诗,声其诗则谓之歌。作诗未有不歌者也。诗者乐章也,或行之歌咏,或散之律吕,各随所主而命。主之人之声者,则有行,有曲。散歌谓之行,入乐谓之曲。主于丝竹之音者,则有引,有操,有吟,有弄。各有调以主之,摄其音谓之调,总其调谓之曲。凡歌、行虽主人声,其中调

者皆可以被之丝竹。凡引、操、吟、弄，虽主丝竹，其有辞者皆可以行之歌咏。①

郑樵从"主声""主文"区别歌行与诗，实际上也是将"歌行"视为独立一体。郑樵为南宋人，距离《文苑英华》最近。《文苑英华》收录的歌行有可以入乐者，如白居易的新乐府，其《新乐府序》云："其体顺而肆，可以播于乐章歌曲也。"再如《白雪歌》也可入乐，《乐府诗集·琴曲歌辞》所录齐徐孝嗣《白雪歌》下有注："高宗显庆二年，太常言《白雪》琴曲本宜合歌，今依琴中旧曲，以御制《雪诗》为《白雪》歌辞。又古今乐府奏正曲之后，皆别有送声，乃取侍臣许敬宗等和诗以为送声，各十六节。六年二月，吕才造琴歌《白雪》等曲，帝亦制歌辞十六章，皆著于乐府。"② 这段话很清楚地说明了《白雪歌》的音乐性质。但是《文苑英华》歌行体所收录作品是否完全主声，今考证颇难。郑樵"歌行主声"一说是否亦是宋初文臣判断"歌行"的标准也难确定。

三 《文苑英华》歌行与诗之关系

（一）歌行严辨于诗的特点

唐人将歌行视为诗的一类，有明确的名称，从类型上强调歌行的独立性。而《文苑英华》将歌行视为一种与诗并行的文体，从文体上显示出严辨于诗的意识。

这两种文体从作品形式上来说有相似性。两者都讲究韵律，都有五古、七古、杂言等句式，但是诗体所包含的体式比歌行丰富，有五言古体、五言绝句、七言古体、七言绝句、七言律诗等，以五言律诗为主。而歌行有五言古体、四言、七言古体、杂言等，但是主要以七言古体为主。《文苑英华》收录的歌行362首（去除重诗2首），七言古体有184首，杂言141首也是以七言为主兼有其他句式的歌行为主。从类分来

---

① （宋）郑樵：《通志二十略》，中华书局1995年版，第887页。
② （宋）郭茂倩：《乐府诗集》，中华书局1979年版，第823页。

看，两者也有相似之处。《文苑英华》诗分天部、地部、帝德、应制、应令附应教、省试、朝省、乐府、音乐、人事、释门、道门、隐逸、寺院附塔、酬和、寄赠、送行、留别、行迈、军旅、悲悼、居处、郊祀、花木附果实草、禽兽25类。歌行分天、四时、仙道、纪功、征戍、音乐、酒、草木、书、图画、杂赠、送行、山、石、隐逸、佛寺、楼台宫阁、经行、兽、禽、愁怨、服用、博戏、杂歌24子类。两者相比，歌行中诸如天、四时、仙道、纪功、征戍、音乐、酒、草木、杂赠、送行、山、石、隐逸、佛寺、楼台宫阁、经行、兽、禽、愁怨、杂歌等类型，在诗体类型中（包括子类）都含有，只是有的名称不一。不同之处在于，歌行无帝德、应制类、省试、朝省、人事等内容，诗无书、图画、服用、博戏等内容。由此可见宋人在诗体与歌行的题材意识上的区别，政治内容题材适合入诗体，娱乐游戏题材则更适合入歌行。

《文苑英华》将歌行独立一体，在文体上有意区别于诗，但在具体界定上又模糊。歌行在唐人处已经有意识地从乐府中区别开来，宋人沿着这一方向努力，将歌行的地位提高到与诗相当。从《文苑英华》选录的歌行来看，句式上不仅仅包括七言古体，还包括五言古体、杂言、四言等。从篇名上来看，也不局限于将歌行与乐府区分，而是有意将其与诗区分。入选歌行的作品共364篇，有18篇分别重出于杂文、诗及本门类，见表2-2。

表2-2　　　　《文苑英华》歌行与其他文体所录重合篇目

序号	《文苑英华》歌行				重复出处			
	类型	卷目	作者①	篇名	文体	子类	卷目	篇名
1	四时	331	梁元帝	秋辞	杂文	骚	358	秋风摇落
2	四时	331	鲍泉	秋日篇	诗	天部	158	秋日
3	仙道	332	陈陶	谪仙词	诗	道门	225	谪仙词
4	征戍	333	崔颢	古游侠歌	诗	军旅	300	古游侠呈军中诸将
5	音乐	335	李贺	箜篌引	诗	乐府	210	箜篌引
6	酒	336	李白	惜空樽酒	诗	乐府	195	将进酒

① 以上录入歌行的作品，其作者与重出处的一致，故不重复。

续表

序号	《文苑英华》歌行				重复出处			
	类型	卷目	作者①	篇名	文体	子类	卷目	篇名
7	杂赠	340	江总	赠袁洗马篇	诗	送行	266	赠袁洗马
8	杂赠	340	崔颢	赠王威古	诗	寄赠	250	赠王威古
9	杂赠	340	王季友	代贺今誉赠沈千运	诗	寄赠	252	代贺今誉赠沈千运
10	杂赠	340	王季友	滑州赠崔士灌	诗	隐逸	230	滑州赠崔高士
11	杂赠	340	王季友	赠李十六岐	诗	酬和	244	赠李十六岐
12	经行	343	李白	梁园吟	歌行	酒	336	梁园醉歌
13	经行	343	李白	襄阳歌	诗	乐府	201	襄阳歌
14	经行	343	韦应物	长安道	诗	乐府	192	长安道
15	兽	344	杜甫	骏马歌	诗	乐府	209	骢马
16	兽	344	杜甫	高都护骢马行	诗	乐府	209	骢马
17	杂歌	350	杜甫	徒步归行	歌行	杂赠	340	徒步归行赠李特进借马

以上重合作品有两类情况：一是同题者，如归入歌行仙道类的陈陶《谪仙词》，归入诗道门类也如是，这类情况有 8 首；二是不同题者，如归入歌行四时类的梁元帝《秋辞》，归入杂文骚类作《秋风摇落》，这类情况有 10 首。

除上述重合作品之外，《文苑英华》诗的送行类二级子类"赋物送人"类后附"歌"，收录 16 首作品。"赋物送人"类诗作的题目基本上为"赋得某物送某人"样式。《文苑英华》将这 16 首作品附在其后，题目也与之相似，只是前为"赋得某物送某人"，后为"赋得某歌送某人"。这些诗歌无论从题目还是句式特点都与《文苑英华》歌行所录作品相似，比较明显的区别是这 16 首作品多属"赋得"之作，而《文苑英华》歌行体仅收一首赋得之作，即卢纶的《宴席赋得姚美人搊筝歌》。这些收录特点说明北宋初文臣在文体上将歌行独立为别于诗赋文

---

① 以上录入歌行的作品，其作者与重出处的一致，故不重复。

的一体，但在具体作品文体判断上有混淆情况。《文苑英华》是多人参与编纂，这就不可避免在文体观上有分歧，尤其是歌行本身与诗关系紧密，两者界限不甚分明，就更容易出现此类模糊现象。

（二）与乐府类诗的关系

《文苑英华》歌行所指实为以七言古体为主要形式的"歌"。从"歌"与"乐府"产生的时间而言，"歌"无疑远远早于乐府。乐府本为中央音乐机构，采集民歌以及给诗歌配乐是其职责之一。这一源头使后来成为文体形式的乐府与官方制定的音乐总有消抹不掉的关系。"歌"并无此限制，可以是无乐曲相配的徒歌。歌与乐府有交叉，有部分的歌属于乐府，可以肯定歌进入乐府，或者能成为乐府诗是有一定条件的。但是随着时代变更，音乐性质逐渐淡化，文字内容凸显，两者面目变得模糊。《文苑英华》入歌行作品题目中"歌辞性诗题"占绝大多数，与乐府有很大相似性。而《文苑英华》歌行与其他文体类型重合作品中，歌行与乐府的重合数量也是最多的，这种重合一方面说明在北宋初期对于歌行与乐府的界定上存在争议，而另一方面也说明歌行与乐府关系相对其他类型而言更为密切。也正因如此，后人在阐释《文苑英华》歌行时，也多以歌行与乐府对比。如钱良择说："歌行本出于乐府，然指事咏物，凡七言及长短句不用古题者，通谓之歌行。故《文苑英华》分乐府歌行为二。"（《唐言审体》卷七）今人林心治区别《文苑英华》歌行，认为："区分的标准可说是唯一的，即看是否采用乐府题目。凡用乐府古题者，概归入'乐府'一类。……与之相对，像杜甫《兵车行》《丽人行》及白、元诸人之新乐府诗，尺管在体制、题材、主题、风格等方面都与乐府有深厚渊源，但因不沿袭乐府题目，均被纳入'歌行'门中。"① 薛天纬认为："《文苑英华》的内涵有三：第一，'新题乐府'；第二，具有'歌辞性诗题'的'非乐府歌行'；第三，不具有'歌辞性诗题'而具有叙事性（大都为酬赠性）诗题的'非乐府歌行'。"② 诸家观点虽有差异，但都倾向认同《文苑英华》歌

---

① 林心治：《〈文苑英华〉歌行体性辨》，《渝州大学学报》1997年第2期。
② 薛天纬：《唐代歌行论》，人民文学出版社2006年版，第464页。

行不用乐府古题，新题乐府归入歌行。实际上，《文苑英华》将歌行独立于诗外一体，而乐府归入诗体，很显然《文苑英华》编纂者并不将"歌行"和"乐府"视为同一层面上的概念范畴。但歌行与乐府的确有很大联系，学界将歌行与乐府联系谈论，也不无道理。从《文苑英华》文本出发，发现现行观点与《文苑英华》歌行文本实际有出入，辨析于下。

1. 关于《文苑英华》歌行不用乐府古题问题

《文苑英华》在进行作品归类时，题目是其归类的重要标准之一。《文苑英华》歌行体题目特点，前文已述，亦可以分为三类：一是乐府古题，如《白雪歌》《霹雳引》《长安道》《箜篌引》等；二是以内容主题加"篇""辞""歌""谣"等字样，如《春日篇》《杨柳歌》《陪侍郎叔华登楼歌》《大漠行》等"歌辞性诗题"；三为只有主题词语的题目，如《闲宵望月》《拜新月》《明月》《秋闺月》《秋来》《送陈章甫》等。《文苑英华》歌行八成以上为"歌辞性诗题"的作品。

《文苑英华》乐府类诗收录的诗作除建安徐干的《自君之出矣》和晋程晓的《伏日作》这两首诗外，其余均为南北朝至晚唐作品，题目共有182个，这些题目有三部分：一是沿用汉魏乐府古题，如《出塞》《入塞》《燕歌行》《悲哉行》《短歌行》《从军行》《煌煌京洛行》《饮马长城窟行》等。二是根据前人旧题改编，如乐府有古题《对酒》，《文苑英华》所录乐府《湘中对酒行》《秋日对酒》《钱塘对酒曲》等都是根据《对酒》古题改编。《斗鸡篇》始于曹植，《文苑英华》所录乐府《斗鸡东郊道》《看斗鸡》《寒食斗鸡》等也与此联系很大。三是用新题，即不沿用古题也不依据前人所用改编，而是重拟有歌谣性质的新题。这类新题主要是唐人自创，如《仄逼行》《忆昔行》《云中行》《公子行》《将军行》《广陵行》等。前两类诗作为《文苑英华》诗体乐府类的主体。

《文苑英华》将乐府古题诗作绝大部分归入诗体下的乐府诗类，但是也有乐府古题入《文苑英华》歌行者。此类有朱孝廉《白雪歌》、辛德源《霹雳引》、韦应物《长安道》、李贺《箜篌引》。《文苑英华》乐府类诗中无以"白雪歌""霹雳引"为题者。朱孝廉《白雪歌》、辛德源《霹雳引》皆为五言古体，现存《白雪歌》最早为齐代徐孝嗣所作，《霹雳引》最早出自梁代萧纲之笔。《文苑英华》将这两题归入歌行，可能是编纂者不见有比二者更古者，认为此两题既不属于乐府类中的古题，也非根据前人所用改编，因而归入歌行。《文苑英华》将南朝自创的乐府题归入歌行体，如《独酌谣》，虽为陈后主效齐人淳于善《十酒》，但不出南朝范围，归入歌行体。

从题目来看，乐府古题有既入《文苑英华》乐府类诗又入歌行体者，如韦应物的《长安道》（汉家宫殿含云烟）和李贺的《箜篌引》（公乎公乎，提壶将焉如）均属于汉乐府古题，既入《文苑英华》乐府诗类又入歌行体。这两首作品与其他同题有较大差异，现存《长安道》多以五言为主，篇幅较短，而韦应物《长安道》句式以七言为主，兼有五言，篇幅较长，呈赋化趋势。《箜篌引》一般对男子或夫妻双双坠河以悲叹，而李贺《箜篌引》为兼七言的杂言句式，肯定了现实生活富足，对投河者行为予以批判。《文苑英华》将这两乐府古题既归入乐府诗类又归入歌行体，一方面是《文苑英华》编选人员较多，某些有渊源联系的作品在分体分类的标准上有可能尺度不一。另一方面是从归入歌行体的角度说，编选者可能注意到这些作品与其他乐府的不同之处，所以将它们归入歌行。前文提到学者多倾向认为《文苑英华》歌行体不用乐府古题。而从上述可知，实际上《文苑英华》歌行体并非不用乐府古题，只是乐府古题在歌行体中极少用。

2. 关于新题乐府归入歌行问题

《文苑英华》将新题乐府作品绝大部分归入歌行体，但是也有乐府新题入《文苑英华》乐府诗类者。有两种情况：一是归入《文苑英华》诗体乐府类而不归入歌行体的新题乐府，如权德舆《广陵行》（广陵实佳丽）、薛据《怀哉行》（明时无废人），两首均为五言体。《文苑英华》歌行体收录唐代五言体非常少，"非七言体"可能是《文苑英华》将其归入乐府诗而非歌行体的原因。而如刘希夷的《公子行》（天津桥下阳春水）、薛奇童《云中行》（云中小儿吹金管）以及杜甫《忆昔行》（忆昔北寻小有洞）这三首作品均为七言体。按照《文苑英华》歌行体的基本收录标准，应该归入"歌行体"而《文苑英华》将其归入诗之乐府类，原因不甚明了。且《文苑英华》歌行另录杜甫《忆昔行》（忆昔先皇巡朔方）、《忆昔行》（忆昔开元全盛日），这两首作品与前者相比，除内容上不同外（前者忆"北寻小有洞"以写景为主，后者忆政治时局，以反映社会现实为主），其他亦无较大差别。而将同题《忆昔行》分归两处，也让人颇为疑惑。二是既归入《文苑英华》诗体乐府类而又归入歌行体的新题乐府，亦出现收录标准两重状况，如杜甫《逼仄行》。此外，《文苑英华》歌行与乐府类诗同内容而不同题者，如《文苑英华》歌行收录的李白《惜空樽酒》，乐府类诗收作《将进酒》；歌行收录的杜甫《骏马歌》《高都护骢马行》，乐府类诗收均作《骢马》。题目不同而归属两处，疑《文苑英华》主要以题目判断其所归属。上述这些现象虽然不多，但也表明北宋初文臣在面对唐代兴盛的"歌行"体，力图以分体选入作品来突出这一体式的时候，观念上也不尽明确。

当然，从整体来看《文苑英华》倾向于将新题乐府归入歌行，对乐府类诗限制比较多，主要以唐以前的乐府古题为主。相比之下南宋郭茂倩对"乐府"的理解要宽泛许多，《文苑英华》不少归入歌行体的作品，郭茂倩都归入乐府。《文苑英华》歌行与郭茂倩《乐府诗集》重合者：朱孝廉《白雪歌》；高允生《王子乔引》，《乐府诗集》作《王子乔》；沈约《赵瑟曲》；吴均《大垂手》，沈炯《独酌谣》；陈后主《独酌谣》；辛德源《霹雳引》；吉中孚妻张氏《拜新月》；韦元甫《木兰诗》；李季兰《三峡流泉歌》；李贺《拂舞歌词》，《乐府诗集》作《拂舞辞》；崔颢《古游侠歌》，《乐府诗集》作《游侠篇》；王维《老将行》《桃源行》；杜甫《兵车行》；白居易《七德舞》《华原磬》《胡旋女》《新丰折臂翁》《太行路》《司天台》《驯犀》《五弦弹》《骊宫高》《百炼镜》《青石》《两朱阁》《西凉伎》《八骏图》《涧底松》《牡丹芳》《隋堤柳》《秦吉了》《鸦九剑》《官牛》《阴山道》，最明显的不同是郭茂倩将唐代新乐府均视为乐府，而《文苑英华》则将此大部分视为歌行。

第四节　不避艳诗而避艳词
——《文苑英华》不录词体之辨

《文苑英华》属于分体编录型诗文总集，其体例承《文选》而来，它收录了以表达男女之情、描摹女性姿态为主的艳诗，但又不录与艳诗风格相似的词。在此后相当长的时间里，这类型的文学总集如《唐文粹》《宋朝文鉴》《元朝文类》等都继承了《文苑英华》不录词体这一特征，直到明吴讷《文章辨体》才明确地将词列为一体。本节针对《文苑英华》不录词体这一问题进行探讨，从这一角度透视宋初诗词观。

一　不避艳诗，有意不录艳词

"凡一代有一代之文学：楚之骚、汉之赋、六代之骈语、唐之诗、宋之词、元之曲，皆所谓一代之文学，而后世莫能继焉者。"（王国维《宋元戏曲史·自序》）词虽被称为宋代的文学，但是北宋之前的晚唐五代词体已经成熟。

词孕育于民间，唐中叶以后，一些文人开始了词的创作，但词作不多，限于小令，皆附录于其诗集中，如张志和的《渔歌子》、戴叔伦的《调笑令》、白居易的《长相思》、刘禹锡的《忆江南》等。进入晚唐，文人开始大量写词，以温庭筠、韦庄为代表，文人大量写词促进了词体的成熟，词开始摆脱附庸诗的地位。五代词进一步发展，分西蜀和南唐两部分。

西蜀以韦庄为宗主，前蜀李珣、顾敻、牛希济均有词传世。南唐以冯延巳和李璟、李煜父子为代表，冯延巳是晚唐五代作词最多的词人。这一时期出现中国现存最早、规模最大的文人词总集《花间集》。词发展到五代，其体式和词风逐步趋向统一。词以小令为主，绝大部分都是短调之辞，句式参差，内容多写男女情事。现存西蜀词500余首作品中有400多首以女性、恋情为描写对象。南唐词人冯延巳110首词，几乎都以女性为主人公。李煜前期的作品几乎全写女性。南唐词虽然在审美情趣和艺术品位上与西蜀词有所区别，但基本上沿着男女之情的道路发展，情调哀婉，词风雅丽。五代词的闺阁范畴和绮靡婉丽的词风成为词的传统风格，长期笼罩词坛而视为词之正宗。

五代是词体（小令）成熟的重要阶段，北宋初对于唐五代词接受也是积极的。在词创作上，北宋初词承晚唐五代词之余，填词以小令为主，内容多写男女之情，言情缠绵，用词工丽。北宋建立至《文苑英华》开始编纂的太平兴国七年，这一期间有影响的词人以由五代入宋的为主，如李煜、冯延巳、孙光宪等，他们将五代词风带入北宋，后来出现的著名词人如晏殊、宋祁、欧阳修、晏几道等都深受影响。刘熙载言："冯延巳词，晏同叔得其俊，欧阳永叔得其深。"（《艺概·词曲概》）《文苑英华》的编纂者也不排斥词创作，阮阅《诗话总龟前集》卷四载：

> 世传琴曲宫声十小调，皆隋唐贺若弼制，最妙。一、《不博金》，二、《不换玉》，三、《泛峡吟》，四、《越溪吟》，五、《越江吟》，六、《孤愤吟》，七、《清夜吟》，八、《叶下闻蝉》，九、《三清》，十、亡其名，琴家名《贺若》而已。太宗改《不博金》曰《楚泽涵秋》，《不换玉》曰《塞门积雪》，命词臣采调制词。苏易简得《越江吟》，词曰："神仙，神仙，瑶池宴。片片碧桃，零落春风晚。翠云开处，隐隐金舆挽。玉麟背冷清风远。"又本云："非云，非烟，瑶池宴。片片碧桃，零落黄金殿。虾须半卷天香散。春云知，孤竹清婉入霄汉。红颜醉态，烂漫金舆转。霓旌影乱箫声远。"不知孰是。[1]

宋太宗亲自改小调，命词臣制词，可见太宗对词的喜爱，而苏易简就是《文苑英华》的编纂者之一。他的《越江吟》很明显承五代之风格，婉约华贵，成为《文苑英华》编纂者为数不多的传世词作之一。此外，北宋对五代词也进行了文献整理，如冯延巳词集《阳春录》就

---

[1] （宋）阮阅撰，周本淳校点：《诗话总龟前集》，人民文学出版社1987年版，第36页。

是陈世修在宋嘉祐三年（1058）整理辑成的。

词体在晚唐五代已经成熟，北宋词承五代词继续发展，上层文人包括统治者亦参与创作。歌行在唐代成熟，《文苑英华》有意识独立一类。按理说，五代词体成熟，而且《文苑英华》的编纂者包括下诏修书的统治阶层对词不排斥，甚至参与创作，《文苑英华》立词体条件也是成熟的。但是《文苑英华》收录作品虽然下迄晚唐五代，录有晚唐五代韦庄、罗隐、牛希济等人的作品，但只涉及诗文，不录词。如牛希济素以诗词擅名，《文苑英华》只选录了其"论"文章体。《文苑英华》不录词体，显然是有意为之。

与有意不录侧艳之词相反，《文苑英华》并不排斥与艳词风格相似的艳诗。在诗歌音乐类子类中，录舞类7首，歌妓类43首，这类诗歌以欣赏女性舞姿、神情举止为主，风格轻绮纤巧，如梁简文帝《咏舞》即是代表：

戚里多妖丽，重聘薳燕馀。逐节工新舞，娇态似凌虚。纳花承襦概，垂翠逐珰舒。扇开衫影乱，巾度履行踈。徒劳交甫忆，自有专城居。

此诗为宫体诗，描摹女性姿态，细致入微，语言整饬华丽。归入舞与歌妓类的50首诗歌具有类似特征。可见有意不录侧艳之词，但不避侧艳之诗是《文苑英华》录文的一大特点。

二 《文苑英华》不录词体的原因

晚唐五代词体已经成熟，而《文苑英华》编纂者有意避开侧艳之词，但不避侧艳之诗，究其原因，当与编纂目的、文体观、文化心态等均有关系，显示出了北宋初期的上层文化特征、文化矛盾心理以及文体发展特点。

（一）维护儒学"雅"文化正统地位的需要

晚唐五代，政权更迭，战事频繁，传统儒家意识遭到破坏。北宋政权确立后，抑武佑文，兴学尊儒。配合政权建设，文化建设上继承前代优秀文化的同时必定会注重体现儒家意识形态，故而编纂《文苑英华》时，宋太宗强调汲取前代文化精华，同时他认为可从书籍中获得教化之本、治乱之源。另据《宋史》载："哲宗立，（高丽宣王）遣使金上琦奉慰，林暨致贺，请市刑法之书、《太平御览》《开宝通礼》《文苑英华》。诏惟赐《文苑英华》一书，以名马、锦绮、金帛报其礼。"① 从哲宗"惟赐《文苑英华》"可以看宋朝外交策略，选用文学书籍作为外交工具，是文学教化功能的另一种显示，彰显国力的同时促进了文化的传播。

《文苑英华》的这种文化责任是当时的词体不可能担当的。五代时期，词以艳情为主，是宴饮游乐时助兴之用。到了北宋初，统治者兴学尊儒，词犹被视为艳科小技，词坛创作沉寂。宋初60余年里，出自本朝的词人不过十数人，现存词作据《全宋词》统计有30余首。词体批评也同样遭遇冷落，唐五代词的专论只有欧阳炯的《花间集序》。词体的观念影响着词人的创作，使不少词作得不到及时保存，造成散佚，如秦观词"间又淫章醉句，辄洒落青帘红袖间。虽流播舌眼，从无的本"②。

即使到了南宋，轻视词体的现象仍是很普遍的。胡寅认为："词曲者，古乐府之末造也。……名曰曲，以其曲尽人情耳。方之曲艺，犹不逮焉。其去《曲礼》则益远矣。然文章豪放之士，鲜不寄意于此者，随亦自扫其迹，曰谑浪游戏而已也。"③ 词曲可以尽人情，而受士人欢迎，却又只称游戏而已，充分暴露了词的"尽人情"的娱情性质与儒家文化"止人欲"之"礼"的冲突。甚至有视作词为过失者，陆游《长短句自序》云："乃有倚声制辞，起于唐之季世。则其变愈薄，可胜叹哉！予少时汩于世俗，颇有所为，晚而悔之。"陆游之悔实际上就是雅、俗两种文化对文人心理冲击的结果。

---

① （元）脱脱等：《宋史》，中华书局1977年版，第14048页。
② （宋）秦观撰，徐培均校注：《淮海居士长短句》，上海古籍出版社1985年版，第268页。
③ （宋）胡寅：《斐然集》，中华书局1993年版，第402—403页。

由此可见，北宋初期的文教策略使《文苑英华》必须发挥起文学教化功能，维护上层意识形态——儒学的正统性，以"小道""游戏"为特点的词无法扮演这一角色，被文臣排除，就成理所当然了。

(二) 文化矛盾心态协调的结果

五代十国，儒学思想衰微，宋初统治者鉴于五代之乱，为巩固统治政权，一面崇经尊儒，采用文教政策，一面又鼓动大臣饮酒作乐、声妓自娱。上层统治提倡歌舞享乐、以声妓自娱的生活，筵宴、填词唱曲活动日渐频繁，使具有"用助娇娆之态""以资羽盖之欢"（欧阳炯《花间集序》）娱乐功能的词被上层文化阶层接受获得支持，形成上层文化平民化趋势。宋太宗"洞晓音律，前后亲制大小曲及因旧曲创新声者，总三百九十"（《宋史·乐志十七》），前面提及的宋太宗更名小调，以及苏易简创作《越江吟》，都显示出上层文化阶层对于词的钟爱。

综上所述，《文苑英华》编纂者有意排斥词是维护儒家"雅"文化的需要，但是这种排斥显然与上层文化平民化趋势的文化心理相悖。这样，编纂者在文体立类上面临一个矛盾：立词，不合正统；完全排除，与其文化心理冲突。为此，文臣不将词纳入总集范围，但是在诗歌类别与内容选择上有所安排。在诗歌类别中立音乐类，从音乐类子类编排来看，分雅、俗两种音乐，明显偏向俗音乐。代表雅音乐的"乐"类诗歌8首，其他的录139首，其中的舞歌类更是直接凸显娱乐性，共录70首诗歌，占到了音乐类的一半。正如前文所提，舞类和歌妓类宫体色彩较浓，五代词风与此类似，正如欧阳炯《花间集序》所言："自南朝之宫体，扇北里之倡风。"《文苑英华》这种录文安排协调了文臣的矛盾心理，可以说文臣是通过对宫体诗的接受间接认可了五代词，同时也显示了北宋文臣对南朝宫体诗的态度。

隋唐文臣从维护统治出发，对宫体诗基本是否定的，如李鄂批评齐梁诗风"故文笔日繁，其政日乱"（《上隋高祖革文华书》）。魏徵批评萧纲"文则时以轻华为累，君子所不取焉"（《梁书·本纪》）。李延寿言："宫体所传，且变朝野，虽主虚号，何救灭亡？"（《南史·梁本纪下》）以上观点都认为宫体诗艳丽不可取，甚至视为亡国之诗，很有代表性。而北宋文臣对待宫体诗与隋唐的区别，谨慎处理，不以突出"艳"为主，而是突出"俗"，归在音乐之下，显示了灵活性。既保留了诗"雅教"功用，又使艳诗巧妙进入文化主流，获得一定地位。

（三）文体发展特点的体现

一种新文体进入文坛，必定要受到已有文学所形成的观念、地位等方面的限制，要获得认可，也必定会有一个冲破限制的过程。《文苑英华》不录词体正体现出这种特点。王灼《碧鸡漫志》说："国初平一宇内，法度礼乐，寖复全盛，而士大夫乐章，顿衰于前日，此尤可怪。"其实，北宋初法礼全盛，而词作衰的现象其实并不奇怪。五代战乱频繁，朝代更迭，内部皇位争夺不择手段，传统儒家道德观念淡薄，君臣关系崩溃，文学的娱乐消遣倾向加重、基调脆弱。词的繁荣是在这样一种背景下出现的。特别是西蜀，蜀主荒淫，词人狎客会集，轻艳之词应淫逸纵乐生活繁衍。北宋初期延续五代的享乐习俗，加上城市经济的发展促使市民阶层的兴起，其世俗享乐的生活方式及其文化审美趣味促使词体日益兴盛，词在北宋继续发挥着娱乐功能。另外，北宋统治者吸取前代亡国的教训，实行偃武佑文政策，不断提高儒学地位，同时也使诗文的正统地位进一步巩固。《诗话总龟前集》卷一载："太宗好文，进士及第赐闻喜宴，常作诗赠之，景祐朝因以为故事。仁宗在位四十二年，赐诗尤多，然不必尽上所作。景祐元年赐诗，落句云：'寒儒逢景运，报德合如何？'论者谓质厚宏壮，真诏旨也。"[①] 又，卷四载："太宗征辽，师还，途中御制诗有'銮舆临紫塞，朔野阵云飞'之句。遂宁令何象进《銮舆临塞赋》《朔野云飞诗》，召对，嘉赏，授赞善大夫。诗有'塞日穿痕断，边鸿背影飞，缥缈浮黄屋，阴沉护御衣'之句。"[②] 宋太宗、仁宗赐诗进士以及官僚因诗嘉奖授职，足以看出北宋诗歌的地位，材料中所提的这些诗典雅、意境宏大，与当时纤细的词风也区别很大。

此外，从关系到士人命运的宋代科举制的内容也可看出诗、赋、文

[①] （宋）阮阅撰，周本淳校点：《诗话总龟前集》，人民文学出版社1987年版，第1页。
[②] 同上书，第36页。

等文体的地位。《文献通考》卷三十载:"宋朝礼部贡举设进士……凡进士,试诗赋杂文各一首,策五道,帖《论语》十帖,以对《春秋》或《礼记》、墨义十条。"科举把文学与政治紧密联系在一起,使得诗赋等文体的地位更为巩固。

  北宋的偃武佑文政策,使得词的社会背景发生变化,从荒淫享乐的五代走向崇儒思想逐步回归的宋代,儒学思想地位的提高必定会影响文人在词创作心态上的转变,词为小道的观念更为明显,诗以及其他文体传统地位的增强对词的限制也较五代大,因而出现王灼认为的"顿衰于前日"现象。这种所谓的"衰"不是词的真正衰落,它只是北宋政策下与儒学的一种协调,只是短时期内难以改变词承五代而来的娱乐遣兴功能,直到北宋中期苏轼提出"以诗为词",词不断雅化,从娱情逐步转向抒情,地位才有所提高。而词体进入"分体编录"型文学总集正如前文所提,经历的时间则更长。

  综上所述,《文苑英华》不录词体是一种有意行为,与北宋初期的上层文化特征、文化矛盾心理以及文体发展有关,从中可看出此类总集长期不录词体的一些初始原因。

第三章 《文苑英华》的先唐诗选录与批评

中华民族亘古延绵几千年，随着时代变迁，不少典籍已亡佚。《旧唐书·经籍志》"总集类"载124家，今能见到的唐代所编与中古文学有关的总集以《文馆词林》和《古文苑》为代表，可惜都是残卷。《宋史·艺文志》"总集类"载有435部，保存完整的也极少。《文苑英华》收录先唐诗歌1200余首，可以算得上是唐宋以来与中古文学研究关系最为密切的总集，为我们描绘了一幅北宋初期人们眼中的先唐诗歌画卷。《文苑英华》对先唐诗歌的选录有何特点，学界认同的《文苑英华》续《文选》之说是否妥当，北宋初期文臣对于非议颇多的南朝艳诗态度如何，在诗人个体接受上的态度又如何等，这些问题都值得我们探讨。本章在全面考察《文苑英华》对先唐诗歌选录情况的基础上，分别取"选本对比研究"以及"对典型诗人诗作的选录"这两个"点"，有针对性地对重点问题进行论述。在"选本对比研究"上，选取《文选》《玉台新咏》作为《文苑英华》先唐诗歌选录的比照对象，在"对典型诗人诗作的选录"上则选择庾信作为示例，分析其诗歌的收录情况，以点面结合来阐明《文苑英华》诗与先唐诗歌的关系。

第一节 《文苑英华》所录先唐诗作概述

本节主要对《文苑英华》所录唐代以前的诗作收录情况进行梳理，

考察北宋初期对先唐诗的选录特点。在《文苑英华》与先唐诗作关系上，学界也有关注，以凌朝栋为代表，其专著《〈文苑英华〉研究》的"《文苑英华》与先唐文学"部分，针对《文苑英华》选录的先唐所有诗文，来阐述《文苑英华》与先唐文学关系，其中包括了对两者诗歌关系的论述。① 其研究成果无疑是对《文苑英华》与先唐诗歌关系研究的一个总结和深化。本节在他人研究的基础上，对《文苑英华》所录先唐诗歌再次审视，总结《文苑英华》先唐诗作的选录特点，以下详述。

一　对南朝诗作的选取

按照文学史一般分段规律，《文苑英华》收录先唐诗作可以分成南北朝之前段、南朝段、北朝段和隋朝段四个部分②。南朝之前以及南朝梁前的诗作总共十余首，具体如下：收录南北朝之前有曹魏徐干的《自君之出矣》《伏日作》，《文苑英华》收入天部类，置于魏收诗后面，但是未署名，只在目录上有程晓名字。南朝梁前诗作：刘宋伍辑之《劳歌》，鲍令晖《自君之出矣》，鲍明远《长歌行》，吴迈远《飞来双白鹄》《阳春歌》《长别离》，齐孔稚圭《白马篇》，刘绘《巫山高》《有所思》，檀秀才《阳春歌》，佚名《白雪歌》，释宝月《行路难》。《文苑英华》收录的梁前诗作基本上都是乐府，这些诗作存在争议情况，主要有：徐干的《自君之出矣》，逯钦立《先秦汉魏晋南北朝诗》作《室思诗》其二，多出六句。《升天行》，《文苑英华》卷一九三作刘孝威，逯钦立《先秦汉魏晋南北朝诗》作曹植。鲍明远《长歌行》，乐府诗集作沈约，逯钦立则从乐府诗集。《咏萍诗》，《文苑英华》卷一二七作吴均，逯钦立作刘绘。佚名《白雪歌》，逯钦立作朱孝廉。梁前诗作涉及关于《文苑英华》收录诗作的上限问题，前文有阐述，此不赘述。重点分析《文苑英华》对梁陈诗的收录特点。

---

① 参见凌朝栋《〈文苑英华〉研究》，上海古籍出版社 2005 年版，第 144—186 页。
② 先唐诗人作品的分期主要依据《文苑英华》（中华书局 1966 年版）所收录的作品，结合逯钦立《先秦汉魏晋南北朝诗》（中华书局 1983 年版）的分法而成。

(一) 对梁代诗歌的选录

元嘉文人的努力使诗歌从哲理化回归到抒情化上，从单一的玄言哲理转向追求诗歌的艺术形式、创作技巧等方面的探讨上。永明文学仍主要走抒情化道路，同时大大加强了对于诗的形式的探讨。总体而言，永明文学的两个方面对梁诗风影响较大：一方面重娱乐的宫廷诗歌，多以赋得、咏物、应诏、应令等形式出现，内容浅薄、注重形式；另一方面重个体抒情、追求清丽。这两方面对于梁诗风影响较大，两者发展各有消长，梁前期以追求"清丽"诗风为主，以吴均、何逊、柳恽等为代表。之后梁代诗坛对诗歌新变的继续探索，形成了以儒家诗教为重心的"复古"一派，以文质彬彬为新变的"折中"一派和宫体特征的"趋新"一派。最后从永明出现的宫廷消闲文学得到强劲发展，风靡一时，影响甚远。许学夷《诗源辩体》则云："永明五言，再流而为梁简文及庾肩吾诸子。然永明声虽渐入于律，语虽渐入绮靡，其古声犹有存者。至梁简文及庾肩吾之属，则风气益衰，其习愈卑，故其声尽入律、语尽绮靡而古声尽亡矣。"

《文苑英华》收录梁代诗作626首，诗人86人，前期有沈约、萧衍、范云、任昉、江淹、虞羲、虞骞、丘迟、柳恽、何逊、吴均、王僧孺等；中后期有刘孝威、刘孝绰、庾肩吾、庾信、萧纲、萧绎、王筠、刘孝胜、费昶、戴暠等。梁代前期，重个体抒情、追求清新圆润的永明文学诗风影响较大。收录诗作较多的诗人有：吴均（81首）、沈约（58首）、何逊（21首）、萧衍（15首）、王僧孺（15首）、任昉（12首）、范云（11首）、柳恽（6首）。

沈约在永明诗风的形成中占据重要位置，《文苑英华》收录沈约诗58首，在梁代前期诗人中首屈一指，可见北宋文臣对沈约的重视。"齐永明中，文士王融、谢朓、沈约文章始用四声，以为新变，至是转拘声韵，弥尚丽靡，复逾于往时"（《梁书·庾肩吾传》），王融和谢朓均卒于齐代，《文苑英华》有续《文选》之意，故同为永明体创始人的王融、谢朓诗不收。沈约历宋、齐、梁三朝，号"一代辞宗"，在当时影响很大。沈约的贡献主要在史学、文学两方面。他曾为晋、宋、齐、梁四朝修史，修撰《晋书》120 卷,《齐纪》20 卷,《宋书》100 卷,《高祖记》14 卷,沈约颇为自负,曾言"吾少好百家之言,身为四代之史"(《梁书·王筠传》),沈约在齐梁时文重一时,时人评价颇多,如与沈约同时的乐蔼《与右率沈约书》称:"斯文之托,历选惟疑,必待文蔚辞宗,德全茂履,非高明而谁?"对沈约的人品和文品都推崇备至。萧纲、萧绎兄弟对沈约诗歌创作评价也较高,萧纲《与湘东王书》云:"至如近世谢朓、沈约之诗,任昉、陆倕之笔,斯实文章之冠冕,述作之楷模。"萧绎称"诗多而能者沈约,少而能者谢朓、何逊"(《梁书·文学传上》)。

沈约较成功的诗作,多集中在永明至齐末,入梁后,功成名就,难有动人作品。《文苑英华》收录沈约的 58 首诗中,可考的就有 24 首作于齐代,4 首作于梁代[①]。沈约历经宋、齐、梁三代,《文苑英华》将沈约归入梁代[②]。北宋文臣认为的精华诗作多集中在齐代,而不将沈约归入齐代,大概以卒年的朝代为标准。钟嵘称沈约诗长于"清怨",意见较公允,但对他的声律论表示反对,称"故使文多拘忌,伤其真美"(《诗品序》)。从《文苑英华》收录沈约诗作来看,北宋文臣对沈约的"清怨"诗风和声律追求都是肯定的。沈约一部分诗作已经接近于后来梁陈宫体诗歌,如《六忆诗》《少年新婚为之咏》《梦见美人》,《文苑英华》不录。与沈约年代相当的永明体诗人中,诗歌收录较多的还有萧衍、范云、任昉,他们与沈约同为萧子良"竟陵八友"中人,基本倾向个体抒情,诗风尚清丽。

沈约之后,继承永明诗风的有何逊、吴均、柳恽等。《文苑英华》尤其重吴均,收录其诗有 81 首。吴均"文体清拔有古气,好事者或学之,谓为'吴均体'"(《梁书·文学上》),诗歌清新、感情真切,有与汉古诗相似的精神风貌,吴均的边塞诗、山水诗和一些赠答诗中这种"清拔有古气"的特质比较明显[③],此类诗在《文苑英华》选录 81 首中

[①] 沈约诗作系年主要依据陈庆元《沈约集校笺》(浙江古籍出版社 1995 年版)所考证。
[②] 《文苑英华》(中华书局 1966 年影印本)收录诗有的标明作者朝代,如卷一五一《咏月》和卷一七〇《侍游方山应制》,均注"梁沈约"。
[③] 这方面的研究可参见吴晓芳《略论吴均体》(《中国韵文学刊》2004 年第 2 期)以及万光治《论"吴均体"》(《文学遗产》2007 年第 1 期)。

占大多数，如有《战城南》《边城将》四首、《赠王桂阳》《酬周参军》等诗作都属于此类风格。而吴均现存30多首艳诗，除《三妇艳诗》《小垂手》《楚妃曲》等几首以描绘人物外在美之外，基本上以表现人物内心情感为主，这些诗将永明体与传统诗歌抒情模式结合，以复古为新变，情感真实强烈、辞藻清秀、重兴寄，与吴均其他题材诗歌一样有"清拔有古气"的内涵特征。《文苑英华》对吴均这类重内心情感的艳诗予以肯定，所录有《陌上桑》《妾安所居》《采莲》《和萧洗马古意》等。

梁代后期，宫体诗盛极一时，主要有两个文学集团：一是萧纲文学集团；二是萧绎文学集团。萧纲"读书十行俱下，藻辞艳发，博综群言，善谈玄理"，"富赡词藻。然文艳用寡，华而不实，体穷淫丽，义罕疏通，哀思之音，遂移风俗"（《南史·梁本纪下》）。萧纲反对诗文质直懦钝、浮疏阐缓，提出"立身先须谨重，文章且须放荡"（《诫当阳公大心书》）的文学主张。《梁书·元帝纪》称萧绎"既长好学，博综群书，下笔成章，出言为论，才辩敏速，冠绝一时"，他提出"文"应该"绮縠纷披，宫征靡曼，唇吻遒会，情灵摇荡"（《金楼子·立言》），重视文学作品的文采、音律、感情。萧纲对萧绎评价很高，认为"文章未坠，必有英绝；领袖之者，非弟而谁。每欲论之，无可与语，思言子建，一共商榷"（《与东湘王书》）。《文苑英华》收录梁代宫体文学集团的诗人有刘遵、纪少瑜、萧子显、刘缓、刘孺、刘孝威、萧子云、萧纲、庾肩吾、刘孝先、萧绎等，其中收录诗作较多的有：萧纲（93首），萧绎（42首），庾肩吾（41首），刘孝威（25首）。

宫体诗人备受关注的是艳诗，《文苑英华》收录的134首艳诗中，有相当一部分为宫体诗人创作。除艳诗之外，宫体诗人也创作了其他题材的诗歌。萧纲主张"吟咏性情"，还主张"因事而作"，在他《答张缵谢示集书》中云："至如春庭落景，转蕙承风，秋雨且晴。檐梧初下，浮云生野，明月入楼，时命亲宾，乍动严驾，车渠屡酌，鹦鹉骤倾，伊昔三边，久留四战，胡雾连天，征旗拂日，时闻坞笛，遥听塞笳。或乡思凄然，或雄心愤薄。是以沈吟短翰，补缀庸音，寓目写心，因事而作。"① 这一议论阐明作诗可以写春分秋雨、楼亭月下的景致，也可以有边塞征战的情怀、异客的思乡等，所谓"寓目写心，因事而作"，即景抒情。在实际创作中，萧纲不仅写了大量的以女色情事为主的宫体诗，而且也有清新写景诗，如《玩汉水》《侍游新亭应令》《登封火楼》等，还有气格雄浑的边塞之作，如《从军行》《陇西行》《度关山》《雁门太守行》等，对于这些，《文苑英华》均有关注，用选诗方式展现作家的多样风格，而不单一指向。萧绎、庾肩吾、刘孝威等，亦如此。

此外，《文苑英华》选录梁代诗歌有两点值得注意。

1. 对于提倡复古的裴子野文学集团态度

裴子野与兄黎，弟楷、绰，并有盛名，谓"四裴"。《梁书》本传载：

> 子野与沛国刘显、南阳刘之遴、陈郡殷芸、陈留阮孝绪、吴郡顾协、京兆韦棱，皆博极群书，深相赏好，显尤推重之。时吴平侯萧劢、范阳张缵，每讨论坟籍，咸折中于子野焉。……子野为文典而速，不尚丽靡之词。其制作多法古，与今文体异，当时或有诋诃者，及其末皆翕然重之。②

裴子野一派强调文学的社会政治意义，反对"丽靡之词"，裴子野《雕虫论》称："自是闾阎年少，贵游总角，罔不摈落六艺，吟咏情性。学者以博依为急务，谓章句为专鲁。淫文破典，斐尔为功，无被于管弦，非止乎礼义。深心主卉木，远致极风云，其兴浮，其志弱。"他对于当时"吟咏情性"的诗文风气提出批评，认为吟咏情性的作品，追求词采华丽，致力于风云草木，不合礼义。

《文苑英华》录裴子野诗2首，刘显、刘之遴、殷芸、阮孝绪、顾协、韦棱等人的诗不录。萧纲说裴子野"良史之才，了无篇什之美"

---

① （清）严可均：《全梁文》，商务印书馆1999年版，第114页。
② （唐）姚思廉：《梁书》，中华书局1973年版，第443页。

(《与东湘王书》),反过来也说明人们对诗歌文采的需要。北宋初期亦强调诗歌之"用",但对文采和抒情性比较重视,不赞成诗歌片面强调经世致用。

2. 对于萧统文学集团的态度

刘孝绰称萧统文"典而不野,远而不放,丽而不浮,约而不俭"(《昭明太子集序》)。《梁书》本传记载了萧统的文学活动,云:"引纳才学之士,赏爱无倦。恒自讨论篇籍,或与学士商榷古今;闲则继以文章著述,率以为常。于时东宫有书几三万卷,名才并集,文学之盛,晋、宋以来未之有也。"[1] 萧统招聚文学词章之士,进行诗赋创作和学术研讨,围绕在萧统身边活动的文士有刘孝绰、殷芸、陆倕、王筠、到洽等。诗歌上比较突出的有刘孝绰和王筠。刘孝绰以辞章深得前辈沈约、任昉、范云等名流的赏识。《梁书》本传称:"孝绰辞藻为后进所宗,世重其文,每作一篇,朝成暮遍,好事者咸讽诵传写,流闻绝域。"[2] 可见名声在当时的确甚高。王筠长于诗,其才华与刘孝绰同样见重当世,并深得当世辞宗沈约的赞赏,萧统对二人格外青睐,《梁书·王筠传》云:"昭明太子爱文学士,常与筠及刘孝绰、陆倕、到洽、殷芸等游宴玄圃,太子独执筠袖,抚孝绰肩而言曰:'所谓"左把浮丘袖,右拍洪崖肩"。'其见重如此。"《文苑英华》仅录萧统诗5首,对于刘孝绰和王筠更为重视,收录刘孝绰诗33首,王筠诗20首。

刘孝绰是萧统文学集团中最有声名者,此后又转入萧纲文学集团。他的诗歌风格打下了永明烙印,又顺应永明文学向宫体文学转变。《文苑英华》收录其诗在两方面有所体现,收录前期唱和之作比较多,文风典雅,如《酬陆长史倕诗》《答何记室》《归沐呈任中丞昉》等。后期刘孝绰有不少宫体风格的诗,如《爱姬赠主人诗》和《赋得照棋烛诗刻五分成》这2首诗情调轻薄,风格艳丽、妖冶。另外有一些以宫闱姬妾美人为题材的诗作,例如《淇上戏荡子妇示行事诗》《为人赠美人诗》《和咏歌人偏得日照诗》《咏姬人未肯出诗》《遥见美人采荷诗》

---

[1] (唐)姚思廉:《梁书》,中华书局1973年版,第167页。
[2] 同上书,第483页。

《元广州景仲座见故姬诗》等。《文苑英华》所录《赋得乌夜啼》《铜雀台妓》《班婕妤怨》等诗清新明丽，属于脂粉味淡的闺阁怨情之作。

《文苑英华》收录王筠诗作 20 首，唱和诗有 8 首。王筠唱和类诗重对偶，用典密，句式整饬。《梁书·王筠传》曰："筠为文能压强韵，每公宴并作，辞必妍美。"《古诗镜》卷二三评其《寓直中庶坊赠萧洗马》曰："王筠下语方整如砌，绝少气韵流动，'霜被守宫槐，风惊护门草'，此是小儿排语。"《文苑英华》收录此诗，大概是对其句式整饬的肯定。而王筠另一类诗作——闺情诗大多语言清新，风格柔婉细腻。《文苑英华》收录的《有所思》《陌上桑》《行路难》等即为此类。

萧统、萧纲、萧绎分别为各自文学集团的中心人物。但是北宋文臣对萧统的关注，与对萧纲、萧绎是不同的，《文苑英华》仅录萧统诗 5 首，而所选录的萧纲、萧绎的诗在梁代诗人中居前列，但是《文选》对《文苑英华》的影响是明显的（本章第二节有专门阐述），也就是说萧统以文学总集编纂影响着北宋文臣，而萧纲、萧绎则在诗歌创作上受到关注。此外，从《文苑英华》对刘孝绰、王筠的收录特点来看，比较注重诗人风格的多样性，但有侧重点。这一点是《文苑英华》收录诗歌的共性，如萧纲，唐人关注点多在其闺阁女色之宫体，对其他诗作有所忽略。《文苑英华》既收萧纲的艳诗，又收录他很多边塞、山水题材的诗作。相对而言，北宋文臣的心态更为平和。

（二）对陈代诗歌的选录

《文苑英华》录陈代诗 260 首，诗人 43 人，主要集中于江总（59 首）、张正见（65 首），徐陵（26 首），阴铿（21 首），陈后主（10 首），沈炯（7 首），顾野王（5 首）。

陈代前期的诗人，首推徐陵，其次阴铿、沈炯，均由梁入陈。徐陵在梁代即以诗文闻名，与庾信齐名。入陈后历任尚书左仆射、中书监等职，史称"为一代文宗"，"世祖、高宗之世，国家有大手笔，皆陵草之。其文颇变旧体，缉裁巧密，多有新意。每一文出手，好事者已传写成诵"（《陈书·徐陵传》）。《文苑英华》所收徐陵诗 26 首。徐陵诗创作上虽以宫体闻名，但是现存艳诗不多，《文苑英华》收《杂曲》《咏舞应令》《长相思》《折杨柳》3 首。《玉台新咏》中，徐陵自取 4 首，其中《咏舞应令》，描写舞女神情舞姿细腻，宫体色彩较浓；《杂曲》风格类似，《文苑英华》对两者都肯定。《长相思》《折杨柳》，属闺怨之作。所录其余诗作，风格各异，《新亭送别应令》《春日诗》景致清新，《别毛永嘉》情感诚挚，笔力苍老；边塞题材的《关山月》《陇头水》《出自蓟北门》等气象阔大。

阴铿是陈代比较重要的一位诗人。阴铿诗歌以写景见长，尤善于描写江上景色。他善于锻炼字句，沈德潜《说诗晬语》评其诗"专求佳句，差强人意"，诸如"潮落犹如盖，云昏不作峰"（《晚出新亭》）、"山云遥似带，庭叶近成舟"（《闲居对雨》）等，在修辞、声律上都颇见用心。《晚泊五洲》中间二联对仗工整，平仄协调，已经接近成熟的五言律诗。此外如《晚出新亭》《西游咸阳中》《经丰城剑池》等篇，均可视为唐代律体的滥觞。阴铿的艺术风格同何逊相似，后人并称为"阴何"。乐府《新成安乐宫》，"世祖甚叹赏之"（《陈书·文学传》），胡应麟评此诗"实百代近体之祖"（《诗薮》），上述诗作《文苑英华》均选录。《文苑英华》对阴铿的重视，实际上承认了阴铿在诗歌律化过程中的地位，此外选录《和樊晋陵伤妾》《侯司空宅咏妓》这两首艳诗。

沈炯，《陈书·沈炯传》载"炯少有隽才，为当时所重。……（王僧辩）素羽檄军书皆出于炯。及简文遇害，四方岳牧皆上表于江陵劝进，僧辩令炯制表，其文甚工，当时莫有逮者"。张溥认为沈炯"存诗颇少，咏十二神尤惊创体，亦戏谑类耳。江南文体，入陈更衰，非徐仆射、沈侍中，代无作者"①，将沈炯与徐陵相提并论。从诗歌上看，《文苑英华》对沈炯的重视远不及徐陵。沈炯今存诗 19 首，《文苑英华》录 7 首。沈炯由于后期生活颠沛，因而诗中时有梁亡的黍离之悲，情感真挚，如《望郢州城》《长安还至方山怆然自伤》，《文苑英华》收录《望郢州城》。其余收录的几首也少绮靡之气，意境深沉，如《长安少

---

① （明）张溥撰，殷孟伦注：《汉魏六朝百三家集题辞注》，人民文学出版社 1960 年版，第 267 页。

年行》包含世事沧桑之感,《为我谈鸣琴》中对知音的寻求,《咏老马诗》中老骥伏枥的斗志,这些与一般的艳情和咏物诗格调不一样。

《文苑英华》所录陈代后期诗作,以江总和张正见诗为多,再者为陈后主。

江总,史书归为陈代,今人所编文学史均归入陈代,《文苑英华》归入隋代,如卷一五七将江总置于隋炀帝后;卷一五八江总前标明"隋",《艺文类聚》亦将江总归入隋朝,《文苑英华》收录先唐诗受类书影响较大,在江总的朝代归属问题上,疑《文苑英华》受此影响。今从现行观点,将其归入陈代。

历代对于江总的评价大致有两类:一是人品与文品均贬低,如《陈书》本传称江总"好学能属文,于五言、七言尤善,然伤于浮艳""总当权宰,不持政务,但日与后主游宴后庭,共陈暄、孔范、王瑳等十余人,当时谓之狎客。由是国政日颓,纲纪不立,有言之者,辄以罪斥之,君臣昏乱,以至于灭";李延寿《南史》对江总评价类似。明张溥亦持此态度,称"寂不闻有庙堂典议,关其笔札。……脱略名节……醮妇所羞也"①。二是不涉人品,对其才华的认可。如韩愈称江总"文才妙"(《韵州留别张端公使君》),刘禹锡称江总"南朝词人北朝客"(《金陵五题江令宅》)。

《文苑英华》收录江总诗59首,有艳诗如《闺怨篇》《杂曲》《宛转歌》等,此大概为史臣所称"浮艳"之作;有宴游赋得之作,如《待宴玄武观》《宴乐修堂应令》《赋得咏琴》《赋得三五明月满》等,这两类诗或是对女性心理的揣摩,或是对赏歌舞、纵酒赋诗、观景游乐生活的反映,娱情特点明显,与江总"狎客"身份吻合。另有反映离乱亡国的悲愤和生命无常的哀伤之作,如《秋日登广州城南楼》《遇长安使寄裴尚书》《南还寻草市宅》《和张记室源伤往诗》《在陈旦解醒共哭顾舍人》《奉和东宫经故妃旧殿》等,这类诗景致新巧、情感真挚、自然清爽,别于浮艳之作。从收录其人其诗特点来看,北宋文臣的批评

---

① (明)张溥撰,殷孟伦注:《汉魏六朝百三家集题辞注》,人民文学出版社1960年版,第270—271页。

方式类似于韩愈、刘禹锡,从文人的角度对江总予以肯定。既肯定江总浮艳之作,也注意到了江总诗歌浮艳以外的其他方面。

张正见,《陈书》本传载:"其五言尤善,大行于世。"他的诗歌较其他诗人诗歌辞藻丰富、明净,但是着力于才气和创作技巧上,情感单薄空虚。严羽对他的诗提出批评,云:"虽多,亦奚以为!"(《沧浪诗话·考证》)陈祚明亦批评他"才气络绎奔赴,使气骞花应手成来,惜少流逸之致""多无为而作,中少性情也"(《采菽堂古诗选》卷二九)。《文苑英华》收录其诗65首,明显的特点是乐府和赋得之作较多。其中乐府37首,赋得之作13首。其余为宴饮、应令、应教之作。赋得之作多为文人集会的命题之作,对于诗歌创作技巧上有更高要求。而宴饮、应令、应教之作,多为君臣、同僚闲情之下的宴饮酬唱,这种创作环境制约诗歌的感情表达,内容上无外乎颂扬君恩、观赏风景。在内容上无甚突破的情况下,容易转向对诗外在形式的追求。《文苑英华》所收录的张正见诗中只有《神仙篇》和《前有一尊酒行》2首杂言诗,其余均为五言诗。明代许学夷认为:"张正见五言,声尽入律,而绮靡者少。《雨雪曲》《从军行》,亦近初唐。乐府七言、杂言,调虽和谐,语近绮靡,正梁陈体也。"① 但是《文苑英华》收录的这2首杂言诗语言朴实,与梁陈体相距甚远,由此可以看出北宋文臣比较欣赏张正见用韵接近近体、笔调疏朗的诗作。

陈后主为陈代后期宫体文学集团的中心人物,多有才艺,对于文学之士也多嘉奖,史称"后主嗣业,雅尚文词,傍求学艺,焕乎俱集。每臣下表疏及献上赋颂者,躬自省览,其有辞工,则神笔赏激,加其爵位,是以搢绅之徒,咸知自励矣"(《陈书·文学》)。足见其对文学的喜爱。陈后主现存的诗中,赋得之作也较多,有15首,但是《文苑英华》没有肯定这些赋得诗作。在对陈后主的艳诗上,北宋文臣摈弃其典型宫体之作,如《黄鹂留》《玉树后庭花》《金钗两臂垂》这些史称"绮艳相高,极于轻薄"(《隋书·音乐志上》)的诗不录。所

---

① (明)许学夷:《诗源辩体》,人民文学出版社1987年版,第133页。

录艳诗均为拟乐府之作,虽不离相思、闺阁之类,但是侧重情感抒发,细腻真切。乐府之外,《文苑英华》仅录陈后主《同江仆射游摄山栖霞寺》《入隋侍宴应诏》《幸玄武湖饯吴光太守任惠》3首诗,意境清新,《入隋侍宴应诏》气象壮阔,其句"日月光天德,山河壮帝居",尤为人称道。

对于陈代诗歌大致有三种观点:第一种是陈诗是南朝诗歌的终结者,以李延寿和陆时雍为代表,如李延寿言:"至有陈受命,运接乱离,虽加奖励,而向时之风流息矣。"(《南史·文学传序》)陆时雍认为"陈人意气恹恹,将归于尽"(《诗境总论》)。第二种是陈代诗风与大同后梁代相近,以刘师培为代表。他认为"梁武帝大同以前和齐同,大同以后和陈同,故可分隶两期"①。第三种是认为陈诗受梁诗影响,但是有新变,以曹道衡、沈玉成、钱志熙为代表。曹道衡、沈玉成认为:"历来和梁代合称'梁陈宫体',但在现象上和梁后期诗人的作品并不完全一样,即拟乐府和以'赋得'为题的诗篇在比重上有所增加。"② 钱志熙认为陈代诗风较梁代而言,在艺术追求更趋内在,艳丽之风减弱,完全转化为新体,"不仅在于声律婉附、属对工巧,进而求气骨之树立,意境的清新"③。从《文苑英华》所录陈代诗歌来看,趋于第三种观点。《文苑英华》选录的先唐诗歌中,陈代诗歌数量上仅次于梁代;其所录艳诗明显少于梁代,典型宫体诗尤少;乐府和赋得诗篇的收录比重远比梁代大;对与宫体诗风差异较大的一些诗人诗歌如自然清新、律化较高的阴铿诗,反映梁末丧乱的沈炯诗等也予以关注。

二 对北朝诗作的选取

《文苑英华》录北朝诗总共160首,具体如下:北魏3首,包括卢元明1首,温子升2首。北齐43首,包括萧放2首,裴让之3首,裴讷之1首,邢邵3首,郑功超1首,袁奭1首,荀仲举1首,魏收8首,

---

① 刘师培:《汉魏六朝专家文研究》,商务印书馆2010年版,第115页。
② 曹道衡、沈玉成:《南北朝文学史》,人民文学出版社1991年版,第263页。
③ 钱志熙:《魏晋南北朝诗歌史述》,北京大学出版社2005年版,第187页。

刘逖2首，祖珽3首，萧悫11首，萧毂1首，马元熙1首，阳休之1首，颜之推2首，赵儒宗1首，杨训1首。北周114首，包括宇文毓2首，李昶2首，宗懔2首，萧㧑3首，王褒26首，庾信75首，宇文招1首，孟康1首，徐谦1首，无名法师1首。

历史上的"北朝"，一般指"十六国"灭亡后中国北方依次成立的魏、齐、周三朝，时间从晋孝武帝太元十一年（386）魏道武帝拓跋珪重建代国起至隋文帝杨坚平陈（589）结束。曹道衡、沈玉成将北朝分为三段："大致说来，从北魏初到孝文帝迁洛前，即南朝宋到齐武帝永明间，是第一阶段；从孝文帝迁洛到东、西魏分裂，即南朝齐末到梁武帝中大通间，是第二阶段；从东、西魏分裂到隋统一南北，即南朝梁武帝大同至陈末，是第三阶段。"[①]

北魏前期主要与诸国争战，太和十五年前的文学以军事奏章为主，代表人物有许谦、崔宏、宏子浩、高允、高闾、游雅等，他们的作品多属于散体，诗赋创作较少，文学价值不高。孝文帝迁都洛阳之后，文学进入新的阶段。孝文帝本身文学修养较高，史称其"才藻富赡，好为文章，诗赋铭颂，任兴而作。有大文笔，马上口授，及其成也，不改一字。自太和十年已后诏册，皆帝之文也。自余文章，百有余篇"。[②]《北史·文苑传序》云："及太和在运，锐情文学，固以颉颃汉彻，跨蹑曹丕，气韵高远，艳藻独构。衣冠仰止，咸慕新风，律调颇殊，曲度遂改。辞罕泉源，言多胸臆，润古雕今，有所未遇。"[③]可见这一时期文学追求由质朴开始向文辞藻丽转变。《魏书·文苑传》将袁跃、裴敬宪、卢观、封肃、邢臧、裴伯茂、邢昕、温子升等人归为文学之士，这些人在当时属文学造诣高者，创作也比较丰富，如裴敬宪"五言之作，独擅于时"；封肃"所制文章多亡失，存者十余卷"；邢昕"所著文章，自有集录"；温子升更是名噪一时，萧衍见其文笔，曾赞叹："曹植、陆机复生于北土。恨我辞人，数穷百六。"（《魏书·文苑传》）而《文苑英华》只收录北魏后期

---

① 曹道衡、沈玉成：《南北朝文学史》，人民文学出版社1991年版，第321页。
② （北齐）魏收：《魏书》，中华书局1974年版，第187页。
③ （唐）李延寿：《北史》，中华书局1974年版，第2779页。

两位诗人3首诗,即卢元明的《晦日泛舟应诏诗》和温子升的《春日临池》《咏化蝶》,这3首诗受南朝诗风影响明显,轻巧华丽。

北齐文学较北魏而言,有长足发展,尤其是后主在位12年间,重视文学,设立文林馆,招收大批文学之士,"当时操笔之徒搜求略尽"(《北齐书·文苑传》),文学发展蓬勃。北齐诗歌创作形成新局面,在形式上多采用五言,出现了各具特色的流派,主要有三派:一是鲜卑军人组成的"六镇兵歌",多写行伍生活,诗风质朴豪放,如高昂《征军诗》《从军与相州刺史孙腾作行路难》,高延宗《经墓兴干诗》等。二是由南朝入北者,包括萧梁皇室成员(如萧祗、萧放、萧悫、萧㲄等)和其他南朝士人(如荀仲举、袁奭、颜之推等)。南朝入北士人虽为齐梁遗响,但是由于生活环境的改变,其诗歌香艳成分减少,偏向清丽。三是北方本土人士,如邢邵、魏收、裴让之、阳休之、郑超公、刘逖、祖珽等,这些诗人在诗歌艺术上追随齐梁,反映男女相思情爱的内容成为北齐本土诗人的主要创作,风格婉约轻艳。但也出现了一些意境阔大的诗,如郑公超《送庾羽骑抱》、刘逖《对雨》、裴让之《从北征》等。

《文苑英华》收录北齐诗歌43首,诗人17人,主体由两部分构成:一是由南朝入北者,包括萧梁皇室成员(如萧放、萧悫、萧㲄等)和其他南朝士人(如荀仲举、袁奭、颜之推等);一是北方本土人士,如邢邵、魏收、裴让之、阳休之、郑超公、刘逖、祖珽等。南朝入北士人中,萧悫是收录诗歌最多者,收其诗11首,以君臣唱和形式居多,有7首。北方本土人士收诗最多者为魏收,收其诗8首,对其轻薄浓艳诗作如《永世乐》《抚琴歌》《美女篇》等予以摈弃。此外,《文苑英华》不录诗风古朴的"六镇兵歌"。从中亦可看出《文苑英华》对于北齐诗歌的取舍态度,它倾向选录具有南朝诗风特点的诗歌,但并不是全盘吸收。

北周政权存在24年,起始便以儒术从政,太祖"知人善任使,从谏如流,崇尚儒术,明达政事"(《周书·文帝纪》),"依《周礼》建六官,置公、卿、大夫、士,并撰次朝仪,车服器用,多依古礼,革汉、魏之法"(《周书·卢辩传》)。北周政治上的复古思想直接影响了北周文学,在文学上出现以苏绰为代表的复古思潮。苏绰以仿《尚书》的诰体形式规范文章,"文笔皆依此体"(《周书·苏绰传》)。但是苏绰文学的复古并没能长期推行,《周书·王褒庾信传》称"然苏绰建言务存质朴,遂糠秕魏、晋,宪章虞、夏。虽属词有师古之美,矫枉非适时之用,故莫能长行焉",苏绰文学主张的不适用显示出人们对文采的期待与认可,至世宗明帝,王褒、庾信等南朝士人入北,文学蔚为大观。

北周文学主体分为入北南人和本土士人,入北南人有王褒、庾信、萧㧑、萧圆肃、宗懔、刘璠、颜之仪等。本土士人有苏亮、柳虬、吕思礼、李昶、宇文广、宇文招、宇文逌、柳弘、崔方仲、薛慎、元伟等。《文苑英华》收录北周诗114首,诗人10人。入北南人有王褒、庾信、萧㧑、宗懔4人,诗作共106首,其中王褒26首,庾信75首,两人诗作占到所录北周诗的92%。《周书》将王褒、庾信并重,本传称"唯王褒、庾信奇才秀出,牢笼于一代。由是朝廷之人,闾阎之士,莫不忘味于遗韵,眩精于末光。犹丘陵之仰嵩、岱,川流之宗溟渤也"(《周书·王褒庾信传》),《文苑英华》尤重庾信。庾信为南北朝集文章之大成者,本章第四节对《文苑英华》收录其诗特征有专门论述,此不赘。王褒早年"文学优赡",入北后"明帝好文学,褒与庾信才名最高,特加亲待"(《北史·文苑传》)。王褒写过不少乐府诗,《文苑英华》所录有反映游侠生活的,如《游侠篇》《古曲》。而主要还是收录王褒的边塞乐府诗,如《出塞》《入塞》《从军行》《关山月》《燕歌行》《饮马长城窟行》等,诗中构想了北方的恶劣自然环境,将人物置身其中,以苦境衬托人的乐观向上的精神面貌。《周书》本传评《燕歌行》"妙尽关塞苦寒之状,元帝及诸文士并和之,而竟为凄切之词"。从这些边塞作品的选录来看,《文苑英华》编纂者也较为欣赏边塞"苦寒"的审美特点。乐府以外,《文苑英华》收录的王褒前期诗作有《和从弟佑山家诗》《别陆子云诗》《看斗鸡》等,这些诗格调清淡,不好用典,与庾信不同。入北南人因身处塞外异乡,羁旅之愁和乡关之思成为共同表达的情感。入北之后,王褒虽受到优礼,享有高官厚禄,但诗中此类情感仍可见,如《文苑英华》收录的《赠周处士》《送刘中书丧诗》《送别裴仪同诗》等,感情悲苦,只是不如庾信此类诗作那样沉痛。《文苑英华》收录的其他入北南人中也有这类诗作，如宗懔的《早春》《春望》等。《文苑英华》收录的北方本土作家多受南朝诗风的影响，如明帝宇文毓"善属文，词采温丽"，赵僭王宇文招"学庾信体，词多轻艳"（《周书·赵僭王招传》）。李昶诗歌创作亦学南人，《文苑英华》收录其《陪驾幸终南山》《奉和重适阳关》，景致描写精致，风格典雅清丽。

总体而言，《文苑英华》收录北朝诗歌有两个特点。

（一）不重视北朝皇室文学

史载北朝各代皇室有诸多文学修养较高者，如魏高祖"才藻富赡，好为文章"（《魏书·高祖纪》），孝静帝"好文学"（《魏书·孝静纪》），临淮王拓跋谭之孙拓跋彧"少有才学，时誉甚美"（《魏书·太武五王传》），京兆王愉"好文章，颇着诗赋"（《魏书·孝文五王传》）。周明帝宇文毓"博览群书，善属文"（《周书·明帝纪》），宇文广"少方严，好文学"（《周书·宇文广传》），赵僭王宇文招"所著文集十卷行于世"（《周书·赵僭王招传》）等。

但在北朝皇室成员中，《文苑英华》只录宇文毓诗2首和宇文招诗1首。相比较南朝皇室而言，《文苑英华》对入北的萧梁皇室成员则多有收录，如萧放、萧悫、萧毅、萧㧑等。其中萧悫为北齐诗人中收录诗歌数量最多者。对于在南朝的皇室成员就更为重视，如萧衍、萧统、萧子范、萧子显、萧子云、萧琪、萧纪、萧纲、萧绎、陈叔宝、陈叔达等人的诗歌都有收录，其中收录萧纲的诗93首，在整个南北朝中诗人诗歌居首位。萧绎的诗收录42首，在所收梁代诗人诗歌中居第四位。

（二）所录诗歌有一定的北方文学特点，但仍以南朝之风为主

北方文学质朴、粗犷、豪放，有其特殊性。而《文苑英华》收录的北朝诗歌，有一定的北方特征，但受齐梁诗风影响者居多。其所录北朝诗人最突出者为由南入北的王褒、庾信，这两人的诗歌就占到所录北周诗歌的92%。两人的诗歌创作技巧在南朝已经形成，入北后，由于生活环境改变，诗风有所变化，但是《文苑英华》收录的诗歌仍以绮丽诗风为主，庾信的诸多乡关之思以及羁旅亡国之痛的诗作久未收录。又如所录的北齐诗人中，由南入北的萧悫诗选录最多，其诗虽淡化了齐

梁的浮艳特点，融入了北方的文化精神，但是其轻巧细腻的南朝诗风特点仍很突出。颜之推，江陵沦陷后入北，有集30卷。《颜氏家训·文章》记载："吾家世文章，甚为典正，不从流俗；梁孝元在蕃邸时，撰《西府新文》，迄无一篇见录者。亦以不偶于世，无郑、卫之音故也。"颜之推的典正之作，《文苑英华》只录2首。而最具有北方文学特征的"六镇兵歌"，《文苑英华》均不录。

被人称颂的"北朝三才"受南朝诗风影响也很大，《魏书·文苑传》称温子升"文章清婉"，《文苑英华》收录其《春日临池》《咏化蝶》这两首诗从细微之处着笔，描写自我闲暇生活，也正是这种风格。而他的一些有北朝诗风特征的诗歌，如被人传诵的《捣衣》写思妇的想念，纯用白描。还有一些更能代表北朝诗风的诗歌如《白鼻涡》《凉州乐歌》等，《文苑英华》均未录。邢邵诗文取法沈约，《文苑英华》收其诗3首，其中两首均为宴饮诗作，格调轻松，描写细腻，另一首为酬和诗，倾吐忧患，语调沉重。温子升和邢邵在学习南朝人的时候，保留了自己的一些特点，魏收诗则基本模仿南朝，《北齐书》本传评其文"富言淫丽""辞甚美盛"。三人中，《文苑英华》收录魏收诗作最多。

魏徵在《隋书·文学传》中论及南北朝文学之别云："江左宫商发越，贵于清绮，河朔词义贞刚，重乎气质。气质则理胜其词，清绮则文过其意，理深者便于时用，文华者宜于咏歌，此其南北词人得失之大较也。若能掇彼清音，简兹累句，各去所短，合其两长，则文质斌斌，尽善尽美矣。"[①] 他认为南朝文风清绮，重在文采，北朝文风刚正质朴。从《文苑英华》所收录的北朝诗歌中可反映出南北文学交融的特点，即南北朝文学仍是以南朝文学对北朝的渗透为主，还未形成真正融合。

三　对隋代诗作的选取

隋朝统一全国后，南北地域限制消除，南人大批入北，文学上出现南北混合的局面。《文苑英华》收录隋代诗187首，诗人51人，可以分

---

① （唐）魏徵：《隋书》，中华书局1973年版，第1730页。

南、北两部分。

(一) 对北方诗人的诗歌收录

北方诗人又可分为北周入隋者和北齐入隋者，前者有杨素、隋炀帝杨广、崔仲方、于仲文、刘政、牛弘等，后者如卢思道、薛道衡、孙万寿、辛德源、元行恭、李德林、魏澹、李孝贞等。

1. 北周入隋的诗人

北周关陇文化的发展程度虽不足与南方和北齐文化相比，但是也出现了一些诗人，以杨素和杨广为代表。杨素为隋朝开国功臣，他虽为武将但诗颇有成就。沈德潜称其"诗格清远，转似出世高人，真不可解"（《古诗源》卷一四），刘熙载称"诗甚为雄深雅健"（《艺概·诗概》）。《文苑英华》收录杨素诗6首，均为与薛道衡的唱和之作，风格优美与壮美兼有。《山斋独坐赠薛内史》景致刻画细致，色调绮丽如南朝之作。《出塞》《赠薛播州诗》气势壮大。尤其是《赠薛播州诗》十四章"词气宏拔，风韵秀上，亦为一时盛作"（《隋书·杨素传》）。《文苑英华》选录这6首诗，反映出《文苑英华》对杨素诗歌唱和形式的看重，也体现出宋初文臣对杨素此类"诗格清远""雄深雅健"诗作的欣赏。

隋炀帝杨广虽被称为昏君，但在文化上有一定成就。他早在为晋王时就在藩邸开馆网罗文士，"王好文雅，招引才学之士，诸葛颖、虞世南、王胄等百余人以充学士"（《隋书·柳䛒传》）。他还积极倡导撰修典籍，"置正府学士至百人，常令修撰，以至为帝，前后近二十载，修撰未尝暂停……共成三十一部，万七千余卷"（《资治通鉴·隋纪六》），推动了隋代文化发展。杨广最初习文效庾信体，后来诗风有所改变，"词无淫荡"（《隋书·文学传》），但继位之后"大制艳歌，辞极淫绮"（《隋书·音乐志下》）。

《文苑英华》收录杨广诗21首，为隋代诗人收录最多者。这21首诗中，有诗风遒劲者，如《纪辽东》《白马》《拟饮马长城窟行》等边塞乐府诗和《冬至受朝诗》；有近似南朝诗作风格者，如《早渡淮诗》《季秋观海》《望海》《悲秋》《夏日临江》等，这类诗作写景状物工于刻画，可以看得出南朝诗风的影响。另一类诗风淫绮者，如《喜春游歌》《江都公乐歌》等,《文苑英华》多有不录。

2. 北齐入隋的北方诗人

《文苑英华》选录北齐入隋的北方诗人诗歌,收录最多者为卢思道,其次是薛道衡。

卢思道仕途坎坷,"每居官,多被谴辱"(《隋书·卢思道传》),长期的不得志对他的诗歌风格影响很大,他的诗歌中常见孤独、悲愤和哀婉的情感基调。《文苑英华》收录其诗18首,包括乐府8首,赠答4首、挽歌2首、行旅2首,和岁时、宴饮各1首。其中最具北方风格的当为《从军行》,此诗对于北方的苦寒状描写形象,显示出北方诗歌的清刚之气。《文苑英华》选录卢思道的艳诗也很有特点,《美女篇》《有所思》《日出东南隅行》《棹歌行》《夜闻邻妓诗》这5首艳诗,较一般艳诗远距离观照不同,将自己的心态形象融入其中,传达出诗人无人知晓的悲凉情感和对知音的渴望。唯有《后园宴诗》极力描绘莺歌燕舞中女子羞态与娇容,可见南朝的宫体诗风的印痕。其他如赠答、挽歌和行旅诗都弥漫着哀伤情绪,或以衰景衬托,或以美景反衬。卢思道的《听蝉鸣篇》"词意清切,为时人所重"(《隋书·卢思道传》),《文苑英华》未录。大概宋初馆阁文臣并不欣赏诗人的激愤之情,这与不录庾信的咏怀诗作有类似之处。

薛道衡,《文苑英华》收录其诗17首,既有清刚之作,如《出塞》2首,也有《昔昔盐》一类风格绮丽诗作。薛道衡受南方文学影响比卢思道深,如其他诗作游宴、酬唱、应制等,工于炼句,但由于生活在北方,所写诗歌景致宏大与细微相融,减少了南朝诗歌的纤弱笔力。

北方其他诗人,比较有名的有孙万寿、李德林、李孝贞、辛德源、元行恭等。孙万寿在北齐颇受重视,入隋后沉沦为下僚。《文苑英华》收录其诗9首,多为对旧国、故乡怀念之作,如《和周记室由旧京诗》《行经旧国诗》《远戍江南寄京邑亲友》《早发扬州还望乡邑诗》等。这与庾信诗作的选录相反,《文苑英华》几乎不录庾信此类诗作。由此可见,在遇新主的旧臣中,《文苑英华》对于沉沦为下僚者和位居高官者的乡关之思诗作的态度是不一样的。李德林,《隋书》本传载有文集50

卷，其诗今存6首，《文苑英华》选录其诗5首，有庄重华美的应制诗，也有表达志向的言志诗和反映士人生活情趣的闲适之作。李孝贞，时称"一代俊伟"（《隋书·李孝贞传》），《文苑英华》选录其诗5首，《巫山高》颇有情致，其余或为反映闲暇生活的唱和、咏物、艳诗之作。辛德源诗今存11首，《文苑英华》选录5首，元行恭诗今存2首，为《文苑英华》所保留。

（二）对入隋的南方诗人诗歌的选录

入隋的南方诗人有柳䛒、诸葛颖、虞世基、虞世南、王胄、孔德绍、岑德润、刘斌、萧琮、庾自直、柳庄、徐仪、明庆余、刘臻、何妥、姚察等。收录诗作较多者有虞世基16首，孔德绍11首，王胄10首。

虞世基，早年被徐陵称为"当今潘、陆"，其诗今存18首，《文苑英华》收录标为其作的诗12首，另4首标为虞茂作，逯钦立《先秦汉魏晋南北朝诗》归为虞世基。《隋书》本传称其因怏怏不平而作的五言诗"情理凄切，世以为工，作者莫不吟咏"（《隋书·虞世基传》），《文苑英华》所录《初渡江》《入关》《晚飞鸟》《秋日赠王中舍诗》写去国怀乡之感，应当属此"情理凄切"类。另有应制、赋得之作，意境平平，主要在技巧上着力。孔德绍，《隋书·文学传》称其"有清才"，《文苑英华》收录其诗11首，其中行旅诗较多，写景入微，情景交融。王胄，工诗能文，与虞绰齐名。所作辞赋，颇行于世。《隋书·经籍志》收有集10卷，已佚。王胄仕途不得志，诗中常见愁苦。《文苑英华》收录其诗10首，在这方面体现也比较突出，如《酬陆常侍诗》《答贺属诗》《别周记室》《赋得雁送别周员外戍岭表诗》等，情多感伤。

其他入隋的南方诗人，如诸葛颖、许善心、柳辩等均有名。诸葛颖诗存6首，《文苑英华》收录3首，均为应制或应教诗。柳辩尤为隋炀帝欣赏，"王以师友处之，每有文什，必令其润色，然后示人"（《隋书·柳辩传》）。《文苑英华》收录其诗2首，一为应教诗，一为乐府，诗风典丽。许善心，魏徵《隋书·文学传序》中将其列为"俱骋龙光，并驱云路"的能文者之一，《文苑英华》只收许善心诗1首。

要之，《文苑英华》收录隋代诗人诗作比较明显体现出南北文风融合的趋势。首先，《文苑英华》收录的入隋南北诗人诗歌数量相当，不像所录北朝诗歌那样，倾向于选录具有南朝诗风特点的诗歌。《文苑英华》选录的隋代诗作中，有不少北人诗作诗风刚健又不失文采，如前文所提的杨素的《出塞》《赠薛播州诗》，隋炀帝的边塞诗等。这表明经过前面几个时期的南北文化交汇之后，北方诗坛出现了新气象。一方面，由于北方长期的战乱，北人对社会现实更为关注，加之北方异于南方的生活环境影响，使北方诗歌具有其自身特色的刚健之气。另一方面，北人注重学习南方诗歌技巧，南方诗歌重辞藻的特点弥补了北方诗文采不足的缺憾。北人诗作创作水平越来越高，也越来越被人重视，如薛道衡"每有所作，南人无不吟诵焉"（《北史·薛道衡传》）。

其次，南北文风融合的趋势还体现在《文苑英华》所录的隋代艳诗上。隋代诗风虽然齐梁遗响尚存，但是《文苑英华》选录的艳诗比重已大大减小，所选录的187首隋诗中艳诗只有11首，而这11首中北人所作就有8首，只有弘执恭的《和平凉公观赵郡王妓诗》和卢思道的《后园宴诗》体近梁陈宫体，其他艳诗都比较注重情感抒发。从选录艳诗主体变化中可以看到，较齐梁而言，隋代艳诗已经减少了"艳"的成分，将北方诗歌注重情感的特征融入其中，卢思道即为代表。《文苑英华》编纂者对隋代艳诗的新变予以了认可。

第二节 《文苑英华》与先唐选本选诗比较

一 《文苑英华》选诗对《文选》的继承与创新

较早指出《文苑英华》与《文选》关系的是明代胡维新，明代刊刻《文苑英华》时胡维新序文言："《苑》之集始于梁，而部系类分悉宗《选》例，非嗣文以承统乎？"认为《文苑英华》是衔接和继承《文选》而来，其依据是《文苑英华》录文始于梁代（《文选》录文止于梁代），体例上以《文选》为蓝本。这一观点被沿用，官修《四库全书总目》言《文苑英华》"梁昭明太子选撰《文选》三十卷,迄于梁初。此书所录,则起于梁末,盖即以上续《文选》。其分类编辑,体例亦略相同,而门类更为繁碎。则后来文体日增,非旧目所能括也"。只在体例上看法与胡维新稍有差异,认为两者体例大致相同,《文苑英华》分类更细。当代学者在这一问题上观点也大体一致。[①] 总体而言,《文苑英华》对《文选》的继承已成为学界的共识和关注点。不可否认,《文苑英华》对《文选》编纂体例的继承性很明显,如就《文苑英华》诗体而论,《文苑英华》"撮其类列,分以部居"编纂结构就是对《文选》"以体为纲""以类相分"编纂构架的仿照;其诗以诗歌接受对象、诗歌题材及诗歌体式为主要分类方式,这也是对《文选》诗歌分类的继承;《文苑英华》的乐府类与《文选》乐府类类目一致,行迈、悲悼、酬和、寄赠、军旅、郊祀等类型与《文选》诗之行旅、哀伤、赠答、军戎、郊庙等类目相似,这都看出《文选》诗歌类目分类对《文苑英华》的影响。与此相反的是,学人对《文苑英华》体例的新变性极少关注。《文苑英华》编纂体例上实有不少新变,这种创新相对继承性而言,意义更突出。正如刘勰《文心雕龙·时序》所云"文变染乎世情,兴废系乎时序",文学演变或多或少会受时序变化影响。故而,从《文苑英华》编纂体例的新变中能体现出"分体编录"型总集在宋初的演变特点,对后世诗歌文集的编纂产生不可忽视的影响。

(一)《文苑英华》续《文选》的特征及原因

《文苑英华》编纂者并未直接阐明其与《文选》的联系,但是从文本来看两者联系明显。《文选》的体例编撰原则首先是"凡次文之体,

[①] 当代学者穆克宏认为:"北宋初年李昉、徐铉等人编选的《文苑英华》一千卷,上续《文选》,其文体分为三十八类。"(穆克宏《昭明文选研究》,人民出版社1998年版,第143页)刘永济认为:"至李昉等之《文苑英华》,姚铉之《文粹》,吕祖谦之《文鉴》,苏天爵之《文类》,程敏政之《文衡》,黄宗羲之《文海》,大都祖述萧选,体尤蹐驳。"(刘永济《十四朝文学要略》,黑龙江人民出版社1984年版,第5页)凌朝栋认为:"《文苑英华》在宋初编撰时,虽然并没有开宗明义,明确其上接《文选》、仿效其体例进行编撰的思想……却可看到是有意而为之。在真宗及以后的修订、校勘、刊刻中,这方面的意识渐渐明朗化,才为后人指明。"(凌朝栋《〈文苑英华〉研究》,上海古籍出版社2005年版,第144页)

各以汇聚",将文体分赋、诗、骚、七、诏等 37 类。其次"诗赋体既不一,又以类分",诗赋以下进行类分,将赋分京都、郊祀、耕藉等 15 个小类。诗分补亡、述德、劝励等 23 类。在类分上多以题材为主要标准。《文苑英华》将文体分赋、诗、歌行、杂文、中书制诰等 38 类,除了对诗赋分类之外,对其他文体如歌行、杂文等也进行分类,如赋分天象、岁时、地类、水等 38 类,诗分天部、地部、帝德、应制等 25 类,歌行分天、四时、仙道、纪功、征戍等 24 类,子类多以题材为类分标准,从中可以看出《文苑英华》的确受《文选》影响。具体到诗体而言,在"分体编录"型文学总集中,《文苑英华》诗以题材类分的特点与《文选》诗最接近,以下具体阐述两者关系。

1. 《文苑英华》延续《文选》诗的特征
(1) 编撰宗旨上延续《文选》诗的特征

《文苑英华》《文选》两者编纂时代不同,但是在编纂标准要求上是一致的,即要选取文章之精华,方便读者阅读。

萧统《文选序》谈到编纂《文选》的缘起:

> 余监抚余闲,居多暇日,历观文囿,泛览辞林,未尝不心游目想,移晷忘倦。自姬汉以来,眇焉悠邈;时更七代,数逾千祀。词人才子,则名溢于缥囊;飞文染翰,则卷盈乎缃帙。自非略其芜秽,集其清英,盖欲兼功,太半难矣。①

萧统阐明自己在欣赏作品时觉得作品太多,不便阅读,所以想"集其清英",其目的就是为了更好地欣赏作品,正所谓"譬陶匏异器,并为入耳之娱;黼黻不同,俱为悦目之玩"。《文选》编纂缘起是萧统感觉前代文章繁盛,良莠不齐,阅读的数量和质量上难以兼顾,所以要选出优秀的文章,以便披览。

《文苑英华》编纂时亦与此相似,因为前代文集数量繁多,水平不

---

① (梁)萧统撰,李善注:《文选》,中华书局 1977 年版,第 2 页。

一,所以宋太宗命李昉等人"阅前代文章,撮其精华"指出了选取文章中精华的要求。宋白上表所言"使沿泝者得其余波,慕味者接其妍唱"则表明编书意在可以为学者提供范本。可见《文苑英华》与《文选》在选取优秀作品、方便读者阅读的目的上是一样的。

（2）编纂体例上延续《文选》诗的特征

其一,诗分类依据的继承。

《文选》诗分补亡、述德、劝励、献诗、公宴、祖饯、咏史、百一、游仙、招隐、反招隐、游览、咏怀、哀伤、赠答、行旅、军戒、郊庙、乐府、挽歌、杂歌、杂诗、杂拟 23 类。类分依据有三:一是以作诗的外在目的分类;二是以诗作的内容分类;三是以诗的体式分类。①《文苑英华》诗分天部、地部、帝德、应制、应令附应教、省试、朝省、乐府、音乐、人事、释门、道门、隐逸、寺院、酬和、寄赠、送行、留别、行迈、军旅、悲悼、居处、郊祀、花木、禽兽等 25 类。尽管在类型上有所差别,但在分类上借鉴了《文选》的分类依据,如以诗歌外在目的分类的有应制、应令附应教、省试、酬和、寄赠;以诗歌内容分类的有天部、地部、帝德、朝省、音乐、人事、释门、道门、隐逸、寺院附塔类、行迈、军旅、悲悼、居处、花木、禽兽;两者兼有的有送行、留别;以诗的体式分类的有乐府。

其二,类型在继承中有增删,细化扩充特征明显。

《文苑英华》类型分类依据与《文选》相似,但是《文苑英华》在这些类别的基础上有所增减。诗歌经过隋唐发展,内容已大大增加,在编纂收录上类别的划分必定也有所改变,《文苑英华》除保留了《文选》诗中乐府、军旅这两类之外,增加了天部、地部、帝德、应制、应令、省试、朝省、音乐、人事、释门、道门、花木、禽兽等类型;删除了补亡、劝励、献诗、公宴、祖饯、咏史、百一、杂歌、杂拟等类型;将《文选》赠答类分为酬和与寄赠 2 类,而行迈、悲悼类与《文选》行旅、哀伤类相似。此外,《文苑英华》除了帝德、应制、应令附应

---

① 参见胡大雷《文选诗研究》,广西师范大学出版社 2000 年版,第 428 页。

教、释门、寺院、酬和、寄赠、留别之外，其他类别都进行了更细的划分，天部类分 42 子类，地部类分 36 子类、应制类分 41 子类、音乐类分 12 子类、人事类分 3 子类、道门分 11 子类、隐逸类分 5 子类、军旅类分 4 子类、悲悼类分 10 子类、居处类分 16 子类、郊祀类分 2 子类、花木类分 53 子类、禽兽类分 33 子类。

与《文选》比较，《文苑英华》诗歌类型的扩充上有前者无而另辟一类的，如天部、地部、帝德类等，也有继承之下的局部扩充，如《文苑英华》悲悼类诗歌以情感内容为类分标准，继承《文选》诗哀伤类的类分方式，其中又有不同之处，两者比较可看出《文苑英华》此种诗歌类型的扩充特点。

《文苑英华》悲悼类诗歌与《文选》的哀伤类都是为他人他事而哀伤，为自己哀悼的如《临终诗》《自悼》等类型就不入此。《文选》诗歌中立哀伤类，录入 13 首诗，前 6 首为人生、社会哀伤，后 7 首为个体哀伤。而《文苑英华》则更突出个体哀悼，46 首诗中有 38 首属于此特征。除去为群体哀伤的诗作外，悲悼类的诗作类型比《文选》哀伤类广，《文选》哀伤类个体哀伤只包括悼亡、哭人、坟墓、第宅等，而《文苑英华》还有其他如哭僧道、哭妓、送葬、踪迹、怀古、挽歌等。《文选》将挽歌单独分一类，收录缪袭、陆机、陶渊明"挽歌"诗作 5 首，与其哀伤类明显的不同是挽歌虚拟或自悼，属"死人自叹"之言。颜之推指出了这一特点："挽歌辞者，或云古者《虞殡》之歌，或云出自田横之客，皆为生者悼往告哀之意。陆平原多为死人自叹之言，诗格既无此例，又乖制作本意。"（《颜氏家训·文章》）缪袭《挽歌诗》、陶潜《挽歌诗》也是虚拟设想人亡后情景，以自我口吻哀伤。南北朝时期挽歌对象多无确切指向或是虚拟死者之言。前者如北齐祖铤《挽歌诗》，《文苑英华》将其归入乐府类，后者如陶渊明《挽歌诗》、陆机《挽歌诗》等。《文苑英华》将挽歌作为悲悼类的子类，不录虚拟性质的挽歌，所录挽歌都是哀悼他人，而且哀悼对象明确，属于具有真实性的《挽歌》类型，与悲悼类其他子类中哀悼个体的特征有共同之处，故而归入悲悼类是合理的。《文苑英华》悲悼类诗歌实际上承《文选》哀伤类的情感特点,增强了具有真实性和具体性特征的个体哀悼内容,并以此为准则,扩大了诗歌类型内涵。

(3) 录选作品上的续《文选》诗特点

首先,《文苑英华》录选作品范围上的续《文选》诗特征。

《文选》收录周至梁代诗歌 400 多首,收录年代最晚的沈约卒于天监十三年(512)。从文本实际存在的作品来看,《文苑英华》收录诗歌始于三国时期的建安,涉及曹魏、刘宋、齐、梁、北魏、北齐、北周、隋、唐等朝代。《文苑英华》与《文选》的录文时代作品有重合,以时代重合为主,如建安、曹魏、宋诗、齐、梁等时段作品两者均有收录;也有单重合诗人不重合诗作的,如范云、江淹、任昉、陆倕等;亦有诗人作品都重合的,包括丘迟重 2 首,沈约重 7 首。《文苑英华》编纂者编纂意识上录文以梁为起点,实际收录中有误收现象,将梁前其他朝代的诗作误认为梁代作品录入,即便以编纂者的收录意识上的"梁"为《文苑英华》诗歌收录起点,仍是有重合现象。这表明《文苑英华》诗续《文选》不是通常认为的《文选》录文止于梁,《文苑英华》录文起于梁或者梁末这样一种紧凑的衔接关系,而是一种有交叉的大致相承关系。《文苑英华》这种在录文时段上续《文选》的特点与其他续《文选》类总集有所不同。其他总集续《文选》主要是跨朝代的时段相承,如明汤绍祖所编《续文选》,该书"采自唐及明诗文以续昭明之书。然所录止唐人、明人,无五代、宋、金、辽、元"[①]。若按时段相承来说,《续文选》当从梁末收录更能体现其"以续昭明之书"特点,而实际上《续文选》收录作品朝代从唐起,跨过梁末至唐前这段。《唐文粹》《宋文鉴》《元文类》也是如此,各自分收唐、宋、元的作品。

其次,《文苑英华》录选作品风格上的续《文选》诗特征。

"文质彬彬"是萧统的理想文风,萧统《答湘东王求文集及〈诗苑

---

① (清) 永瑢:《四库全书总目》,中华书局 1965 年版,第 1758 页。

英华〉书》谈到对这一理想文风的追求：

  夫文典则累野，丽亦伤浮，能丽而不浮，典而不野，文质彬彬，有君子之致。吾尝欲为之，但恨未逮耳。①

在实际创作中，萧统诗风也有此特点，刘孝绰《昭明太子集序》赞赏萧统：

  深乎文者，兼而善之，能使典而不野，远而不放，丽而不淫，约而不俭，独擅众美，斯文在斯。②

《文选》录文上也体现出这一特点，对于陆机、谢灵运、江淹、颜延之等典雅特征明显的诗人作品录入较多，但也不全是此特点。萧子显《南齐书·文学》评潘岳、陆机"潘、陆齐名，机、岳之文永异"，谢灵运"典正可采，酷不入情"，鲍照"次则发唱惊挺，操调险急，雕藻淫艳，倾炫心魄"，而《文选》则将这些诗人都收入其中。就所收诗篇而言，有"善为古语，指事殷勤"（钟嵘《诗品》）的百一诗，也有如谢惠连《七月七日夜咏牛女》感情热烈奔放的情诗。可以看出《文选》收录作品并不以自身创作观为唯一标准，而是兼收各类风格中的佳作，即《文选序》中所言"略其芜秽，集其清英"，但"文质彬彬"仍是其基本倾向，这从《文选》对待艳诗的态度也可以看出。人们多认为《文选》不收艳诗，实际上《文选》也收录涉及男女情爱的诗歌，包括潘岳的《悼亡诗》三首，陆机《为顾彦先赠妇》二首，陆云《为顾彦先赠妇》二首，张衡《四愁诗》四首，曹植《情诗》一首，张华《情诗》二首，谢惠连《七月七日夜咏牛女》一首，谢惠连《捣衣诗》一首，谢朓《和王主簿怨情》一首，张载《拟四愁诗》一首。《文选》在收录这些诗歌时，并不单独将其列为艳类，而是将这些诗歌分别归入诗

---

① （清）严可均：《全梁文》，商务印书馆1999年版，第216页。
② 同上书，第672页。

的"哀伤""赠答""杂诗""杂拟"等类,这表明萧统对于艳诗的关注点不突出在"艳"上,而是以诗歌的其他特点为标准。

《文选》这种录文特点被《文苑英华》继承。从《文苑英华》所选诗歌来看,帝德、应制、应令、省试类这些歌功颂德之作占比重不小,与当时的台阁风气一致,从选诗上体现出了编纂者的创作观,但是《文苑英华》中所录诗风格不全然是典雅一种,而是丰富多彩的。

在《文苑英华》收入的先唐诗歌中,"清拔有古气"的吴均诗与"绮艳"的萧纲诗并重,就个人而言,庾信前后期作品均有收录,既有绮丽的艳诗也有清新的写景抒情诗。所收录的唐诗中,初唐、盛唐、中唐、晚唐诗人均有收录,涉及宫廷诗、山水诗、边塞诗、艳诗等多种内容,诗风各异。《文苑英华》收录诗超过百首的诗人有:白居易(254首)、李白(228首)、杜甫(194首)、刘长卿(181首)、王维(155首)、卢纶(154首)、贾岛(153首)、郑谷(151首)、宋之问(145首)、刘禹锡(143首)、皎然(142首)、罗隐(142首)、温庭筠(139首)、许浑(136首)、赵嘏(121首)、张籍(120首)、张说(118首)、张九龄(113首)、刘得仁(112首)、张乔(112首)、方干(111首)、李峤(105首)。这些诗人中有的诗风相近,有的则大相径庭,千姿百态,如白居易诗的浅易,杜甫诗的沉郁顿挫、李白诗的俊逸、温庭筠诗的艳丽雕琢等都在其中呈现,反映出《文苑英华》编纂者不以一家为准、兼容并蓄的编纂态度,但是也保持了其录文"典雅"的基本倾向,这从《文苑英华》对艳诗的收录方式上可看出。《文苑英华》也收录艳诗,但不设艳类,其处理方式与《文选》类似,如《文苑英华》与《玉台新咏》重合的诗歌有87首,分别归入诗歌的天部(15首)、乐府(62首)、音乐(5首)、悲悼(1首)、寄赠(1首)、禽兽(3首)等6类中。

2. 《文苑英华》续《文选》诗的原因

《文苑英华》编撰时间为太平兴国七年(982)九月到雍熙三年(986)十二月,成书之后虽然没有流传很广,当时从其成书过程来看,统治者对这部书是很重视的。宋太宗诏令编纂《文苑英华》是要选前代文集精华为学者提供范本，推行文教策略，这说明北宋统治政权在从政治的角度对《文苑英华》予以了重视。以此可以推断《文苑英华》编纂者在编纂过程中应当对前代文集的编纂体例有所借鉴和吸收，不会随便编纂应对，从《文苑英华》的体例也可以看出《文选》对《文苑英华》的影响，其诗部分亦如此。那么，《文苑英华》的编纂者为何选择《文选》作为借鉴？

（1）《文选》在唐至北宋的地位具备《文苑英华》诗编纂效仿的条件

《文选》在唐代极为兴盛，唐太宗、唐高宗时，曹宪、李善等人讲授《文选》，"其学大兴于代"（《旧唐书·儒学·曹宪传》），杜甫《宗武生日》称"熟经《文选》理"，《水阁朝斋》称"续儿诵《文选》"，宋代重视选学，陆游说"国初尚《文选》，当时文人专意此书，故草必称'王孙'，梅必称'驿使'，月必称'望舒'，山水必称'清辉'。至庆历后，恶其陈腐，诸作者使一洗之。方其盛时。士子为之语曰：'《文选》烂，秀才半。'"（《老学庵笔记》卷八）从北宋刊刻《文选》的情况也可以略窥其在当时流布之广，社会需求之大。范志新《〈文选〉版刻年表》统计《文选》北宋刊刻《文选》共七次，其中国子监刊李善单注本两次（大中祥符、天圣年间各一次，其中大中祥符年间所刊板成未行而毁于宫火），地方州学刊两次[元祐九年（1094）秀州州学刻六家注本、政和元年（1111）明州州学刊六臣注本60卷]，坊间刊刻两次[天圣四年（1026）平昌孟氏刊本五臣注、政和元年（1111）广都裴氏刊六家本]，不知刊刻者的两浙刊五臣注《文选》一次。①

《文选》刊刻虽未涉及《文苑英华》编纂时期（982—986），但是从这些刊刻情况可以大致推断出《文选》在《文苑英华》编纂期的流传。此外，从宋太宗对待《文选》的态度也可以了解当时《文选》的地位。宋太宗"尝令文仲读《文选》，继又令读《江》《海赋》，皆有

---

① 参见范志新《文选版本论稿》，江西人民出版社2003年版，第191页。

赐赉"(《宋史》卷二百九十六),"淳化三年三月,赐杨亿及第。亿年十二,读书秘阁。因拟《文选·两京赋》作《东西京赋》以进,太宗嘉之,诏学士院试"(《玉海》卷五九"淳化东西京赋"条)。从这两则材料可以看出宋太宗对《文选》的偏爱。太宗对于书籍态度是"酌前代成败而行之,以尽损益"。《文选》自唐代以来对整个文化阶层有深远影响,推行文教政策的宋太宗不可能看不到《文选》的这种成功影响。宋太宗重视《文选》,不排除个人喜好因素,但是其政治用意也是很明显的。

从整个社会文化氛围来看,《文选》在当时是很有影响力的,如《文苑英华》编纂者之一苏易简就有《文选双字类要》,该书摘取《文选》中藻丽之语,分类编纂。"《文选》烂,秀才半"之说(陆游《老学庵笔记》卷八)也证明了这一点,直到王安石执政,以新经学取士,"熙、丰之后,士以穿凿谈经,而选学废矣"(王应麟《困学记闻》卷十七),宋代选学才逐渐衰落。

《文选》各体中又以诗赋尤受后人关注。唐代以诗赋取士,《文选》诗自然多受士人关注,如杜甫"诗材凌跨百代,其选辞用事,几无不出于《文选》"[1]。在宋初承袭唐代"选学"特点,"宋初承唐积习,选学之风未沫。盖宋亦以辞科取士,是书之见重艺林,犹之唐也"[2]。诗体亦为《文苑英华》重要文体之一,宋太宗特命当时精于风雅的重臣杨徽之负责选录,《文选》尤其是其诗赋在当时的影响极易成为《文苑英华》诗编纂的效仿对象。

(2) 续《文选》思想对《文苑英华》诗编纂的影响

《新唐书·艺文志》中记载的总集类七十五家,九十九部,四千二百二十三卷。涉及《文选》的有十二家十五部三百一十三卷,梁昭明太子《文选》三十卷、萧该《文选音》十卷、僧道淹《文选音义》十卷、李善注《文选》六十卷、公孙罗注《文选》六十卷、《音义》十卷、李善《文选辨惑》十卷、《五臣注文选》三十卷〔衢州常山尉吕延

---

[1] 骆鸿凯:《文选学》,中华书局1989年版,第72页。
[2] 同上书,第73页。

济、都水使者刘承祖男良、处士张铣吕向李周翰注，开元六年（718），工部侍郎吕延祚上之]、曹宪集《文选音义》（亡佚）、康国安注《驳文选异义》二十卷、许淹《文选音》十卷、孟利贞《续文选》十三卷、卜长福《续文选》30卷（开元十七年上，授富阳尉）、卜隐之《拟文选》30卷（开元处士）。从《新唐书》记载的总集类来看，《文选》无遗是最为夺目的，人们不仅仅注《文选》、研究《文选》，《续文选》与《拟文选》的出现表明人们对于《文选》的编纂学习也很重视，这种对《文选》编纂的模仿借鉴在后世方兴未艾，出现了广续《文选》的现象，如宋代卜邻《续文选》、元代陈仁子《文选补遗》、明代刘节《广文选》、胡震亨《续文选》等。《文选》的地位和影响形成了广"续"《文选》的意识，反过来这种意识又会促使文学总集编纂者容易将《文选》作为示范，与《文苑英华》时代相当的《唐文粹》就是一例。姚铉认为《文选》是一家之奇书，"岂唐贤之文，迹两汉，肩三代，而反无类次，以嗣于《文选》乎？"（《唐文粹序》）批评唐代的很多文集不能继承《文选》的编纂思想，所以决定编一部可以嗣《文选》的总集，十年而成。

　　《文苑英华》是朝廷重书，《文选》的地位以及影响最有可能成为其编纂的示范文本，实际上《文苑英华》文本显示的续《文选》的特征本身就表明了编纂者的这种选择，《文选》以诗赋为重，《文苑英华》亦是如此。但是编纂者并不直接说编纂以嗣《文选》，这大概是希望《文苑英华》能有与《文选》同样的影响，而不是次之。这从宋真宗的校勘诏令可以略知一二，王应麟《玉海》卷五十四载"景德四年八月丁巳，诏三馆分校《文苑英华》，以前所编次，未尽允惬，遂令文臣，则前贤文章，重加编录，役繁补缺换易之，卷数如旧"，其下注云："今方外学者少书诵读，不能广博。《文苑英华》先帝缵次，当择馆阁文学之士校正，与李善《文选》并镂板颁布，庶有益于学者。"很明显，《文苑英华》没有达到广博的效果，真宗才下令校勘，并且要求校勘之后"与李善《文选》并行颁布"，这实际上是欲提高《文苑英华》在学者中的地位，期望与《文选》相当。

(二)《文苑英华》诗对《文选》的创新

1.《文苑英华》诗编纂体例的新变特征

在文集大量散佚的情况下,《文选》已成历代总集编撰的蓝本之一,对《文苑英华》的影响也毫无疑问。但正如伽达默尔所认为的:"谁要模仿,谁就必须要删去一些东西和突出一些东西。因为他在展示,他就必须夸张,而不管他愿意或者不愿意。就此而言,在'如此相像'的东西和它所相像的东西之间就存在一种不可取消的存在间距。"①《文苑英华》在对《文选》的接受过程中,自觉不自觉地与原典拉开了距离,其在主观或客观上势必都会呈现创新性,主要体现在以下三方面。

其一,三层编纂结构的出现与"缘情""体物"题材意识的结合。

《文苑英华》继承《文选》编纂体例已是学界的共识,《文选》采取分体编录的方式进行编纂,将文体分 37 类,其中诗赋二体下设子类,如诗分补亡、述德、劝励、献诗等 23 类,这 23 小类下均无子类,简言之即"母类—子类"的二层结构模式。《文苑英华》将文体分赋、诗、歌行、杂文等 38 类,诗、赋、歌行、杂文都有子类,其中诗体下设天部、地部、帝德、应制等 25 类。从两者的编纂体例不难看出《文选》对《文苑英华》的影响。但是《文苑英华》诗除帝德类、应制类、应令附应教类、乐府类、释门类、寺院附塔类、酬和类、寄赠类、留别类这 9 类诗无子类外,其余 16 类诗都有子类,计 279 类。如天部类分日、月、中秋月等 42 子类,地部类分山、终南山、太山等 36 子类。《文苑英华》诗类可以用"母类(诗)——级子类(诗类型)—二级子类(诗类型)"的模式概括,较《文选》诗采用"母类(诗)—子类(诗类型)"的二层结构编纂方式而言,增加了"二级子类"这一结构层次,形成了三层结构模式。

《文苑英华》诗的一级子类只有 25 类,二级子类达 279 类之多,的确可谓踳驳。虽《文苑英华》诗类目有繁复之嫌,但是这些类目几乎

---

① [德]伽达默尔撰,洪汉鼎译:《真理与方法》,上海译文出版社 1999 年版,第 149 页。

都依题材而分，从编纂者对诗歌子类的搜寻抉择中透露出宋人对诗歌题材问题的思考。"诗缘情而绮靡，赋体物而浏亮"是陆机《文赋》关于诗、赋文体特征的论断，对后世影响甚深。《文选》诗赋分类上明显体现出"诗缘情""赋体物"这一特征，其诗体子类中的咏怀、哀伤、挽歌类都有强烈的感情色彩，而《文选》赋中的京都、江海、宫殿、物色、鸟兽等都突出"赋以体物"的特征。《文苑英华》诗歌类目呈现"缘情"与"体物"结合的趋势，诸如"送行""留别""寄赠""悲悼"类等"缘情"性强，而音乐、寺院、居处、花木、禽兽类等倾向于"体物"。诗至唐代，题材范围极大扩张，涉及时政、岁时、自然景物、人文景观、人际交往、生活起居等方方面面。《文苑英华》诗收录唐诗占总数的90%。其类型上"缘情"与"体物"的结合适应了这一诗歌发展趋势，体现出宋人对诗歌题材范围的整体把握。

其二，新诗类的出现与诗歌类型范畴的扩大。

宋初大兴文教，广修书籍，《文苑英华》编纂之时，大型类书《太平御览》的编纂已近尾声。《太平御览》由李昉、李穆、徐铉等馆阁文臣奉敕修纂，这些馆阁文臣也是《文苑英华》的主要编纂人员。《太平御览》利用到的各类图书有1600多种，可以说《太平御览》是对前代类书编纂的一次总结。类书编纂工作对《文苑英华》的影响很明显，在《文苑英华》诗歌类目中有不少是将类书中的类目直接或稍做调整引入而成。这些诗类主要有：（1）天部类与地部类：这两类均出现在《北堂书钞》《艺文类聚》《初学记》《太平御览》等类书中，且均有子类。《文苑英华》继承上述类书的天部、地部名目，将天部类分日、月、中秋月等42个子类，地部类分山、终南山、太山等36个子类。（2）人事类：《太平御览》有人事类，分叙人、孕、产、姓等子类，基本上将涉及人各个方面的内容都包含了进去。《文苑英华》承其人事类名目，分宴集、宿会、逢遇3个子类，其特点都是相聚，只是地点场合不同。（3）隐逸类：隐逸类名称较早见于《艺文类聚》，是书人部下设隐逸类，收录37首诗。《文苑英华》受此影响，按隐逸群体之别分征君、居士、处士、山人、隐士5个子类。（4）居处类：《艺文类聚》《初学记》均有居处部，子类依据处所不同而分。《文苑英华》承两者居处类目及子类分类依据，分上阳宫、九成宫、华清宫等17个子类。(5) 花木附果实草类：《艺文类聚》有木部、果部，《文苑英华》在此基础上将木果类合并，增加花、草类构成花木附果实、草类。(6) 禽兽类：《艺文类聚》有鸟部、兽部，《文苑英华》在此基础上将鸟兽合并成禽兽类。此外，《文苑英华》诗之音乐类移用了《文选》赋的音乐类。《文选》赋设音乐类，收录6篇与音乐有关的赋作，无子类。《文苑英华》音乐类诗分乐、琴、笙、琵琶等12个子类。

《文苑英华》诗类目的新变除移用前人所创之外，还有独创诗类，有帝德类、朝省类、应制类、应令附应教类、省试类、释门类、道门类、寺院附塔类、送行类及留别类等10类。

可见《文苑英华》虽然在编纂体例上对《文选》有所继承，但其在诗歌类型的新变明显，主要通过移用其他著作的类目，将其变成总集的新诗类以及独创新诗类这两种方式达到新变目的，确立了上述类型的诗体地位，扩大了诗歌类型范畴。

其三，诗类排序意识的转变与总集编纂教化目的的强化。

《文苑英华》25类诗歌在排序上可分天、地、人三层：先为天部类，次为地部类，再是与人相关的事、物，形成"天—地—人（物）"的结构。此种结构具有自上而下的空间意识，最突出的特点是强化了君权意识。中国古代"天"的含义深刻，《说文解字》曰："天，颠也，至高无上，从一大。"[①] 天有神格化、人格化的概念，指最高之神，《文苑英华》将天部列为首位，继承了传统天为至高的秩序观念。"人"这一层是帝德类居首，突出君王之尊。排在其后的应制、应令附应教、省试、朝省等诗歌类型都与朝廷有关，其内容实质也是以君王为中心的。在这之后才对其他人、事、物进行排列。此外，《文苑英华》在对每类诗所选录的诗歌进行排列时，若该类选录有君王诗歌，会将其排于首位。由此可见，《文苑英华》这种诗类排序突出帝王之尊、强调君君、

[①] （汉）许慎：《说文解字》，中华书局1963年版，第7页。

臣臣的社会等级有序性，儒家政治色彩浓烈。

《文苑英华》被后人认为有续《文选》之意，它的编纂体例确受《文选》的影响，但是两者在诗的分类思想上有明显区别。《文选》诗以补亡类为首。补亡类收晋人束皙《补亡诗》6首，李周翰注引王隐《晋书》言："（束皙）尝览周成王诗有其义亡其辞，惜其不备，故作辞以补之。"①《诗经·小雅》中有目无辞的诗有6篇：《南陔》《白华》《华黍》《由庚》《崇丘》《由仪》，这6篇诗被称为"笙诗"，补亡便是针对《诗经》"笙诗"而补。这种类型编排反映出编纂者对儒家经典的尊崇。此思想在《文选序》中也有所体现，萧统言："诗者，盖志之所之也。情动于中，而形于言。《关雎》《麟趾》，正始之道著。桑间濮上，亡国之音表。故风雅之道，粲然可观。"②表明《诗经》属于诗之源，是文学作品。《诗经》既为文学作品，何以不录？萧统解释："若夫姬公之籍，孔父之书，与日月俱悬，鬼神争奥，孝敬之准式，人伦之师友，岂可重以芟夷，加之剪截？"③阐明不录儒家经典是因为经典属于与日月俱悬的不刊之书，地位崇高，不可随意削删选录。宗经与崇天尊君两者虽然都是儒家思想的体现，但是价值取向不尽相同。《文选》列"补亡"为诗的首位，是从文学角度出发，在文学地位上对儒家文学予以尊崇。《文苑英华》以"天"为首位，中间明显突出君王位置，是从政治角度出发，将文学纳入政治范畴，欲使诗歌发挥教化功能，这是文学总集中诗歌编纂思想的一个转变。这种排序特点的出现与《文苑英华》的编纂背景有很大关系。宋太宗兴学尊儒，推行文教，重视书籍的教化作用。《文苑英华》诗歌类型的排序安排也自然要围绕这一思想而行。从《文选》诗类排序宗经思想的显现到《文苑英华》诗类排序尊君思想的凸显，这种转变显示出"分体编录"型总集编纂功能在宋初的变化，即教化目的得到强化。

总体而言，《文苑英华》诗歌编纂体例的新变是对《文选》体例的

---

① （南朝梁）萧统著，李善等注：《六臣注文选》，中华书局1987年版，第356页。
② 同上书，第2页。
③ 同上书，第3页。

突破，这些新变融合了宋初诗学观念，具有明显的时代意识特征，反映出"分体编录"型总集发展至宋初的演变特点。

2. 对后世诗歌总集编纂的影响

收录诗歌的总集可分两类：一是只收录诗歌的总集，如《玉台新咏》《瀛奎律髓》等；二是所录诗歌只是其中部分的分体编录型诗文总集，如《文选》《文苑英华》等。就诗歌编纂而言，这两种类型的总集有共通之处。若把"分体编录"的诗文总集的诗歌部分抽出来看，就是一部单独汇聚诗歌作品的诗歌总集，所以施蛰存在《唐诗百话·历代唐诗选本叙录》中将《文苑英华》归为第一部宋人唐诗选集。《文苑英华》诗编纂体例在仿照《文选》的基础上突破创新，对后世诗歌总集的编纂产生了较大影响。

（1）对诗歌总集编纂结构的影响

《文苑英华》之前的文学总集在编纂诗歌时，基本采用"母类（诗）—子类（诗类型）"模式。单独汇聚诗歌作品的诗歌总集如《诗经》分"风、雅、颂"3类；《玉台新咏》收录艳歌10卷，依据句式不同，分五言8卷，七言1卷，五言二韵1卷。《唐诗主客集》依诗风格之异分"广大教化""清奇雅正""高古奥逸""清奇僻苦""瑰奇美丽""博解宏拔"等6类。"分体编录"的诗文总集《文章流别集》《文选》《古文苑》《文馆词林》等均如此。就目力所及的文学总集，诗体编纂首次出现二级子目录的当数《文苑英华》，这是对《文选》及以前的总集编纂体例的一个突破。

《文苑英华》诗的编排方法对于后世编纂唐代诗歌总集产生了一定的影响，诸如南宋赵孟奎编纂的《分门纂类唐歌诗》分天地山川、经史诗集、朝会宫阙、城郭园庐等8类收录诗歌，每类下又分小类，主要以题材分类。元代方回的《瀛奎律髓》分登览、怀古、朝省、风土等49类专收律诗，各类下又分五言、七言。明人敖英所编《类编唐诗七言绝句》分吊古、怀思、寄赠、游览、纪行等15类专收七绝。张之象的《唐诗类苑》录诗分天部、岁时、地部、山部等39大类，这39类又进行细分，共有1094子类。这些诗歌总集均继承《文苑英华》诗的结构模式，设有二级子类。

（2）对诗歌总集类型排序的影响

《文苑英华》诗自上而下的空间结构以及大量录入帝王诗置于各朝之首的做法，显然是有意突出君王之尊。这一诗歌排序思想对后世总集编纂影响较大，影响最大的当数《唐诗类苑》。《唐诗类苑凡例》云："题下姓名间有未刻者，原无考证，请俟博古。如旧板《乐府》及《文苑英华》中抄入者，业已先失其名，因之亦阙。"① 可知《文苑英华》是《唐诗类苑》编纂录文来源之一。《文苑英华》对《唐诗类苑》影响不仅限此，在诗歌类型排序上，《唐诗类苑》承《文苑英华》"天一地一人（物）"的排序方式，"是集始是天文、地理，次及帝王、职官，以至礼乐、文武、人物、器用、居处、技艺、草木、虫鱼，各以类次，能令寄身毫素者，因类以索诗，可无检阅之劳，而灿然寓目矣"。② 在"人（物）"这一层面上帝王居首，突出君主尊位。

此外继承《文苑英华》诗歌排序思想的，如元好问《中州集》共辑录194位诗人的1984首作品，首录显宗2首、章宗1首。钱谦益《列朝诗集》81卷，入选诗人1600余家，帝王的诗置于卷首为"干集·圣制"；朱彝尊《明诗综》100卷，首卷录明室诸帝王之作；康熙《御选宋诗》78卷，首卷为帝制诗。这些诗歌总集虽未将诗歌以题材分类，但均将帝王诗作列为首位，亦意在彰显君王地位。

（3）对后世诗歌总集类目设置的影响

《文苑英华》通过变其他著作的类目为诗歌类目及独创类目的方式确立了不少诗歌类型，将诗歌类型范畴扩大。在后世的诗歌总集编纂中，受《文苑英华》诗歌类目名称影响较大的有《瀛奎律髓》和《唐诗类苑》。《瀛奎律髓》"朝省类""寄赠类"直接沿用《文苑英华》诗类目。《瀛奎律髓》"送别类"序称："送行之诗，有不必皆悲者，别则其情必悲。"③ 言诗歌有送与别之分，很明显合并了《文苑英华》诗之

---

① （明）曹仁孙：《唐诗类苑凡例》，载张之象《唐诗类苑》，北京大学图书馆藏明万历二十九年刻本。
② 同上书。
③ （元）方回著，李庆甲集评校点：《瀛奎律髓汇评》，上海古籍出版社1986年版，第1018页。

送行类与留别类。《文苑英华》释门类诗绝大部分为士大夫与僧侣的赠答唱和，这对《瀛奎律髓》"释梵类"的类目设定与题材理解都有影响。《瀛奎律髓》"释梵类"序云："释氏之炽于中国久矣。士大夫靡然从之，适其居，友其徒，或乐其说，且深好之而研其所谓学，此一流也。诗家者流，又能精述其趣味之奥，使人玩之而不能释，亦岂可谓无补于身心者哉？"① 方回所重亦是文人与释门的关系。而张之象《唐诗类苑》中的天部、地部、寄赠、送行、隐逸、居处、花木、鸟兽等类型则是对《文苑英华》诗类目的直接继承。

综上所述，以诗体为例，可以看出《文苑英华》编纂体例有续《文选》的一面，但创新性很明显，主要体现在：其一，诗歌编纂结构首次出现了三层结构模式；其二，采用移借类书事类及《文选》赋类的类目，或独立开辟新的诗歌类目的方式创新诗歌类型；其三，转变诗歌类型排序思想，突出帝王之尊。这种新变反映出宋初"缘情"与"体物"结合的诗歌题材意识特征以及宋初诗歌编纂以教化为目的的思想。这些新变彰显出"分体编录"型总集在宋初的演变特征，对后世诗歌总集的编纂结构、类型排序、类目设置都产生了影响，是文学总集发展过程中不可忽视的元素。

二 《文苑英华》与《玉台新咏》重诗分析

《文选》《玉台新咏》是南朝梁代两部重要的文学总集，梁代文坛分萧衍、萧统为核心的通变派、裴子野为核心的复古派与萧纲为主的新变派，裴子野复古一派影响远不及其他两派，"通变""新变"两派前后占据文坛主流，故而梁代文学实际以中期为界限可分前、后两期。《文选》完成于梁代前期，尚典雅。《玉台新咏》完成于梁代后期，专录艳诗，两者录文差异较大，体现编选者不同的文学审美趣味，可以说这两部总集很典型地反映出梁代前、后两期的文学观念。《文苑英华》是宋初编纂的文学总集，也是我国继《文选》之后完整

---

① （元）方回著，李庆甲集评校点：《瀛奎律髓汇评》，上海古籍出版社1986年版，第1620页。

保存下来的最早的一部分体编录型文学总集,是研究宋初选本发展及文学观念的重要文献资料。该总集历来被认为是续《文选》而来,近年来已有学者将《文苑英华》列为《文选》类文学总集①。但是《文苑英华》所录诗歌仅有9首与《文选》重合,而有87首与《玉台新咏》重合②,且这87首诗《文选》均不录。具体而言,《玉台新咏》收录了从汉至梁诗歌660多首,其中有530多首为南朝艳诗(不含陈代)。《文苑英华》收录了134首南朝艳诗,若剔除陈代艳诗16首,则为118首。这118首艳诗与《玉台新咏》相重87首。选本选录作品实际上是编纂者文学观念的映射,通过对《文苑英华》与《玉台新咏》重诗的考察,可透视出宋初与梁代后期的文学共性,挖掘其文学史意义。

(一)《文苑英华》与《玉台新咏》的重诗类型特征

《文苑英华》与《玉台新咏》所重合的87首诗歌,可分为4类:其一,内容及作者相同但题目不同者,如《玉台新咏》录沈约《望秋月》,《文苑英华》作《咏月篇》,这类诗共有37首。其二,内容相同但作者及题目相异者,如《玉台新咏》录何子朗《和缪郎诗月》,《文苑英华》作虞骞《视月诗》,这类诗有6首。其三,题目及内容相同但作者不同者,如《玉台新咏》所录梁武帝《采莲曲》,《文苑英华》作吴均《采莲曲》,这类诗有5首。其四,题目、作者及内容都相同者,这类诗有39首。

就重诗内容而言,《文苑英华》与《玉台新咏》这87首重诗均为艳诗,按创作模式之别可分为直接抒情类重诗和描摹类重诗两大类。

直接抒情类重诗在内容上侧重关注人物心理,以反映两性情感为

---

① 郭英德发表于《中华文化研究》2004年秋之卷的《论历代〈文选〉类总集的分体归类》一文中将《文苑英华》列入《文选》类文学总集。
② 内容相同是本书重诗判定的标准,某一诗歌诗句在《文苑英华》《玉台新咏》两总集中若题目、作者、少数字词相异但诗内容基本相同,就可视为重诗。此外,宋刻本《玉台新咏》收沈约诗《披褐守东山》,《文苑英华》所录只截取该诗14韵。此诗内容不涉及艳歌,旨在表达弃官归隐之情。宋刻本《玉台新咏》原注认为此诗是后人附录,而非沈约所作。从《玉台新咏》"撰录艳诗"的收录标准来看,宋刻本原注应该确切,故此诗不做重诗讨论。

主，抒情性强。如吴均诗《春咏》刻画了一位男性相思者形象，春意盎然之时，主人公却因相思而伤感。"无由得共语，空对相思杯"一句将男主人公的寂寥、忧伤的相思心理细腻展现，与女性的相思心理有相似之处。释宝月《行路难》、鲍令辉《自君之出矣》、沈约《悼亡诗》等都属此类诗。抒情类重诗有60首之多，这类诗歌是两总集重诗的主要类型。此外，抒情类重诗中有一首是以同性恋为题材的，即吴均的《少年行》（《玉台新咏》作《咏少年》）：董生能巧笑，子都信美目。百事市一言，千金买相逐。不看参差菜，谁能窈窕淑。愿言奉绣被，来就越人宿。诗首先将少年与古代美男董贤、子都类比，突出少年之貌美。再言不求窈窕淑女，只愿如楚鄂君子皙那样，与越人相惜相拥，点出对少年的爱慕之情。

描摹类重诗侧重描写女性容貌仪态、活动场景等外在东西，不直接展现人物心理及情感。描摹类重诗以描摹女性容貌仪态的诗为主，如梁简文帝诗《咏舞》以舞女为吟咏对象，重在欣赏女性舞姿、神情举止，并对此进行细致入微的描述，辞藻华丽，风格纤巧轻绮。刘邈《万人见采桑人》、张率《白纻歌》、萧纪《同萧长史看妓》等均属此类诗歌，此类重诗共19首。此外，还有着力对女性歌舞整体景象进行描述的描摹类重诗，如萧纲的《新成安乐宫》《洛阳道》等，这类诗共7首。

就重诗的作者而言，《文苑英华》与《玉台新咏》重合诗歌涉及的诗人有28位，《文苑英华》《玉台新咏》所重25位，其中宋齐有吴迈远、鲍令晖、释宝月3人；梁代22人，大体可分前、后两期，前期诗人有沈约、萧衍、何逊、吴均、柳恽、王僧孺、张率、何思澄、王筠、费昶、闻人倩、王淑英妻刘氏、刘令娴、沈满愿等人，这些诗人基本属于梁代前期的通变派，诗歌重视个体情感直接抒发，大致沿袭永明诗风，在此基础上又有所变化；后期诗人有萧纲、刘孝绰、庾肩吾、萧绎、萧子显、刘孝威、刘邈等人，这些诗人大体属于梁代后期的新变派，也就是宫体诗人，诗歌倾向重娱乐，描摹细密精巧，诗风秾丽。就个人重诗数量多少而言，依次是萧纲（14首）、吴均（9首）、沈约（8

首)、何逊(6首)、萧衍(5首)、张率(4首)、柳恽(3首)、费昶(3首),其余在2首以下。

(二)从重诗看宋初与梁代后期的文学共性及意义

在中国古代诗歌批评中,选本批评是常见的方式。选家通过作品将选录传递出自己的文学观念。《文苑英华》和《玉台新咏》的重诗显示出这两部总集编纂者的文学观念的某些相似性,从中可以透视出宋初与梁代后期的文学共性。

1. 艳诗"吟咏情性"功能的认可

《文苑英华》与《玉台新咏》的重诗既有重于抒情的"往世佳作",也有宫体特征明显的"当今巧制"(《玉台新咏序》),包含思妇之情、悼亡之悲、离别之痛、对美艳女子的欣赏以及同性爱恋等各种情感,表明北宋文臣与梁代宫体诗派对艳诗"吟咏情性"功能的认可。

诗歌"吟咏情性"之论最早可推至《毛诗序》,其云:"至于王道衰,礼义废,政教失,国异政,家殊俗,而变风、变雅作矣。国史明乎得失之迹,伤人伦之废,哀刑政之苛,吟咏情性,以风其上,达于事变而怀其旧俗者也。故变风发乎情,止乎礼义。发乎情,民之性也;止乎礼义,先王之泽也。"[1]虽然作者主要阐述诗歌的讽谏教化作用,但在论及诗歌创作时,亦主张情、志相结合,从而肯定了"吟咏情性"的价值。"吟咏情性"简单而言就是诗歌以情性为本体,关注个体情感的抒发。这一诗歌创作主张在南朝得到普遍认可。他们比较多地用"情""性情""情性"等词来阐述诗歌与个体的关系。刘勰《文心雕龙·体性》所云"夫情动而言形,理发而文见,盖沿隐以至显,因内而符外者也"[2]"气以实志,志以定言,吐纳英华,莫非情性"[3],认为文学创作与个体心灵情感密切相关。钟嵘《诗品序》称:"气之动物,物之感人,故摇荡性情行诸舞咏……动天地感鬼神,莫近于诗。"[4]

---

[1] 郭绍虞:《中国历代文论选(一卷本)》,上海古籍出版社2001年版,第30页。
[2] (南朝梁)刘勰著,周振甫注:《文心雕龙》,人民文学出版社1981年版,第308页。
[3] 同上书,第309页。
[4] (南朝梁)钟嵘著,陈延杰注:《诗品注》,人民文学出版社1961年版,第1页。

"至乎吟咏情性，亦何贵于用事？'思君如流水'，既是即目；'高台多悲风'，亦惟所见……"①亦是看重诗之"吟咏情性"。南朝宫体诗人亦强调诗歌与情性的结合，萧纲批评时人"未闻吟咏情性，反拟《内则》之篇"②，主张诗歌创作"寓目写心，因事而作"③，即诗歌不论写景触事都要有感而发，标举情性。但是萧纲所论诗歌"吟咏性情"不局限于直接"写心"上，他在《答新渝侯和诗书》提到："双鬓向光，风流已绝；九梁插花，步摇为古。高楼怀怨，结眉表色；长门下泣，破粉成痕。复有影里细腰，令与真类；镜中好面，还将画等。此皆性情卓绝，新致英奇。"④将"步摇为古""结眉表色""破粉成痕""影里细腰""镜中好面"这类追求逼真的人物描摹也定为"性情卓绝"。这种文学主张使得诗歌"吟咏情性"内容以及抒发方式愈加丰富。《玉台新咏》一卷至五卷收录历代名篇，六卷至十卷以收录萧纲君臣新作为主，集中体现以萧纲为首的宫体诗派的诗学观念。

宋初文臣对提倡复古的裴子野文学集团态度亦可为其认可诗歌"缘情"说的佐证。裴子野文学集团除裴子野外，还有刘显、殷芸、刘之遴、顾协、阮孝绪、韦棱等。这一文学派强调发挥文学的社会教化功能，反对丽辞。裴子野《雕虫论》对时人为文"吟咏情性"提出了批评，认为诗文追求"吟咏情性"，词采华丽，不致力风化，只能算"淫文破典"。《文苑英华》只录裴子野诗2首，这一派的其他诗人诗作都未选录。这就说明宋初对诗歌"吟咏情性"的认可，不赞成片面强调诗歌的经世致用。参与编纂《文苑英华》的徐铉在《成氏诗集序》中也阐明了他的诗歌主张："诗之旨远矣，诗之用大矣。先王所以通政教，察风俗，故有采诗之官，陈诗之职，物情上达，王泽下流。及斯道之不行也，犹足以吟咏性情，黻藻其身，非苟而已矣。"⑤徐铉所论诗之"吟咏性情"，自然也包括艳诗，可以说宋初馆阁文臣通过《文苑英

---

① （南朝梁）钟嵘著，陈延杰注：《诗品注》，人民文学出版社1961年版，第4页。
② 穆克宏、郭丹：《魏晋南北朝文论全编》，江苏教育出版社2004年版，第485页。
③ 同上书，第482页。
④ 同上书，第483页。
⑤ （宋）徐铉：《徐骑省集》，商务印书馆1937年版，第186页。

华》选诗实践了"吟咏性情"的诗歌理论主张。

值得注意的是,在古代艳诗中,女性历来是诗歌审美的重点。《文苑英华》与《玉台新咏》重诗亦以女性为主要的吟咏对象,但两者重诗有以男性为吟咏对象的诗,即吴均的《少年行》。此诗涉及男风,将所咏少年与历史上的美男子都、董贤媲美。以楚鄂君子皙与越人的典故表达同性之爱。这首重诗意味着男性美及同性恋情均进入两集编纂者的审美视野,可见两者在艳诗传"情"广度上的相似。

2. 对梁代"通变"与"新变"诗人态度的相似性

《文苑英华》《玉台新咏》所重诗歌的作者主要可分承永明诗风而来的"通变"诗人与后期标举新变的"新变"诗人两类。通变诗人中成就较高的除沈约外,还有吴均、何逊、柳恽等人。沈约是一代辞宗,何逊、吴均、柳恽三人在梁代享有盛名。何逊与刘孝绰齐名,人称"何刘"。萧绎也称赞"诗多而能者沈约,少而能者谢朓、何逊"[1]。吴均诗文"清拔有古气,好事者或学之,谓为'吴均体'"[2]。梁武帝赞柳恽"吾闻君子不可求备,至如柳恽可谓具美,分其才艺,足了十人"[3]。《文选》不录何逊、吴均、柳恽3人,而《玉台新咏》《文苑英华》均录,显示出《文苑英华》和《玉台新咏》对3人文学成就的认可。

通变派诗歌可谓永明诗风的余绪,诗歌讲求用事自然,音调注重和谐,语言追求自然流畅。尚"清"为永明体诗风的主要共性,如钟嵘《诗品》称沈约诗"长于清怨",《梁书》称吴均"文体清拔有古气",何逊在《哭吴兴柳恽》一诗中赞柳恽诗"清文穷丽则",颜之推《颜氏家训》中称何逊"诗实为清巧,多形式之言"。上述4人诗歌皆尚"清",又有个体差异。从艳诗创作来看,沈约艳诗缠绵悱恻,清中有怨;何逊艳诗多借助女性表达知音渴望;柳恽艳诗情感悠远含蓄;吴均艳诗多用古意形式或乐府,颇有浑浑古气。《文苑英华》和《玉台新咏》对通变诗人的共性与个性均予了肯定。

---

[1] (唐)姚思廉:《梁书》,中华书局1973年版,第693页。
[2] 同上书,第698页。
[3] (唐)李延寿:《南史》,中华书局1975年版,第989页。

新变派宫体诗历来非议颇多，此派诗人因创作宫体诗也往往遭到批判。魏徵评论："古人有言，亡国之主，多有才艺，考之梁、陈及隋，信非虚论。然则不崇教义之本，偏尚淫丽之文，徒长浇伪之风，无救乱亡之祸矣。"① 将宫体诗与治国联系，认为宫体诗百无一是。这种评价方式很有代表性，隋唐文臣如李鄂、姚察、李延寿等均从政治角度出发，否定宫体诗，甚至视之为亡国诗。而《文苑英华》收录萧纲诗歌居梁代诗人之首，与《玉台新咏》重诗中也是萧纲诗重合最多。这说明《文苑英华》并不以政治行为来评价宫体诗人的诗歌创作，注重关注的是诗歌本身的艺术价值。《玉台新咏》六卷至十卷多收梁代君臣有宫体色彩的新作，也以萧纲的诗选录最多。除了萧纲，刘孝绰、庾肩吾、萧绎、萧子显、刘孝威、刘邈等人的诗歌在《文苑英华》《玉台新咏》两集中都有选录，这表现出宋初与梁代后期对"新变"诗人态度的相似性。

3. 文辞尚丽倾向的相类性

《文苑英华》与《玉台新咏》的重诗既有长于抒情之诗，亦有描摹精巧的宫体诗，即徐陵所言"往事名篇""当今巧制"皆含其中，长于抒情者，如鲍令晖《自君之出矣》、沈约《悼亡诗》、何思澄《班婕妤怨》等情感真切，文辞清丽，而如简文帝《咏舞》、刘邈《万人见采桑人》、萧纪《同萧长史看妓》、萧绎《夕出通波阁下观妓》等文辞华丽绮靡。两类诗虽有差异，但文辞皆尚丽，与《玉台新咏》整体收录诗风一致。《玉台新咏》因专录艳诗，其绮丽诗风也被后人屡屡提及。如赵均《后序》称"孝穆之撰《玉台》，其所应令，咏新而专精取丽"②，许梿云称《玉台新咏》"皆绮丽之作"③，梁启超认为编纂《玉台新咏》"目的在专提倡一种诗风，即所谓言情绮靡之作是也"④。《玉台新咏》诗风较明显反映出了梁代后期的诗坛发展特点。在梁代后期以萧纲为核心的新变诗派占据诗坛主流，宫体诗风靡一时，丽辞成为诗歌创作的一

---

① （唐）姚思廉：《陈书》，中华书局1972年版，第119—120页。
② （南朝陈）徐陵撰，吴兆宜注：《玉台新咏》，上海古籍出版社2007年版，第1页。
③ （清）许梿撰，黎经诰笺注：《六朝文絜笺注》，中华书局1962年版，第142页。
④ （南朝陈）徐陵撰，穆克宏点校：《玉台新咏笺注》，中华书局1985年版，第551页。

个要求。萧纲自幼喜诗,重视辞藻,嗜好绮艳,反对质直、无篇什之美的文风。萧绎提出"文"应该"绮縠纷披,宫征靡曼"①,要求诗文词韵优美。

与此相类,重诗文辞尚丽的倾向与《文苑英华》的整体选录诗歌风格及宋初文坛发展趋势也保持了一致性。胡维新《刻〈文苑英华〉序》中提及明人对《文苑英华》录文之"绮华"的批评称:"或訾《苑》集渔采氾博,艳靡伤于华,雕镂乖于雅,骈偶牵于拘,纤媚沦于弱,使湮之,不足虑者。"可见《文苑英华》录文"绮华"已经成为明人不支持刊刻《文苑英华》的一个理由。明人"绮华"之论并非妄言。南朝重在文采,文风清绮;北朝诗文刚正质朴。《文苑英华》所录的先唐诗歌主要是南朝诗歌。选录北朝诗歌亦是重在收录受齐梁诗风影响大的诗歌,如所录北周诗歌九成以上是由南入北的王褒、庾信两人的诗歌。"北朝三才"中,魏收诗"富言淫丽",基本模仿南朝,被收录最多。《文苑英华》所录唐诗亦有文辞尚丽倾向,较多选录辞藻丰赡之诗,剔除语言质朴者。王珪《赋汉高祖》《咏淮阴侯》、魏徵《咏怀》《咏西汉诗》等诗劝谏性强,质直古拙。王梵志、寒山等僧侣诗歌近似口语,《文苑英华》均不选录。居《文苑英华》选录数量首位的白居易诗,也多为其雅俗相融的杂律诗,而非其意激言质的讽谕诗。

宋初诗坛虽追求浅易之风,然丽辞亦为人所重。杨徽之是宋初少有的能诗者,在宋太祖时期,他的诗歌"必有雕章丽句,传诵人口"②。宋太宗尤喜杨徽之诗,曾御选其十联诗句命人写于御屏之中。这十联诗所出诗歌题材多为日常生活之事,对仗精工,清新秀丽。其所创作的"雕章丽句"也被广为传诵,这种诗风得到了宋太宗的赞赏,故而有"素闻其诗名,因索所著"③之举,可谓影响之大。

选本既可网罗众作,辑存文献,又可品评选编,荟萃菁华,可谓是

---

① 穆克宏、郭丹:《魏晋南北朝文论全编》,江苏教育出版社2004年版,第489页。
② (宋)杨亿:《武夷新集》,载于敏中《四库全书荟要》(第368册),(台北)世界书局1985年版,第164页。
③ (元)脱脱等:《宋史》,中华书局1977年版,第9867页。

最能体现文献学与文艺学结合的一种形式。选本不但透视出选家的文学思想和编选崇尚，还折射出时代诗坛中的风气转向与演变轨迹，直接或间接地影响着时人、后世的创作旨趣与价值取向。历代都有大量文学选本出现，形式多样，其中"分体编录"型文学选本已经成为一种选本类型走入学者的研究视野。因诸多文学总集散佚，《文选》成为"分体编录"型文学总集的蓝本，《文苑英华》是《文选》之后保存完整的分体编录型总集，在此类文学总集发展史上地位很重要，其与《文选》关系也是焦点之一。而《文苑英华》与《玉台新咏》的关系几乎未被关注。

考察《文苑英华》与《玉台新咏》的重诗，这87首诗歌《文选》均不收录。重诗作者中，《文苑英华》所录鲍令辉、吴远迈、释宝月、刘邈、闻人倩、施荣泰、孔翁归、王淑英妻刘氏、刘令娴、沈满愿10人的诗歌范围未超出《玉台新咏》所录，其中释宝月在两部总集中收录的诗歌题目、内容及数量都相同。《文苑英华》所录施荣泰和孔翁归诗歌在诗歌内容和数量上都与《玉台新咏》相同，只是题目稍有差异。《玉台新咏》收施荣泰和孔翁归诗歌各1首，分别为《王昭君》《奉和湘东王教班婕妤》，《文苑英华》也只收他们的这2首，题目分别为《昭君怨》《班婕妤怨》。《玉台新咏》收闻人倩诗1首，为《春日》，《文苑英华》也只收这1首，截四韵录。此外，《玉台新咏》中萧纲的诗选录最多，其次是吴均和沈约。这一特点在《文苑英华》中同样体现出来，在其所录先唐诗歌中，首先是萧纲诗收录最多（93首），其次是吴均（79首），最后是沈约（58首）。这些收录特点显示《文苑英华》收录先唐诗歌受到了《玉台新咏》的影响。从体例而言，《玉台新咏》是专收某类诗歌的选本，《文苑英华》是分体编录型诗文选本，体例上受《文选》影响不言而喻，但是《文选》25类诗中并无专录艳诗的类型，而《文苑英华》音乐类诗下的舞与歌妓两子类所收皆为艳诗，这与《玉台新咏》"撰录艳诗"的编纂特点相似。从《玉台新咏》对《文苑英华》的影响中不难看出，宋初"分体编录"型文学总集不仅对前代同类文学总集有所继承，也吸收了其他类型的选本成果。探讨

《文苑英华》《玉台新咏》两者关系有利于拓宽"分体编录"型总集在宋初的发展演变的研究视野。

此外，宋初诗歌在唐宋诗歌史上是一个相对薄弱的环节，这一时期诗歌创作的复古迹象明显，宋诗还未形成"宋调"的特点。当前研究者从作家作品、文化背景、社会制度、诗话文论批评等多角度切入对这一时期诗歌发展进行研究，相对而言对宋初选本利用较少，而选本批评恰恰是宋初重要的文学批评方式。虽然近些年从选本批评视域探究宋初文学发展的学术成果逐渐增多，但仍有许多可拓展的研究空间。从《文苑英华》《玉台新咏》的重诗所显示的文学共性中可以看到宋初与梁后期文学观念的某些相似之处，这其实就为宋初文学观念提供一个新视角，能有一些新思考。就艳诗而言，《文苑英华》《玉台新咏》在对艳诗的包容态度、接受风格的多样性上存在一致性。《玉台新咏》大张旗鼓，倡导艳诗，但是受到的批评颇多，后人对《玉台新咏》的接受态度明显要比与其时代差不多出现的《文选》冷淡得多。而敕修文学总集《文苑英华》亦收录艳诗，且有专收艳诗的小类出现，这说明艳诗在宋初存在的环境比较宽松，但是艳诗在宋初乃至整个宋代亦未繁荣起来。这些文学现象涉及的接受心理及其对于诗歌发展的影响，值得去思考。

第三节 《文苑英华》对南朝艳诗的收录

艳诗该如何对待，是中国古代诗歌史上颇有争议的问题。南朝艳诗尤其是宫体诗因其轻艳、内容浅薄，多遭批判。而《文苑英华》收录了不少南朝艳诗，意味着宋初从官方层面接受了艳诗。但是纵观宋初乃至整个宋代，并没有出现如南朝及中晚唐艳诗那样的繁荣期，这一现象值得思考。本节以《文苑英华》收录南朝艳诗为考察中心，探究官方对艳诗的态度及其对宋初的艳诗发展影响。

一 《文苑英华》选录南朝艳诗数量及类型特征

艳诗以表现婚恋、美色等内容为主，《诗经》中就收录不少吟咏男女之情的诗作，此类诗歌创作一直持续不断。而艳诗一词，较早见于南朝齐梁时期诗人所作的诗题中，如王融《三妇艳诗》、萧绎的《戏作艳诗》等，这两首诗均以描摹女性美姿为主。《玉台新咏》"撰录艳诗"，所收录诗歌包括既有注重内心情感的婚恋诗，也有以展现女性容貌、舞姿等外在美为主的诗作。艳诗在每一个阶段出现的特点不同，至梁代又以宫体诗的面目出现。传统理解宫体诗，强调突出女色与艳情特点，如魏徵《隋书·经籍志》云："梁简文之在东宫，亦好篇什，清辞巧制，止乎衽席之间，雕琢蔓藻，思极闺闱之内。后生好事，递相放习，朝野纷纷，号为宫体。"宫体诗本质上也是艳诗的一种，刘肃《大唐新语·方正》云："梁简文帝为太子，好做艳诗，境内化之，浸以成俗，谓之'宫体'"①，就将梁简文帝所作艳诗以及追随者所作此类诗歌称之为宫体诗。

　　胡大雷先生以"宫体诗"传统定义为准，将南朝宫体诗的发展历程分为五个阶段：一是刘宋的拟古面目。二是齐以咏物带出咏女性。三是齐梁之际，对女性的吟咏由附属成为主导。四是梁从吟咏歌妓舞女到吟咏妻子。五是追求淫靡曲调与放浪吟咏方式。② 这实际上就是南朝文人创作艳诗的一个发展历程。《文苑英华》收录南朝艳诗均为文人创作，为便于分析，笔者借鉴此五段法分析《文苑英华》收录南朝艳诗的情况。以上述艳诗特征为标准统计，《文苑英华》收录南朝艳诗134首，包括刘宋4首，齐2首，齐梁之际及梁代112首，陈代16首。

　　刘宋时期以拟古面目出现，"拟古一般有两类，或拟汉魏旧曲，或拟前代文人"③。《文苑英华》收录的刘宋艳诗4首，即鲍令晖《自君之出矣》、吴迈远《飞来双白鹄》《阳春歌》《长离别》均为抒情色彩突出的汉魏旧曲。对于拟前代文人的艳诗如谢惠连《代古》、王微《杂诗二首》、王僧达《七夕月下诗》、鲍令晖《拟青青河畔草》《拟客从远方来》等未收录。其所收齐代艳诗仍以乐府诗拟作为主。如释宝月《行路难》和刘绘《有所思》，均为抒情类汉魏旧曲。而这期间

---

① 此处对于"宫体诗"的定义参见胡大雷《试论南朝宫体诗的历程》(《文学评论》1998第年4期)。
② 胡大雷:《宫体诗研究》，商务印书馆2004年版，第93—103页。
③ 同上书，第93页。

出现咏物带出咏女性的艳诗，有王融、谢朓、柳恽、虞炎《同咏坐上所见一物》、谢朓的《琴》、王融《琵琶》、沈约《篪》等，《文苑英华》均未收录。

至齐梁之际以下各段，《文苑英华》均录有抒情类艳诗，如沈约《昭君辞》《悼亡诗》，吴均《陌上桑》，何思澄《班婕妤怨》，萧纲《折杨柳》《从军行》，刘令娴《班婕妤怨》，顾野王《有所思》，徐陵《长相思》等。这一阶段艳诗以"女性的吟咏由附属成为主导"为新特征，代表作有梁武帝《咏烛》《咏舞》，沈约《咏筝》《领边绣》《脚下履》，纪少瑜《咏残灯》，王筠《咏蜡烛》等。诸如《领边绣》《脚下履》专门写女性穿着、用物，纪少瑜《咏残灯》、王筠《咏蜡烛》，则直接指向床帏之间。这两类咏物描写成为梁代典型宫体的前奏曲。《文苑英华》摒弃了这一阶段此类特点的宫体诗，只录沈约《咏筝》："秦筝吐绝调，玉柱扬清曲。弦依高张断，声随妙指续。徒闻音绕梁，宁知颜如玉。"相对其他诗来说，这首诗宫体色彩并不浓，只以想象吟咏女性，两性交往也未指向床帏。梁代吟咏歌妓舞女的艳诗成为宫体典型，《文苑英华》收录刘邈《万人见采桑人》、萧纪《同萧长史看妓》、萧绎《夕出通波阁下观妓》、沈君攸《待夜出妓》、萧纲《咏舞》等。而对于吟咏妻子的宫体诗，诸如徐君倩《供内人夜坐守岁》《初春携内人行戏》，萧纲《和徐录事见内人坐卧具》等，《文苑英华》未收录。

《文苑英华》录陈代宫体诗16首，选录诗作亦以抒情类为主，其中录有宫体色彩较浓的诗作有阴铿《侯司空宅咏妓》和江总《和衡阳殿下高楼看妓》，这两首诗风格与梁代相似，但是描写比梁代宫体疏朗，不局限于对于歌妓舞女的精雕细刻，亦有较宽阔的环境描写，境界扩大。而对于具有宫体诗的新特点——"追求淫靡曲调与放浪吟咏方式"的诗作（此种特点以陈后主为代表，如《玉树后庭花》等），《文苑英华》未录。

从《文苑英华》选录南朝艳诗情况来看，大致可分两类：其一，内容上多写相思，情感倾向哀伤的抒情类艳诗。此类艳诗是《文苑英华》所录南朝艳诗的主要类型，有105首。其二，有咏物倾向以及着力描摹女色的艳诗，此类诗有29首。《文苑英华》诗分25类，所录南朝艳诗在《文苑英华》诗体的编排情况,如表 3-1 所示。

表 3-1　　　　　　　《文苑英华》所录南朝艳诗分布

一级子类	二级子类		南朝艳诗数量(首)
天部	月	2	17
	雪	1	
	春	5	
	秋	2	
	七夕	7	
乐府			90
音乐	琴	1	21
	筝	3	
	箫	1	
	箜篌	1	
	舞	6	
	歌妓	9	
悲悼	哭人	1	1
寄赠			1
禽兽	雁	1	4
	白舌	1	
	燕	1	
	萤	1	

由表 3-1 可见,《文苑英华》所录南朝艳诗分别归入天部、乐府、音乐、悲悼、寄赠和禽兽这 6 类诗中,除了乐府和寄赠无子类外,其他 4 类诗均有子类,如果将这些子类统计在内,南朝艳诗在《文苑英华》中所涉及的诗类型有 18 类。

二　《文苑英华》选录南朝艳诗的态度

通过对《文苑英华》选录南朝艳诗情况的考察,可以看出其对南朝艳诗的态度,即虽收录南朝艳诗,但不凸显艳诗,而是淡化、弱化了艳诗色彩。《文苑英华》主要采用以下两种方式进行艳诗色彩的淡化。

(一) 对宫体诗进行筛选

南朝艳诗中最受关注的当是典型宫体诗,这类诗多重在描摹女色、描叙走向床帏的两性交往。《文苑英华》对此类诗进行筛选,大多都被排除。

刘宋阶段艳诗以"拟古面目"为特征,其中鲍照《学古》较为独特。此诗以娼妓为描写对象,诗言"嬛绵好眉目,闲丽美腰身。凝肤皎若雪,明净色如神。骄爱生盼瞩,声媚起朱唇。衿服杂缇缛,首饰乱琼珍",从女性眉、腰、肌肤、神情、服饰等多角度对女色姿容进行细致描绘,最后以"齐衾久两设,角枕已双陈"两句将男女交往引向床帏,已颇有典型宫体诗的特征,而《文苑英华》并未选录此诗。齐梁之际艳诗以"女性的吟咏由附属成为主导"为新变,如梁武帝的《咏舞》《咏烛》,沈约的《咏筝》《脚下履》《领边绣》,王筠的《咏蜡烛》、纪少瑜《咏残灯》等。沈约的《脚下履》《领边绣》专写女性穿着之物,王筠《咏蜡烛》及纪少瑜《咏残灯》则直指床帏之间的男女交往,这些咏物诗是梁代典型宫体之滥觞。对于此类艳诗,《文苑英华》仅收录沈约《咏筝》:"秦筝吐绝调,玉柱扬清曲。弦依高张断,声随妙指续。徒闻音绕梁,宁知颜如玉。"相对而言,这首诗只通过想象来描写女性,男女交往未指向床帏,宫体色彩不强。描摹舞女、歌妓及妻子的艳诗成为梁代宫体诗之典型,《文苑英华》对描摹歌妓舞女的宫体诗只有少量收录,而如徐君倩的《初春携内人行戏》《供内人夜坐守岁》,萧纲的《和徐录事见内人坐卧具》等描写妻子的宫体诗,《文苑英华》均不选录。陈代宫体诗的新特点——"追求淫靡曲调与放浪吟咏方式",以陈叔宝为代表。史称:"后主每引宾客,对贵妃等游宴,则使诸贵人及女学士与狎客共赋新诗,互相赠答。采其尤艳丽者以为曲词,被以新声。选宫女有容色者以千百数,令习而歌之,分部迭进,持以相乐。其曲有《玉树后庭花》《临春乐》等……大抵所归,皆美张贵妃、孔贵嫔之容色。"[1]《玉树后庭花》整首诗都在描写

---

[1] (唐)李延寿:《南史》,中华书局1975年版,第348页。

张贵妃的姿容,其轻佻娇媚,华丽炫人。《隋书·音乐志上》载:"及后主嗣位,耽荒于酒,视朝之外,多在宴筵。尤重声乐,遣宫女习北方箫鼓,谓之《代北》,酒酣则奏之。又于清乐中造《黄鹂留》及《玉树后庭花》《金钗两臂垂》等曲,与幸臣等制其歌词,绮艳相高,极于轻薄。男女唱和,其音甚哀。"[①]《隋书》中所提此类轻薄绮艳之作,《文苑英华》均未选录。

将《文苑英华》与《玉台新咏》相比较,也会发现《玉台新咏》所录典型宫体诗大多被《文苑英华》排除。如谢朓《听妓》2首、《落梅》《咏邯郸故才人嫁为厮养卒妇》及施泰荣《杂诗》等宫体色彩强的诗歌都为《玉台新咏》所录,而《文苑英华》均未选录。再如沈约、何逊、萧纲等人的诗作,《玉台新咏》所录沈约《登高望春》《六忆诗》《少年新婚为之咏》《拟三妇》《梦见美人》等以描摹女色为主的诗歌,《文苑英华》均不录;《玉台新咏》所录何逊《咏照镜》《看新妇》《咏舞妓》《嘲刘咨议孝绰》等宫体色彩浓的诗,《文苑英华》亦不选录;在《玉台新咏》所录萧纲诗中,《文苑英华》选录 16 首诗,只有《咏舞》可以归为典型宫体诗,其他如《戏赠丽人》《娈童》《春日看妓》等典型宫体诗均不录。

(二) 诗歌编纂类型上的转变

《玉台新咏》收录了自汉至梁诗歌 660 余首,其中有 530 余首为南朝艳诗(不含陈代)。《文苑英华》收录了 134 首南朝艳诗,若剔除陈代艳诗 16 首,则为 118 首。这 118 首艳诗与《玉台新咏》相重 87 首,从中可以看出两者对艳诗的某些共识。徐陵在《玉台新咏序》云该书"撰录艳歌,凡为十卷",明确了诗歌编纂的类型。其编纂体例是依诗句式的不同分卷,分五言 8 卷,七言 1 卷,五言二韵 1 卷。《玉台新咏》所录艳诗内容上以关乎男女交往、爱情为主,故《玉台新咏》其实就是一部以两性交往、情爱生活为主要内容的艳诗总集。《文苑英华》所选的南朝艳诗,虽然诗歌本身反映男女情事,但是编纂者不采取《玉

---

① (唐)魏徵:《隋书》,中华书局 1973 年版,第 309 页。

台新咏》将艳诗归为一个总类独树一帜的标榜态度，而是将艳诗分别归入天部、乐府、音乐、悲悼、寄赠、禽兽这6大类诗，除乐府和寄赠外，在其他4大类中南朝艳诗的归入类型更细，共有16小类。这种类分反映出编纂者对诗歌的关注点并不侧重在两性交往上，比如《玉台新咏》所录沈约《咏月》和梁简文帝《同刘咨议咏春雪》这两首因景致引出思情的艳诗，《文苑英华》将其分别归入天部类诗的月类和雪类，这说明编纂者选录诗歌的时候，着眼点不在诗歌对情爱的描写上而在景致上。又如具有典型宫体诗色彩的萧纪诗《同萧长史看妓》与庾信诗《咏舞》，《文苑英华》将这两首诗分入音乐类的歌妓子类和舞子类中，可见编纂者的关注点在于诗歌中与音乐有关的部分如表演者、舞姿等。这种总集编纂体例的设置，很大程度上淡化了艳诗"艳"的色彩。

《文苑英华》选录艳诗但又有意淡化艳诗的态度折射出宋初上层文人的选录心态。宋代从太祖起便提倡享乐主义。如宋太祖劝石守信"多致歌儿舞女，日饮酒相欢"（《续资治通鉴长编》卷二），宋太宗"制大小曲及旧曲造新声，施之教坊舞队"（江顺诒《词学集成》卷一）；宋真宗"与群臣燕语，或劝以声妓自娱"（王莹《群书类编故事》卷九）。由于君王倡导，士大夫蓄养歌妓现象十分普遍，"两府、两制家内，各有歌舞"（朱弁《曲洧旧闻》卷一）。从《文苑英华》对艳诗的收录可见当时世风的影响，尤其是它在音乐类诗下的舞与歌妓两子类，这两类虽置于音乐类之下，具有音乐题材性质，但其所收皆为艳诗，可视为艳诗小类，体现出编纂者对声色的喜好，但是编纂者又将这种喜好隐蔽于"艳诗"以外的诗歌类型中，这与《文苑英华》的编纂目的不无关系。《文苑英华》的出现有其政治背景，是宋初推行文教政策的产物。赵匡胤建立北宋政权之后，采取抑武佑文政策，崇经术，重儒生。宋太宗继承太祖的佑文政策，广纳书籍，新修图书，欲意兴复儒学，重树教化。《文苑英华》通过分体分类选编前代优秀诗文，以范本形式指导时人创作，以达到编书的文教目的。在这种编纂背景下，宋初文臣显示出对艳诗的谨慎态度。

关于艳诗该如何对待，历来有不同的态度。汉儒尚"美刺之说"，故《毛诗序》云："关雎，后妃之德也，风之始也，所以风天下而正夫妇也，故用之乡人焉，用之邦国焉。"将《诗经》中的艳诗纳入封建政治伦理道德视野评论。艳诗虽可赋之诗教功能，但因其指向情爱，与传统诗教之言志相抵，批判声音也不断，亦如鲁迅《摩罗诗力说》所云中国之诗"倘其嗫嚅之中，偶涉眷爱，而儒服之士，即交口非之"[①]。而文臣多从政治角度看待艳诗，对艳诗予以反对。李延寿《南史·梁本纪下·传论》、魏徵《隋书·文学传》中都以亡国为由对艳诗进行了批判。《大唐新语·公直第五》载：太宗谓侍臣曰："朕戏作艳诗。"虞世南便谏曰："圣作虽工，体制非雅。上之所好，下必随之。此文一行，恐致风靡。而今而后，请不奉诏。"太宗曰："卿恳诚若此，朕用嘉之。群臣皆若世南，天下何忧不理！"[②] 虞世南力谏唐太宗放弃艳诗，原因也在于政治需要。非常重视史鉴的宋太宗不可能不考虑到这些政治影响。故而《文苑英华》虽然选录艳诗，但未如《玉台新咏》那样将艳诗独树一帜，而是通过宫体诗的筛选、改变诗歌类型等方式淡化艳诗色彩，这说明编纂者接纳艳诗但并不主张艳诗以艳诗面目去发挥教化功能。

三 《文苑英华》的艳诗态度对宋初艳诗的影响

在中国古代诗歌发展史上，南朝尤其是梁陈时期是艳诗发展的一个繁荣期。以萧纲为首的宫体诗派风靡一时，抒情类艳诗与描摹类艳诗共存，影响深远。可以说唐代的艳诗基本上就沿着这两类发展，《文苑英华》收录180首唐代艳诗也不出此二类范畴。初唐也是艳诗发展的一个小高峰，这一时期的宫廷诗人诸如唐太宗、上官仪等受齐梁诗风影响较深。相对而言，盛唐是艳诗的沉寂期。中唐的艳诗又呈复兴之势。中唐的元稹、白居易、刘禹锡、李贺、马戴、施肩吾等人都有艳诗留下。而艳诗至晚唐则更为繁荣，成为晚唐重要的诗歌创作类型之一。这时期参

---

① 《鲁迅全集》（第1卷），人民文学出版社2005年版，第71页。
② （唐）刘肃撰，许德楠、李鼎霞点校：《大唐新语》，中华书局1984年版，第41—42页。

与艳诗创作的诗人数量较多，如杜牧、李商隐、温庭筠、韩偓、李群玉、吴融、王涣、段成式、赵嘏等都写过艳诗，并且还出现了艳诗选本《香奁集》。五代诗人尊唐，李商隐和温庭筠是较为重要的模仿对象。韦縠所编《才调集》就选录了大量艳诗，诗风婉丽。如其所录28首李白诗中有艳诗15首，所录27首诗白居易诗中有艳诗12首，所录63首韦庄诗中有艳诗17首，所录61首温庭筠诗中有艳诗24首。而其所录元稹诗57首、王涣诗13首、孙棨诗4首则全为艳诗。从发展趋势而言，艳诗在宋前的发展积累为宋代艳诗的繁荣创造了可能性。从《文苑英华》收录的艳诗来看，人品标准、政治作为并不纳入宋初文臣衡量艳诗优劣的标准之列。《文苑英华》收录梁元帝萧纲的诗歌在梁代诗人中居首位。而至陈代，宫体诗人陈后主、江总等人行为放荡，《文苑英华》都予以选录，这表明《文苑英华》对宫体诗人的评价，是以诗歌本身的艺术价值，而非诗人的政治作为为评价标准的。艳诗在《文苑英华》中虽未独立一类，但是通过归入诸多诗类的方式进入官修总集承担文教功能，这在一定程度上也提高了艳诗的地位。可以说艳诗在北宋初期的生存环境是较为宽松的，既有前代创作经验的积累，也有宋初官方的默许。但是实际创作中，艳诗的范本作用并不明显，北宋初期较少出现吟咏女色或者表达两性交往的艳诗。在生存环境相对较好的宋初，艳诗没有延续晚唐的繁荣之势，反而呈现衰落之态。这与宋初文臣对艳诗的态度不无关系。

　　如前文所述，《文苑英华》编纂者虽以"歌妓""舞"类全部收录艳诗的方式间接表达了对艳诗的喜好，但是在兴学尊儒的编纂背景下，艳诗在《文苑英华》中又掩藏了其面目，以其他类型诗歌的模样来发挥文教功能，从中可见宋初文臣对待艳诗的暧昧态度。也就是说宋初文臣一方面将艳诗引入官修总集，大方向上肯定艳诗的社会功能。而另一方面又淡化艳诗色彩，将艳诗隐藏于《文苑英华》诗的各小类中，并不是旗帜鲜明地肯定艳诗地位。这种暧昧态度不可能如南朝宫体诗派编纂《玉台新咏》一样对艳诗的发展有积极推动的作用。

另外，在《文苑英华》出现之前，艳情题材已经发生了一次文体转移。翻检五代诗词，艳情题材几乎都在词里。花间词继承了宫体诗"以艳为美"的审美特质和游戏娱乐的心理，"诗庄词媚"的文体风格形成一种共识，诗词承载的功能分明。《花间集序》的作者欧阳炯，在蜀之日"尝拟白居易讽谏诗五十篇以献"（《宋史·蜀世家》），重视诗的社会政治功能。而在《花间集序》中指出词的功用为"清绝之辞""助妖娆之态"，强调词的娱乐功能。花间词人顾夐，"以小臣给事内庭，会秃鹫翔摩诃池上，复作诗刺之，祸几不测……善小词，有《醉公子》曲，为一时艳称"①，为诗重儒家诗教，作词却"为一时艳称"。

艳诗题材的文体转移在宋初继续进行。宋初诗歌强调发扬儒家诗教功能，少见艳诗的影子，正如钱锺书所说："宋人在恋爱生活里的悲欢离合不反映在他们的诗里，而常常出现在他们的词里。"② 现存宋初词很少，仅有40余首，而有近四成词写艳情，如《文苑英华》的编撰成员苏易简词《越江吟》，写尽歌舞升平的极乐，其中有"红颜醉态，烂漫金舆转"的女性描写。稍后有寇准的《踏莎行》"春色将阑"、《点绛唇》"水陌轻寒"、《江南春》"波渺渺"，林逋的《相思令》"吴山青"，陈亚《生查子》"药名闺情"四首，夏竦《鹧鸪天》"镇日无心扫黛眉"等。这透露出一个信息，就是宋初之词依然是艳情内容的主要承载体。在此背景下，宋初文臣虽然引艳诗入诗教范畴，艳诗也可以作为范本形式供人们模仿创作，但是在诗歌实际创作中，大众的接受心理已经发生变化，就连《文苑英华》编纂者也几乎不去进行艳诗创作，艳诗想要繁荣很难。

综上所述，虽然《文苑英华》收录艳诗，但是同时又在选录上通过对宫体诗的筛选、转变诗歌编纂类型的方式淡化艳诗色彩，这种不明朗的态度加之宋初文臣自身对艳诗创作的消极参与，在艳诗题材向词体转移的背景下，使得《文苑英华》收录的艳诗没有发挥范本作用，对宋初艳诗的发展没有起到实质推动作用。

---

① （清）吴任臣：《十国春秋》，中华书局1983年版，第813页。
② 钱锺书：《宋诗选注》，生活·读书·新知三联书店2002年版，第8页。

第四节 《文苑英华》先唐诗学批评的个案分析
——以庾信为中心

宋初诗坛崇白体，追慕白居易浅易诗风。后盛行"西昆体"，以李商隐为宗，尚绮丽诗风。庾信为六朝文学集大成者，李商隐受其影响甚大，他在《樊南甲集序》便称自己"咽噱于任、范、徐、庾之间"。庾信对李商隐的影响也被后人屡屡提起，刘克庄《后山诗话》认为"（温庭筠、李商隐）二人记览精博，才思横逸，其艳丽者类徐、庾，其切近者类姚、贾"；何焯《义门读书记》称"义山五言出于庾开府""吾独谓义山是以文为诗者，观其使事，全得徐孝穆、庾子山门法"。正是由于庾信对李商隐影响之大，而"西昆体"又宗李商隐，因而庾信也成为后人追溯"西昆体"的源头之一。清人阮葵生曾言"作诗好用事，自庾信始，后渐流为昆体"。（《茶馀客话》卷十一）而《文苑英华》为宋太宗会集当朝文士精英修纂而成，编纂者李昉、徐铉、杨徽之等宫廷文臣均为白体诗人。《文苑英华》收录庾信作品218篇，是南北朝时期最多者，其中诗74篇。看起来与西昆体关系更为紧密的一个诗人，为何在白体盛行的时代也受重视，这种接受有何特点？

一 庾信诗歌收录概述

（一）庾信的朝代归属问题

庾信，生于梁武帝天监十二年（513），在梁曾生活在萧统、萧纲的太子宫中。后值侯景之乱，逃奔江陵，辅佐梁元帝，后出使西魏，值西魏灭梁，遂羁留北方。庾信一生三次使北，最后一次为承圣三年（554）出使西魏不得返，时年41岁，此后一直生活在北朝，卒于隋开皇元年（581）[①]。从庾信的生活时段来看，历经梁、西魏、北周和隋

[①] 庾信生卒年考证今从（清）倪璠《庾子山年谱》，载庾信撰，倪璠注，许逸民校点《庾子山集注》，中华书局1980年版，第11、36页。

朝。唐代史家将庾信归为北周，见令狐德棻《周书·王褒庾信传》，类书《艺文类聚》《初学记》将庾信归为北周或隋①，《文苑英华》将庾信归为周或隋，如卷一五二收录庾信《舟中望月》二首标有"隋庾信"，收录于卷七三〇《喜晴》和卷二九六《将命至邺》均标为"周庾信"，此归类与初唐类书同。而与《文苑英华》同一馆阁群体编撰的类书《太平御览》则有梁、周、隋三种界定②。

庾信《舟中望月》二首，《文苑英华》标明为"隋庾信"，庾信卒于开皇元年，此应依据庾信卒年而定。而《将命至邺》为庾信在梁出使东魏时作③，《文苑英华》标明"周庾信"，这说明编纂者划定庾信朝代归属以生活转折期为依据。收录作品时，明确诗人朝代的方法源于类书，类书编纂目的是为人们学习提供方便，"夫览者易为功，作者资其用"（欧阳询《艺文类聚序》），在诗人前面标明作者朝代，源流线索更为明确，能使读者增进对作品的认识。《文苑英华》与初唐类书关系密切，诗人前面标明朝代的方式极有可能由此借鉴而来④，这反映出《文苑英华》诗编纂者对于这种方式的认可，而类书中同一诗人存在朝代界定的标准不一的现象，在《文苑英华》中也存在，究其可能的原因：一是诗人本身跨越几代，容易造成标准多重；二是编纂者的疏忽。《文苑英华》收诗10496首，分25类，各类下又细分多类，虽有考镜源流的意识，但在实际编纂过程中要选录、整理、归类，工作量是很大的，疏忽难免。

（二）《文苑英华》所收庾信诗的特点

后人评价庾信诗风，集中在三个方面：一是绮艳，《周书·王褒庾

---

① 如《艺文类聚》卷四岁时收庾信《七夕赋》，标为"隋庾信"，卷九水部收庾信《奉和山池诗》，标为"周庾信"。《初学记》卷一天部收庾信《舟中望月》诗，标为"隋庾信"，卷六地部收庾信《奉和泛江诗》，标为"周庾信"。
② 如《太平御览》卷三一时序部十六收庾信《七夕赋》，标为"隋庾信"；卷八八皇王部十三收庾信《汉武帝聚书赞》，标为"周庾信"；卷四八八人事部一百二十九收庾信《哀江南赋》，标为"梁庾信"。
③ 此诗系年刘忠文《庾信前期作品考辨》（《文史》第27辑，中华书局1986年版）和鲁同群《庾信传论》（天津人民出版社1997年版，第337页）均有考证。
④ 《文苑英华》庾信的朝代归属与《艺文类聚》《初学记》相同。另外，《文苑英华》所录庾信《舟中望月》诗与《初学记》所录均为"隋庾信"，别处不见提，可以为佐证。

信传》称庾信"既有盛才,文并绮艳";二是清新,最早见于杜甫在《春日忆李白》中所言:"清新庾开府";三是老成,出自杜甫诗句"庾信文章老更成"(《戏为六绝句》)。张溥将三者结合评价庾信:"史评庾诗绮艳,杜工部又称其清新老成,此六字者,诗家难兼,子山备之。"[1] 颇为中肯。关于庾信诗作,绮艳是一个方面,如《咏舞》对舞者容姿、舞态描写细致;《奉和同泰寺浮图》多角度描写同泰式浮图,精雕细琢,明代屠隆评"觉文考灵光,犹带脂粉"(屠隆评点本《庾子山集》)。如《梦入堂内》以画笔精雕细刻的手法写室内旧物、堂中女子,沿南朝宫体之风追求形似的描摹和旁观审视。但是不乏清新笔触,多体现在景物描写上,如"山明疑有雪,岸白不管沙"(《舟中望月》),疏朗宁静,"寒沙两岸白,猎火一山红"(《上益州上柱国赵王》之二首)白红相映,景致明媚。

而庾信后期以乡关之思为突出,其情感真挚浓烈,诗风刚健。倪璠《注释庾集题辞》云:

> 《哀江南赋序》称:"不无危苦之词,惟以悲哀为主。"予谓子山入关而后,其文篇篇有哀,凄怨之流,不独此赋而已。若夫《枯树》衔悲,殷仲文婆娑于庭树;《邛竹》寓愤,桓宣武赠礼于楚丘;《小园》岂是乐志之篇;《伤心》非为弱子所赋。《咏怀》之二十七首,楚囚若操其琴;《连珠》之四十四章,汉将自循其发。吴明彻乃东陵之故侯,萧世怡亦思归之王子。永丰和《言志》之作,武昌思食其鱼;观宁发《思旧》之铭,山阳凄闻其笛。何仆射还宅怀故,周尚书连句重别。张侍中藏舟终去,并尔述怀;元淮南宝鼎方归,犹惭全节。曾叨右卫,犹是故时将军;已筑仁威,尚赠南朝处士。徐孝穆平生旧友,一见长辞;王子珩故国忠臣,千行下泪。凡百君子,莫不哀其遇而悯其志焉。[2]

---

[1] (明)张溥撰,殷孟伦注:《汉魏六朝百三家集题辞》,人民文学出版社1960年版,第290页。
[2] (北周)庾信撰,倪璠注,许逸民校点:《庾子山集注》,中华书局1980年版,第4—5页。

倪璠所言"其文篇篇有哀",实际上指的是庾信后期诗作中的乡关之思。这类诗作由闺阁、庭院转向深刻的社会现实和个体抒情,国家之衰、身世之悲、羁旅之愁交集,真切感人。如《重别周尚书》(其一):"阳关万里道,不见一人归。惟有河边雁,秋来南向飞。"周尚书即周弘正,公元560—562年出使北周。此诗写于周弘正回陈朝之时。弘正南归,如秋雁渡河。故友可归,而自己却只能羁留异乡,远离万里。期盼、无奈之感藏于简言浅语之中,内敛含蓄,却充满张力。《寄王琳》感于故人始终忠于梁室,而自己却屈身仕北,"独下千行泪,开君万里书",情感凝重。而《奉和永丰殿下言志十首》《拟咏怀二十七首》这两组诗,情感沉郁悲怆,尤其《拟咏怀》27首为人欣赏,倪璠认为:"皆在周乡关之思,其辞旨寓《哀江南赋》同矣。"[①]

《文苑英华》收庾信诗75首(其中有重诗1首,实录74首),分18类,包括天部9首,地部11首,应制3首,应令3首,乐府13首,音乐3首,道门2首,隐逸3首,寺院2首,酬和2首,寄赠1首,送行4首,行迈6首,军旅3首,悲悼3首,居处4首,郊祀1首,花木2首,具体如表3-2。

表3-2 《文苑英华》所录庾信诗分布

类型	诗作	数量	唱和形式
天部	《舟中望月》《和李司录喜雨》《喜晴》《奉和赵王西京路春旦》《咏春》《奉和初秋》《秋日》(也入应令类)《晚秋》《和颍川公秋日》	9	5
地部	《游山》《陪驾幸终南山》《和宇文内史春日游山》《奉和泛江》《望渭水》《和灵法师游昆明池》二首《和人日晚景宴昆明池》《和山池》《同会河阳公暗造山池聊得寓目》《和浚池出乘清晨临泛》	11	8
应制	《至老子庙应诏》《喜晴应诏敕自疏韵》《咏春近余雪应诏》	3	3
应令	《奉和夏日应令》《北园新斋成应教》《秋日》	3	3
乐府	《道士步虚词》五首《结客少年场行》《对酒》《侠客行》《燕歌行》《从军行》《昭君怨》《乌夜啼》《苦热》	13	1
音乐	《舞》《和赵王看妓》《奉和赵王美人春日》	3	3
道门	《游仙》《入道士观》	2	
隐逸	《别周处士弘正》《奉和赵王隐士》《奉报穷秋寄隐士》	3	3

---

① (北周)庾信撰,倪璠注,许逸民校点:《庾子山集注》,中华书局1980年版,第229页。

续表

类型	诗作	数量	唱和形式
寺院	《和周赵王游云居寺》《奉和同太寺浮图》	2	2
酬和	《奉报寄洛州》《和刘仪同》	2	2
寄赠	《赠司寇淮南公》	1	1
送行	《别周尚书弘正》（也入处士类）《重别周尚书》二首《别张洗马枢》	4	4
行迈	《同州还》《将命至邺》《对宴齐使》《将命至邺酬祖正员》《聘齐秋晚馆中丞酒》《入彭城馆》	6	2
军旅	《从驾观讲武》《奉报赵王出师在道赐诗》《和赵王送从军》	3	3
悲悼	《伤王司徒褒》《和王少保遥伤周处士》《送灵法师葬》	3	1
居处	《预麟趾殿校书和刘仪同》《登州中新阁》《和宇文内史入重阳阁》《山斋》	4	4
郊祀	《西门豹庙》	1	
花木	《梅花》《咏树》	2	

徐宝余《庾信研究》结合各家考论成果，考证现存庾信诗有15首可以确定为南朝旧作①，今从。据此《文苑英华》所收属于南朝时的作品有《奉和泛江》《奉和山池》《将命至邺酬祖正员》《将命至邺》《奉和同奉寺浮图诗》《和咏舞诗》《咏春》《侠客行》（《文苑英华》分别作《咏春》《侠客行》）《寻周处士弘让诗》《燕歌行》。庾信为六朝文学集大成者，对后人的影响很大。总体而言，《文苑英华》收录的庾信诗歌有以下三个特点。

1. 唱和形式的诗歌收录较多

《文苑英华》选录庾信唱和形式的诗歌收录较多，与帝王、诸王唱和的诗歌收录24首，主要唱和对象为梁简文帝、梁元帝和赵王宇文招，如《奉和泛江》《奉和山池》《奉和同奉寺浮图》《和咏舞》，均为和梁简文帝诗。《燕歌行》，梁元帝及诸文士并和。《奉和赵王西京路春旦》《奉和赵王隐士》等与赵王宇文招唱和。与同僚友人之间如宇文昶、周弘正、刘义同等的酬唱赠答以及宴饮之作有22首。《文苑英华》所收庾信唱和形式的诗，多重声律辞藻，倾向消遣娱乐，适应宫廷的趣味，

---

① 徐宝余：《庾信研究》，学林出版社2003年版，第141—145页。

整体呈现出闲适优雅的生活姿态。

2. 选录庾信的绮艳诗作

《周书·王褒庾信传》称庾信"文并绮艳",这种特点在庾信的宫体诗作上体现最为明显,而且影响较大。庾信在南朝时,"父子东宫,出入禁闼,恩礼莫与比隆。既文并绮艳,故世号为徐、庾体焉。当时后进,竞相模范,每有一文,都下莫不传诵"(《北史·文苑传》),这一时期创作了不少绮艳诗作。庾信入北后,北朝人学习庾信蔚然成风,"才子词人,莫不师教",宇文逌赞其文集"方当贻范搢绅,悬诸日月焉"(宇文逌《庾信集序》)。"轻艳"诗风也成时人对习诗、评诗标准的,赵僭王招,"学庾信体,词多轻艳"(《周书·赵僭王招传》)。"瑾次子令则,性好篇章,兼解音律,文多轻艳,为时人所传。"(《周书·唐瑾传》)。《文苑英华》选录庾信的《咏舞应令》《和赵王看妓》《奉和赵王美人春日》等诗属于此类风格,诗歌以艳情为内容,雕琢蔓藻,追求形式技巧。

3. 咏怀类诗作基本不录

庾信诗风有绮艳的一面,也有清新老成的一面。《文苑英华》对庾信清新老成一类的诗作也有选录,如《晚秋》《梅花》清新典雅,《伤王司徒褒》《和王少保遥伤周处士》情感浓烈,《和赵王送峡中军师》雄健苍凉,这些诗作较多反映出诗人个体生活,感情诚挚。而最能体现老成特点的诗作是庾信后期书写乡关之思、亡国之痛、羁旅之苦等内容的咏怀类诗作,这类诗歌对社会现实的反映以及生命体验更为深刻,但是《文苑英华》对此选录很少,仅见《重别周尚书》《赠司寇淮南公》,诗中隐约闪现南归愿望,而集中体现这种思想的诗作如《拟咏怀二十七首》《和张侍中述怀》《奉和永丰殿下言志十首》《率尔成咏》《慨然成咏》等都不录。

二 庾信诗歌选录与宋初诗教特征

《文苑英华》为北宋王朝文教政策的产物,那么在诗歌选录过程中,编纂者也应该以诗教观贯穿其中。反之,从《文苑英华》所选诗歌中亦可窥见北宋初期的诗教特征。

（一）对庾信唱和诗的欣赏——"颂扬"主题的倡导

《文苑英华》选录庾信唱和形式的诗歌较多，这些诗歌或与帝王、诸王唱和，或与同僚友人吟唱，诗中营造出闲适优雅的生活和太平气象。庾信此类唱和的诗歌占到所录诗歌的60%，体现出北宋文臣对庾信诗唱和形式的偏好，这种偏好与宋初王朝对于歌颂北宋太平盛世的心理需要契合。

北宋平定五代战乱，与前代相比，君王自然有一统天下的胜利喜悦与优越感，对颂扬北宋王朝的心理渴望随之增强。宋太祖称"五代干戈之际，犹有诗人。今太平日久，岂无之也"（《诗话总龟前集》卷一二），还只是隐约透出对颂扬的期待，宋太宗时期对于"颂扬"则公开欢迎。吴处厚《青箱杂记》卷二云："五代之际，天下剖裂，太祖启运，虽则下西川，平岭表，收江南，而吴越、荆、闽纳籍归觐，然犹有河东未殄。其后太宗再驾乃始克之，海内自此一统，故因御试进士，乃以'六合为家'为赋题，时进士王世则遽进赋曰：'构尽乾坤，作我之龙楼凤阁；开穷日月，为君之玉户金关。'帝览之大悦，遂擢为第一人。"[①] 在此背景下，宋初君王大兴宴赏酬唱活动，展现君臣其乐融融的太平气象。苏易简《续翰林志》载：

> 旧制，每命将出师劳还，曲宴于便殿，则当直学士一人与文明、密直得预坐。至皇朝，太祖英武圣文神德皇帝，因致酒于紫云楼下，命两制侍宴欢甚。因命中书舍人来晨宜缀内制起居，今为通式。仍各赐书千卷，以备检阅。旧体，每游燕，止学士得赴召。暨皇上留心儒墨，旌赏文翰，时纶阁之士，始召赴曲宴，或令和御诗。舍人从游宴，自此始也。[②]

宋太祖时两制词臣参与宫廷曲宴，宋太宗时外制词臣即知制诰也参

---

① （宋）吴处厚：《青箱杂记》，中华书局1985年版，第15页。
② （宋）洪遵：《翰苑群书》，中华书局1991年版，第42页。

加，扩大了参与人员范围，游宴赋诗活动也增多。在《文苑英华》编纂的太平兴国七年（982）九月至雍熙三年（986）十二月四年多的时间里，宫廷曲宴酬唱活动，翻检几则。

太平兴国八年，太宗"召阁下舍人李公穆、宋公白、贾公黄中、吕公蒙正、李公至入院，时承旨扈公蒙赠诗贺之，有'五凤齐飞入禁林'之句，为一时之盛事。其或观稼于南薰门，赏花于含芳园，春尽严跸，百司景从，幸国西之金明池，下雕辇，登龙舟，都人驾肩，百乐具举，憩琼林苑，由复道御层楼，临轩置酒，以阅繁盛，两制必侍从焉。至上林春融，千花万卉，妍丽冠绝，上必曲宴宰衡勋旧，召两制词臣，俯龙池，垂金钩，举觞赋诗，终日而罢"①，雍熙元年（984）三月十五日，太宗"召宰相、近臣赏花于后苑。上曰：'春气暄和，万物畅茂，四方无事。朕以天下之乐为乐，宜令侍从词臣各赋诗。'赏花赋诗自此始"②；次年四月二日，太宗"召宰相、参知政事、枢密、三司使、翰林、枢密直学士、尚书省四品、两省五品以上、三馆学士，宴于后苑，赏花钓鱼，张乐赐饮，命群臣赋诗、习射。自是每岁皆然。赏花钓鱼曲宴，始于是也"③。

由于宫廷宴集唱和群体是以君王为中心，诗词内容倾向也多以统治者的喜好为转移，宋朝君王对称颂的渴望也决定了宋初文学基调以颂扬为主，多展现歌舞升平的太平盛世。《诗话总龟前集》记载了宋太宗与臣子诗歌唱和情形，如卷一"圣制门"载：

> 李文正昉，太祖在周朝已知其姓，及即位，用以为相。尝语文正曰："卿在周朝，未曾倾陷人，可谓善人君子。"故太宗遇之亦厚。年老罢相，每内宴，必先赴坐。尝献诗曰："微臣自愧头如雪，也向钧天侍玉皇。"太宗和之以赐，曰："珍重老臣纯不已，我惭

---

① （宋）洪遵：《翰苑群书》，中华书局1991年版，第42—43页。
② （宋）李焘：《续资治通鉴长编》，中华书局1979年版，第575—576页。
③ 同上书，第595—596页。

第三章 《文苑英华》的先唐诗选录与批评　181

寡昧继三皇。"为时之美传。①

李昉献诗感激皇恩厚遇，太宗称赞其心志之纯。君臣唱和活动中，一般而言君王是主导，所以产生了很多应君王而作的应制诗。而宋太宗主动和诗相赐，尤见其欣喜之情。又载：苏易简在翰林，太宗一日召对，赐酒，甚欢畅，曰："君臣千载遇。"苏应声曰："忠孝一生心。"太宗大悦，以所御金器尽席赐之。② 苏易简以诗表述忠心，换来宋太宗的大悦，将所用金器尽席赐予。又卷四"诗进门"载：太宗收并门，凯旋日，范杲叩回銮进诗曰："千里版图来浙右，一声金鼓下河东。"赐一官。③ 范杲进诗庆贺大宋军事胜利，轻易获得一官。再如卷四"称赏门"载：

太宗留意艺文，好篇咏。淳化中，春日苑中有赏花钓鱼小宴，宰相至三馆毕预坐。咸命赋诗，中字为韵，上览以第优劣。时姚铉诗先成，曰："上苑烟花迥不同，汉皇何必幸回中！花枝冷溅昭阳雨，钓线斜牵太液风。绮荨惹衣朱槛近，锦鳞随手玉波空。小臣侍宴惊凡目，知是蓬莱第几宫？"赐白金百两，时辈荣之，以比夺袍赐花等故事。④

姚铉以一首称颂皇宫气势壮阔的诗，换得钱财和荣誉。臣子们仅凭一首诗得到宋太宗的重赏，与其说是太宗对他们作诗才能的肯定，倒不如说是对他们揣测和迎合君王心理之术的肯定。北宋君臣相互唱和称赞，成为一时之盛，其无外乎彰显宋朝政局的喜庆祥和之气。《文苑英华》选录庾信的唱和之诗的后面，高扬的是宋初王朝的颂扬主题。

---

① （宋）阮阅撰，周本淳校点：《诗话总龟前集》，人民文学出版社1987年版，第1—2页。
② 同上书，第2页。
③ 同上书，第35页。
④ 同上书，第37页。

（二）不选录庾信咏怀类诗——"忠"观念的折射

《文苑英华》收录庾信诗与所收录的赋有明显的区别。庾信的辞赋现存 15 篇，前期有《春赋》《七夕赋》《灯赋》《对烛赋》《镜赋》《鸳鸯赋》和《荡子赋》等七篇，这些赋有如庾信的绮艳诗作，只有看花鸟风月、品美酒赏歌舞的消遣娱乐，掩藏个人情怀，《文苑英华》均不收录。其所收录庾信《三月三日华林园马射赋》《小园赋》《竹杖赋》《哀江南赋》《伤心赋》《枯树赋》等 6 首，均属于咏怀系列，展现出了庾信在历经国乱、羁留、仕北之后深层的思考和痛苦。《哀江南赋》代表了庾信的骈文创作的最高成就，文中蕴含了深切的身世之感和故国之思。据《北史》本传载，庾信留北，"虽位望显通，常作乡关之思，乃作《哀江南赋》以致其意"。作品凝聚着对故国遭受劫乱的哀伤，叙家世，抒哀思，感情深挚动人。他的《小园赋》以乡关之思发哀怨之辞，表现身陷异国欲隐退而不得的苦闷，沉郁悲凉。钱锺书先生将其视为"老成"风貌的代表，认为："他如《小园》《竹杖》《邛竹杖》《枯树》《伤心》诸赋，无不托物抒情，寄慨遥深，为屈子旁通之流，非复荀卿直指之遗，而穷态尽妍于《哀江南赋》。早作多事白描，晚制善运故实，明丽中出苍浑，绮缛中有流转；穷然后工，老而更成，洵非虚说。"① 《文苑英华》"帝览之称善，诏褒谕以书付史馆"（《玉海》卷五十四），可见宋太宗对于庾信此类饱含"亡国之痛""乡关之思""失节之悲"等情感在内的咏怀类作品是认可的，也就是这种情感在诗作中的表达并不与最高统治的文学鉴赏观抵牾。但是与此类赋作均入选相反的是，庾信此类诗作几乎都不入选。究其原因，一个方面，可能与编纂者的鉴赏标准有关。如《拟咏怀》虽后人赞誉很多，但钱锺书就提出不同意见，认为："至于慨身世而痛家国，如陈氏所称《拟咏怀》二十七首，虽有肮脏不平之气，而笔舌木强，其心可嘉，其词则何称焉。"② 但是《文苑英华》对庾信此类诗作并非个别漏选而是整体摒弃，则很有可能是编纂者的有意忽略。

---

① 钱锺书：《谈艺录》，中华书局 1984 年版，第 300 页。
② 同上书，第 299 页。

《文苑英华》诗卷编纂者杨徽之，《宋史》本传载其"幼刻苦为学，邑人江文蔚善赋，江为能诗，徽之与之游从，遂与齐名。尝肄业于浔阳庐山，时李氏据有江表，乃潜服至汴、洛，以文投窦仪、王朴，深赏遇之"①。他由南入北，受到周世宗的赏识，先后任秘书省校书郎、集贤校理、著作佐郎、右拾遗，成为皇帝近臣。曾经上言周世宗解除赵匡胤的兵权，以免留下祸患。此事影响了他的入宋仕途，在宋太祖时并不被重用，而且还差点招来杀身之祸，杨徽之"亦尝言于世宗，以为上有人望，不宜典禁兵。上即位，将因事诛之，皇弟光义曰：'此周室忠臣也，不宜深罪。'于是亦出为天兴令"②。宋太宗评价其为"徽之儒雅，操履无玷"（《宋史·杨徽之传》）予以重任。杨徽之"周旋累朝，名节保于终"（杨亿《故翰林侍读学士杨公行状》），南宋的理学家真德秀用"忠"揭示了杨徽之能够如此这般的要术，"公之忠于所事如此，以之事人何往而非忠"（《杨文庄公书堂记》）。

杨徽之的"忠"并不是忠于某一君王的殉道式的忠诚，而是忠于自我价值的实现。杨徽之为建州浦城人，属于南唐李氏政权管辖，他觉得后周更有利于自己建立功业便决定去后周。从福建到开封，路途遥远，而且南唐与其他政权"赘币不同，边关甚急"，杨徽之"杖策径去，潜伏间行"（杨亿《故翰林侍读学士杨公行状》），到了后周，可谓决心之大。在后周，他是以忠臣扬名的，也差点因为这个"忠"而被宋太祖杀掉，忠于周朝主子的人被杀掉是理所当然的。可是宋太宗救他，理由也竟然是这个"忠"字，并且后来重用他，使他政治地位显赫。两者态度不一，实际上宋太祖看见的是杨徽之"忠"周，这个"忠"在他看来是归于旧朝的固定性。而宋太宗看到的是杨徽之"忠君"的变动性。后来也证明宋太宗的判断是对的，杨徽之成了他复兴儒学的得力助手。杨徽之的人生价值中多少有些"士为知己者死"的意味，他给宋太宗的献诗"十年流落今何幸，叨遇君王问姓名"并不仅仅是颂谀之词，也有对于宋太宗的器重发自内心的感激之情。庾信在

---

① （元）脱脱等：《宋史》，中华书局1977年版，第9866页。
② （宋）李焘：《续资治通鉴长编》，中华书局1979年版，第111页。

"侯景之乱"和"江陵之变"后,遭受国家沦丧,家破人亡的惨痛,又被迫入仕北朝。庾信虽为羁留之臣,但是受到北朝厚遇,身居高位。身在北朝,享受厚禄,而写亡国之痛、乡关之思,依杨徽之的人生价值观来看,或许并不值得赞赏。

唐安史之乱后,儒学传统价值观念瓦解,五代士风日下,节操观念淡薄。北宋政权建立,不少旧臣转入新王朝,百姓也面临着由旧入新的生活转变。如何稳定人心也是北宋王朝面临的一个问题。杨徽之为宋太宗重臣,为以儒学思想匡正五代遗留的世风做了很大贡献,从选诗中也不难看出他倡导忠于新王朝的良苦用心。

(三)对庾信绮丽诗风的接受——恬然安逸心态的提倡

在对待庾信绮艳诗风的态度上,隋唐文臣鉴于政治风教目的考虑,对其进行否定。如隋李鄂认为"属文之家,体尚轻薄""公私文翰,并宜实录"(《隋书·李谔传》)。唐初重视文学为政教服务的作用,对庾信也予以否定态度,如令狐德棻论庾信:

> 然则子山之文,发源于宋末,盛行于梁季。其体以淫放为本,其词以轻险为宗。故能夸目侈于红紫,荡心逾于郑、卫。昔杨子云有言:"诗人之赋,丽以则;词人之赋,丽以淫。"若以庾氏方之,斯又词赋之罪人也。①

只因庾信诗词风格的艳丽,便将庾信视为辞赋罪人。又如魏徵的评论:

> 简文、湘东,启其淫放,徐陵、庾信,分路扬镳。其意浅而繁,其文匿而彩,词尚轻险,情多哀思。格以延陵之听,盖亦亡国之音乎!②

---

① (唐)令狐德棻:《周书》,中华书局1971年版,第744页。
② (唐)魏徵:《隋书》,中华书局1973年版,第1730页。

更是以亡国之音对庾信全盘否定。北宋初期，与隋唐初期在政治上颇为相似，都经历战乱，面对前代文学的继承问题和处理政治与文学关系问题，都主张文教。而在庾信绮艳诗歌的态度上，宋初文臣表现得很温和。他们没有如隋唐批评者那样激烈反对，反而以选取诗歌精华的方式认可了这一诗风，将绮艳诗风纳入教化范畴。

艳诗被认为是亡国之词而严厉批评，实质上是指责艳诗创作助长了统治者的享乐追求。而在北宋初期，统治者恰恰利用了"享乐"稳定政权。如宋太祖劝石守信"多致歌儿舞女，日饮酒相欢"（李焘《续资治通鉴》卷二），真宗"与群臣燕语，或劝以声妓自娱"（王莹《群书类编故事》卷九）等，目的是以鼓励士人"享乐"来消解人内心的不满情绪，以此来减少和遏制来自国人的危机，实际上也就是利用"享乐"的心理干预功能来巩固政治统治。而诗歌同样具备这种心理干预功能，这一点北宋统治集团也有明确认识。徐铉在《成氏诗集序》中阐述了诗歌"通政教，察风俗"的政治功能和"吟咏性情，黻藻其身"的心理功能。这两种功能并存，只是在不同的环境下倾向性不同。庾信艳诗呈现出对富贵生活的欣赏和满足，欣然自得。例如庾信《舞应令》："洞房花烛明，燕余双舞轻。顿履随疏节，低鬟逐上声。伴转行初进，衫飘曲未成。鸾回镜欲满，鹤顾市应倾。已曾天上学，讵是世中生。"全诗仔细描绘舞女舞姿、装束，突出其美。若非有自适怡然的心态，何有此莺歌燕舞之下的赏心悦目？《文苑英华》对此类诗歌的选录，是宋初统治阶层以"乐"治世心理的反映，最终目的也就是企图达到安顿人心的"黻藻其身"效果。当然过度享乐势必会影响政治统治，这一点宋太宗也是很警惕的。如《续资治通鉴长编》载端拱二年（989）太宗对后唐庄宗怠政的批判：

> 是夕，大雨。太宗因谓近臣："为君当如此勤政，即能感召和气。如后唐庄宗不恤国事，惟务畋游，动经浃旬，大伤苗稼，及还，乃降敕蠲放租赋，此甚不君也。"枢密副使张宏奏曰："庄宗不独如此，尤惑于音乐。纵酒自恣，乐籍之中获典郡者数人。"太

宗曰："凡人君节俭为宗，仁恕为念。……朕常以为戒也。"①

庄宗本一代枭雄，但夺得天下后宠幸伶官，沉溺畋游酒乐之中，朝纲松弛，导致亡国，太宗以此为戒。艳诗常与声色相关，故而试图振兴儒学的北宋政权也不可能如梁陈时期那样全力提倡艳诗，而是保持了谨慎态度，所以庾信艳诗选录得不多。

（四）小结

《文苑英华》为北宋王朝文教政策的产物，杨徽之编选诗歌主要是为世人提供诗歌创作和学习的范本，发挥诗教功能，为"以文德致治"（李攸《宋朝事实·圣学》）的政治目的服务。那么在诗歌选录过程中，编纂者也应该以诗教观贯穿其中。反之，从《文苑英华》所选诗歌中亦可窥见北宋初期的诗教特征。杨徽之选诗极为认真谨慎，杨亿《故翰林侍读学士杨公行状》云："公孜孜探掇，砣砣服勤，非风雅之言，未尝取也。"以杨徽之"孜孜探掇，砣砣服勤"的选诗态度以及《文苑英华》编纂完成之后"（宋太宗）帝览之称善"（《玉海》卷五十四）的表态来看，庾信入选《文苑英华》的诗作应该是北宋君臣认为能够发挥诗教功能的诗作。

所谓诗教，《毛诗序》言：

> 关雎，后妃之德也，风之始也，所以风天下而正夫妇也。故用之乡人焉，用之邦国焉。风，风也，教也；风以动之，教以化之。诗者，志之所之也，在心为志，发言为诗。情动于中而形于言，言之不足故嗟叹之，嗟叹之不足故永歌之，永歌之不足，不知手之舞之，足之蹈之也。情发于声，声成文谓之音。治世之音安以乐，其政和；乱世之音怨以怒，其政乖；亡国之音哀以思，其民困。故正得失，动天地，感鬼神，莫近于诗。先王以是经夫妇，成孝敬，厚人伦，美教化，移风俗。②

---

① （宋）李焘：《续资治通鉴长编》，中华书局1979年版，第680页。
② 郭绍虞：《中国历代文论选》（一卷本），上海古籍出版社2001年版，第30页。

认为政治兴衰可以通过诗歌反映,有什么样的政治就有什么样的诗歌。君王可以通过考察诗歌,了解民生国情,推行有效的治国之道来"正得失"。反之,因为诗歌有"动天地,感鬼神"的强大心理影响力,可以通过感动人的内心来影响人的行为,"经夫妇,成孝敬,厚人伦,美教化,移风俗",维护社会有序性。此处,《毛诗序》以"后妃之德"、治世之音以及乱世、亡国之音的区分指出诗歌既有"美"即颂扬的功能,也有"刺"即讽谕功能。这种强调诗歌政治功用的教化特点影响至深,且偏向发挥诗歌的"刺"功能。从梁代裴子野的复古主义到中唐白居易"新乐府"运动至晚唐皮日休、陆龟蒙等人的现实批判都如此。而从《文苑英华》对庾信诗歌的选录特点来看,庾信唱和形式的诗歌,尤其是君臣之间的应制酬唱基本上以称颂为主。绮艳诗作也是因为其内容单薄,关注社会现实较少,遭人诟病。而庾信的咏怀类"老成"之作,对社会关注度明显增强,指摘时政,倾吐心声,具有强烈的社会批判性,《文苑英华》并未选录。北宋文臣的这种选录态度很明显体现出诗歌"美"的教化功能。选录庾信诗歌唱和形式之下展现的是太平气象,绮艳诗作之中透出的是自适心态,咏怀诗不选录后面表白的是节操观念,这些无疑都从不同角度渲染出北宋王朝"天下无事"的明君之治。而这些诗歌范本推行开来,也就是希望将诗歌的美化功能发扬光大,形成"治世之音安以乐"的局面。

第四章 《文苑英华》的唐诗选录与批评

太平兴国七年（982），宋初馆阁文臣奉命"撮其精要"选录前代优秀作品编纂《文苑英华》，历经四年多得以完成。《文苑英华》诗收录作品1万余首，其中收录唐代诗歌9400余首，占了总数的90%。当年杨徽之肩负选诗之精华的使命，"孜孜探掇，矻矻服勤，非风雅之言，未尝取也"（杨亿《故翰林侍读学士杨公行状》），可知非仓促草率而为。斗转星移，这部选集的历史作用也逐渐发生着变化，它的精华光芒逐渐隐退，"网罗放佚"的文献地位日渐凸现。明代胡应麟读到此书感叹："非《英华》，典午以迄三唐诸文赋烟尘矣。"（《读〈太平御览〉三书》）清代纪昀等人总结道："则考唐文者惟赖此书（《文苑英华》）之存，实为著作之渊海。"（《四库全书总目·文苑英华提要》）今人也多持此类观点。的确，当诸多书籍都湮没于历史河流之中时，《文苑英华》这部第一次全面审视唐代文学的总集能够比较完整地留存下来，是值得庆幸的。纪昀等人所说《文苑英华》"实为著作之渊海"，也不无道理。仅就诗而言，这部选集所保留的唐诗诗歌9400余首，占今人能见的唐诗总数的近五分之一，今能见的不少唐诗赖此书得以保存。不难发现，从《文苑英华》诞生至今，披在《文苑英华》上的那件"撮其精要"的七彩衣裳，悄然之中已被换成了"著作之渊海"的文献素衣。本章不着力考究其著作渊海的文献价值，而是尽量回到宋初，透过宋人眼中的精华诗篇去看他们的诗学审美观念。

第一节 《文苑英华》选录唐诗概述

  人们对于唐诗特征认识各有不同,对唐诗也进行了不同的分期。北宋蔡启认为:"唐自景云以前,诗人犹习齐梁之气,不除故态,率纤巧为工。开元后,格律一变,遂超然越度前古,当时虽李杜独据关键,然一时辈流,亦非大和元和间诸人可跂望。"[1] 对唐代诗已有分期意识。严羽在《沧浪诗话·诗体》中将唐诗分唐初体、盛唐体、大历体、元和体、晚唐体,已明显将唐诗分为五段。高棅《唐诗品汇》用初唐中晚划分时期,今人也一般沿用四分期。《文苑英华》选录诗之时,未形成四分期,在对唐代诗歌的认识上,仍以某一派别、某人某体为重点。但是所录唐诗仍基本以时代顺序编排,体现出唐代诗歌"史"的意识。本节在分析《文苑英华》选诗与唐代文学关系时,综合两者,借鉴今人对唐朝诗歌的分期倾向,将唐诗歌发展分为四个时期,高祖武德元年(618)至玄宗开元元年(713)为初唐,玄宗开元元年(713)至代宗宝应元年(762)为盛唐;代宗宝应元年(762)至文宗大和元年(827)为中唐;文宗大和元年(827)至哀宗天祐末年(907)为晚唐。按此四阶段分析《文苑英华》所录唐诗情况。

  对于《文苑英华》与唐诗关系的研究,学界亦有所关注,以成明明的研究为代表。她在专著《北宋馆阁与文学研究》第五章论述"《文苑英华》所反映的宋初唐代文学观念"这一问题时,通过对《文苑英华》所录唐代诗文进行考察,总结了宋初文臣的唐代文学观念。[2] 其研究成果推进了《文苑英华》与唐代文学关系的研究,但是成明明考察的对象是《文苑英华》选录的唐代所有作品,与专门就《文苑英华》诗与唐诗歌关系的研究有所区别,结论也定有差异。本节在他人研究的基础上,对《文苑英华》选录的唐诗部分进行分析,考察北宋文臣的

---

[1] 郭绍虞:《宋诗话辑佚》,中华书局1980年版,第384页。
[2] 参见成明明《北宋馆阁与文学研究》,中国社会科学出版社2007年版,第230—247页。

唐诗观。

一 对初唐诗歌的选取

《文苑英华》所录初唐诗，粗略统计有 1200 余首诗，可考诗人 113 人。收录诗集中于以下诗人：宋之问（145 首）、张说（118 首）、李峤（105 首）、苏颋（85 首）、沈佺期（78 首）、唐太宗（67 首）、卢照邻（65 首）、骆宾王（65 首）、陈子昂（48 首）、王勃（43 首）、杨炯（30 首）、崔湜（25 首）、许敬宗（23 首）、虞世南（22 首）、刘宪（22 首）、杜审言（22 首）、郑愔（22 首）、赵彦昭（17 首）、刘希夷（16 首）、乔知之（14 首）、王绩（13 首）、李百药（13 首）、董思恭（11 首）、李适（11 首）、杨师道（9 首）、上官仪（9 首）、上官婕妤（9 首）、杜淹（9 首）、崔融（9 首）、褚亮（7 首）、韦元旦（7 首），庾抱（5 首）、张文琮（5 首），余者 80 人为收录 5 首以下者，其中有 54 人只收录 1 首。《文苑英华》收录初唐诗人诗作可分宫廷诗人以及非宫廷诗人两类。

（一）对宫廷诗人诗作的态度

南朝宫体盛行，诗风轻靡，重形式技巧。初唐诗坛的主流是宫廷文学，宫廷诗人包括贞观时期、龙朔宫廷诗人、"文章四友"、珠英学士、景龙文馆学士群体等。

1. 贞观时期的宫廷诗人

唐太宗登基前为秦王时，就设文学馆招名士，当时"诸学士并给珍膳，分为三番，更直宿于阁下，每军国务静，参谒归休，即便引见，讨论坟籍，商略前载。预入馆者，时所倾慕，谓之'登瀛洲'"（《旧唐书·褚亮传》）。登基后，太宗又在弘文馆聚文学之士，"听朝之隙，引入内殿，讲论前言往行，商榷政事，或至夜分乃罢"（《资治通鉴》卷一九二）。由于唐太宗对文学的重视，有力推动了唐代文学的发展。一大批文学之士向朝廷聚拢，贞观时期形成了以唐太宗为中心的宫廷文人群体。《文苑英华》所录有虞世南、褚亮、李百药、姚思廉、杨师道、令狐德棻、封行高、蔡允恭、董思恭、杜正伦、岑文本、刘孝孙、褚遂良、刘洎、魏徵、庾抱、马周、于志宁、徐坚等。其所收录的诗以唐太宗为多，有67首，其次是虞世南，有22首。

对唐太宗的诗歌艺术，《全唐文纪事》卷五引郑毅夫评曰："唐太宗功业卓著，然所为文章，纤靡浮艳，嫣然妇人小儿嬉笑之声，不与其功业称，甚矣淫辞之溺人也。"王世贞认为："语殊无丈夫气"（《艺苑卮言》），其实不尽然，唐太宗少数咏物诗格调不高，但不少诗作有别于梁陈的绮靡诗风。《文苑英华》所收录的唐太宗这67首诗，仅《帝京篇》其九、《采芙蓉》《赋得樱桃春字韵》3首涉及女性，但色彩明丽，脂粉气少。收录最多的写景咏物类诗有30余首，虽有六朝诗歌雕刻的痕迹，有不少是写景抒怀言志之作，诗中蕴含的精神乐观积极，如"巨川思欲济，终以寄舟航"（《元日》）、"明非独材力，终藉栋梁深"（《初春日登楼即目观作述怀》）、"金门报玉馆，因此识皇图"（《登骊山高顶寓目》）等表达对人才的渴慕、与民同呼吸的治国情怀。《冬狩》《度秋》《咏风》《临洛水》《咏雨》《初春登楼即目观作述怀》《山阁晚秋》等写景诗作亦是如此。而叙写边塞军事的《拟饮马长城窟行》《伤辽东战亡》《经破薛举战地》《入潼关》等，气格宏大，意境苍凉雄浑，明代都穆赞唐太宗诗"雄伟不群，规模宏远，真可谓帝王之作"①。

虞世南、褚亮和李百药为贞观时期宫廷文坛代表。《旧唐书》本传赞许："所谓代有人焉，而三家犹盛。"许学夷评虞世南："武德贞观间，太宗及虞世南、魏徵诸公五言，声尽入律，语多绮靡，即梁陈旧习也。……至如《出塞》《从军》《结客》及魏徵《出关》等篇，声气稍雄，与王褒、薛道衡诸作相上下，此唐音之始也。"② 许氏指出了虞世南的两种诗风，《文苑英华》录诗反映出这一特点。其收录虞世南的22首诗，有一半唱和应制类，如《奉和咏日午》《奉和月夜观星》《幽山雨后应令》《咏风》《侍宴应诏》《侍宴归雁堂》《奉和出颖至淮应制》《奉和应都江应诏》等，为许氏所言"语多绮靡"者，但是在语言上繁缛渐减而多了省净之感。而《文苑英华》收录《从军行》《结客少年

---

① （明）都穆：《南濠诗话》，载丁福保《历代诗话续编》，中华书局1983年版，第1352页。
② （明）许学夷：《诗源辩体》，人民文学出版社1987年版，第138页。

场》《拟饮马长城窟行》,即是许氏所提"声气稍雄"的诗作。《文苑英华》收录李百药13首,奉和之作少,以抒情感怀类为主,集初唐开国的宏大气势与北人的沉郁苍劲于一体。《文苑英华》选录褚亮诗7首,包括乐府1首,应制2首,同僚唱和1首,悲悼2首,送别1首。较一般宫廷诗的雍容不同,褚亮诗歌情感真挚,而诗风纤弱。

《文苑英华》选录贞观时期其他诗人诗作,题材以咏物、应制居多,如董思恭11首有10首咏物类,杨师道13首诗几乎都为应制唱和之作。魏徵诗只录1首,也为君臣唱和诗作。这些诗歌总体上题材范围狭隘,气格不高。

2. 龙朔年间宫廷诗人

唐太宗贞观之后,宫廷文坛于高宗龙朔年间又有"龙朔变体",这一时期有以上官仪为代表的"绮错婉媚"的"上官体"和以许敬宗、李义府为代表的富丽颂谀的"颂体诗"。《旧唐书》本传评上官仪诗作"本以词彩自达,工于五言诗,好以绮错婉媚为本。仪既贵显,故当时多有效其体者,时人谓为上官体。仪颇恃才任势,故为当代所嫉"[1],李德裕称:"上官仪诗多浮艳,时人称'上官体',实为正人所病。"(《会昌一品集·外集·臣子论》)《文苑英华》收录上官仪诗作9首,如《安德山池宴集》《奉和初春》《秋日即目应制》《奉和山夜临秋》等均为宫廷文学的应制咏物范围。《文苑英华》对于富丽颂谀的"颂体诗"明显偏爱一些,收录有李义府诗4首,许敬宗诗23首。"颂体诗"以类似汉大赋体貌特征出现,辞藻繁雍,但是如挚虞所言"功成治定而颂声兴"(《文章流别论》),"美颂王朝"不仅是唐王朝的需要,也是北宋王朝的需要,从《文苑英华》对"颂体诗"的偏爱也可看出这一审美心理。

3. 文章四友

龙朔之后,宫廷诗人有"文章四友",《新唐书·杜审言传》载:"(杜审言)少与李峤、崔融、苏味道为'文章四友',世号'崔、李、

---

[1] (五代)刘昫:《旧唐书》,中华书局1975年版,第2743页。

苏、杜'。""文章四友"在诗歌声律化过程中功不可没，他们现存诗作几乎都是近体诗，体式完备。"文章四友"中，《文苑英华》收录李峤诗 105 首，远远多于其他三人（《文苑英华》收录崔融 9 首、苏味道 12 首、杜审言 22 首），以五律居多。收录较多的为咏物诗和应制诗。李峤咏物诗现存数量多达 139 首，其《杂咏诗》120 首，分部类咏干象、坤仪、芳草、嘉树、灵禽、祥兽、居处、服玩、文物、武器、音乐、玉帛 12 部 120 种事物，堪称当时五律之典范。后人多有诟病，如王夫之认为"裁剪整齐，而生意索然"（《姜斋诗话·西堂永日绪论内编》），《文苑英华》收录其中 27 首，为动植物类。李峤现存应制诗有 40 余篇，作于中宗时最多，《文苑英华》收录 30 篇，端庄雅丽，音韵严整。《文苑英华》收录李峤诗作除咏物诗和应制诗外，其余多为同僚唱和、友人相送之类，律化程度也很高。李峤创作大型组诗《杂咏》时意在为国子监生员提供律诗的范本，"庶有补于琢磨，俾无至于疑滞，且欲启诸童稚，焉敢贻于后贤"？（张庭芳《故中书令郑国公李峤杂咏百二十首序》）《文苑英华》选诗意在为世人提供学习范本，其对李峤的重视，或许不仅因其诗的音律工整、音韵婉转，还有可能含有对李峤作诗示范意识的认同。《文苑英华》对杜审言、苏味道和崔融诗歌的选录虽远不及李峤，但是入选诗作也多平仄和谐，声韵流转自如，意境开阔。

4. 珠英学士群体

"珠英学士"因编撰《三教珠英》而得名。《唐会要》卷三六"修撰"所列名单有 26 人[①]：

> 大足元年十一月十二日，麟台监张昌宗撰《三教珠英》一千三百卷成，上之。初，圣历中，以上《御览》及《文思博要》等书，聚事多未周备，遂令张昌宗召李峤、阎朝隐、徐彦伯、薛曜、员半千、魏知古、于季子、王无竞、沈佺期、王适、徐坚、

[①] 《三教珠英》的预修者，除"二十六人"说之外，还有"四十七人"说，宋人晁公武《郡斋读书志》卷二〇云："唐武后朝诏武三思等修《三教珠英集》一千三百卷，预修书者四十七人。"但未列出 47 人名单。

尹元凯、张说、马吉甫、元希声、李处正、高备、刘知几、房元阳、宋之问、崔湜、常元旦、杨齐哲、富嘉谟、蒋凤等二十六人同撰。①

上述26人，初唐无高备、常元旦其人，"高备"疑为"乔备"之误，"常元旦"疑为"韦元旦"之误。②《文苑英华》对于张昌宗、李峤、阎朝隐、徐彦伯、薛曜、员半千、魏知古、于季子、王无竞、沈佺期、徐坚、张说、乔备、宋之问、崔湜、韦元旦等人的诗作有收录。诗歌收录较多的有李峤、张说、宋之问、沈佺期。

李峤诗歌前文有阐述，此不赘。张说一生文治武功，"前后三秉大政，掌文学之任凡三十年"③。文章与苏颋并称"燕许大手笔"，可谓初盛唐之交政坛与文坛的双重领袖。在当时，张说"文章之雄，谈者为楷"（卢藏用《太子少傅苏瓌神道碑》），为人们竞相效法。唐人对张说的诗歌评价甚高，玄宗说其"清词雅调新"（《南山雀鼠谷答张说》），"言谈延国辅，词赋引文雄"（《春晓宴两相及礼官丽正殿学士探得风字》），贺知章说其"选车命元宰，授律取文雄"（《奉和圣制送张说巡边》）。张说现存诗350余首，《文苑英华》录其118首，题材涉及唱和赠答、离情别绪、行旅踪迹、宴饮歌舞、颂圣应制等，其中应制诗51首，占到所录总数近一半之多，其次是与友人之间的唱和赠答、离别相送之类有30首。与初唐诗歌普遍的雅致风调与精巧描写相比，张说的诗歌更倾向于对景物的大意勾勒，情感激昂，精神豁达乐观，语言自然朴素。

沈佺期和宋之问比"文章四友"稍后步入宫廷诗坛。史称："魏建安后迄江左，诗律屡变，至沈约、庾信，以音韵相婉附，属对精密。及之问、沈佺期，又加靡丽，回忌声病，约句准篇，如锦绣成文，学者宗

---

① （宋）王溥：《唐会要》，中华书局1955年版，第657页。
② 乔备预修《三教珠英》见《旧唐书·乔知之传》，本传载"备，预修《三教珠英》，长安中卒于襄阳令"；韦元旦事见《新唐书·艺文中》（卷202），史载"擢进士第，补东阿尉，迁左台监察御史。与张易之有姻属，易之败，贬感义尉"。
③ （五代）刘昫：《旧唐书》，中华书局1975年版，第3057页。

之，号为'沈宋'。"① 沈宋在律诗创作上的出色表现确立了二人在近体诗律化进程中的地位。《文苑英华》对二人也予以肯定，收录的诗歌数量在初唐时期居前位，尤其重视宋之问。《文苑英华》收录沈宋不少应制诗。二人应制诗虽不脱传统应制诗"美盛德"的特点，但是有的诗已经将生活体验融入其中，景致描写细致、清新，如沈佺期《奉和春日幸望春宫应制》《奉和初春幸太平公主南庄应制》和宋之问《少林寺应制》《夏日仙萼亭应制》等。而二人均有贬谪历史，其间创作的诗歌内容充实，情韵俱佳。《文苑英华》对两人的这类诗也予以了关注，如其所收录宋之问的《度大庾岭》《发藤州》《早发韶州》《下桂江县黎壁》《早发大庾岭》，沈佺期的《遥同杜员外审言过岭》等，这些诗注重个体情思的表达，情感真挚，虽有愁绪但无消沉自弃之心。

5. 景龙文馆学士群体

武后时期，《唐诗纪事》卷九载中宗景龙二年（708）修文馆学士有：

> 始于修文馆置大学士四员，学士八员，直学士十二员，象四时、八节、十二月。于是李峤、宗楚客、赵彦昭、韦嗣立为大学士，适、刘宪、崔湜、郑愔、卢藏用、李乂、岑羲、刘子玄为学士，薛稷、马怀素、宋之问、武平一、杜审言、沈佺期、阎朝隐、韦安石为直学士，又召徐坚、徐彦伯、韦元旦、刘允济等满员，其后被选者不一。②

景龙文馆学士群体除上述人士之外，还有苏颋。《唐会要》卷六四《宏文馆》载"景龙二年十月四日，兵部侍郎赵彦昭、给事中苏颋、起居郎沈佺期并为学士"。《文苑英华》除岑羲、刘子玄、薛稷、马怀素诗未选录外，其余均有选录。收录诗歌较多的除前文已阐述的李峤、杜审言、宋之问、沈佺期外，还有苏颋（85首）、李乂（38首）、崔湜

---

① （宋）欧阳修、宋祁：《新唐书》，中华书局1975年版，第5751页。
② （宋）计有功：《唐诗纪事》，上海古籍出版社1987年版，第113—114页。

(25 首)、郑愔（22 首），刘宪（22 首），赵彦昭（17 首）、李适（11 首），其余的收录较少，收阎朝隐诗 5 首，卢藏用诗 4 首，收录宗楚客、韦安石、刘允济诗、韦元旦诗均为 1 首。

景龙年间的文人学士审美心理更加丰富，已经"不像龙朔诗人那样主要靠辞藻的繁缛、富丽来粉饰太平，歌功颂德，而是开始直接面对具体场景，注重气势，渲染气氛，写出皇家气派，盛世气象，以及自己幸逢明时，春风得意的真实感受"[①]。《文苑英华》收录的景龙文馆学士诗人诗歌内容上涉及山水、边塞、个人际遇、咏物等，而应制诗仍是《文苑英华》收录的主要作品，其所录诗人诗作中，苏颋应制诗 39 首，李乂 27 首，刘宪 22 首，赵彦昭 16 首，郑愔 10 首，崔湜 8 首，李适 8 首。应制诗表现出对自然风光的钟情，写景之作大增，或是观赏雪景，或是登高远眺，呈现出明丽的特点。一些应制名篇已显示出宏大气象，如苏颋的《奉和春日幸望春宫应制》，明周珽集注、陈继儒评点《删补唐诗选脉笺释会通评林》卷四一引周敬语曰："初唐声律雄浑厚丽，此如芙蓉赤精，发锷光莹。应制诸篇，当以此为第一。"

（二）对于非宫廷诗人的态度

1. 初唐四杰

王勃、杨炯、卢照邻、骆宾王四人，史称"以文词其名，海内称为王杨卢骆，亦号为'四杰'"[②]，是使初唐诗坛从宫廷迈出的重要诗人群体。"四杰"的诗歌虽未脱齐梁以来绮丽余习，但已初步扭转文学风气。他们的诗歌，从宫廷走向人生，题材较为广泛，风格也较清俊。《文苑英华》选录骆宾王诗 65 首，杨炯诗 30 首，卢照邻诗 65 首，王勃诗 43 首。

"四杰"所处时期，正值"龙朔变体"风靡之际，《文苑英华》所录初唐"四杰"的诗可分两类：一是有宫廷文学气息的诗，如杨炯的《奉和上元脯宴应诏》《和骞右丞省中暮望》《和郑雠校内省眺瞩思乡怀友》，骆宾王的《和王记室从赵王春日游陀山寺》等，这些唱和记游的

[①] 杜晓勤：《初盛唐诗歌的文化阐释》，东方出版社 1997 年版，第 256 页。
[②] （五代）刘昫：《旧唐书》，中华书局 1975 年版，第 5003 页。

诗篇未尽脱绮艳之风。二是"言志述怀"类，如杨炯《从军行》《紫骝马》《出塞》《战城南》等，表现了为国立功的战斗精神，气宇轩昂，风格豪放。骆宾王的《晚泊蒲类》《在狱咏蝉》，王勃的《送杜少府之任蜀州》等都饱含感情、格调高昂，历来为人们传诵。

2. 陈子昂

陈子昂是初唐倡导诗歌革新的重要人物，《文苑英华》收其诗48首，分入地部（2首）、帝德（1首）、应制（1首）、人事（3首）、道门（1首）、酬和（4首）、寄赠（4首）、送行（7首）、留别（7首）、行迈（4首）、军旅（1首）、悲悼（9首）、居处（4首）13类中，诗歌收录较多的类型有送行、留别、酬和、寄赠、行迈等类。《文苑英华》所选录陈子昂诗多清新淡远，如《送东莱王学士无兢》《观山怀古》《清凉独坐思远》等。后人评价颇高的《感遇》《登幽州台歌》，《文苑英华》未收。《感遇》38首是陈子昂复兴风雅的代表之作，政治倾向强烈，情感气势博大；《登幽州台歌》抒发抱负无法实现的莫大悲哀和孤独感，《文苑英华》均不收录，可能因题目所限，如《感遇》就无合适的类型归入，还有可能也因为诗歌抒情过于强烈所致。

3. 王绩

王绩自号东皋子，诗风平淡自然。《野望》为后人称道，典型体现其诗风。《四库全书总目》评："其诗惟《野望》一首为世传诵……皆能涤初唐俳偶板滞之习，置之开元、天宝间，弗能别也。"① 《野望》，《文苑英华》不录。《文苑英华》所录的王绩10首诗，《山中叙志》归入地部山中类，但是其主题与山中无多大关系。所选王绩诗能体现诗人的隐逸诗风，如《游仙》《赠学仙者》《田家》《赠梁公》并不全归为隐逸类，这也反映出《文苑英华》根据诗题目来归类的不足之处。

4. 僧侣俗诗

初唐僧侣俗诗以王梵志为代表，王维《与胡居士皆病寄此诗兼示

---

① （清）永瑢：《四库全书总目》，中华书局1965年版，第1277页。

学人二首》注云"梵志体",诗多用俗语俚语,依据佛理教义劝解世人,揶揄世态人情,如"造作庄田犹未已,堂上哭声身已死,哭人尽是分钱人,口哭元来心里喜",此类与宫廷诗人的雍容富贵的诗风截然相反。对于这类僧侣俗诗,《文苑英华》均未选录。

  总体而言,宫廷诗人基本上延续了南朝文风,创作的诗以应制唱和为主,明人杨慎称"唐自贞观至景龙,诗人之作,尽是应制"(《升庵诗话》卷八)。《文苑英华》编纂者在选录诗的时候也充分体现了这一点,初唐诗在整个唐诗中录入数量最少,而在应制类中所占比重最大。601首应制类诗中,初唐诗人创作占一半有余,主要有:张说(51首)、苏颋(39首)、李峤(29首)、沈佺期(27首)、李乂(27首)、唐太宗(23首)、刘宪(22首)、宋之问(21首)、许敬宗(17首)、赵彦昭(16首)、虞世南(11首)、郑愔(10首)、崔湜(8首)、李适(8首)。应制诗与宫廷活动紧密联系,初唐君臣宴游赋诗唱和活动繁多,《大唐新语》卷八记载中宗以游冶度日,每次游玩"文士皆赋诗一章,以纪其事。作者数百人"。武后时期此类活动也很多,《隋唐嘉话》载:"武后游龙门,命群官赋诗,先成者赏锦袍。左史东方虬既拜赐,坐未安,宋之问诗复成,文理兼美,左右莫不称善,乃就夺袍衣之。"① 君臣共赏良辰美景,吟诗唱和,沉醉于太平之乐中。这种君臣唱和活动与宋初相似,《文苑英华》对于应制诗的大量收录,从某种程度上来说也是帝王"天下无事"自足心态的体现。

  《文苑英华》虽以教化为目的,但在选录诗上倾向有辞藻者。如在贞观时期宫廷诗人中,王珪和魏徵以"重臣"身份履践儒家诗教观,王珪的《咏淮阴侯》《赋汉高祖》,魏徵《咏西汉诗》《咏怀》等,皆质直古拙,劝谏性强。以教化目的而言,此类之作应该最合要求。而《文苑英华》均不录,却选录魏徵一首歌功颂德之作《奉和正日临朝》,此诗重铺排尚辞藻,华丽宏赡。对于尚俗的僧侣诗不选录,从中也可反映出《文苑英华》的诗教观。

---

① (唐)刘餗撰,程毅中点校:《隋唐嘉话》,中华书局1979年版,第40页。

二 对盛唐诗歌的选取

盛唐时期，诗人辈出，成就斐然，诸如王维、孟浩然的山水田园诗，高适、岑参的边塞诗，更有李白、杜甫两颗诗坛明珠璀璨耀眼。殷璠《河岳英灵集序》曰："开元十五年后，声律风骨始备矣。"《文苑英华》收录盛唐可考诗人171人，诗1600余首，收诗10首以上的诗人有：李白（228首）、杜甫（194首）、王维（155首）、张九龄（113首）、孟浩然（95首）、王昌龄（74首）、岑参（60首）、高适（53首）、唐玄宗（36首）、祖咏（31首）、崔颢（24首）、常建（22首）、綦毋潜（22首）、李颀（19首）、贾至（19首）、储光羲（18首）、陶翰（15首）、张子容（11首），其余145人为收录诗歌5首以下者，其中有90人收录诗歌1首。大体可以分为以下几类诗人诗作：

（一）帝王之作

钟惺、谭元春《唐诗归》卷六评语曰："六朝帝王鲜不能诗，大抵崇尚纤靡……至明皇而骨韵风力一洗殆尽，开盛唐广大清明气象，真主笔舌与运数隆替相对。"《文苑英华》收录唐玄宗诗作36首，其中有33首应制类，1首应令类。其余2首为《平胡》《过老子庙》，分别归入军旅类和郊祀类。这些诗多为唐玄宗与大臣宴饮唱和、巡游临幸或者饯别赐送之作，内容多以事实或事件入诗，颇有真情实感。唐玄宗与道教有关的诗内容广泛，如《春中兴庆宫酺宴》《送忠州刺史康昭远等》《左丞相说右丞相璟太子少傅干曜同日上官命宴东堂赐诗》《送张说巡边》《过老子庙》等都体现出道家思想的影响，但均为叙写君臣关系、国家祭祀等活动的诗作，《文苑英华》将其收录。《文苑英华》虽有以反映与道门人士来往为主的"道门类"诗，但是对于唐玄宗与道教人士交往的诗作如《送胡真师还西山》《赐道士邓紫阳》《送玄同真人李抱朴谒山仙祠》《为赵法师别造精院过院赋诗》《送赵法师还蜀因名山奠简》《答司马承祯上剑镜》《王屋山送道士司马承祯还天台》等均不录入，从中也可以看出《文苑英华》在收录唐代君王诗作上的政治倾向。

(二) 山水田园诗人①

山水田园诗人大多隐居过或游历山水，寄情山水以幻想超越现实、超越自我，诗歌以反映田园生活、描绘山水景物为主要内容，诗风清高冲淡。胡应麟说："唐初承袭梁隋，陈子昂独开古雅之源，张子寿首创清澹之派。盛唐继起，孟浩然、王维、储光羲、常建、韦应物，本曲江之清澹，而益以风神者也。"②《文苑英华》收录这一派诗人有张九龄、王维、孟浩然、储光羲、常建、祖咏、张子容、丘为、崔兴宗、裴迪等，其中以收录王维、张九龄、孟浩然的诗为多，次为祖咏、常建、綦毋潜。

张九龄是开元大手笔，翁方纲《石洲诗话》赞其"委婉深秀，远出燕、许诸公之上，阮、陈而后，实推一人，不得以初唐论"，刘熙载称"唐初四子沿陈、隋之旧，故虽才力迥绝，不免致人异议。陈射洪、张曲江独能超出一格，为李、杜开先"③，均指出九龄之诗的不同凡响。《文苑英华》收录张九龄诗113首，内容有山水景物、君臣唱和、行旅登临、赠答留别等，分入《文苑英华》天部、地部、应制、朝省、乐府、音乐、人事、道门、寺院、酬和、寄赠、送行、行迈、军旅、悲悼、居处、郊祀、花木、禽兽19类诗中，其中收录最多的为应制诗（20首），其次是送行诗（19首）。管世铭《读雪山房唐诗凡例》"五排凡例"评云："张曲江、宋广平、张燕公、苏许公应制诸作，雄厉振拔，见一代君臣际会之盛。"④ 张九龄应制诗不出歌功颂德、逢场应景、点缀升平，但是它同时形象地描述了重大国事活动，集注重事功、安邦定国的价值追求于其中，诗风典醇儒雅。如《奉和圣制初出洛城》对于开元二十四年冬唐玄宗违农时执意西还长安之事委婉劝谏，用词典雅含蓄。《奉和圣制经孔子旧宅》《奉和过晋阳宫应制》《奉和登封礼毕洛

---

① 盛唐诗人大都写过山水田园诗也写过边塞诗，虽有"王孟""高岑""李杜"等说法，但是并无某一诗派、诗人群体之说。此处所说的山水田园诗人以及下文所提的边塞诗人是借鉴文学史的传统归类，按诗人诗歌突出风格特点而分，以便分析《文苑英华》对唐诗的收录情况。
② （明）胡应麟：《诗薮》，中华书局1958年版，第34页。
③ （清）刘熙载：《艺概》，上海古籍出版社1978年版，第57页。
④ 郭绍虞：《清诗话续编》，上海古籍出版社1983年版，第1559页。

城酬宴圣制》等类似。此外，《文苑英华》也重视张九龄清淡自然的山水诗，如《赴使泷峡》《自始兴溪夜上赴岭》《自湘水南行》《江上使风呈裴宣州耀卿》等，这些诗或写山水，或叙友情，自然简洁、绝少雕饰，心境比较平和。《文苑英华》对于情感激荡不平的诗作较少收录，如《在郡秋怀二首》《始兴南山下有林泉尝卜居焉荆州卧病有怀此地》《荆州作二首》《杂诗》五首、《感遇》十二首等，尤其《感遇》，后人评价很高，明人周王廷曰："曲江《感遇》诸诗言言历落，字字玄微，《十九首》后无此陆离精致。"（《唐诗选脉会通评林》），上述诗作《文苑英华》均不录，可以看出《文苑英华》选诗更倾向选录意绪平和之作。

王维与孟浩然并称"王孟"，均有大量山水诗传世，诗风清淡，意境深远。《麓堂诗话》称"唐诗李杜之外，孟浩然王摩诘足称大家"。《文苑英华》收录王维诗155首，孟浩然诗95首。王维的155首诗分别归入《文苑英华》天部（2首）、地部（13首）、帝德（1首）、应制（13首）、应令（3首）、省试（1首）、朝省（5首）、乐府（8首）、人事（5首）、释门（2首）、道门（6首）、隐逸（3首）、寺院（10首）、酬和（6首）、寄赠（8首）、送行（20首）、留别（2首）、行迈（7首）、军旅（5首）、悲悼（14首）、居处类（18首）、花木（3首）22类诗中，音乐、郊祀、禽兽3类不收录其诗作。《文苑英华》收孟浩然诗95首，归入天部（6首）、地部（6首）、人事（10首）、释门（2首）、道门（6首）、隐逸（2首）、寺院（8首）、酬和（3首）、寄赠（8首）、送行（12首）、留别（5首）、行迈（12首）、悲悼（2首）、居处（13首）14类诗中，帝德、应制、应令、省试、朝省、乐府、音乐、军旅、郊祀、花木、禽兽11类诗歌未录其诗作。

王孟虽并称，但从《文苑英华》对二人的诗歌收录来看，不同之处很明显。其一，从所收录的诗歌数量上就可以看出王维更受北宋文臣的重视。其二，由于二人的生活阅历不同，王维为官宦之家，而孟浩然是以布衣终老，身世不同对二人诗歌创作的影响也不同。王维的诗歌不仅限于山水之中，仕途生活的反映也是其诗的重要部分。《文苑英华》

应制应令类诗就收录王维不少这样的诗歌。由于王维有机会步入仕途，建功立业的雄心壮志就远比孟浩然来得真切，这种心绪主要表现在他的边塞诗中，如《文苑英华》所录的《少年行》《陇头吟》《从军行》《使至塞上》《出塞》等。而孟浩然经历相对较为简单，入仕之心也多以牢骚语表现，如"岂直昏垫苦，亦为权势沉"（《答秦中苦雨思归赠袁中丞贺侍御》），"不才明主弃，多病故人疏"《岁暮归南山》，"只应守寂寞，还掩故园扉"（《留别王侍御》）等。其三，就两人的山水田园之作而言，《文苑英华》选录侧重点亦有不同。《文苑英华》对王维描写山水、感受田园的诗作均有收录，山水之作如《汉江临泛》《泛坡行》《登河北城楼》等，田园诗作如《渭水田家》《秋雨辋川庄作》《辋川别业》《春中田园》等，诗中无论是清冷的月亮还是喧哗的流水，在王维的感受中都是坦然寂静的，明净清新。而对于孟浩然则只收录其山水之作，如《宿建德江》《万山潭》《夜归鹿门山》《早发渔浦潭》等。孟浩然也有不少田园诗作如《田园作》《采樵作》《南山下与老圃期种瓜》《过故人庄》《田家元日》等，《文苑英华》均不选录。

《文苑英华》收录祖咏诗 31 首，分入诗的天部类（2 首）、地部类（3 首）、应制类（1 首）、人事类（4 首）、酬和类（1 首）、寄赠类（3 首）、送行类（1 首）、留别类（2 首）、行迈类（4 首）、居处类（9 首）、禽兽类（1 首）11 类中。祖咏诗清新洗练，殷璠《河岳英灵集》评其"剪刻省净，用思尤苦，气虽不高，调颇凌俗"。《文苑英华》所录如《终南望余雪》《泊扬子津》《江南旅情》《夕次圃田店》《田家即事》等都体现出这一特点。祖咏七律《望蓟门》描写边塞景色，抒立功报国壮志，雄浑壮丽，风格异于其他诗篇，《文苑英华》未录。

常建，《文苑英华》录其诗 22 首，题材以山水景物为主，叩寂寻幽，如《题破山寺后禅院》《宿王昌龄隐居》《泊舟盱眙》等都是代表性诗作。《文苑英华》收录綦毋潜诗 21 首，诗歌多写幽寂之景，方外之情，21 首诗中寺院、隐逸题材的诗占了一半。

储光羲的诗质朴恬淡，《文苑英华》收录其诗 18 首，其中有 6 首乐府，其余为游历山水、观赏田园之作，如《使过弹筝峡》《田家杂兴》等。

张子容与孟浩然同隐鹿门山,张子容诗兴趣高远,为当时文士所称,《文苑英华》收录11首,多唱答之作。丘为善写五言,格调清幽淡逸,《文苑英华》收录其诗6首,《泛若耶溪》《寻西山隐者不遇》为后世传诵。《文苑英华》仅收录崔兴宗诗1首。而与王维、崔兴宗等隐居终南山,相互唱和的裴迪,《文苑英华》未录其诗。

（三）边塞诗人

盛唐边塞诗人以描写边地风光、习俗、战事等内容的诗歌成就最为突出,胡应麟以"古雅""气骨"形容,认为"高适、岑参、王昌龄、李颀、孟云卿,本子昂之古雅,而加以气骨者也"(《诗薮·内篇》)。《文苑英华》所收录的盛唐边塞诗人包括高适、岑参、王昌龄、崔颢、李颀、王之涣、王翰等,以收录王昌龄、岑参、高适的诗为多,次为崔颢、李颀。

王昌龄,胡应麟称其诗"优柔婉丽,意味无穷,风骨内含,精芒外隐,如清庙朱弦,一唱三叹"(《诗薮·内编》卷六)。在盛唐边塞诗人中,《文苑英华》收录王昌龄诗最多,共收74首,内容比较广泛,以寄赠、留别诗收录为多,所录边塞诗有《塞下曲》《从军行》等,所占比重不大,此外《长信宫》《西宫秋怨》等宫怨诗也选录。明王世贞《艺苑卮言》云:"七言绝句,王江宁与李太白争胜毫厘,俱是神品。"现存王昌龄诗歌,绝句占了近一半,而《文苑英华》只收录王昌龄《秋日》《武陵黄道士房间易因题》《留答武陵田太守》《送魏二》《送高三之桂林》《芙蓉楼送辛渐》这6首绝句,看来北宋初期文臣对于王昌龄的绝句并不很看重。

高适、岑参并称始于杜甫,后人也多沿用,严羽《沧浪诗话·诗辨》称"高岑之诗悲壮,读之使人感慨"。《文苑英华》收高适诗53首,归入天部、地部、乐府、音乐、人事、道门、隐逸、寺院、酬和、寄赠、送行、留别、行迈、军旅、悲悼、居处16类中,乐府类、寄赠类、送行类收录较多。《文苑英华》收录岑参诗60首,归入天部、地部、朝省、乐府、音乐、人事、释门、隐逸、寺院、寄赠、送行、行迈、军旅、悲悼、居处15类中,其中送行类和行迈类收录较多。两人的送别诗均收录较多，虽悲而壮，充满豪情。高适的边塞诗作多用乐府形式如《燕歌行》《塞下曲》《塞上曲》等。而岑参的边塞之作乐府形式用得少，以送别、行迈类型多见，如《碛西头送李判官入京》《送杨录事充潼关判官》《武威春寒闻宇文判官西使还已到晋昌》《度碛》等，岑参被今人认为是边塞代表作的《走马川奉送出师西征》《轮台歌》《火山云歌》《白雪歌送武判官归京》等，《文苑英华》诗均未收录。这些诗歌多属于歌行，而《文苑英华》歌行体也未收录这些作品。与《文苑英华》收录的岑参边塞诗相比，这些诗歌写景更雄奇瑰丽，这就说明北宋初期文臣对于主景尚奇的边塞诗并不欣赏。

崔颢，殷璠称"颢年少为诗，名陷轻薄。晚节忽变常体，风骨凛然，一窥塞垣，说尽戎旅"（《河岳英灵集》）。《文苑英华》收其诗24首，既收录《王家小妇》《岐王席观妓》《长门怨》《行路难》之类所谓"轻薄"的女性闺房诗作，也收录所谓"风骨凛然"的边塞戎旅之作，如《送单于裴都护赴西河》《辽西》《赠王威古》《古游侠呈军中诸将》等，对崔颢这两种截然不同的诗风都予以肯定。

李颀，《文苑英华》收其诗19首，内容包括边塞诗如《古意》，寄赠友人之作如《寄司勋卢员外》《送暨道士还玉清观》，方外情趣如《谒张果先生》等，殷璠称"颀诗发调既清，修辞也绣，杂歌咸善，玄理最长"（《河岳英灵集》），今人称赞的边塞诗《古从军行》未选。

《文苑英华》收录王翰诗4首，且3首为奉和应制，所选录的诗无边塞风格。收王之涣诗3首，包括今人称颂的《登鹳雀楼》和《凉州词》。

（四）李白和杜甫

李白和杜甫虽诗风迥异，而成就斐然，二人将唐诗推向巅峰，《文苑英华》对李白、杜甫都很重视，收录李白诗228首，杜甫诗194首，在收录的诗人中仅次于白居易，分列二、三位。

李白228首诗在《文苑英华》诗中分布如下：天部类10首，地部类25首，应制类2首，省试类1首，朝省类1首，乐府类60首，音乐类9首，人事类4首，释门类2首，道门类9首，隐逸类9首，寺院类

3 首,酬和类 5 首,寄赠类 19 首,送行类 25 首,留别类 3 首,行迈类 7 首,军旅类 1 首,悲悼类 10 首,居处类 17 首,郊祀类 2 首,花木类 1 首,禽兽类 3 首。除帝德、应令两类未选录其诗外,其余 23 类均有收录。录诗较多的有乐府类、地部类、送行类、寄赠类、居处类和悲悼类。

杜甫 194 首在《文苑英华》诗中分布如下:天部类 32 首,地部类 7 首,朝省类 7 首,乐府类 24 首,音乐类 2 首,人事类 9 首,释门类 1 首,隐逸类 2 首,寺院类 8 首,酬和类 4 首,寄赠类 13 首,送行类 15 首,留别类 3 首,行迈类 14 首,军旅类 1 首,悲悼类 16 首,居处类 22 首,郊祀类 3 首,花木类 3 首,禽兽类 8 首。除帝德、应制、应令、省试、道门 5 类未选录其诗外,其余 20 类均有收录,录诗较多的有天部类、乐府类、居处类、悲悼类、送行类、行迈类和寄赠类。

《文苑英华》对于李白和杜甫并重,相比较而言,《文苑英华》更欣赏李白诗。李白诗歌的选录总数、归入的类型数量均比杜甫多,尤其重视李白的乐府诗,《文苑英华》所选其诗中有近 25% 为乐府。而只收录杜甫乐府 24 首,数量不到李白乐府的一半。《文苑英华》把歌行独立一体,收录杜甫歌行 52 首,李白歌行 18 首。歌行与乐府一个重要的区别在于乐府题目的选择上,《文苑英华》基本上将古题乐府,如李白的《有所思》《公无渡河》《将进酒》《田野黄雀行》《乌夜啼》等选入乐府类,而将不少新题乐府,诸如杜甫的《兵车行》《丽人行》《逼仄行》等归入歌行类。从《文苑英华》对两人收录之异可以看出北宋文臣认为李白善于运用乐府旧题写作,比较之杜甫在运用乐府新题写作上更胜一筹。《文苑英华》所选诗作中,李白诗地部类诗多而天部类少,选录杜甫诗正好相反。天部类与地部类诗歌主要以景致所处位置不同来归类,这说明北宋文臣认为李白更擅长以山水传情,而杜甫擅长在岁时四季、气候的变化中传达思想感情。

"李杜优劣"论自中唐元稹起就纷争不已,元稹《唐故工部员外郎杜君墓系铭并序》、白居易《与元九书》都表现出扬杜抑李倾向。韩愈则将李杜并重,称"李杜文章在,光焰万丈长"(《调张籍》),孟郊、皇甫湜以及晚唐的李商隐、杜牧、顾陶、陆龟蒙、司空图等与韩愈观点类似。宋初较多继承了韩愈"李杜并重"的观点。《蔡宽夫诗话》"宋初诗风"条云：

> 景祐、庆历后，天下知尚古文，于是李太白韦苏州诸人，始杂见于世。杜子美最为晚出，三十年来学诗者，非子美不道，虽武夫女子皆知尊异之，李太白而下殆莫与抗。①

蔡启将杜甫与李白相比，目的是说明杜诗在北宋景祐、庆历的影响大，反之也看出当时人们对李白推崇，只是其影响不及杜甫的大。蔡启所言为宋初景祐、庆历以后诗歌的创作情况，在此之前的王禹偁亦是李杜并尊，称"韩柳文章李杜诗"（《赠朱严》），"篇章取李杜"（《寄题陕府南溪兼简孙何兄弟》），而若论宋人对李杜并重的看法，最早应该追溯到宋初编纂《文苑英华》的馆阁文臣。

（五）其余

除上述几类诗人外，《文苑英华》还收录贾至、陶翰、卢象、崔曙、刘方平、蒋洌、裴度、崔日用、蒋涣、贺知章、包融、张谓、刘慎虚、王湾、王季友、刘湾、薛据、贺兰进明等人的诗歌。

贾至，《文苑英华》收录其诗 19 首，有 12 首为友人之间的唱和、寄赠和相别之作。杜甫称其诗"雄笔映千古"（《别唐十五诫因寄礼部贾侍郎》），诸如"直叙时事，煌煌大文"（沈德潜《唐诗别裁》）的《自蜀奉册命往朔方途中呈韦左相尚书催侍郎》、高华工整的《早朝大明宫》都体现出这种"雄笔"。《文苑英华》收录陶翰诗 15 首，多为赠答送别诗作，所收其边塞诗古意苍劲。卢象在开元中与王维齐名，史称"于时才名之士王维、崔颢、卢象等，常与（韦）陟唱和游处"（《旧唐书·韦陟传》）。《文苑英华》收其诗 12 首，有一半为酬唱送别之作。张若虚、贺知章、张旭和包融这"吴中四士"中，《文苑英华》仅收贺

---

① 郭绍虞：《宋诗话辑佚》，中华书局 1980 年版，第 398—399 页。

知章诗8首，未选录今人称诵的《回乡偶书》《咏柳》。《文苑英华》收录包融诗5首，张若虚、张旭诗未选录。其余诗人收录诗歌较少，此不一一展开论述。

综上所述，《文苑英华》对于盛唐诗歌的收录有几个特点：一是重视帝王诗作，唐玄宗的诗作在其他选集中很少有如《文苑英华》选录之多的。二是对后人经常论及的"王孟""高岑""李杜"等大家予以重视，对小作家也不忽略。三是不选录浅俗近似口语的诗。与初唐王梵志等僧侣之诗相同，寒山、拾得、丰干等人诗歌语言浅俗朴野，夺口而出，不求典雅，《文苑英华》对这些诗人诗作都不予选录，亦可知北宋文臣对于与典雅对立的浅俗诗风的否定。

三　对中唐诗歌的选取

盛唐创造了昂扬明朗的诗歌风貌，诗至中唐发生了重大变化，诗歌以其流派纷呈、创作倾向多元的特点受到人们关注。明李维桢称"上下数千年统论之，以《三百篇》为源，汉魏六朝唐人为流，至元和而其派互分"（《唐诗纪序》），清冯班云"诗至贞元、元和，古今一大变"（《钝吟杂录》卷七）。叶燮则把中唐放在这个诗坛长河中评价，认为中唐不只是唐诗之中，而且是"百代之中"（《唐百家诗序》）。从这些评论中，可以看出历代诗人对中唐诗的重视。《文苑英华》收录中唐可考诗人298人，可考的诗作3400余首，是其所收唐代诗歌中诗人诗歌数量最多的一段时期。收诗10首以上的诗人有：白居易（254首）、刘长卿（181首）、卢纶（154首）、贾岛（153首）、刘禹锡（143首）、皎然（142首）、张籍（120首）、刘得仁（112首）、司空曙（91首）、戴叔伦（87首）、杜德舆（86首）、姚合（79首）、韦应物（73首）、释无可（72首）、李嘉祐（70首）、顾况（69首）、钱起（60首）、李端（54首）、王建（53首）、孟郊（53首）、耿湋（53首）、于鹄（51首）、韩愈（48首）、郎士元（47首）、韩翃（46首）、皇甫冉（46首）、李益（45首）、崔峒（45首）、释灵一（41首）、张渭（39首）、严维（36首）、戎昱（35首）、于武陵（31首）、皇甫曾（29首）、张南史（28首）、元稹（26首）、刘商（20）、吕温（21首）、欧阳詹（21首）、张继（20首）、章孝标（17首）、释清江（16首）、李绅（15首）、释法震（13首）、畅当（13首）、崔国辅（13首）、朱放（13首）、包何（13首）、包吉（12首）、孟云卿（12首）、李贺（11首）。其余247人为选录诗歌10首以下者，其中仅选录1—2首诗者有197人。以诗人群体流派为单位大致分以下几类。

（一）大历诗人

1. 大历十才子

大历十才子，史称"（卢）纶与吉中孚、韩翃、钱起、司空曙、苗发、崔峒、耿湋、夏侯审、李端皆能诗齐名，号'大历十才子'"（《新唐书·文艺下》）。《文苑英华》收录卢纶诗154首、司空曙诗91首、钱起诗60首、李端诗54首、耿湋诗53首、韩翃诗46首、崔峒诗45首、苗发诗2首、吉中孚诗1首，夏侯审诗不录。

"大历十才子"的诗歌多写日常生活琐事，诗多赠答应酬，寄情于山水景物，情怀偏清冷孤独。"大历十才子"中，《文苑英华》收录卢纶诗最多，有154首。诗歌归类如下：天部类1首、地部类6首、帝德类2首、应制类1首、省试类1首、朝省类6首、乐府类3首、音乐类1首、人事类9首、释门类6首、道门类10首、隐逸类5首、寺院类8首、酬和类13首、寄赠类11首、送行类36首、留别类5首、行迈类8首、军旅类2首、居处类15首、郊祀类1首、花木类4首，诗多萧瑟衰飒之气。后人传诵的《和张仆射塞下曲》以及因近口语、调俗而多遭批评的《张擢对酌》《王评事驸马花烛诗》这3首均不录。司空曙，《文苑英华》收其诗91首，归类如下：天部类5首、地部类1首、应制类1首、朝省类2首、乐府类3首、音乐类1首、人事类5首、释门类7首、道门类5首、隐逸类3首、寺院类6首、酬和类2首、寄赠类10首、送行类20首、行迈类3首、留别类2首、悲悼类6首、居处类5首、花木类4首，其诗多写乡情旅思，"婉雅闲淡，语近性情"（胡震亨《唐音癸签》卷七），如《云阳馆与韩申卿宿别》《秋喜卢纶访宿》等。钱起为"大历十才子"中最有名气者，《文苑英华》录其诗60首，次于卢纶和司空曙。所选录诗歌多意境清冷，风格流丽纤秀，以送行类和寄赠类为多。李端，晚年辞官隐居湖南衡山，自号"衡岳幽人"。《文苑英华》录其诗54首，情调低沉，以送行类最多，有18首。《文苑英华》收录耿湋诗53首，有反映长年战乱后的破败荒落之作，也有表现个人际遇忧伤的，诗风清淡质朴，亦以送行类收录最多。韩翃诗笔法轻巧，写景别致，《文苑英华》收录其诗46首，以送行类为多，次为寄赠类。徐献忠评其诗称"发调警拔，节奏琅然"（《唐诗品》）。崔峒诗词彩炳然，高仲武《中兴间气集》评其诗："披沙拣金，往往见宝"。《文苑英华》收其诗45首，以送行类最多，有16首，次为寄赠类10首。吉中孚，卢纶《纶与吉侍郎中孚司空郎中曙苗员外发崔补阙峒诗》赞"侍郎文章宗，杰出淮楚灵"。《文苑英华》收其诗1首，另收录苗发诗2首，未收夏侯审诗。

2. 大历江南诗人

由于安史之乱，不少文士避乱南渡，由于生活经历、审美趣味等方面有相似之处，来往密切，相互唱和，逐渐形成一个流派。这批诗人队伍庞大，主要有刘长卿、李嘉祐、戴叔伦、韦应物、鲍防、颜真卿、独孤及、戎昱、张继、皇甫冉、严维、朱放等人。皎然拈出皇甫冉、严维、张继、刘长卿、李嘉祐、朱放六人为大历江南诗人代表等，认为他们只是"窃占青山白云、春风芳草以为己有"（《诗式》卷四）。《文苑英华》收录大历江南诗人诗歌主要有：刘长卿诗181首，戴叔伦诗87首，韦应物诗73首，李嘉祐诗70首，皇甫冉诗46首，严维诗36首，戎昱诗35首，张继诗20首，朱放诗13首，尤以刘长卿、戴叔伦、韦应物和李嘉祐为重。

高仲武《中兴间气集》评刘长卿诗"体虽不新奇，甚能炼饰，大抵十首已上，语意稍同"，认为刘诗语言精练而不新奇，诗歌语意多相似。而《文苑英华》收录刘长卿诗歌181首，归类如下：天部类3首、地部类11首、乐府类6首、音乐类2首、人事类8首、释门类9首、道门类5首、隐逸类7首、寺院类10首、酬和类9首、寄赠类19首、送行类22首、留别类13首、行迈类17首、军旅类2首、悲悼类16首、居处类 14 首、郊祀类 2 首、花木类 6 首。宋初馆阁文臣对刘长卿诗很肯定，在《文苑英华》所录的唐诗中列第四位，可见北宋文臣对刘长卿诗的关注点不在是否创新上，而在艺术风格上。《文苑英华》收录戴叔伦诗题材内容丰富，有对田园风光的描绘，对民生疾苦的关注，也有羁旅离愁的慨叹，但是对戴叔伦最直接反映社会现实的作品如《边城曲》《耕田行》《屯田词》等不录。韦应物，张戒认为"韦苏州诗，韵高而气清"（《岁寒堂诗话》卷上）。《文苑英华》收其诗 73 首，如《滁州西涧》《寄全椒山中道士》《观田家》《秋夜寄丘二十二员外》等，可为"韵高而气清"的代表之作。《中兴间气集》卷上称李嘉祐"中兴高流，于钱郎别为一体"。《文苑英华》收录其诗 70 首，多于钱起和郎士元，可见对于李嘉祐诗"别为一体"的肯定。

总之，《文苑英华》选录的大历江南诗人诗歌如皎然所说多"青山白云、春风芳草"之类的景致之作，也有不少赠答唱和、留别送行之作。这些诗作往往不仅仅限于一般的应酬祝贺，还将对民生国事关注融于其中，诸如韦应物《寄畅当》《送雷监赴阙庭》，戴叔伦《送谢夷甫宰余姚县》，刘长卿《赠别于群投笔赴安西》《送徐大夫赴广州》，张继《送邹判官往陈留》等。乔亿《剑溪说诗又编》认为韦应物诗"且志切忧勤，往往自溢于燕游赠答间"，就指出了这一特点。

3. 吴中诗人

"吴中诗派"这一命名首先由赵昌平先生在《"吴中诗派"与中唐诗歌》一文中提出。"吴中诗派"人数众多，仅颜真卿为首的湖州联句就涉及诗人 40 余位。这一诗派的代表人物为皎然、顾况，此外还有秦系、灵澈、陆羽、张志和、李萼、陆士修、刘全白、魏理、左辅元、权器、裴循、潘述、刘茂、张荐、颜浑、殷佐明、蒋志、李益、吴筠、袁高、皇甫曾、强蒙、范缙、王纯、李观、陆涓等。《文苑英华》收录的诗人有：皎然、顾况、李益、皇甫曾、灵澈、李观。

皎然，刘禹锡称其诗"能备众体"（《澈上人文集序》），严羽评其诗"在唐诸僧之上"（《沧浪诗话·诗辨》）。《文苑英华》收录其诗 124 首，分别归入天部、地部、乐府、人事等 16 类诗下，收录较多的有：

送行类 30 首，释门类 15 首，寄赠类 13 首，居处类 12 首。皎然诗以佛家的宇宙观来观照生活，清丽闲淡，逍遥空明。《文苑英华》收录顾况诗 69 首，收录较多的有悲悼类 10 首，送别类 9 首，酬和类 8 首。顾况诗富于想象，一些卑微粗丑的物象进入诗中都能富有意趣，如《独游青龙寺》中避危阶的蚁步，《历阳苦雨》中蚯蚓的吟唱，《送大理张卿》中悲啼的野豸等。李益，《文苑英华》收录其诗 54 首，三分之一为送行类。李益的边塞诗在中唐首屈一指，《文苑英华》选录有《从军北征》《送辽阳使还军》《闻笛塞下曲》《夜上西城听梁州》等，诗中浸透凄凉幽怨，已少盛唐边塞诗的昂扬豪迈之气。皇甫曾，《文苑英华》收录其诗 29 首，其诗多为送别赠答、流连光景之作。高仲武称其诗"体制清洁、华不胜文"，如《送李中丞归本道》《送杜中丞还京》《乌程水楼留别》等均为代表。《文苑英华》收录灵澈诗 3 首、李观诗 2 首。

此外，联句为"吴中诗派"的重要诗歌创作形式，《全唐诗》收录的联句 136 首，有近四成为"吴中诗派"所作，而《文苑英华》对这些联句均不收录。

4. 大历其他诗人

除上述大历诗人外，《文苑英华》收录的大历诗人主要还有权德舆、郎士元、于鹄、释灵一等。

权德舆，《文苑英华》收录其诗 86 首，归类较多者有：送行类 15 首，应制类 7 首，寄赠类 6 首，包括意境开阔，自然浑成者，如《浩歌》《赠老将》《秋闺月》《岭上逢久别者又别》等不减盛唐气象；也有不少吟咏宫廷宴饮、闲看春花秋月者，如应制类诸诗等，言辞华丽。而权德舆效仿齐梁诗作者，如《离合诗赠张监阁老》《星名诗》《药名诗》《玉台体》12 首等，《文苑英华》均不录。郎士元与钱起齐名，"前有沈宋，后有钱郎"（高仲武《中兴间气集》）。《中兴间气集》称其诗风"闲雅""近于康乐（谢灵运）"。《文苑英华》收其诗 46 首，以送行类为多，有 17 首，如《送杨中丞和蕃》《送张南史》《送李将军赴定州》等或凝练浑厚，或真切自然，为后人传诵。于鹄，其诗"时出度外，纵横放逸，而不陷于疏远，且多警策"（《唐才子传》卷四）。

《文苑英华》收其诗 45 首，其诗多描写隐逸生活，语言朴实清新。流传最广的《巴女谣》和《江南曲》两首诗，《文苑英华》不录。释灵一，刘禹锡谓诗僧多出江左，而"灵一导其源"（《澈上人文集序》），《文苑英华》收其诗 41 首，绝大部分是在两浙时所作，其诗多赠酬之作，气质醇和，格律清畅。

（二）韩孟诗派

韩孟诗派活跃于贞元中至元和年间，如韩愈、孟郊、贾岛、姚合、李贺、卢仝、皇甫湜、马异、刘叉、李翱、张彻、崔立之、李洞、周贺等，这些诗家个人风格各异，但都有共同的一面——尚怪奇、重主观。韩孟诗人倾向于以萧条的心态写日常烦事、行旅山水，在艺术上追求癖怪，反映出中唐晚期的社会心理和时代面貌。《文苑英华》对这一派诗人也比较重视，以韩愈、孟郊、贾岛、姚合、李洞、周贺为主。

《文苑英华》收录韩愈诗 48 首，以送行和寄赠为主，诗歌境界开阔，想象怪奇，形象鲜明。韩愈以儒家道统自居，反对佛老态度坚决，《送灵师》《别盈上人》《送惠师》《送僧澄观》等都是劝僧还俗。《华山女》《谢自然诗》《谁氏子》等都是以反道教为主题，这类诗有 20 余篇。《文苑英华》诗分 25 类，释门、道门、寺院等类型都是与释老有关的题材，但是对韩愈的这类诗作均不收录，仅收他的《题临泷寺》归入寺院类，而这首诗除了题目点明诗作地点为寺院之外，其他与释门并无关系，内容是以昏暗景致衬托自己的愁苦情绪。由此可见宋初文臣对待释道与韩愈截然相反的态度。

孟郊和贾岛，二人均以苦吟著称。自苏轼言"元轻白俗，郊寒岛瘦"（《祭柳子玉文》）后，贾孟二人诗歌经常并称。《文苑英华》选录孟郊诗 54 首，以寄赠、送别和悲悼类居多。孟郊诗歌多苦寒枯槁，气势微弱，而想象奇特，精警凝练。贾岛，《文苑英华》收其诗 153 首，归类如下：天部类 4 首、地部类 5 首、省试类 1 首、乐府类 1 首、人事类 3 首、释门类 20 首、道门类 6 首、隐逸类 8 首、寺院类 8 首、酬和类 6 首、寄赠类 26 首、送行类 29 首、留别类 6 首、行迈类 7 首、军旅类 4 首、悲悼类 8 首、居处类 10 首、花木类 1 首。《文苑英华》收录贾岛的诗歌数量远在其他韩孟派诗人之上，也居所录唐代诗人前列，足见对其诗的欣赏。姚合与贾岛齐名，风格也相近，张宏生认为："他们的诗多描写琐细的日常生活，注重对主观感受的抒发，推崇苦吟，重视对字句的锤炼，多用而且善用五言律体。"①《文苑英华》收其诗79首，主要的诗歌类型有：寄赠类13首、送行类13首、释门类10首。姚合诗风清峭，整体上比贾岛诗更平淡，诸如《游宣义池亭》《题山寺》《过无可上人院》《寄贾岛》等均有此特点，而颇受后人关注的《武功县中作》30首不录。贾岛诗歌有韩孟诗派追求奇峭艺术感受，遣词造句精心锤炼等特点，但有其独特性，其诗境呈现出超然物外的飘逸之感，空灵有致，绝大部分为近体诗。贾岛早年出家，受佛教影响，虽贫寒终身而心态平淡，多数题材局限于个人生活体验以及与朋友的唱和，追求对艺术的惨淡经营。这种温和的心态亦与北宋文臣契合，这大概也是宋初文臣相对而言欣赏姚合和贾岛诗歌的一个原因。

李贺诗歌冷艳凄迷、想象怪诞。《文苑英华》共收作品25首，归入诗者11首，均为乐府。另14首归入歌行。《旧唐书·李贺传》称李贺"手笔敏捷，尤长于歌篇。其文思体势，如崇岩峭壁，万仞崛起，当时文士从而效之，无能仿佛者。其乐府词数十篇，至于云韶乐工，无不讽诵"，可见李贺乐府在当时是很受欢迎的，《文苑英华》也对此予以了认可，但总体上对于李贺的关注度并不高。李贺在诗歌方面喜用五古，而不喜用当时流行的律体，这一点与孟郊相似。叶葱奇总结李贺诗歌的特点，说：

> 对于当时轻滑、圆熟的一派，他极端憎恶，对于一般应试的官体诗——律诗——尤其不屑一顾。在这一点上，他和孟郊是抱着同样执拗的态度的。孟郊集里仅有寥寥的几首五律、五绝。李贺也只比他多几篇七绝，至于当时最流行的所谓七言律，在他们两人的集中竟然一篇也找不出。②

---

① 张宏生：《姚贾诗派的界内流变和界外余响》，《文学评论》1995年第2期。
② （唐）李贺撰，叶葱奇疏注：《李贺诗集》，人民文学出版社1959年版，第371页。

从《文苑英华》对喜用律体的姚合和贾岛与喜用古体的孟郊与李贺诗作的收录情况来看，《文苑英华》更倾向于认可律体，这也是宋初文臣自身创作的主要形式。律体有严格的规范，只要娴熟掌握作诗技巧，即使无真实的生活情感和创作灵感，也可以创作出艺术上差强人意的诗作。宋初文臣于歌舞升平、酬唱宴饮中吟诗作赋，律体可以说是反映这种生活的最佳载体，这可能也是《文苑英华》更倾向选录姚合和贾岛诗作的另一原因。

（三）元白诗派

元白诗派与"尚奇警"的韩孟诗派相对，诗歌多写眼前景，多用口头语，诗风浅切顺畅，以张籍、王建、李绅、元稹、白居易为代表。《文苑英华》收录白居易的诗作数量居所录唐人之首，收录张籍诗作也在百首以上，对王建、李绅、元稹的诗作均有所选录。

《文苑英华》收张籍诗120首，收录较多的为：送行类25首、寄赠类12首。乐府诗仅收录了《少年行塞下曲》《猛虎行》2首。王建，《文苑英华》收其诗53首，以寄赠类居多。《文苑英华》仅收录王建乐府诗《对酒》这一首，可见《文苑英华》编纂者对张、王关注点并不在乐府，而主要在于律诗。虽然宋人常将张、王二人相提并论，如许顗《彦周诗话》称"张籍、王建，乐府、宫词皆杰出"；魏泰《临汉隐居诗话》认为"唐人亦多为乐府，若张籍、王建、元稹、白居易以此得名"；严羽《沧浪诗话·诗评》云"大历后，刘梦得之绝句，张籍、王建之乐府，我所深取耳"等。但从《文苑英华》对张、王诗歌的选录来看，宋初对王建、张籍的接受并非如此，而是与晚唐相似。以张籍为例，《韵语阳秋》卷二载有白居易、姚合对张籍的评价云："姚秘监尝称之曰：'妙绝《江南曲》，凄凉《怨女诗》。'白太傅尝称之曰：'尤工乐府词，举代少其伦。'由是论之，则人士所称者非以诗也。"[①] 姚合、白居易主要关注张籍乐府。而至晚唐，人们则倾向于关注张籍的律诗。张为《主客图》将张籍置于"清奇雅正主"

---

① （清）何文焕：《历代诗话》，中华书局1981年版，第498页。

李益之入室，张洎《张司业诗集序》称张籍"为古风最善""又长于今体律诗"，在《项斯诗集序》称道其"为格律诗，尤工于匠物，自清意远，不法旧体，天下莫能窥其奥"，《文苑英华》承接了晚唐对张籍的接受特点。

李绅，《文苑英华》选录其诗15首，主要归入行迈和花木类，乐府类未收其诗。元稹，《文苑英华》收其作品28首，26首归入诗，主要以赠答酬唱、日常琐事为内容。《文苑英华》诗体乐府类不收元稹诗，将《连昌宫词》和《望云雅马歌》这2首新题乐府归入歌行体。元稹写过不少艳情诗，唐人韦縠《才调集》卷五收元稹诗57首，全部为艳情诗。《文苑英华》均未收录。《文苑英华》收录白居易诗254首，归入天部、地部、省试、朝省、乐府、音乐、人事、释门、道门、隐逸、寺院、酬和、寄赠、送行、留别、行迈、悲悼、居处、花木、禽兽20类诗中，以天部类收录最多，次为花木类；应制类、应令类、帝德类、军旅类和郊祀类未选录白居易诗。《文苑英华》诗体只收录白居易乐府诗11首，将其新题乐府归入歌行体。白居易曾将自己的诗歌分讽谕诗、闲适诗、感伤诗和杂律诗四类，尤其重视讽谕诗和闲适诗。《文苑英华》与之相反，比较重视白居易所不重视的杂律诗和感伤诗。此外，《文苑英华》对待白居易艳诗态度与元稹类似。本章第三节对于《文苑英华》选录白居易的诗歌情况有详细阐述，此不赘述。

（四）刘禹锡

刘禹锡，管世铭称其"无体不备，蔚为大家"（《读雪山房唐诗序例》）。《文苑英华》收录其诗143首，归类如下：天部类6首、地部类3首、帝德类1首、朝省类2首、乐府类1首、音乐类4首、人事类3首、释门类15首、道门类6首、隐逸类1首、寺院类3首、酬和类8首、寄赠类17首、送行类29首、行迈类10首、悲悼类15首、居处类4首、郊祀类3首、花木类9首、禽兽类3首。刘禹锡诗歌观照个体命运，描述个人遭遇的苦闷彷徨，但是诗人描写遭遇而不沉溺于遭遇之哀中，风格昂扬朗丽。尤其他的咏史感怀之作，更是将历史沉思与个人沧桑结合，浑丽隽永，如《金陵怀古》《西塞山怀古》等，从中可以看出

《文苑英华》对于诗人乐观昂扬精神的认可。这种倾向从《文苑英华》对柳宗元诗歌态度上也可得以验证。柳宗元的诗作现存160余篇，大多为贬谪之后所作，借登山临水以抒写离乡去国、身居蛮荒的悲哀与愤懑，诗风或"哀而酸楚"（方回《瀛奎律髓》）或"发纤秾于简古，寄至味于淡泊"（苏轼《书黄子思诗集后》），施补华《岘佣诗说》云："柳子厚幽怨有得《骚》旨而不甚似陶公，盖怡旷气少，沉至语少也。"[①] 而《文苑英华》对于有此特点的诗歌均不录，仅收其诗《观庆云图》这一首。《观庆云图》以颂扬为主，祥和雍雅，与柳宗元其他"幽怨"之作截然相反，这与宋初文臣崇"颂""雅"的审美心理分不开。

上述对《文苑英华》所收录的中唐诗人诗歌情况做了概述。无论从选诗的诗人还是诗歌数量上，中唐在《文苑英华》所选录的唐代各时期中都居首位。中唐是唐代诗歌的另一个发展高峰期，出现了更多的变化和创新，千门竞开。《文苑英华》对于各流派的主要代表诗人均有涉及，选录诗歌风格多样化。但是对于艳诗态度颇为谨慎，诸如元稹、白居易的艳诗基本不选录。《文苑英华》收录的中唐诗人诗歌数量繁多，不少诗人仅收录一两首作品，此不一一论及。

对唐代诗歌的整体审视从宋人开始，宋人对于中唐诗歌在唐代诗歌史中的地位极为肯定。赵孟坚云"故自贞元、元和而上，李、杜、韩、柳以至乎长庆元白，皆唐文之懿也"（《凌愚谷诗集序》），杨时认为"诗之变，至唐而止，元和之诗极盛"（《龟山先生语录》），均对中唐尤其是元和诗歌成就予以认可。《文苑英华》以选录诗歌精华的方式，选录大量中唐诗人诗歌，可以说是开宋人力举中唐诗歌之先声。

四 对晚唐诗歌的选取

唐朝晚期政治上已逐步走向衰落，各种危机四伏。士人政治热情减退，以诗歌干预政治的心理虽亦存在，如聂夷中、杜荀鹤、皮日休、陆龟蒙、曹邺等人也写反映民生疾苦，抨击贪官污吏的诗作，但

[①] 丁福保：《清诗话》，上海古籍出版社1963年版，第982页。

已逐渐趋于冷嘲热讽，旁观指斥。诗人儒家积极入世的意识淡化，回避乱世的心理凸显，审美也随之变化。晚唐诗人更喜诗歌的精工幽微、纤巧清新，更重在技巧形式上着力，七言律诗与绝句成为这一时期主要的体裁。诗歌普遍存在伤感情绪。《文苑英华》收录晚唐可考诗人136人，收录诗2300余首。收诗10首以上的诗人有：郑谷（151首）、罗隐（142首）、温庭筠（139首）、许浑（136首）、赵嘏（121首）、张乔（112首）、方干（111首）、薛能（94首）、陈陶（91首）、马戴（89首）、杜牧（82首）、张祜（63首）、周贺（61首）、曹松（60首）、张蠙（56首）、杜荀鹤（56首）、李商隐（55首）、李洞（53首）、罗邺（46首）、曹唐（45首）、王贞白（45首）、朱庆馀（44首）、李群玉（40首）、裴说（39首）、姚鹄（34首）、项斯（29首）、薛蓬（27首）、唐彦谦（26首）、许棠（22首）、皮日休（22首）、喻坦之（21首）、夏夷中（21首）、喻凫（19首）、周朴之（19首）、刘驾（18首）、司空图（18首）、周繇（16首）、韩琮（14首）、陆龟蒙（10首）、曹邺（10首）、黄滔（10首），其余65人为收录10首以下者。

晚唐诗家众多，创作复杂，余恕诚先生将晚唐诗人大体划为两个大的诗人群体：一是继承贾岛、姚合、张籍、孟郊的穷士诗人群，工于穷苦之言，诗歌风貌的特征是收敛、淡冷、着意。这一派诗人包括喻凫、顾非熊、张乔、李威用、李频、刘得仁、赵嘏、方干、李洞、周贺、高蟾、皮日休、陆龟蒙、许棠、周朴、杜荀鹤、崔涂等。二是以李商隐、温庭筠、杜牧为代表，在心灵世界与绮艳题材的开拓上作出了大贡献的诗人，诗歌风貌特征是悲怆、绮丽、委婉。这一群体其他代表诗人有韩偓、唐彦谦、吴融、罗隐、韦庄等。[①] 本书借鉴此划分，对《文苑英华》收录的晚唐诗人诗歌情况进行分析。

（一）对穷士诗人群的态度

《文苑英华》所收录诗10首以上的诗人中可归入"穷士诗人群"的

[①] 参见余恕诚《晚唐两大诗人群落及其风貌特征》，《安徽师范大学学报》1996年第2期。

有郑谷、赵嘏、张乔、方干、薛能、陈陶、马戴、周贺、曹松、张蠙、杜荀鹤、李洞、王贞白、朱庆馀、裴说、许棠、喻坦之、夏夷中、皮日休、喻凫、周朴之、刘驾、司空图、周繇、陆龟蒙、曹邺、黄滔等。

《文苑英华》收录郑谷、赵嘏、张乔、方干的诗都在百首以上。《唐才子传》卷九云：郑谷诗"清婉明白，不俚而切"，唐末五代对郑谷诗评价颇高，齐己《寄郑谷郎中》称其"高名喧省闼，雅颂出吾唐"。一些诗格类著作如齐己《风骚旨格》、徐寅《雅道机要》、文彧《诗格》等常引用郑谷诗。而自欧阳修《六一居士诗话》开始对郑谷诗格调不高的批评逐渐增多，如称"气格如此其卑"（叶梦得《石林诗话》卷下），"句语亦不甚殊，而声韵益卑"（许学夷《诗源辩体》卷三十）等。《文苑英华》收录郑谷诗151首，列于其所录晚唐诗人之首，显示出《文苑英华》对郑谷诗清新浅近风格的欣赏。郑谷诗归类如下：天部类8首、地部类7首、省试类3首、朝省类8首、音乐类1首、释门类7首、道门类1首、隐逸类9首、寺院类9首、酬和类3首、寄赠类26首、送行类13首、留别类4首、行迈类7首、军旅类1首、悲悼类6首、居处类11首、花木类20首、禽兽类7首。赵嘏，《文苑英华》收其诗121首，以寄赠类为多、送行类其次。《文苑英华》所录赵嘏诗内容丰赡，包括咏史怀古、思乡、科举、观景等，风格清通雅致。赵嘏现存260首诗，有20余首乐府诗，其他均为律诗，《文苑英华》未选录赵嘏乐府诗。《文苑英华》收录张乔诗录有112首，多为游览登临、送别赠答之作，风格似贾岛，不乏清雅巧思，如《华州试月中桂》《题终南山白鹤观》《听琴》《送进士许棠》等。《文苑英华》收录方干诗111首，以送行类、寄赠类和释门类为多，内容主要反映诗人的隐居环境与生活，意境清迥闲远。

《文苑英华》收录薛能、陈陶、马戴等人的诗歌也近百首。薛能诗受贾岛影响，喜雕刻。他作诗很自负，不仅对同时代的人如刘得仁、高蟾等加以轻视，对李白、杜甫、刘禹锡、白居易等人也加以讥评。郑谷赞扬薛诗"篇篇高且真"（《读故许昌薛尚书诗集》），《文苑英华》收录薛能诗94篇，可见对他也是十分欣赏的，尤其花草、禽兽类诗收录较多。而此后的宋人对薛能评价不高,如洪迈认为"薛能者,晚唐诗人,格调不能高,而妄自尊大"(《容斋随笔·薛能诗》),刘克庄言"薛能诗格不甚高,而自称誉太过"(《后村诗话》)。《文苑英华》收录陈陶诗94篇,有向往神仙和追求长生等虚无思想的,如《飞龙引》《谪仙词》《步虚引》《将进酒》等,也有抒发建功立业为帝王师的政治抱负的诗作如《赠江西周大夫》。马戴,严羽《沧浪诗话》说"马戴在晚唐诸人之上",纪昀《瀛奎律髓刊误》认为"晚唐诗人,马戴骨格最高",均对马戴诗歌评价很高。《文苑英华》对马戴诗歌关注度也很高,收录其诗89首,多投赠、应酬或写羁旅、山林之作。颇能反映社会现实的是马戴边塞诗作,《文苑英华》收录有《边馆逢贺秀才》《留别定襄郡卢军事》《边将》等。

《文苑英华》收录"穷士诗人群体"中其余诗人曹松、周贺、张蠙、杜荀鹤、王贞白、李洞、朱庆馀、裴说、许棠、喻坦之、夏夷中、皮日休、喻凫、周朴之、刘驾、司空图、周繇、陆龟蒙、曹邺、黄滔等人诗作,基本倾向于以个体生活体验为主,反映社会现状的诗作收录较少,如《文苑英华》收张蠙诗56首,虽然也有反映晚唐动乱、羁旅流徙生活的诗作,如《送人归南中》《塞下曲》《边将》《乱中寄友人》《经荒释》这几首,但更主要收录的还是他酬赠友人、咏山水胜迹的闲情之作,如《云朔逢山友》《寄友人》《送成州牧》《过山家》等,这些诗遣词婉转,意境清远。杜荀鹤,《文苑英华》收录其诗56首,以寄赠类最多。杜荀鹤诗歌有寒瘦苦吟和反映社会现实两种类型,对杜荀鹤诗的这两方面,《文苑英华》都关注到了,如其释门类、道门类所录如《赠僧》《山寺老僧》《题仇处士郊居》、寄赠类所录的《下第赠池州郑员外》等都属苦吟之作,其乐府类所录《塞上》,寄赠类所录《赠顾云》《赠李镡》对战乱都有反映。相比较而言,《文苑英华》更倾向于选录杜荀鹤的苦吟诗作。《文苑英华》收李洞诗53首,以寺院类、寄赠类和送行类居多,其中与佛门有关的诗18首。李洞诗歌追求用词精确,描写细腻,如《文苑英华》所选录的《雪》《喜鸾公自蜀归》《题竹溪禅院》《寄淮海慧泽上人》《废寺闲居寄怀》《送僧游安南》等都体现出这一特点。夏夷中、皮日休、刘驾、陆龟蒙、曹邺、黄滔等继承诗歌功利传统的诗人创作了不少反映民生疾苦之作。《文苑英华》对这一派诗人收录的总体数量很少,且不以突出对现实批判为主,如《文苑英华》收皮日休诗22首,现实批判性较强的《正乐府十篇》和《三羞诗》未选。

(二)对"温庭筠、李商隐、杜牧"一派的诗作选取

《文苑英华》所收录诗10首以上的诗人中可归入"温、李、杜"一派的有罗隐、温庭筠、李商隐、许浑、杜牧、李群玉、唐彦谦等。

罗隐,《文苑英华》收其诗142首,以送行、赠答、行迈诗作为主,这类诗情真意挚,深婉动人。此外《文苑英华》收录了罗隐16首咏花木、禽兽的咏物诗,立意深刻,善于讽谕,辛文房《唐才子传》称:"罗隐以褊急性成,动必嘲讪,率成漫作,顷刻相传。"[①] 罗隐"尤长于咏史"(《旧五代史·罗隐传》),《文苑英华》对其咏史诗也比较关注,收录有《西塞山》《许由庙》《韩信庙》等十余首。

许浑诗歌以清丽为主,韦庄评价许浑诗"字字清新句句奇"(《题许浑诗卷》),《文苑英华》收其诗136首,归类如下:天部类5首、地部类4首、人事类4首、道门类2首、隐逸类8首、寺院类10首、酬和类3首、寄赠类18首、送行类28首、留别类9首、行迈类9首、悲悼类14首、居处类18首、郊祀类2首、花木类1首、禽兽类1首。杜牧,《文苑英华》收其诗82首,分入天部、地部、帝德、乐府、音乐、隐逸、寺院、酬和、寄赠、送行、行迈、悲悼、居处、花木14类诗中,以寄赠类(18首)、行迈类(10首)、悲悼类(10首)、居处类(9首)为多。《文苑英华》对杜牧反映女性生活的诗作如《杜秋娘》《张好好诗》《题桃花夫人庙》《遣怀》《赠别》《叹花》等都未收录。许浑和杜牧都创作了不少咏史诗,意境远大,诗情悲怆,气韵跌宕,如《文苑英华》收录许浑《咸阳城西楼晚眺》《金陵怀古》,杜牧《题宣州开元寺水阁》《早雁》等。

[①] 傅璇琮:《唐才子传校笺》(第四册),中华书局1990年版,第129页。

温庭筠、李商隐诗风相近，绮艳秾丽，二人并称"温李"在唐代就开始，裴庭裕《东观奏记》云："与李商隐齐名，时号温李。"《文苑英华》收温庭筠诗139首，归类如下：天部类10首、地部类6首、省试类1首、朝省类1首、音乐类2首、人事类3首、释门类9首、道门类2首、隐逸类7首、寺院类10首、酬和类2首、寄赠类24首、送行类12首、留别类3首、行迈类9首、悲悼类14首、居处类7首、郊祀类3首、花木类13首、禽兽类1首，以寄赠类居多。《文苑英华》选录李商隐诗55首，收录较多的有：居处类（13首）、花木类（11首）、天部类（7首）。《文苑英华》对于最能体现李商隐诗"绮丽"诗风的爱情诗及"无题"诗未选录。从二人收录数量上可以看出北宋文臣对温庭筠更为欣赏，但是温庭筠擅长的乐府艳诗，《文苑英华》未收录。

李群玉，《文苑英华》收录的40首诗中，以寄赠怀友的诗作居多，风格沉郁哀怨。唐彦谦，《唐才子传》云："初师温庭筠，调度逼似，伤多纤丽之词，后变淳雅，尊崇工部。"[①]《文苑英华》收录其诗26首，以写景、寄赠、咏物为主，与温庭筠秾丽诗风相近的如《无题十首》《离鸾》等诗未选录。

属于这一诗人群体的主要诗人还有吴融、韦庄、韩偓和罗虬等。吴融诗歌多流连光景、艳情酬答之吟唱，《文苑英华》未收录其诗。韦庄在唐末诗坛上有重要地位。清代翁方纲称他"胜于咸通十哲多矣"（《石洲诗话》），郑方坤把他与韩偓、罗隐并称为"华岳三峰"（《五代诗话·例言》）。《文苑英华》仅收录韦庄诗8首，对韩偓和罗虬二人诗歌均未收录。

上述概述了《文苑英华》收录的主要的晚唐诗人诗作情况，其余不一一阐述。要之，对于晚唐诗歌的态度，肯定与否定态度皆有。肯定者如宋人杨时称："诗有盛唐、中唐、晚唐，五代陋矣。"（《龟山先生语录》）清人叶矫然亦持类似态度，认为"晚唐七言律，佳句有雄快绝

---

① 傅璇琮：《唐才子传校笺》（第四册），中华书局1990年版，第50页。

伦者……谁谓晚唐无诗哉"(《龙性堂诗话续集》)。否定者如宋赵孟坚,他认为"大中以降,琐涩滋过,固一病也,而又浸淫于以俗为雅之流,代号作者或不免是,况浸淫于末流者乎"(《凌愚谷诗集序》),又如魏庆之所言"唐末诗小巧无风骚气"(《诗人玉屑》引《室史》),均对晚唐诗风提出了批评。《文苑英华》收录晚唐诗歌数量仅次于中唐,可见对晚唐诗歌亦是肯定的。《文苑英华》对晚唐诗歌选录亦有所侧重,收录的绝大部分晚唐仍是观景赏物、赠答送别、行迈登临等日常生活相关内容的诗作。爱情题材和咏史怀古题材诗作的大量出现是晚唐诗歌的一个特点,晚唐后期还有一部分诗人主张诗教说,写民生疾苦。《文苑英华》对于晚唐诗风新的变化有所关注、剔抉吸收,大量的爱情题材诗歌予以剔除,尤其是具有齐梁风格的精于雕刻、香婉柔腻的诗歌极少收录。

五 《文苑英华》选唐诗的基本倾向

综上,《文苑英华》收录唐代诗作主要有以下几个特点:

(一)对于各阶段诗作选录各有侧重,收录诗作风格的多样化

《文苑英华》对于初、盛、中、晚唐诗作均有选录,选录面很广,各种身份的诗人、各类诗人群体几乎都有涉及。初唐诗选推崇宋之问,盛唐以李杜为重,中唐推举白居易,晚唐重视郑谷、罗隐等,从整体上而言,尤其偏重中晚唐诗人。对于一些历代并称的诗人,也有自己的倾向。如王维、孟浩然并称,而王维更受北宋文臣的重视。高适、岑参并称,但是北宋文臣对于岑参主景尚奇的边塞诗并不很欣赏。北宋文臣对于李白和杜甫并重,相比较而言,更欣赏李白诗。"温李"并称在唐代就开始,《文苑英华》收温庭筠诗139首,选录李商隐诗55首,显然更重视前者。

《文苑英华》收录诗作以选取精华为要求,《文苑英华》唐诗选录风格倾向"雅""颂",对过于质朴的诗歌予以剔除,如对王梵志、寒山、拾得、丰干等人的浅俗之诗以及民歌均不选录。从内容上来说,应制奉和、酬唱赠答、送行游览等内容的诗歌选录较多,对现实批判性较

强的作品则收录较少。如杜甫"三吏""三别"未选；张籍、王建、元稹等人的新乐府很少收录；姚合《武功县中作》30 首未收录。韦庄《悯耕者》《汴堤行》《睹军回戈》《喻东军》《重围中逢萧校书》等反映晚唐动乱社会情况的诗均未选录。再如白居易在《与元九书》中说："凡闻仆《贺雨》诗，而众口籍籍，已谓非宜矣。闻仆《哭孔戡》诗，众面脉脉，尽不悦矣。闻《秦中吟》，则权豪贵近者相目而变色矣。闻《乐游园》寄足下诗，则执政柄者扼腕矣。闻《宿紫阁村》诗，则握军要者切齿矣。大率如此，不可遍举。"① 白居易所列举的这些诗歌中，《哭孔戡》《秦中吟》《乐游园》《宿紫阁村》均比《贺雨》言语激切。《文苑英华》只选录了《贺雨》归入诗体。

"雅""颂"基调之下，《文苑英华》收录的诗作风格又是多样的。《文苑英华》选录了 800 多位唐代诗人，且不说不同作家之间的诗歌风格各异，就同一诗人，也不以单一标准选录诗歌，如初唐"四杰"的宫廷诗风与"言志述怀"类并存，杜甫的观照民生现实的诗作与清新自然的小诗同录。从《文苑英华》25 类诗的选录来看，每一类诗的收录特点各有不同，如天部、地部类，赏景抒情侧重展现闲情雅致，应制类倾向颂扬，不看重个体情感抒发。悲悼类、送行类等倾向个体抒情，容易引起共鸣；而咏物类则倾向对物的刻画以及托物言志。

（二）对唐代艳诗与南朝艳诗态度相似

《文苑英华》对南朝艳诗的态度，既包容又谨慎。《文苑英华》对于唐代艳诗也是如此。首先，《文苑英华》不摒弃唐代艳诗，它所收录的唐代艳诗主要分布在乐府类、音乐类和悲悼类诗中，有 180 余首，以抒情方式区分，可以分两类：一是抒情色彩较强的艳诗，如表达思念的酸甜、离别的不舍、被弃的哀怨以及对亡者的哀思等情思，这类诗主要收录在乐府中以"长相思""有所思""长门怨""昭君怨""潜别离""生别离""班婕妤怨""怨歌行""折杨柳"等为题的诗歌以及悲悼类中的"哭人""哭妓"子类当中。这类诗是《文苑英华》所录唐代艳诗

---

① （唐）白居易撰，顾学颉校点：《白居易集》，中华书局 1979 年版，第 962—963 页。

的主体。另一类则以表现人物外在美为主。这类诗在乐府中以"公子行""日出东南隅"为题的类型以及音乐类诗中的"歌妓"子类中收录较多，约有 40 首。这两种类型的艳诗以李白《长相思》和万楚《五日观妓》对比，可以区别得更清楚。

长相思，在长安。络纬秋啼金井栏，微霜凄凄簟色寒。孤灯不明思欲绝，卷帷望月空长叹。美人如花隔云端，上有青冥之长天，下有绿水之波澜。天长路远魂飞苦，梦魂不到关山难。长相思，摧心肝。（李白《长相思》）

西施谩道浣春纱，碧玉今时斗丽华。眉黛夺将萱草色，红裙妒杀石榴花。新歌一曲令人艳，醉舞双眸敛鬓斜。谁道五丝能续命，却令今日死君家。（万楚《五日观妓》）

前者重在表述相思之苦，后者重在对人物衣着、神态等描摹。

但是，相对于《文苑英华》收录近 1 万首的唐诗总数来说，《文苑英华》收录唐代艳诗所占的比重很小，显示出编纂者在唐代艳诗的选录上的谨慎态度。《文苑英华》尤其对于唐代不少具有齐梁诗风特点的诗歌予以剔除，如白居易《九日代罗樊二妓招舒著作》《洛阳春赠刘李二宾》（题下均自注"齐梁格"），李贺《追和柳恽》《追和何谢铜雀妓》《花游曲》（三首诗分别仿柳恽、何逊、萧纲诗），权德舆《玉台体十二首》等，这些仿齐梁诗风的诗作，《文苑英华》均未选录。白居易为《文苑英华》收录诗作最多者，但是对于其较为典型的艳诗，如《忆旧游》《醉后题李马二妓》《卢侍御小妓乞诗座上赠》等不录，而对于元稹创作的艳诗则几乎完全排除，只收录《连昌宫词》一首归入歌行体，其余均不录。《文苑英华》对于晚唐诗人亦是如此，如杜牧反映女性生活的诗作、李商隐诗"绮丽"诗风的爱情诗及"无题"诗、温庭筠擅长的乐府艳诗等均未收录。而韩偓的《香奁集》、罗虬《比红儿一百首》、王涣《惆怅诗十四首》等都是艳情的代表，《文苑英华》均未收录。

(三) 收录诗作比较集中于某些作家身上

《文苑英华》虽然收录唐代诗歌近 1 万首，诗人超过 800 位，涵盖面广，但是收录不均衡，诗作主要集中在某些作家上，如《文苑英华》收录的初唐可考诗人 113 位诗 1200 首中，前十人为宋之问（145 首）、张说（118 首）、李峤（105 首）、苏颋（85 首）、沈佺期（78 首）、唐太宗（67 首）、卢照邻（65 首）、骆宾王（65 首）、陈子昂（48 首）、王勃（43 首），所录诗占初唐诗的 60% 以上；其收录的盛唐可考诗人 171 人，1600 余首诗中，前十人为李白（228 首）、杜甫（194 首）、王维（155 首）、张九龄（113 首）、孟浩然（95 首）、王昌龄（74 首）、岑参（60 首）、高适（53 首）、唐玄宗（36 首）、祖咏（31 首），所录诗歌占盛唐诗歌的 60% 以上；《文苑英华》收录中唐可考诗人 298 位诗 3400 余首，前十人为白居易（254 首）、刘长卿（181 首）、卢纶（154 首）、贾岛（153 首）、刘禹锡（143 首）、皎然（142 首）、张籍（120 首）、刘得仁（112 首）、司空曙（91 首）、戴叔伦（87 首），所录诗歌占中唐诗歌的 40%；晚唐可考的 136 位诗人 2300 余首诗中，前十人为郑谷（151 首）、罗隐（142 首）、温庭筠（139 首）、许浑（136 首）、赵嘏（121 首）、张乔（112 首）、方干（111 首）、薛能（94 首）、陈陶（91 首）、马戴（89 首），所录诗歌占了晚唐诗歌的 50%。

《文苑英华》选诗与现行文学审美有所差异，后人评论《文苑英华》选文往往以现在的审美标准议论，对《文苑英华》作品选录不满，如认为"杜甫的'三吏''三别'、《诸将》《咏怀古迹》，李白的《早发白帝城》《黄鹤楼送孟浩然之广陵》《梦游天姥吟留别》，都没有收录。宋之问的诗选了一百三十多首，柳宗元的诗只选一首"[1]。"大家名篇遗漏严重，中小作家收录太多，主次不分，良莠不齐。显然，《英华》的收录不是严格的选本意义，文选史的意义也不突出。"[2]《文苑英华》实非漏选，只能说各时代对于文本鉴赏标准不一，不应以现在的审美标准要求《文苑英华》。

---

[1] （宋）李昉：《文苑英华》，中华书局 1966 年版，第 9 页。
[2] 成明明：《北宋馆阁与文学研究》，中国社会科学出版社 2007 年版，第 244 页。

第二节 《文苑英华》与"唐人选唐诗"选本选唐诗比较

选本批评是中国古代诗歌批评中常见的方式，对诗学研究影响较大。陈伯海认为：选诗、品藻和叙事"是唐诗学的最原始的研究范围和研究方法"[①]。朱易安则认为："事实上这个研究范围和方法以后仍然是整个古典唐诗学的主要部分，即使到了明代后期，出现了胡应麟《诗薮》、许学夷《诗源辩体》这样具有比较完整理论体系的唐诗学研究著作，也仍然如此。又如许学夷的《诗源辩体》，原本是一部大型诗选，后因财力人力有限，只刻印了诗论部分，才成了我们今天所见到的样子。"[②] 唐代有大量唐人自行编选的唐代诗集，据陈尚君先生《唐人编选诗歌总集叙录》统计，唐人见诸记载的诗歌选集有 137 种，另存目 50 多种，其中选家所编选集在 100 种左右[③]。将"唐人所选唐诗"选本结集刊行，较早的是明代嘉靖时佚名所辑《唐人选唐诗六种》，收《箧中集》《国秀集》《河岳英灵集》《中兴间气集》《搜玉小集》《极玄集》。明末毛晋增《御览诗》《才调集》两种，成《唐人选唐诗八种》。1958 年中华书局上海编辑所又增《唐写本唐人选唐诗》《又玄集》两种，共 10 种结集成书。1993 年傅璇琮先生的《唐人选唐诗新编》又增补了《翰林学士集》《丹阳集》《玉台后集》《珠英集》4 种，删去了似为抄录而非编选的敦煌写本唐诗，共计收录 13 种"唐人选唐诗"。

学界对"唐人选唐诗"现象较为关注，也有不少研究成果，但较少将之与宋代的唐诗选本比较，从选本批评角度考察唐宋人选唐诗的变化。《文苑英华》虽然是诗文总集，但是编纂人员分工各不相同，实际上又各成体系。以《文苑英华》选唐诗与唐人选唐诗比较，能具体微观地把握唐至宋初唐诗学的演进特点。

---

① 陈伯海：《唐诗学引论》，知识出版社 1988 年版，第 178 页。
② 朱易安：《略论唐诗学发展史的体系建构》，《文学评论》1998 年第 5 期。
③ 陈尚君：《唐代文学丛考》，中国社会科学出版社 1997 年版，第 185 页。

一　《文苑英华》与"唐人选唐诗"选本选诗比较概述

（一）与"唐人选唐诗"初唐诗歌选本比较

"唐人选唐诗"十三种中选录初唐诗的有《翰林学士集》《珠英集》和《搜玉小集》。

《翰林学士集》，此集为初唐文集之残卷，收唐太宗、许敬宗、长孙无忌、上官仪以下19家，凡诗51首，诗均为应制或应令之作，多为同题唱和，群体参与性强，诗歌以句式类分为四言和五言诗两类，《文苑英华》与之相重的诗人有唐太宗、许敬宗、上官仪、杨师道、褚遂良、于志宁、张文琮、刘洎、岑文本等9人，重诗11首，包括唐太宗6首，许敬宗3首，杨师道1首，上官仪1首，所重诗歌均为五言诗。《文苑英华》对于初唐应制诗（包括应令诗）很重视，而此类四言诗不选录，大概《文苑英华》认为四言形式并非应制诗内容的最佳载体。从两者重诗来看，唐太宗与许敬宗的重诗最多，这说明《翰林学士集》与《文苑英华》都比较重视唐太宗和许敬宗。而实际收录中，《翰林学士》收录许敬宗诗最多，有12首（另序一首），其次为唐太宗9首。《文苑英华》收录唐太宗诗67首，许敬宗诗23首，以唐太宗为重，许敬宗为次。对于《翰林学士集》以许敬宗为中心的现象，傅璇琮认为："此集每一题下皆有许敬宗诗，且目录亦皆以许诗列目。其中诗多为太宗首唱，诸臣奉和，而目录均作'同上某首并御诗'，即御诗在此集中仅处于附收的位置……对此种处理较恰当的解释是，以此卷为许敬宗子孙为其所编别集，敬宗自然就处于集子的中心位置。"① 与《翰林学士集》相反，《文苑英华》则突出帝王的位置，在唐太宗诗歌所归入的类型中，唐诗均以唐太宗为首。

武后曾朝诏武三思等修《三教珠英集》1300卷。参加修书的都是著名的文人学者，称为"珠英学士"。《珠英集》为崔融选编珠英学士的诗作结集而成，宋元之际已散佚。"珠英学士"有《旧唐书》之"二

---

① 傅璇琮：《唐人选唐诗新编》，陕西人民教育出版社1996年版，第4页。

十六人"说与《郡斋读书志》之"四十七人"说两种,傅璇琮认为
"《郡斋读书志》所说四十七人之数,当更准确"①。因47人并未列出明
确名单,无从考证《文苑英华》所录诗人与之重合情况。若以《旧唐
书》所列26人名单为依据,《文苑英华》与《珠英集》重合的诗人有
张昌宗、李峤、阎朝隐、徐彦伯、薛曜、员半千、魏知古、于季子、王
无竞、沈佺期、徐坚、张说、乔备、宋之问、崔湜、韦元旦16人。《珠
英集》现存残卷收诗人11人,存诗55首。《文苑英华》与之相重诗人
6人,分别为:沈佺期、李适、崔湜、王无竞、乔备和胡皓。两集重诗
16首,以重沈佺期诗最多,占了总重诗的一半。《珠英集》残卷收录沈
佺期诗10首,为残卷中收录诗歌最多者。其次是崔湜9首,王无竞8
首,胡皓7首。《文苑英华》收录沈佺期诗78首,在所录初唐诗中地位
也比较突出。可以说沈佺期的诗坛地位均为崔融和宋初文臣认可。两者
重沈诗8首,也就是说《珠英集》所认可的沈佺期诗作,《文苑英华》
绝大部分也予以认可。《珠英集》收录的另两首沈诗《朝镜》《古镜》,
《文苑英华》未收录。《文苑英华》选诗依类型而定,这两首诗在25类
中无恰当的类型归入,此有可能是不录的原因,也有可能选录者并不以
为是精华之作。《文苑英华》对于崔湜、王无竞和胡皓的诗认可度明显
不如沈佺期。《文苑英华》收录崔湜诗25首,与《珠英集》重2首;
收录王无竞诗2首,重诗2首;收录胡皓诗4首,无重诗。

《翰林学士集》《珠英集》均在某一类特定群体(宫廷诗诗人)中
选诗。《搜玉小集》打破这种收录方式。此书编次虽杂乱,但倾向于依
据类型来收录诗歌,内容较二者丰富。今本存诗人34位,诗61首,其
中近体诗36首,古体诗25首。所选皆初唐人诗,最早者魏徵,最迟者
刘希夷、裴漼。《文苑英华》与之重作品35首,其中2首《文苑英华》
归入歌行。重合诗人30人:崔湜、裴漼、韩休、崔融、刘希夷、屈同、
郑愔、杨炯、徐彦伯、卢照邻、东方虬、郭元振、骆宾王、崔颢、刘允
济、沈佺期、乔知之、王泠然、许景先、徐晶、杜审言、宋之问、魏

————————
① 傅璇琮:《唐人选唐诗新编》,陕西人民教育出版社1996年版,第42页。

徽、陈子昂、王勃、苏味道、王諲、余延寿、张谔、李峤。其中东方虬、余延寿和屈同，两书收录的作品内容、数量均一致。《搜玉小集》大体似按应制诗、边塞诗、闺情类、岁时应景类、行旅述怀类等分。《搜玉小集》选录的4首应制诗，《文苑英华》全部选入。《文苑英华》与之重合较少的为闺情类和岁时应景类诗作，《搜玉小集》选录了13首非乐府闺情类诗作和7首应时应景类作品。前者《文苑英华》有9首未重，后者有6首未重。《搜玉小集》重视闺情类诗作，《文苑英华》则对此态度较冷淡，这一点与《文苑英华》对于唐代应制诗和艳诗整体上的态度吻合。从选录诗歌数量来看，《搜玉小集》收录诗歌较多者为：宋之问6首，沈佺期4首，崔湜4首，郑愔3首。《文苑英华》收录初唐诗歌较多者：宋之问133首，李峤105首，沈佺期78首，卢照邻65首。两者均以宋之问收录为最多，重合诗作也最多（5首）。此外两者对于与宋之问齐名的沈佺期也很重视。《搜玉小集》所选录的诗人中，《文苑英华》未录者有：贺朝、张汯、刘幽求、徐璧4人。这4人现留存的诗都很少，资料记载也很少，唯贺朝，《旧唐书·文苑传》称其"文词俊秀"。贺朝诗今存《孤兴》和《从军行》这两首，《搜玉小集》选录《从军行》。《文苑英华》以类选诗，张汯《怨辞》、刘幽求《书怀》及徐璧《催妆》均无从归类，但贺朝的《从军行》可归入"乐府"类，而《文苑英华》未选录。郭茂倩《乐府诗集》亦未录此诗，疑宋初馆阁文臣未见此诗，或是见但不以为是精华。

（二）与"唐人选唐诗"盛唐诗歌选本比较

"唐人选唐诗"中的《丹阳集》所选为开元年间诗人；《河岳英灵集》所选为开元、天宝年间诗人；《箧中集》所选为肃宗时期诗人，三种选集皆为选录盛唐诗歌的选本。《国秀集》选录武则天朝诗人李峤、宋之问等至天宝末年诗人王湾、祖咏等共90人的诗，除李峤、宋之问、杜审言、沈佺期、董思恭、刘希夷6人为初唐诗人外，其余皆为盛唐诗人。考虑到《国秀集》选录初唐诗歌较少，为便于分析，故将其归入盛唐诗歌选本。

《丹阳集》系殷璠所编，收录诗人18位，《新唐书·艺文志》之

《包融诗》下注曰：

> 融与储光羲皆延陵人；曲阿有余杭尉丁仙芝、缑氏主簿蔡隐丘、监察御史蔡希周、渭南尉蔡希寂、处士张彦雄张潮、校书郎张晕、吏部常选周瑀、长洲尉谈戭、句容有忠王府仓曹参军殷遥、硖石主簿樊光、横阳主簿沈如筠，江宁有右拾遗孙处玄、处士徐延寿（应为余延寿），丹徒有江都主簿马挺、武进尉申堂构，十八人皆有诗名。殷璠汇次其诗，为《丹阳集》者。①

今本所录亦为此 18 人，诗 20 首、残句 24 句，其中五古 8 首，五律 8 首，七律 1 首，五绝 3 首，五言残句 20 句，七言残句 4 句。《文苑英华》与《丹阳集》重诗人 12 人，重诗 16 首。两集重合的这 12 人中，《文苑英华》收录储光羲诗 13 首，包融、蔡希寂诗各 5 首，丁仙芝诗 4 首，张潮诗 3 首，周瑀、殷遥诗各 2 首，蔡隐丘、蔡希周、张晕、谈戭、沈如筠诗各 1 首。由此可见，《文苑英华》对这 12 位诗人并不算重视。但有一点值得注意，《文苑英华》收录周瑀、殷遥、蔡希周 3 人诗作与《丹阳集》收录一致。蔡隐丘、谈戭、沈如筠 3 人诗歌（去除《丹阳集》中的残句），《文苑英华》与《丹阳集》亦收录一致，也就是说《文苑英华》对于这 3 人的诗歌选录不超出《丹阳集》的选录范围。这两种一致可以看出《文苑英华》对于殷璠选录这 6 人诗歌的认可，《文苑英华》也很有可能直接借鉴《丹阳集》对这 6 人诗歌的选录方式。殷璠论诗重视骨力，推崇建安末的"气骨弥高"，认为太康"体调尤峻"、元嘉"斤骨仍在"，而对于南北朝诗歌予以否定，认为永明"规矩已失，梁陈周隋，厥道全丧"。与殷璠对于梁陈周隋诗歌的全盘否定相左，《文苑英华》对于南北朝诗歌给予了肯定。其选录诗歌时，收录 1000 多首唐代前的作品，主要是梁陈周隋四朝诗歌，与"骨气弥高"相反的轻巧俗艳的宫体诗也在收录范围之内。而从《文苑英华》

---

① （宋）欧阳修、宋祁：《新唐书》，中华书局 1975 年版，第 1609—1610 页。

对《丹阳集》现存诗歌的重合数来看，《文苑英华》对于殷璠所崇尚的"气骨"予以认同，但并不是首推"气骨"，这从《文苑英华》对《丹阳集》所选录诗人诗作的总数之少可以看出，再者《文苑英华》对初唐倡导"风骨"陈子昂的诗歌选录亦可得以佐证，《文苑英华》收其诗50首，收录数量上远不及以端庄精雅为主的宋之问（145首）、张说（118首）、李峤（105首）、苏颋（85首）、沈佺期（78首）等。

《文苑英华》未选录《丹阳集》所选张彦雄、樊光、孙处玄、余延寿、马挺、申堂构等6人。未入选的诗（除残句）有丁仙芝《长宁公主旧山池》、张晕的《绝句》、孙处玄的《失题》和余延寿的《折杨柳》共4首。这4首中，丁仙芝的《长宁公主旧山池》和余延寿的《折杨柳》可归入《文苑英华》诗的"地部类"和"花木类"。殷璠评余延寿诗"婉娈艳美"，《文苑英华》主"风骚"，对于唐代"婉娈艳美"之诗选录较少，这可能也是弃余延寿诗的原因。殷璠评丁仙芝诗"婉丽清新，迥出凡俗，恨其文多质少"，《文苑英华》不录其诗《长宁公主旧山池》大概也因为其"文多质少"的缘故。

《河岳英灵集》为殷璠的另一盛唐诗歌选本，《河岳英灵集序》言选录诗人24人，共234首，但今本总计为230首。《河岳英灵集》勾勒出盛唐诗歌的主流面貌，对入选诗人亦做简要评论，是现存唐人选唐诗选本中很受重视的一种。《文苑英华》与其重诗人23位，重诗126首，占《河岳英灵集》所录诗歌的55%。殷璠《河岳英灵集序》云："梁昭明太子撰《文选》，后相效著述者十余家，咸自称尽善，高听之士，或未全许。且大同至于天宝，把笔者近千人，除势要及贿赂者，中间灼然可尚者，五分无二，岂得逢诗辑纂，往往盈帙。盖身后立节，当无诡随，其应诠拣不精，玉石相混，致令众口销铄，为知音所痛。"[1]从序言可知殷璠选编此诗集，旨在遴选精华诗篇，有效《文选》之意，《文苑英华》编纂目的与此类似。且两集均关注选诗"风骚"特点，殷璠选诗"文质半取，风骚两挟"（《河岳英灵集·序》），《文苑英华》选诗"非风

---

[1] 傅璇琮：《唐人选唐诗新编》，陕西人民教育出版社1996年版，第107页。

雅之言，未尝取也"（杨亿《故翰林侍读学士杨公行状》），从选诗重合比例、编纂目的以及选录倾向来看，两书选诗观上有不少共同之处。

为更好比照《文苑英华》与《河岳英灵集》两书收录诗歌情况，列表4-1：

表4-1　　　《文苑英华》《河岳英灵集》收录诗人诗歌对照

诗人	《河岳英灵集》录诗（首）	《文苑英华》录诗（首）	重合（首）	诗人	《河岳英灵集》录诗（首）	《文苑英华》录诗（首）	重合（首）
常建	15	22	7	李白	13	228	7
王维	15	155	8	刘眘虚	11	12	9
张谓	6	39	3	王季友	6	6	4
陶翰	11	15	10	李颀	14	19	9
高适	13	50	9	岑参	7	58	4
崔颢	11	24	5	薛据	10	5	5
綦毋潜	6	22	6	孟浩然	6	95	2
崔国辅	13	13	5	储光羲	12	13	6
王昌龄	16	68	8	贺兰进明	7	2	1
崔署[①]	6	9	5	王湾	8	1	0
祖咏	6	30	4	卢象	7	12	6
李巙	5	3	3	阎防	5	0	0

《河岳英灵集》所选录的24位诗人皆"河岳英灵"。从表4-1可以看出，《文苑英华》除阎防未选录其诗之外，其余均选录。《文苑英华》与之重诗126首，占《河岳英灵集》所录诗歌的55%，重合诗歌较多者有陶翰、綦毋潜、刘眘虚、崔署、王季友、李颀、卢象、李巙和薛据，其中对李巙和薛据的诗作选录均未超出《河岳英灵集》的选录范围。殷璠选诗兼顾"声律""风骨"，倡导"文质半取，风骚两挟"。从《文苑英华》与《河岳英灵集》的重合情况可见北宋初文臣对殷璠的选诗基本上是认可的。不少诗人在两书中的收录情况相近，如《文苑英华》收陶翰、刘眘虚、王季友、李巙诗分别为15首、12首、6首、

---

① 《文苑英华》（中华书局影印1966年版）为崔曙。

3首,《河岳英灵集》收录这些诗人诗歌分别为11首、11首、6首、5首,两书所重分别为10首、9首、4首、3首。

两书最主要的区别在于:一是在文学成就与人品关系问题上,殷璠选诗将人品与才学结合,《序》称"把笔者近千人,除势要及贿赂者,中间烁然可尚者,五分无二""如名不副实,才不合道,纵权压梁、窦,终无取焉",殷璠认为势要及贿赂者不合道,故而不取。《文苑英华》选诗基本上未考虑人品因素,其所选的唐代800多位诗人,官职高低不均,人品良莠不齐。二是在诗歌古体、近体倾向上,《河岳英灵集》选录古体诗较多,共收入包括五、七言古风和乐府在内的172首,占全集的75%,明初的高棅《唐诗品汇·五言古诗叙目》中指出"及观诸家选本载盛唐诗者,唯殷璠《河岳英灵集》独多古调"。《文苑英华》与之重合的诗中古体、近体均有,因《河岳英灵集》偏古体,重诗中的古体比重亦大些,但是从《文苑英华》整体收录来看,律诗的比重更大。三是在对待齐梁诗歌态度上,《河岳英灵集序》批评齐梁诗"理则不足,言常有余,都无兴象,但贵轻艳",《文苑英华》对于齐梁诗歌不全盘否定,而是批判继承。四是在盛唐诗人地位上,《河岳英灵集》最为推崇者为王昌龄,次为常建和王维,又次为李颀、李白。而《文苑英华》收录盛唐诗人前五位为李白、杜甫、王维、张九龄、孟浩然,常建和李颀的诗都收录很少。

芮挺章的《国秀集》编选时间与《河岳英灵集》相当。其序称选录开元以来至天宝三年90人诗220首。《四部丛刊目录》载为88人,其中吕令问、敬括、韦承庆3人皆缺诗,今本实选录85人,诗218首。所选诗人实际上包括开元以前属初唐者李峤、宋之问、杜审言、沈佺期、董思恭、刘希夷等6人,诗24首,其余为盛唐诗人,共82人(包括缺诗的吕令问、敬括、韦承庆3人)诗194首。

楼颖《国秀集序》云:

> 昔陆平原之论文曰:"诗缘情而绮靡。"是彩色相宣,烟霞交映,风流婉丽之谓也。仲尼定礼乐,正《雅》、《颂》,采古诗三千

余什，得三百五篇，皆舞而蹈之，弦而歌之，亦取其顺泽者也……芮侯即探书禹穴，求珠赤水，取太冲之清词，无嫌近涸；得兴公之佳句，宁止掷金。道苟可得，不弃于厮养；事非适理，何贵于膏粱？①

这段话指出了《国秀集》的选诗主张诗歌，即文采上风流婉丽，内容上近雅正风骚。其选录诗歌注重"道"，"道苟可得，不弃于厮养；事非适理，何贵于膏粱"？不合道者皆不录。这种主张与殷璠编纂《河岳英灵集》的主张类似。

《国秀集》与《河岳英灵集》编纂时间相当，编纂目的及标准都类似，但是两书编选内容有很大差异，只重合王维、孟浩然、崔颢、崔国辅等12人诗45首。《河岳英灵集》注重选录名气大者，而《国秀集》选录不少小诗人，明代许学夷评《国秀集》云："其所选十数名家而外，皆不知名，故其诗多不工。"（《诗源辩体》卷三六）两者虽言文质、风骚均重，但在实际选录中，《国秀集》更偏重文采声律，大部分作品音韵和谐，绮丽婉约。而《河岳英灵集》选诗在"声律""风骨"的兼顾上更胜一等。《文苑英华》与两书重合诗人诗作有很大差异。《文苑英华》重《河岳英灵集》所录24人中的23人，重诗126首，占《河岳英灵集》诗歌总数的55%。而《文苑英华》重《国秀集》所录88人中的56人，重其所录218首诗中的48首，仅占《国秀集》诗歌总数的22%。且重合的56人中，《文苑英华》录诗5首以下者有31人，其中有18人仅录诗1首。重合的48首诗多集中在宋之问、沈佺期、张说、王维、崔颢、崔国辅等比较有名气的诗人上。从《文苑英华》对两选集的重合情况，亦可看出《文苑英华》选诗倾向。

元结《箧中集》成于唐肃宗干元三年（760），选录沈千运、王季友、丁逊、孟云卿、张彪、元季川、赵微明等7人诗，共24首。元结《箧中集序》云：

---

① 傅璇琮：《唐人选唐诗新编》，陕西人民教育出版社1996年版，第217页。

近世作者，更相沿袭，拘限声病，喜尚形似，且以流易为词，不知丧于雅正。然哉彼则指咏时物，会谐丝竹，与歌儿舞女，生污惑之声于私室可矣。若令方直之士、大雅君子，听而诵之，则未见其可矣。吴兴沈千运，独挺于流俗之中，强攘于已溺之后，穷老不惑，五十余年，凡所为文，皆与时异。故朋友后生，稍见师效，能侣类者，有五六人。呜呼！自沈公及二三子，皆以正直而无禄位，皆以忠信而久贫贱，皆以仁让而至丧亡。异于是者，显荣当世。谁为辨士，吾欲问之。①

从《序》中可知，元结针对盛唐诗歌重技巧以及追求形式美和自由抒发性情的倾向提出批评，认为当时流行的诗歌创作"拘限声病，喜尚形似，且以流易为辞，不知长于雅正"，实际上是倡导诗以美刺。故元结所选录的7人诗歌"皆与时异"，为元结所认为的"雅正"之作，以五古为主，内容多抒写"无禄位""久贫贱"的悲苦与愤懑，倾向写实，风格质朴，不事雕饰。元结论诗亦是将人品道德与文章结合，《箧中集》所录的7人皆为正直、忠信、仁让之人。《文苑英华》与《箧中集》重合除丁逖外的6人，重诗7首。《文苑英华》对重合的这6位诗人诗歌收录较少，收录沈千运诗2首，王季友诗6首，孟云卿诗12首，张彪诗1首，元季川诗1首，赵微明诗1首，其中选录沈千运、张彪、元季川的诗未超出《箧中集》收录范围。从重合诗人来看，《文苑英华》将《箧中集》中6人选入，亦是对这一派诗人创作的肯定，但是《文苑英华》对这6人的诗歌收录极少，总共23首。一是7人传世诗作较少，元结编《箧中集》时已是"尽箧中所有，总编次之"，有保留文献之意。二是这一派在艺术成就上并不算成功。

此外，《唐写本唐人选唐诗》存开元、天宝间李昂、王昌龄、丘为、陶翰、李白、高适等6人诗，共71首，残2首。因其似为抄录而非编选本，傅璇琮先生未将其归入"唐人选唐诗"中。《唐写本唐人选

---

① 傅璇琮：《唐人选唐诗新编》，陕西人民教育出版社1996年版，第299页。

唐诗》所录6人,《文苑英华》均选录。两书均重李白,《唐写本唐人选唐诗》选录李白诗34首,《文苑英华》收录李白诗歌仅次于中唐的白居易,所重诗歌21首均为李白诗作,其余5人均无重诗。

(三) 与"唐人选唐诗"中唐诗歌选本比较

"唐人选唐诗"的中唐诗歌选本有《中兴间气集》《极玄集》《御览诗》。《中兴间气集》选录肃宗、代宗"中兴"时期钱起、郎士元等26人。《极玄集》除王维、祖咏外,其余19人均为大历诗人。《御览诗》所选为大历至元和的诗人诗歌。前两种选集选录的诗,盛唐、中唐均有,但是以中唐为主,因而将其归于"中唐诗歌选本"来分析。

高仲武《中兴间气集》为今存"唐人选唐诗"中受唐诗研究者重视的选本之一。其所收录诗歌,《集序》言:"起自至德元首,终于大历十四年己未,述者二十六人,诗总一百三十四首。"按今本所见,凡诗人26位,诗142首。在诗歌体式上,《中兴间气集》重近体诗,在《中兴间气集》所选142首诗中,近体占80%,尤其以五律为多,有90余首,与《河岳英灵集》《箧中集》重古体诗形成鲜明对照。《中兴间气集》倡导"风雅之作",《集序》曰:"诗人之作,本诸于心,心有所感,而形于言,言合典谟,则列于风雅……古之作者,因事造端,敷宏体要,立义以全其制,因文以寄其心,著王政之兴衰,表国风之善否。岂其苟悦权右,取媚薄俗哉!今之所收,殆革前弊。但使体状风雅,理致清新,观者易心,听者竦耳。"① 认为发于心之诗应合儒家雅正思想,将"体状风雅,理致清新"视为选诗标准。即是诗的内容应该接近儒家"风雅"之道,风格清新。但实际上,《中兴间气集》更注重诗歌"理致清新"一面,所录诗歌绝大部分为新奇清雅、情致闲婉之作,如选诗较多的钱起、李嘉祐、戴叔伦、皇甫冉、朱湾、韩翃、郎士元等人诗歌均属此类。其收录具有"着王政之兴衰,国风之善"的"风雅"之作仅有窦参、苏涣、孟云卿等人的十余首诗,在《中兴间气集》中所占比例甚小。另如刘湾《出塞》《江南行》《李陵别苏武》这类颇有

---

① 傅璇琮:《唐人选唐诗新编》,陕西人民教育出版社1996年版,第456页。

阳刚健气的诗作,在《中兴间气集》亦是寥寥无几。

《文苑英华》重合《中兴间气集》除郑丹、窦参、姚伦之外的23人,重诗歌90首(其中2首归入歌行体),重诗占《中兴间气集》诗的63%。两书重合情况列表4-2:

表4-2　　　《文苑英华》《中兴间气集》收录诗人诗歌对照

诗人	《中兴间气集》录诗(首)	《文苑英华》录诗(首)	重合(首)	诗人	《中兴间气集》录诗(首)	《文苑英华》录诗(首)	重合(首)
钱起	12	60	11	张众甫	3	3	3
于史良	2	6	1	郑丹	2	0	0
李希仲	2	1	1	李嘉祐	9	70	8
章八元	2	5	2	戴叔伦	7	87	4
皇甫冉	13	48	11	杜诵	1	1	1
朱湾	8	8	2	韩翃	7	46	3
苏涣	3	0	0	郎士元	12	47	9
崔峒	9	45	5	张继	3	20	1
刘长卿	9	181	7	李季兰	6	3	1
窦参	3	0	0	灵一	4	41	3
张南史	3	28	3	姚伦	2	0	0
皇甫曾	7	29	4	郑常	3	3	3
孟云卿	6	12	3	刘湾	4	2	3

从表4-2可见,张众甫、杜诵、郑常3人,两书所收录的诗歌内容数量一致。除此之外,《中兴间气集》所录钱起、李嘉祐、皇甫冉、郎士元、刘长卿、灵一等人的诗歌,《文苑英华》基本上都选录,可见《文苑英华》对《中兴间气集》是较为认可的。两书选诗均标榜儒家的"风雅"之道,但是整体上收录现实批判性强的诗歌都很少,所以两书重诗中,绝大部分也是"理致清新"诗作。《中兴间气集》中具有"风雅"之道的窦参、苏涣、孟云卿3人12首诗,《文苑英华》仅重孟云卿诗3首。从整体上看,《文苑英华》对这3人的诗作也选录极少,收录孟云卿诗12首,仅收录苏涣诗作1首,归入歌行体,窦参诗作则不录。

《中兴间气集》收录诗歌较多的诗人为:皇甫冉、钱起、郎士元、崔峒、刘长卿、李嘉祐、朱湾、戴叔伦、韩翃、李季兰、皇甫曾、孟云卿。对钱起尤为重视，将其置于卷上之首，收录诗歌仅次于皇甫冉，位居第二。高仲武称钱起诗"体格新奇，理致清赡。越从登第，挺冠词林。文宗右丞，许以高格。右丞没后，员外为雄"①。在盛唐诸多诗人中独尊王维，王维之后又以钱起为雄。可见高仲武对于风格淡雅、清逸婉密这类"清新"诗作的偏好。而在肃宗至德到代宗大历末年这一时段的诗人中，《文苑英华》最重刘长卿（181首）、卢纶（154首）、戴叔伦（87首）、李嘉祐（70首）、钱起（60首）。《中兴间气集》比较看重诗歌创新，称赞钱起诗"体格新奇"，称刘长卿诗歌"不新奇，甚能炼饰"。而《中兴间气集》中所选录的诗人中，《文苑英华》收录诗歌最多的诗人是刘长卿，选录其诗181首，位列所选唐人诗第四位。它收录钱起诗只有60首，可见《文苑英华》更看重的是诗歌的炼饰，而非新奇。

《极玄集》为姚合编纂，选录王维、祖咏、李端、耿湋、卢纶、司空曙、钱起、郎士元、畅当、韩翃、皇甫曾、李嘉祐、皇甫冉、朱放、严维、刘长卿、灵一、法振、皎然、清江、戴叔伦21人诗，选诗共100首，选录诗歌较多的诗人有：钱起（8首）、郎士元（8首）、耿湋（8首）、司空曙（8首）、皇甫冉（8首）、戴叔伦（8首）、刘长卿（7首）。《极玄集》所选诗歌形式以五律为主，有83首，占《极玄集》所录总数的83%。诗歌题材以感兴闲适、僧道寺院以及送别、酬和寄赠为主，风格偏向清幽冷僻。《文苑英华》重合《极玄集》除朱放以外的20人，重诗77首，重诗占《极玄集》所录诗总数的77%，比重是相当大的。其中《极玄集》所录司空曙《经废宝光寺》《春日野望寄钱员外起》《送王闰》《新蝉》，《文苑英华》作耿湋诗。《文苑英华》以类分选诗，诗题特征对其选诗入类是一个重要的判断依据。《文苑英华》未重《极玄集》的23首诗中有部分是不便归类的，如王维《观猎》、耿湋《书情逢故人》等，这类诗作约有6首。剔除这6首，只有17首《文苑英华》未选录。总体而言，《文苑英华》对《极玄集》的认可度是相当高的。

---

① 傅璇琮：《唐人选唐诗新编》，陕西人民教育出版社1996年版，第463页。

《极玄集》与《中兴间气集》均以律诗为主，偏好选录清新闲婉的诗作。而《极玄集》更突出清幽冷僻的审美风格，诗歌对景物观察入微，或夹杂苦闷和伤感情，或于山水泉林、佛寺禅院中体味悠闲的生活情趣，如李端、耿湋、卢纶、司空曙、畅当、朱放、严维、法振、皎然、清江这些大历诗人的诗，《中兴间气集》均未录。反之，《中兴间气集》中如窦参、苏涣、孟云卿、刘湾等颇有"风雅""骨气"的诗，《极玄集》也未收录。《极玄集序》曰："此皆诗家射雕之手也，合于众集中更选其极玄者，庶免后来之非。"此言透露出姚合对自己选本的自信和满意。这种审美标准契合姚合自身的创作观。姚合创作喜好苦吟，多用五言律体，诗风清峭，与贾岛相近。《文苑英华》重合《极玄集》数量之多，显示出对《极玄集》清幽冷僻诗风的肯定。这与《文苑英华》对姚合的态度一致，《文苑英华》收姚合诗79首，在韩孟诗派中超过了韩愈、孟郊、李贺等人，仅次于贾岛，属宋初文臣较为欣赏者。姚合通过选本方式体现出诗学观，《文苑英华》对《极玄集》的认可，实际上再次印证了宋初文臣对姚贾一派的肯定。《极玄集》以及姚贾诗派诗歌清苦寒瘦，倾向于关注个体生命的精神状态。从弘扬君国民生的诗教角度来说，这类诗歌缺少社会关怀，不属于好的诗教材料。而《文苑英华》对此的肯定态度，表明宋初文臣虽然强调诗教，却并不忽略对个体的生命关怀。

《御览诗》为令狐楚奉宪宗之命所编选，收录了不少与女色、闺情有关的诗作。《四库全书总目》评曰："其诗惟取近体，无一古体，即《巫山高》等之用乐府题者，亦皆律诗。盖中唐以后，世务以声病谐婉相尚。其奋起而追古调者，不过韩愈等数人。楚亦限于风气，不能自异也……故此集所录如卢纶《送道士诗》《驸马花烛诗》，郑鏦《邯郸侠少年诗》，杨凌《阁前双槿诗》，皆颇涉俗格，亦其素习然也。然大致雍容谐雅，不失风格，上比《箧中集》则不足，下方《才调集》则有余，亦不以一二疵累弃其全书矣。"[1]《文苑英华》重合《御览诗》所录诗人21位诗33首，重诗只占《御览诗》总数的12%。重诗包括送

---

[1] （清）永瑢：《四库全书总目》，中华书局1965年版，第1688—1689页。

别、乐府、花木、行迈等内容，以送别诗居多。《御览诗》选录的艳情类诗歌中，《文苑英华》仅选录刘早《长门怨》等极少数。由此可见《文苑英华》对《御览诗》"情至之语"的态度。

（四）与"唐人选唐诗"其他选集比较

前文所述"唐人选唐诗"诸选集主要选录唐代某一段诗歌。《玉台后集》《才调集》《又玄集》选录的诗歌时段延续较长，如《玉台后集》初、盛、中唐歌均有涉及，《才调集》《又玄集》收盛唐至晚唐诗歌，所以将这3本选集归在这部分，与《文苑英华》选录诗歌进行对比。

李康成编纂的《玉台后集》，据晁公武《郡斋读书志》卷二《玉台新咏》题解引李康成云："昔陵在梁世，父子俱事东朝，特见优遇。时承华好文，雅尚宫体，故采西汉以来词人所著乐府艳诗，以备讽览。"该卷《玉台后集》题解曰："唐李康成采梁萧子范迄唐张赴二百九人所著乐府歌诗六百七十首，以续陵编。序谓：'名登前集者，今并不录，惟庾信、徐陵仕周、陈，即为异代，理不可遗。'"《后村诗话续集》记载《玉台后集》收录诗人诗歌数量与此同，可知宋本《玉台后集》收录诗人209位诗歌670首。今本存诗人61人，诗89首。另据陈尚君《唐人编选诗歌总集叙录》补5人7首，即梁沈君攸《采莲诗》、陈乐昌《公主诗》、隋卢思道《和徐参卿秋夜捣衣》、虞世基《衡阳王斋阁奏妓》、董思恭《王昭君》、唐上官仪《八咏应制二首》，[①]故《玉台后集》今存诗人67位，诗歌96首。《玉台后集》有意续《玉台新咏》，故收录诗歌与《玉台新咏》类同，皆为艳诗。但是从所存的这96首诗来看，《玉台后集》中典型的宫体诗也较少，绝大部分为相思、闺怨等抒情性色彩较浓的诗作。

《文苑英华》重合《玉台后集》诗人39位，诗13首，其中唐代诗人27位，诗12首。这12首诗中主要为抒情性强的诗作，如《古离别》《王昭君》《妾薄命》等，但也有如张昌宗《太平公主山亭宴》、崔颢《王家小妇》这类倾向表现女性外在美的诗作。艳诗进入官修书籍承担诗教责任，是《文苑英华》的一个特点，但是艳诗所占比重非常小。

---

① 陈尚君：《唐代文学丛考》，中国社会科学出版社1997年版，第187页。

如所重诗人中，《文苑英华》收录王勃、宋之问、沈佺期、李峤的诗歌较多，其中收录闺情诗有：王勃《采莲》，沈佺期《古别离》《长门怨》《有所思》，宋之问和李峤未选录闺情类诗作。

韦庄所编的《又玄集》，其序称选录 150 人诗 300 首。今本实录 142 人诗 297 首，集中有不少错误①。《又玄集》的编纂特点，据其序可略知：

> 自国朝大手名人，以至今之作者，或百篇之内，时记一章；或全集之中，唯征数首。但掇其清词丽句，录在西斋。莫穷其巨脉洪澜，任归东海……昔姚合撰《极玄集》一卷，传于当代，已尽精微，今更采其玄者，勒成《又玄集》三卷。记方流而目眩，阅丽水而神疲，鱼兔虽存，筌蹄是弃。所以金盘饮露，唯采沆瀣之精；花界食珍，但飨醍醐之味。非独资于短见，亦可贻于后昆。采实去华，俟诸来者。②

据此知《又玄集》旨在续编《极玄集》，以选录"沆瀣之精""醍醐之味"的精华诗作流传于后世为选编目的，以"清词丽句"为选录标准。

《文苑英华》重合《又玄集》诗人 122 位，《又玄集》所录的 20 人，《文苑英华》诗未选录，其中女诗人 9 位，僧侣诗人 3 位，其余 8 人。两者重诗 120 首，重诗占《又玄集》收录总数的 40%。显示出两者在"清丽"诗作上的相似之处。此外，两集均重视杜甫，《又玄集》首推杜甫诗，将杜甫置于上卷首位，且选录篇数亦最多。《文苑英华》收录杜甫诗作仅次于白居易和李白。韦庄本身诗风清丽，词句浅切，

---

① 据傅璇琮《唐人选唐诗新编》（陕西人民教育出版社 1996 年版）考证，《又玄集》收录作者有误之处有：陈羽《宴杨驸马山亭》，当为朱湾诗；孟浩然《过张舍人往江东》，《全唐诗》作李白诗；李端《秋日》，当为耿湋诗；刘禹锡《鹦鹉》当为白居易诗；孟郊《岁暮归南山》，当为孟浩然诗；李廓《忆钱塘》、卢中丞《送李先辈赴职郑州因献》，当为赵嘏诗；李廓《赠商山东于岭僧》，《又玄》《纪事》均作韦蟾诗；张乔《古意》《雷塘》，当为徐振诗；陈上美《过洞庭湖》，当为许棠诗；僧太易《宿天柱观》当为僧灵一诗。

② 傅璇琮：《唐人选唐诗新编》，陕西人民教育出版社 1996 年版，第 579 页。

《又玄集》编纂观与其创作观相吻合。但是《文苑英华》收录韦庄诗作仅8首，其中原因不甚明了，大概其诗清丽之中多有吊古伤今的哀愁，不符合宋人恬淡的心境。

《才调集》选诗以"韵高""词丽"为标准，选录温庭筠编订、韦庄、杜牧、李商隐等人诗1000首，其中收录了大量的艳诗。《文苑英华》重《才调集》181首诗，重诗占《才调集》总数的17%。这181首重诗以相送留别、游历赏景的诗作居多。《才调集》所录130余人中，《文苑英华》有31人未重。而在重合诗人中，两者选诗倾向有较大不同。《文苑英华》与《才调集》的选诗比较，在第一章第二节"《文苑英华》的选本性质"一问题中有详细阐述。《文苑英华》与《才调集》对于艳诗一轻一重的态度，是两者最大的差别。

《才调集》受《又玄集》影响较大，有不少诗作是直接抄《又玄集》而来。《又玄集》卷下录有释子诗人10家14首诗，女性诗人19家诗32首。《才调集》将释子诗家归在卷九，选录12家诗20首；卷一〇则为女性诗人，选张夫人等26家诗100首。收录僧道及女性诗人诗作是这两种选集较其他"唐人选唐诗"选本的不同之处。《文苑英华》延续了《又玄集》与《才调集》对女性诗人及僧侣诗人的关注。《文苑英华》收女诗人刘氏诗1首、刘令娴诗2首、沈满愿诗2首、上官婕妤诗9首、徐贤妃诗1首、武则天诗1首、张夫人诗1首（归入歌行）、李冶诗4首、刘媛诗1首、刘云诗1首、张琰诗1首、鲍君徽诗1首、程长文诗1首、梁琼诗1首、薛涛诗2首，鱼玄机诗3首，共16人诗作32首。在诗歌内容上也透视出对女性的关注，音乐类子类中立"歌妓"一类，"悲悼"类子类中立"哭妓"一类。而《文苑英华》对于诗僧作品则更为关注，选录了释皎然诗142首、释无可诗72首、释灵一诗41首、释清江诗16首、释广宣诗15首、释法振诗13首、释贯休诗9首、释护国诗7首、释灵澈诗4首、释法照诗3首、释子兰诗2首、释鸾诗2首、释惠标诗2首、释处一诗1首、释法轮诗1首、释栖白诗1首、释理莹诗1首、释僧泚诗1首、释智才诗1首、释泚诗1首，共20人诗335首。此外，在诗歌类型上立与僧侣有关的"释门""寺院"类，

"悲悼"类子类中又立"哭僧道"类。

(五)《文苑英华》与《唐诗类选》比较

《唐诗类选》虽已亡佚,《新唐书·艺文志》《宋史·艺文志》均载有此书。《文苑英华》编纂时期距离《唐诗类选》成书年代不远,《文苑英华》虽受《文选》影响较大,但是在诗歌分类上有不少变化。文学总集诗歌分类的演变过程中,《唐诗类选》应该是一个重要的角色。《文苑英华》卷七一四收录顾陶《唐诗类选序》及《后序》,从中可对其书概貌了解一二。《文苑英华》与《唐诗类选》相比较,有几个共同点:

其一,均倡导儒家诗教。宋太宗以书籍为"夫教化之本,治乱之源"(李焘《续资治通鉴长编》卷二五),下诏编纂《文苑英华》,故《文苑英华》选诗"非风雅之言,未尝去也"(杨亿《故翰林侍读学士杨公行状》)。《唐诗类选序》所云"诗之义也,大矣远矣。肇自宗周,降及汉魏,莫不由政治以讽谕,系国家之盛衰。作之者有犯而无讳,闻之者伤惧而鉴诫",亦是强调诗歌为政治服务。两书选诗以儒家诗教为指导思想,诗教观上比较接近。

其二,均以诗题和内容结合分类。《文苑英华》诗分25类,主要以内容区分,而诗题又是诗歌归类的一个重要判断标准。这一点与《唐诗类选》相似。顾陶在《唐诗类选序》云:"篇题属兴,类之为伍而条贯,不以名位卑崇、年代远近为意。"虽然书的分类编排今不得而知,但从所言"篇题属兴,类之为伍而条贯"来看,很有可能是将诗题和内容结合进行归类的。

其三,均推重李白、杜甫。在顾陶之前的"唐人选唐诗"选本中,未见将李白、杜甫同时并重者,而《唐诗类选》则对二人极为推崇,其序云:"国朝以来,人多反古,德泽广被,诗之作者继出。则有李、杜挺生于时,群才莫得而并。"《文苑英华》收录李白诗228首,杜甫诗194首,收录数量仅次于白居易,分列二、三位,可见对李白、杜甫的重视。

二 从选本比较看唐诗学的演进

关于《文苑英华》对唐代诗歌的选录情况分析,前文已有具体阐述,此处以《文苑英华》诗与"唐人选唐诗"的选本为观照对象,通过两者比较来总结宋初唐诗学的特点。

（一）题材意识的增强

《文苑英华》属于"分体编录型"诗文总集,分赋、诗、歌行、杂文等 38 体,诗分天部、地部、帝德、应制、应令附应教、省试、朝省等 25 类。整体而言《文苑英华》诗主要依据题材分类,除帝德类、应制类、应令附应教类、释门类、寺院类、酬和类、寄赠类及留别类外,其他各类都有二级子类,《文苑英华》诗二级子类达 279 类之多,大致可分为自然景物类,如日、月、中秋月、玩月、山、终南山等;社会时政类,如巡幸、扈从、奉使、讲阅、征伐等;神仙道化类,如游仙、神仙、怀仙征君、居士、处士等;宫殿亭台楼榭类,如阁、亭、园、幸宅、上阳宫、九成宫、华清宫等;乐器歌舞类,如琴、筝、笙、琵琶、箜篌等;人际交往感怀类,如送人省亲、哭人、哭僧道、哭妓等;动植物类,如牡丹、桃花、杏花、凤、鹤、鹰、乌、鹊等,足见唐诗题材的丰富。可以说唐人是在创作中扩大了题材范围,宋人则是从文体类型上增强了题材意识。从诗歌类目来看,不少题材与日常生活有关,这种意识反过来指导宋人进行诗歌创作,在一定程度上推动了宋诗日常生活化特点的形成。

相比较而言,唐人编选诗集题材分类意识并不强。"唐人选唐诗"十三种在编纂体例上大致有四种模式:一是以句式类分,如《翰林学士集》选录的诗歌分四言和五言两类;二是以地域类分,如《丹阳集》就按延陵、曲阿、句容、江宁、丹徒五地区别,选录诗人诗歌;三是以倾向内容类分,如《搜玉小集》从内容上看似按应制诗、边塞歌行古诗、闺情怀人、岁时应景、行旅述怀等类型编纂,但并未明确标明;四是"以人为纲"选录诗歌,如《河岳英灵集》卷上,卷首为常建（十五首）,次为李白（十三首）……《中兴间气集》卷上,卷首标钱起，收其诗十二首，次为张众甫，收其诗三首，再次为于良史，收其诗二首……其他"唐人选唐诗"选本如《玉台后集》《珠英集》《箧中集》《国秀集》《御览诗》《极玄集》《又玄集》《才调集》等都采用此编纂方式。"唐人选唐诗"十三种选本中，仅《搜玉小集》有以题材类分的倾向。李氏所撰《丽则集》和顾陶的《唐诗类选》均分门编类，两书均已亡佚，唐人以类分形式编选唐诗的诗集具体面貌今已难见。今能见的"唐人选唐诗"选本编选体例与《文苑英华》诗编纂基本不同，可见《文苑英华》在编纂体例上受"唐人选唐诗"选本影响很小。

唐人编选诗集主要是出于"奇文共欣赏"的鉴赏喜好，不强调选本的范本功能，所以题材分类意识也不强。而《文苑英华》按题材不同分门别类进行诗歌编纂，除了受《文选》以及类书影响外，还与《文苑英华》欲为世人提供学习范本的编纂目的有关。诗歌以题材分类，可以满足不同创作兴趣的民众学习需要。宋人编唐诗喜欢以题材分门别类，如刘克庄编《分门纂类唐宋时贤千家诗选》分时令、节候、气候、昼夜、百花、竹木、天文、地理、宫室、器用、音乐、禽兽、昆虫、人品等14类，收诗200余首。赵孟奎所编《分门纂类唐歌诗》分天地山川、朝会宫阙、经史诗集、城郭园庐、仙释观寺、服食器用、兵师边塞、草木虫鱼八类。宋敏求所编《李太白文集》的歌诗部分，分古风、乐府、歌吟、赠、寄、别、送、酬答、游宴、登览、行役、怀古、闲适、怀思、感遇、写怀、咏物、题咏、杂咏、闺情、哀伤等类。《文苑英华》诗歌的类分形式无疑启开了宋人"分门别类"的编选风气。

（二）品诗气度的宽宏

正如胡震亨《唐音癸鉴》卷三一所云："唐人自选一代诗，其鉴裁亦往往不同。"现存的"唐人选唐诗"选本中，选录标准与侧重点各异。如《翰林学士集》限于宫廷唱和，《珠英集》集中收录宫廷诗，《箧中集》编录风雅寄兴之作，《河岳英灵集》选诗"文质半取，风骚两挟"，《国秀集》则以"婉丽""风骚"为文学之旨趣，《中兴间气集》倡导"体状风雅，理致清新"，《又玄集》《才调集》崇尚清丽闲逸等。此外，"唐人选唐诗"选本中，《河岳英灵集》《国秀集》《箧中集》明确将人品作为选诗标准。殷璠在《河岳英灵集序》明确选诗将"势要及贿赂者""不合道者"都去除，这显然是以人品论诗。楼颖编纂《国秀集》也是将"合道"作为选诗的标准，与殷璠主张类似。元结在《箧中集序》中叹所录七人品高人微，故而集诗让世人知晓。《四库全书总目》曰："诗至唐，无体不备，亦无派不有。撰录总集者，或得其性情之所近，或因乎风气之所趋，随所撰录，无不可各成一家……盖求诗于唐，如求材于山海，随取皆给。而所取之当否，则如影随形，各肖其人之学识。"① 所言虽是批评唐诗选本之不足，但也道出了唐诗选本风格不一的原因。"唐人选唐诗"选本体现出唐诗的丰赡，但由于时代风气、选家性情等诸多因素影响，整体宏观考察唐诗的意识不强，限于某一类人、某一地域选诗，未免显得促狭。

相对而言，《文苑英华》对唐诗态度更具包容性。《文苑英华》与风格不一的"唐人选唐诗"选本均有重诗。其重合《翰林学士集》所录9人诗11首；重合《珠英集》现存残卷6人诗16首；重合《搜玉小集》30人诗35首；重合《丹阳集》12人诗16首；重合《河岳英灵集》23人诗126首，重诗占《河岳英灵集》所录诗歌的55%；重合《国秀集》56人诗48首，重诗占《国秀集》诗歌总数的22%；重合《箧中集》6人诗7首；重合《中兴间气集》23人诗90首，重诗占《中兴间气集》诗歌总数的63%；重合《极玄集》重20人诗77首，重诗占《极玄集》诗歌总数的77%；重合《御览诗》21人诗33首，重诗占《御览诗》之歌总数的12%；重合《玉台后集》39人诗13首，其中唐代27人诗12首；重合《又玄集》122人诗120首，重诗占《又玄集》诗歌总数的40%；重合《才调集》99人诗181首，重诗占《才调集》诗歌总数的17%。《文苑英华》选诗基本上不考虑人品，所选的800多位唐代诗人，身份不同，品德各异，既有纸醉金迷的君王，也有心系国运民瘼的仁人志士，有无心政治的方外之人，也有关注自

---

① （清）永瑢：《四库全书总目》，中华书局1965年版，第1727页。

我情绪的女子等。这显示出宋初对唐诗兼容并蓄的接受态度。这种包容性使得唐代不同风格的诗歌精华集于一处,有利于满足喜好不一的学习者需求。

北宋结束了五代十国战乱局面,推行文治,给宋人整理和继承前代文学成果提供了便利条件,可以说《文苑英华》选录唐诗就是在对唐诗的整体考察下进行的一次全面总结,这种收录视野和条件是"唐人选唐诗"选本所不具备的。《文苑英华》选诗比唐人选唐诗更具包容性,但并不是说《文苑英华》选诗散漫无章,其诗选的倾向性也较明显。《丹阳集》《河岳英灵集》《箧中集》《国秀集》《中兴间气集》都强调诗歌的"风雅"特征,而"风雅"之下各选本的选诗倾向各异。从《文苑英华》对这几种选本的重合情况来看,其与《国秀集》重诗比例最小,原因之一在于《国秀集》选诗突出小作家,《文苑英华》对于《国秀集》所录的不少诗人都未认可。《箧中集》所录的7人诗风质朴,书写人生悲苦、愤懑,实录性强,《文苑英华》仅选录这7人中的6人诗23首,从选诗数量上就显示出其对于此类诗风的态度。诗风倾向上,《文苑英华》的态度也很明显。《中兴间气集》选诗"体状风雅,理致清新",而更注重诗歌的"理致清新"。《文苑英华》与此类似,《中兴间气集》所选诗歌60%以上都被《文苑英华》选录。姚合的《极玄集》以"清丽"为宗,未选录艳情诗,与《文苑英华》重诗率最高。诗风婉丽浓艳者以《御览诗》《才调集》为代表,《文苑英华》与两集重诗比率小,这两集中所选录的大部分艳诗,《文苑英华》均予以剔除,从中可见《文苑英华》对清丽诗风的重视。

(三)"唐人选唐诗"选本很可能为录文来源之一

《玉海》卷五四载《文苑英华》编纂缘起是因为当时"诸家文集其数至繁,各擅所长,蓁芜相间",宋太宗因此下诏"撮其精要"。通过《文苑英华》选诗与"唐人选唐诗"选本的比较,发现《文苑英华》与"唐人选唐诗"选本所录诗人诗作有相同之处,如《文苑英华》收录东方虬、余延寿和屈同3人诗作,与《搜玉小集》所录相同;所录周瑀、殷遥、蔡希周3人诗作与《丹阳集》收录一致,且所录蔡隐丘、谈戭、沈如筠3人诗歌（去除《丹阳集》所录残句），与《丹阳集》亦收录一致；所录李嶷和薛据的诗作均未超出《河岳英灵集》的选录范围；所选录张敬忠、郭向、杨重玄、屈同、常非月5人的诗作与《国秀集》所录相同。所录刘媛、宋若昭诗作与《又玄集》相同；所录刘媛、刘云诗作与《才调集》相同，且所录程长文、梁琼诗作均未超出《才调集》的选录范围。据此推断"唐人选唐诗"选本很可能为《文苑英华》录文的来源之一。

（四）反映出唐代诗人地位的升黜

选本可以反映出诗人在各朝接受中的变化，《文苑英华》收录诗超过百首的诗人有：白居易（254首）、李白（228首）、杜甫（194首）、刘长卿（181首）、王维（155首）、卢纶（154首）、贾岛（153首）、郑谷（151首）、宋之问（145首）、刘禹锡（143首）、皎然（142首）、罗隐（142首）、温庭筠（139首）、许浑（136首）、赵嘏（121首）、张籍（120首）、张说（118首）、张九龄（113首）、刘得仁（112首）、张乔（112首）、方干（111首）、李峤（105首）。属初唐者有宋之问、张说和李峤，属盛唐者有李白、杜甫、王维和张九龄，属中唐者有白居易、刘长卿、卢纶、贾岛、刘禹锡、皎然、张籍、刘得仁，属晚唐者有郑谷、罗隐、温庭筠、许浑、赵嘏、张乔和方干，不少诗人在"唐人选唐诗"选本中地位并不突出。

以白居易、李白、杜甫为例，3人在"唐人选唐诗"选本中地位并不高。陈振孙《直斋书录题解》卷一五"极玄条"云："《姚氏残语》云：'殷璠为《河岳英灵集》，不载杜甫诗；高仲武为《中兴间气集》，不取李白诗；顾陶为《唐诗类选》，如元、白、刘、柳、杜牧、李贺、张祐、赵嘏皆不收；姚合作《极玄集》，亦不收杜甫、李白，彼必各有意也。'"[1]"唐人选唐诗"13种中，《又玄集》仅收白居易诗2首，《才调集》收白居易诗27首，在韦庄、温庭筠、元稹、李商隐、杜牧、张泌、李白等人之后，其他选本未见有选白诗者。《河岳英灵集》收李白

---

[1]（宋）陈振孙：《直斋书录题解》，上海古籍出版社1987年版，第441页。

诗 13 首，位居王昌龄、王维、常建、李颀之后；《又玄集》收李白诗 4 首，居杜甫、武元衡、贾岛、姚合等人之后；《才调集》收录李白诗 28 首，居韦庄、温庭筠、元稹、李商隐、杜牧、张泌之后；其他选本未收李白诗。而杜甫诗仅被《又玄集》收录 7 首，其他选本不收杜诗。而《文苑英华》对三人极为重视，选录白居易诗 254 首、李白诗 228 首、杜甫诗 194 首，列《文苑英华》所录唐人诗作的前三位。又如张说、李峤和方干，仅《国秀集》收录张说诗 4 首、李峤诗 4 首，《又玄集》收方干诗 3 首。这些被唐代选家选录较少作品的诗人，在《文苑英华》中得到了极大的肯定，可见宋唐人对唐代诗人的接受之别。

（五）诗教功能的突出

《文苑英华》是宋初文教政策的产物，较之"唐人选唐诗"选本而言，其诗教功能更为突出。"唐人选唐诗"选本批评标准各异，但均未如《文苑英华》那样是在君王强烈的文教意识指导下编纂而成的。《文苑英华》突出唐诗的诗教功能，有如下特点。

1. 对唐代帝王诗作的地位明显提高

选录帝王诗作是《文苑英华》选诗的一大特点，其收录唐代帝王诗有：唐太宗李世民诗 67 首，武则天诗 1 首，唐中宗李显诗 1 首，唐玄宗李隆基诗 36 首，唐德宗李适诗 1 首。《文苑英华》诗分 25 类下有 279 子类，每一子类若选入帝王之诗，会将其置于类首，如天部"日"子类，唐诗首位唐太宗。"唐人选唐诗"选本无此观念，仅有《翰林学士集》收唐太宗诗，选录数量极少，且附于许敬宗诗作后。《文苑英华》选录帝王诗人诗歌数量较前人大量增加，且排序上有以君王为首的特点，这些都体现出《文苑英华》突出君王地位的诗学意识。

2. 偏向发挥诗歌教化之"美颂"功能

《文苑英华》选唐诗强调教化，但是偏向发挥诗歌教化之"美颂"功能。从内容上来说，应制奉和、酬唱赠答、送行游览等内容的诗歌选录较多，对现实批判性较强的作品则收录较少。如本章第一节之五"《文苑英华》选唐诗的基本倾向"所云："杜甫'三吏''三别'未选；张籍、王建、元稹等人的新乐府很少收录；姚合《武功县中作》

30首未收录。韦庄《悯耕者》《汴堤行》《睹军回戈》《喻东军》《重围中逢萧校书》等反映晚唐动乱社会情况的诗均未选录。"这种倾向从《文苑英华》对柳宗元诗歌的态度也可得以验证。柳宗元的诗作现存160余篇，大多为贬谪之后所作，借登山临水以抒写离乡去国、身居蛮荒的悲哀与愤懑，诗风或"哀而酸楚"或"发纤秾于简古，寄至味于淡泊"。柳宗元诗"幽怨有得《骚》旨"（施补华《岘佣诗说》），而《文苑英华》对于有此特点的诗歌均不录，仅收其诗《观庆云图》这一首。《观庆云图》以颂扬为主，祥和雍雅，与柳宗元其他"幽怨"之作截然相反，这与宋初文臣崇"美颂"的审美心理分不开。

再如《文苑英华》虽然重视白居易诗，但《哭孔戡》《秦中吟》《乐游园望》《宿紫阁村》这些讽谕性强的诗并未被选录。夏夷中、皮日休、杜荀鹤、陆龟蒙、曹邺等晚唐诗人创作了不少伤时讽世之作，《文苑英华》收录较少，如所收皮日休诗22首，现实批判性较强的《正乐府十篇》和《三羞诗》就未选录。

（六）人品不成为诗歌的批评标准

"唐人选唐诗"选本中，有明确将人品作为选诗标准者，如《河岳英灵集》，殷璠在《序》中称"把笔者近千人，除势要及贿赂者，中间烁然可尚者，五分无二……如名不副实，才不合道，纵权压梁、窦，终无取焉"。殷璠选诗将"势要及贿赂者""不合道者"都去除，这显然是以人品论诗。又如《国秀集》，楼颖《序》言："道苟可得，不弃于厮养；事非适理，何贵于膏粱?"也是将"合道"作为选诗的标准，与殷璠主张类似。元结《箧中集》选录沈千运、王季友、于逖、孟云卿、张彪、元季川、赵微明等7人诗。《序》云："自沈公及二三子，皆以正直而无禄位，皆以忠信而久贫贱，皆以仁让而至丧亡。异于是者，显荣当世。谁为辩士，吾欲问之。天下兵兴，于今六岁，人皆务武，斯焉谁嗣?"元结对这7人人品给予高度评价，集其诗来表达崇敬。《文苑英华》选诗不将人品好坏作为选录标准，其所选的800多位唐代诗人，身份各异，品行良莠不齐。

通过《文苑英华》与"唐人选唐诗"选本的比较分析，可以看出：

其一，宋初选唐诗更突出题材意识；《文苑英华》诗歌类目繁多，不少题材诸如天部、地部、花木果实、禽兽类所涉及的赏景、观花、看鸟等活动以及居处、送行、留别等都与日常生活有关。从创作过程而言，题材意识往往会指导诗歌创作，可以说宋诗日常生活化倾向的形成初见端倪。其二，宋初对唐诗选录态度更具包容性，《文苑英华》选录作品风格多样，人品也不成为诗歌的批评标准，这种包容性有利于宋人对唐诗精华的全面吸收。其三，宋初更强调诗歌的教化功能，提高了帝王诗作地位，偏向发挥诗歌教化之"美颂"功能；名儒杨徽之是因为"精于风雅"而被宋太宗指定为《文苑英华》诗的编选者，《文苑英华》诗被杨亿称为"风雅"之言。从儒家诗学角度而言，"风雅"与"诗教"联系密切，宋初"风雅"观念也可从《文苑英华》的诗选特点中得到诠释。其四，唐代诗人在唐宋选本中的地位差异较大，透露唐与宋初诗学观的差异，为人们考察后人对唐代诗人的接受情况提供材料。总体而言，以唐宋诗歌选本进行比较，挖掘其蕴含的唐诗学观念，可以为唐诗学研究提供一个独特视角。

第三节 《文苑英华》唐诗学批评的个案分析
——以白居易为中心

　　五代至宋初崇白居易之风盛行，宋初的白居易接受研究也颇为学人关注。白居易曾自编文集，将诗分为讽谕、闲适、感伤、杂律四类。近十多年来，学人倾向于认为白居易的闲适诗或讽谕诗是宋初文士模仿的重点，如张海鸥认为："今观其（李昉）诗，如'暖逼流莺藏密树，香迷舞蝶恋空枝。海棠残艳红铺地，蜀柳长条翠拂池'之类，的确颇近白氏'闲适'之体。"[1] 尚永亮的观点更为明确，他认为："宋初诗人对白诗的接受，主要表现为闲适、讽谕两大类型诗歌的创作，而其共同特

---

[1] 张海鸥：《宋初诗坛"白体"辨》，《中山大学学报》2000年第6期。

点,乃在于唱和形式的汲取和摹拟手法的运用。"① 类似的观点不少见。②而宋太宗命馆阁文臣所编纂的《文苑英华》录选白居易的诗歌数量为所录诗人之最,选录最多的是其杂律诗,这体现出宋初馆阁文臣对白居易诗歌批评观念,为我们探究宋初的白居易接受史提供了一个新视角。

一 白居易诗收录概述及与唐人接受的异同

《文苑英华》收录白居易诗254首,归入20类,包括天部类35首,地部类13首,省试类3首,朝省类7首,乐府11首,音乐类9首,人事类15首,释门类15首,道门类4首,隐逸类3首,寺院类6首,酬和类16首,寄赠类23首,送行类13首,留别类3首,行迈类8首,悲悼类14首,居处类15首,花木类34首,禽兽类7首。应制类、应令类、帝德类、军旅类和郊祀类不录。

白居易曾自编其集《白氏文集》,收诗文3800余篇,后散乱。现存最早的《白氏文集》是南宋绍兴刻本,收诗文3600余篇。他在《与元九书》中详细介绍自己诗作编辑归类情况:

> 仆数月来,检讨囊帙中,得新旧诗,各以类分,分为卷目。自拾遗来,凡所适、所感,关于美刺兴比者;又自武德讫元和,因事立题,题为新乐府者,共一百五十首,谓之"讽谕诗"。又或退公独处,或移病闲居,知足保和,吟玩情性者一百首,谓之"闲适诗"。又有事物牵于外,情理动于内,随感遇而形于叹咏者一百

---

① 尚永亮:《论宋初诗人对白居易的追摹与接受》,《社会科学辑刊》2009年第4期。
② 如莫砺锋认为:"王禹偁诗风与李昉、徐铉等人同中有异……他学习白诗并不犹豫闲适诗,他更重视白居易的讽谕诗。"(袁行霈主编《中国文学史》第三卷,高等教育出版社2005年版,第21页);钟琼《白居易诗歌接受的历时性考察》(《河南社会科学》2013年第9期)一文称:"到了宋代,人们对白居易闲适诗的接受达到了一个高峰。北宋初期……'白体'因模仿白居易的创作而得名,是'宋初三体'之一。"赵艳喜《白居易在宋初的"影子"——论白体诗人李昉与白居易》(《殷都学刊》2008年第2期)一文云:"李昉更有条件追仿白居易的闲适生活和闲适诗风,由此也成为宋初主流风尚接受白居易的代表,代表着王禹偁之前宋初'白体'的真正风貌。"

首,谓之"感伤诗"。又有五言、七言、长句、绝句,自一百韵至两韵者四百余首,谓之"杂律诗"。凡为十五卷,约八百首。异时相见,当尽致于执事。微之!古人云:穷则独善其身,达则兼济天下……谓之"讽谕诗",兼济之志也。谓之"闲适诗",独善之义也。故览仆诗,知仆之道焉。其余"杂律诗",或诱于一时一物,发于一笑一吟,率然成章,非平生所尚者;但以亲朋合散之际,取其释恨佐欢。今铨次之间,未能删去;他时有为我编集斯文者,略之可也。①

由此可知,白居易编文集是"各以类分",将诗歌分讽谕诗、闲适诗、感伤诗和杂律诗四类,讽谕诗为表达兼济之志的"美刺兴比、因事立题"者;"闲适诗"为表现独善之义的"知足保和,吟玩情性"者。感伤诗是随感遇而形于叹咏;杂律诗为"诱于一时一物,发于一笑一吟,率然成章"之作。这种分类主要以创作目的和环境的不同区分。

《文苑英华》诗选也是采取类分方式,主要从内容角度进行分类。以现存宋绍兴刊刻本《白氏文集》对比,《文苑英华》收录其讽谕诗4首,分别归入天部类、音乐类和寄赠类;收录白居易闲适诗10首,分别归入天部、音乐、隐逸、道门、寄赠和花木类。收录其感伤诗28首分别归入天部、地部、朝省、乐府、音乐、人事、寄赠、行迈、悲悼、居处和花木等类。格诗总共9首分别归入人事、释门、道门、寄赠、居处和花木类,其余为律诗共207首,分别归入除应制类、应令类、帝德类、军旅类和郊祀类以外的20类中。

白居易的讽谕诗或直赋其事或托物言志,关注民生,批评时政,"篇篇无空文,句句必尽规""非求宫律高,不务文字奇"(《寄唐生诗》),实践了他在诗歌理论上倡导的"文章合为时而著,歌诗合为事而作"(《与元九书》)。闲适诗内容多表现自我闲情逸致,乐天安命。

---

① (唐)白居易撰,顾学颉校点:《白居易集》,中华书局1979年版,第964—965页。

白居易论及自己的诗歌接受情况时曾言:"今仆之诗,人所爱者,悉不过'杂律诗'与《长恨歌》已下耳。时之所重,仆之所轻。至于'讽谕'者,意激而言质;'闲适'者,思澹而词迂:以质合迂,宜人之不爱也。"(《与元九书》)① 实际上也就是指出了讽谕诗和闲适诗的特点。讽谕诗思想内容激进,"卒章显志",语言质朴乏蕴藉。闲适诗和平淡泊,语言迂远而不切实际。《长恨歌》亦属于伤感类,而依《文苑英华》收录标准应该归入歌行体,《文苑英华》未录(本书第二章的"《文苑英华》诗与歌行之辨"中有阐述,此不赘述)。白居易的这28首感伤诗,或触景生情,感慨人生,如《负冬日》《秋月》《禁中月》《仙娥峰下作》《曲江早秋》等;或伤往悼亡,如《真娘墓》《元相公挽歌》,虽伤感浸染而情真意切。《文苑英华》收录的白居易诗中杂律诗占了七成以上,内容丰富,多为生活琐事。白居易自言杂律诗为"或诱于一时一物,发于一笑一吟,率然成章"。在白居易看来,无甚讲究,属可删之作。白居易杂律诗如果从诗歌的社会功能角度来评价,的确可视为删除之作。但杂律诗恰是因指摘时政的社会功能减弱,转向对身边事的关注,诸如亲朋好友间聚离之情、才情相赏、游览山水、人生际遇之类,这类诗作更贴近日常生活,语言上也较讽谕诗含蓄清雅。

《文苑英华》的诗体中只收录白居易4首讽谕诗,而将白居易归入讽谕诗类的21首新乐府归入歌行体。即使将二者合起来也只有25首,这个收录数量还是很少的。而闲适诗也只有10首,从中可以看出《文苑英华》对于白居易自己很重视的讽谕类和闲适类选录不多,重视的恰是白居易"非平生所尚"的杂律诗。总体而言,《文苑英华》推崇白居易,在选录其诗歌时又很明显倾向于他的杂律诗。

白居易诗歌在唐代就受人瞩目,流传甚广。元稹《白氏长庆集序》曰:

乐天犹在翰林,寄予百韵律诗及杂体前后数十章。是后各佐

---

① (唐)白居易撰,顾学颉校点:《白居易集》,中华书局1979年版,第965页。

江、通,复相酬寄。巴蜀江楚间洎长安中少年,递相仿效,竞作新词,自谓为"元和诗",而乐天《秦中吟》《贺雨》讽谕等篇,时人罕能知者。然而二十年间,禁省、观寺、邮候墙壁之上无不书,王公、妾妇、牛童、马走之口无不道,至于缮写模勒,衒卖于市井,或持之以交酒茗者,处处皆是。①

元稹之语道出了白居易"元和体"诗歌受欢迎的程度,喜好者遍及社会各个阶层,雅俗共赏。元稹在《上令狐相公诗启》中对时人效仿的"元和诗"有更具体的阐释:

唯杯酒光景间,屡为小碎篇章,以自吟畅,然以为律体卑痺,格力不扬,苟无姿态,则陷流俗,常欲得思深语近,韵律调新,属对无差,而风情自远,然而病未能也。江湘间多有新进小生,不知天下文有宗主,妄相仿效,而又从而失之,遂至于支离褊浅之词,皆目为元和诗体。某又与同门生白居易友善,居易雅能为诗,就中爱驱驾文字,穷极声韵,或为千言,或为五百言律诗,以相投寄,小生自审不能有以过之,往往戏排旧韵,别创新词,名为次韵相酬,盖欲以难相挑耳,江湘间为诗者复相仿效,力或不足,则至于颠倒语言,重复首尾,韵同意等,不异前篇,亦目为元和诗体。②

以上可以看出当时人们所关注的元白诗歌主要是"唯杯酒光景间"的抒发日常情志的诗作和次韵相酬的长篇排律,即白居易归入杂律类的诗歌,而非白居易自己看重的讽谕诗和闲适诗。白居易在《与元九书》中也说:"今仆之诗,人所爱者,悉不过'杂律诗'与《长恨歌》已下耳。时之所重,仆之所轻。"前文对《文苑英华》收录白居易诗歌的情况已有详述,可以看出《文苑英华》在白居易杂律诗的接受上与唐人有相似之处。

---

① (唐)白居易撰,顾学颉校点:《白居易集》,中华书局1979年版,第1页。
② (清)董诰:《全唐文》,中华书局1983年版,第6641—6642页。

白居易诗风整体而言浅易，李肇《国史补》卷下载元和后"学浅切于白居易，学淫靡于元稹，俱名为元和体"，指出了时人学习"元和体"的倾向。李肇虽言"学浅切于白居易，学淫靡于元稹"，而实际上浅易与纤艳并存是元白诗歌的两大特点，李商隐就曾用"推李杜则怨刺居多，效沈宋则绮靡为甚"（《樊南文集》卷三《献侍郎巨鹿公启》）暗指元、白。杜牧《唐故平卢军节度巡官陇西李府君墓志铭》借李戡之口批评元白诗：

> 诗者可以歌，可以流于竹，鼓于丝，妇人小儿，皆欲讽诵，国俗薄厚，扇之于诗，如风之疾速。尝痛自元和以来，有元白诗者，纤艳不逞，非庄士雅人，多为其所破坏，流于民间，疏于屏壁，子父女母，交口教授，淫言媟语，冬寒夏热，入人肌骨，不可除去。吾无位，不得用法以治之。①

皮日休《论白居易荐徐凝屈张祜》（此文作者有争议）② 所言元白诗歌的接受情况也类似：

> 元白之心，本乎立教，乃寓意于乐府，雍容宛转之词，谓之讽谕，谓之闲适。既持是取大名，时士翕然从之。师其词，失其旨，凡言之浮靡艳丽者，谓之元白体。二子规规攘臂解辩，而习俗既深，牢不可破。③

从以上批评中透露出时人对元白"纤艳""艳丽"诗风的广泛接受，这类诗作主要指元白二人的艳诗，如白居易写给妓女的《赠阿软》被人书于通州墙壁，而《长恨歌》则被歌妓们广为传诵。白居易现存

---

① （清）董诰：《全唐文》，中华书局1983年版，第7834页。
② 张安祖《〈论白居易荐徐凝屈张祜〉非皮日休所作》（《文学遗产》1996年第4期）一文认为《论白居易荐徐凝屈张祜》非皮日休所作。
③ （清）董诰：《全唐文》，中华书局1983年版，第8359页。

下来的艳诗如《代书诗一百韵寄微之》《东南行一百韵》《和梦游春诗一百韵》《醉后题李马二妓》《示妓人商玲珑》《听崔七妓人筝》《卢侍御小妓乞诗座上留赠》《清明日观妓舞听客诗》《问杨琼》《醉戏诸妓》《代诸妓赠送周判官》《看常州柘枝赠贾使君》等，这些艳诗大多描述诗人与歌妓舞女的饮酒赏歌、肆意调笑、赠诗娱情。《文苑英华》不录，只选录以描写音乐为重点，稍涉及女性内容的诗《筝》，此异于唐人的接受。

综上所述，可以总结唐人对于白居易诗歌接受上的特点：一是欣赏"次韵相酬"的杂律诗和"纤艳"特征的诗歌。二是讽谕诗和闲适诗普遍不受欢迎，正如白居易自己所言"时之所重，仆之所轻"。《文苑英华》对于白居易的接受与唐人有相似之处，重视杂律诗，所不同的是对于唐人十分欣赏的"纤艳"诗风有所排除。

二 《文苑英华》重视白居易及其杂律诗的原因

《文苑英华》所录诗文是宋初文化精英用四年时间从浩瀚书海中辑出的精华，目的之一是引导诗歌创作，"使沿泝者得其余波，慕昧者接其妍唱"，起到范本作用。宋初馆阁文臣通过《文苑英华》确定了白居易及其杂律诗在宋初的地位，究其原因主要有以下两个方面。

（一）《文苑英华》重视白诗乃顺应诗潮而为，欲以范本形式加强创作引导

蔡启《蔡宽夫诗话》云："国初沿袭五代之余，士大夫皆宗白乐天诗。"[1] 言宋初诗坛崇白是沿袭了五代诗坛余绪。五代诗人崇白者多，据贺中复统计，认为："就此期主要诗人70家计，追风白居易的不下60%，在今存诗200首以上的11家中，可归为此派者竟多达8家，且均为五代著名诗人。"[2] 白体能在宋初风靡一时，成为诗坛主流，与文化相承有关。宋初稍有成就的白体诗人如李昉、徐铉、杨徽之等都是由五代入宋，将崇白之风直接带入宋。但是白居易诗能被宋初诸多士大夫

---

[1] 郭绍虞：《宋诗话辑佚》，中华书局1980年版，第398页。
[2] 贺中复：《论五代十国的宗白诗风》，《中国社会科学》1996年第5期。

推崇,纯粹凭李昉等几个诗人的影响是不大可能形成如此规模的。细究,宋初崇白之风能够盛行与宋初推行文教政策有很大的关系。

宋初统治者统一天下,推行文教,相当重视诗歌。《诗话总龟前集》卷一二载宋太祖"五代干戈之际,犹有诗人。今太平日久,岂无之也"的感叹,透露出两个信息:一是宋初诗坛的萧瑟。二是君王希冀以诗展现太平国势。《诗话总龟前集》中还记载了官僚因诗得到宋太宗、仁宗嘉奖而授职的事情,这显示出诗歌助人获取功名利禄的实用功能,朝廷的态度势必会大大激发世人的学诗热忱。但宋初士子多学识浅薄,《宋史·路振传》记载淳化年间举进士,试题为《巵言日出赋》,"时就试者数百人,咸瞪眙忘其所出,虽当时驰声场屋者亦有难色"[①]。学识不深而又可能速成诗人的捷径就是模仿。

白居易能成为宋朝众士大夫诗歌创作的效仿对象,而非他人,究其原因主要有两点。其一,白居易诗在五代即影响很大,宋初诗坛主体——宫廷文人多由五代入宋,他们的诗歌创作大都受白居易的影响。中国古代能学诗作诗的文人又基本是官宦或试图入仕的知识分子,宫廷文人凭借其政治地位的影响亦可对诗歌创作起到引导作用。其二,白居易平易浅近的诗风易被人接受。清代赵翼论及白居易诗,云:"中唐诗以韩、孟、元、白为最。韩、孟尚奇警,务言人所不敢言;元、白尚坦易,务言人所共欲言。试平心论之,诗本性情,当以性情为主。奇警者,犹第在词句间争难斗险,使人荡心骇目,不敢逼视,而意味或少焉。坦易者,多触景生情,因事起意,眼前景,口头语,自能沁人心脾,耐人咀嚼。"[②] 赵翼此论概括出了白诗的基本特征:一是"务言人所共欲言",即诗写人类之普遍性情感。二是"坦易者,多触景生情,因事起意,眼前景,口头语",也就是说写诗即景生情,言辞浅易。白居易的诗歌对于起点低的学诗者而言无疑是最佳模拟对象。但是模仿者往往难吸取到离白居易诗浅易而不浅薄的精髓,所以有所成就者极少,如杨亿所言:"自雍熙初归朝,迄今三十年,所阅士大夫多矣,能诗者甚鲜。如

---

① (元)脱脱等:《宋史》,中华书局1977年版,第13060页。
② (清)赵翼:《瓯北诗话》,人民文学出版社1963年版,第36页。

侍读兵部，夙擅其名。而徐铉、梁周翰、黄夷简、范杲皆前辈。"① 崇白诗风至宋仁宗时期犹存，欧阳修《六一居士诗话》载："仁宗朝，有数达官，以诗知名。常慕'白乐天体'，故其语多得于容易。尝有一联云：'有禄肥妻子，无恩及吏民。'有戏之者云：'昨日通衢一辎軿车，载极重，而羸牛甚苦，岂非足下"肥妻子"乎？闻者传以为笑。"② 此虽意在嘲讽官员学白诗只学到皮毛，但从中也可看出"白乐天体"仍被时人所崇。宋仁宗时期文化已逐步繁荣，掌握一定文化知识的达官贵人的诗歌创作尚且如此，可想而知《文苑英华》编纂时期的诗坛情况。

当时负责编纂《文苑英华》诗的是太宗重臣杨徽之，他以振兴儒家文化为己任，又是宋初为数不多的能诗者之一，应该说杨徽之是清楚当时诗歌整体创作情况的。杨徽之选录白居易诗最多，可以说顺应当时崇白的诗坛潮流，以范本形式引导诗歌创作，正如李贵《唐末五代宋初白体诗人考论》一文所说："在唐代诗人中，此书选白居易诗最多，而此书主修李昉、徐铉、李至等恰恰都是'白乐天体'的作者……其中白居易诗高居榜首，诗风近白居易的郑谷也极受重视，足以说明在朝文士（编纂者大多是文人而不是学者）对白居易诗的偏爱。值得注意的是，编纂《文苑英华》的目的之一就是指导文人士大夫学习写诗作文，多选白居易诗自然会影响时人作诗的风气。"③

（二）白居易杂律诗所具备的特点使其成为馆阁文臣首选的示范对象

《文苑英华》重视白居易诗作可谓是顺势而为，但是选取白居易什么样的诗歌能作为人们学习的范本可以拨正流俗浅薄的诗风趋势，这是编纂者要考虑的问题。《文苑英华》白居易杂律诗成为《文苑英华》重点选录对象，与白居易杂律诗具备的特点密不可分。

白居易言其杂律诗"或诱于一时一物，发于一笑一吟，率然成章，非平生所尚者；但以亲朋合散之际，取其释恨佐欢"。正因杂律诗"或

---

① （宋）杨亿口述，黄鉴笔录，宋庠整理：《杨文公谈苑》，上海古籍出版社1993年版，第80页。
② （宋）欧阳修：《六一居士诗话》，中华书局1985年版，第1页。
③ 李贵：《唐末五代宋初白体诗人考论》，载《首届宋代文学国际研讨会论文集》，复旦大学出版社2001年版，第341页。

诱于一时一物，发于一笑一吟"，平凡景致、日常生活都可以入诗，在内容描写上较为自由，不像讽谕诗那样非得"卒章显志"。《文苑英华》所录白居易杂律诗，内容林林总总，或写赏花饮酒之乐，或表达心念君恩之情，或流露归隐山林之心，或自我调节以消解生存焦虑，或描述宦海生涯的艰辛，可以说是官僚生活的缩影。白居易杂律诗与闲适诗皆为知足而作。但两者最大的不同在于，杂律诗是在"以亲朋合散之际，取其释恨佐欢"的环境所作，注重诗歌创作与他人的互动性。《文苑英华》所录白居易杂律诗仅从题目显示属于同僚友人之间酬唱、赠答、留别的就有120余首。闲适诗是在"退公独处，或移病闲居"处境下创作的，注重表达独处状态下的个体内心情感。

平易浅近是白居易诗之共性，而其各类诗又各具特点。白居易讽谕诗是浅易之中凸显质朴，闲适诗是浅易之中尽显恬淡，杂律诗则浅易而又不失典雅，雅俗相融，音律和谐，生活气息很强。白居易虽在《与元九书》中自称他不看重杂律诗，但不表示创作的草率。事实上，白居易对其杂律诗无论音韵还是遣词造句上都很讲究，如《江楼夜吟元九律诗成三十韵》一诗中，白居易称元稹杂律诗是"清楚音谐律，精微思入玄。收将白雪丽，夺尽碧云妍。寸截金为句，双雕玉作联。八风凄间发，五彩烂相宣。冰扣声声冷，珠排字字圆"，从音韵、格律、内容等方面对元稹诗进行了高度评价。若对杂律诗无造诣，白居易也难有此鉴赏水平。而白居易这首诗本身就是一首精美的杂律诗，对仗精工，语言雅丽，可见其创作之用心。他与元稹所唱和的一些排律更是尽显诗人才气，就如元稹《上令狐相公诗启》所形容"驱驾文字，穷极声韵"。陈寅恪曾就惠洪《冷斋夜话》所称"白乐天每作诗，令老妪解之"予以反驳云："若排律一类必为老妪所解始可笔录，则《白氏长庆集》之卷帙当大为削减矣。其谬妄又何待详论！唯世之治文学史者，犹以元白诗专以易解之故而得盛行，则不得不为辨正耳。"①

《文苑英华》所选白居易的杂律诗中有不少是排律，如《筝》诗

---

① 陈寅恪：《元白诗笺证稿》，文学古籍刊行社1955年版，第323页。

云：" 云鬟飘萧绿，花颜旖旎红。双眸剪秋水，十指剥春葱。楚艳为门阀，秦声是女工。甲鸣银玓珠，柱触玉玲珑。猿苦啼嫌月，莺娇语泥风。移愁来手底，送恨入弦中。赵瑟情相似，胡琴调不同。慢弹回断雁，急奏转飞蓬。霜佩锵还委，冰泉咽复通。珠联千拍碎，刀截一声终。倚丽精神定，矜能意态融。歇时情不断，休去思无穷。灯下清歌夜，罇前白首翁。且听应得在，老耳未多聋。"就选题而言，这是一首音乐诗，题材常见但艺术成就颇高，全诗将视觉、听觉、感觉相融为一体，对演奏者衣着、神情从细处入手，描摹传神，将动态的音乐刻画得有声有色，形象生动。全诗含蓄典雅，堪称精妙。又如《行简初授拾遗同早朝入门》《洛桥寒食》《郡中春燕因赠诸客》《重到江州感旧游题郡楼》等，皆对偶精细，言辞雅致亦兼晓畅。就四韵律诗、绝句而言，也不乏辞藻赡富者，如《同诸客题于家公主旧宅》诗云："平阳旧宅少人游，应是游人到即愁。布谷鸟啼桃李院，络丝虫怨凤凰楼。台倾滑石犹残砌，帘断珍珠不满钩。闻道至今萧史在，髭须雪白向韶州。"《大林寺桃花》诗云："人间四月芳菲尽，山寺桃花始盛开。长恨春归无觅处，不知转入此中来。"这两首诗取材常见，前一首写旧宅，在荒芜之今景与昔日之繁华对比，感叹人生无常，萧史即便在，弄玉已销魂，《唐宋诗醇》评此诗："写景秾丽，倍觉苍凉，一结黯然神伤，不堪卒读。"[1] 后一首虽语出自然平淡，却构思精巧，情趣盎然。

　　综上所述，白居易杂律诗因题材来源常见，叙常事传常情，为宋人学习诗歌创作提供了便捷。杂律诗经常创作于"亲朋合散之际"，这种群体参与性也符合宋初士人所喜好的赠答酬唱形式。此外，杂律诗雅俗相融的艺术特点有利于矫正当时流于俚俗的诗风，所以白居易杂律诗成为馆阁文臣首选的示范对象亦是理所当然的。

三　从白居易诗歌的选录看宋初馆阁文臣的诗学意识

　　从接受角度来看，自明代以来，学人较为认可《文苑英华》的文

---

[1] （清）弘历：《御选唐宋诗醇》，四库全书本（第1448册），台湾商务印书馆1983年版，第519页。

献价值，对其选本意义颇有质疑。而若还原至宋初，《文苑英华》的编
纂目的之一就是要去粗取精，选取前代诗文精华，发挥"使沿沂者得
其余波，慕味者接其妍唱"(《玉海·总集文章》)的范本作用。换句话
说，《文苑英华》是作为范本出现的，它对白居易诗歌的选录态度明显
体现出宋初馆阁文臣的诗学意识。

其一，淡化诗之讽谕功能。

五代社会风气浇薄，士人社会责任感淡化。宋初统治者鉴此兴学尊
儒，尤为重视发挥文学的教化功能。宋太宗编纂《文苑英华》目的之
一在于教化，而白居易自认为最有教化性的讽谕诗并不被《文苑英华》
最为看好，反而对白居易的杂律诗尤为偏爱。白居易杂律诗关注个体生
活，偏向内心修养、反映官僚生活、思索个人命运，这与讽谕诗关注民
生，咏兼济天下之志有很大不同。从《文苑英华》的这种收录特点可
看出馆阁文臣诗文教化观的倾向，即淡化诗之讽谕功能。北宋宋太宗时
期的诗歌多酬唱赠答之作，倾向美颂时政。纵观宋太宗朝诗风，也不难
看出这种诗歌导向的影响。

其二，诗歌题材日常生活化与典雅秀丽诗风的导向。

白居易杂律诗较之他的其他类型诗歌而言，题材日常生活化倾向明
显，"诱于一时一物，发于一笑一吟"，生活中任何一事一物一举一动
都可入诗，"亲朋合散之际，取其释恨佐欢"，关注的也是常情，语言
不失典丽。《文苑英华》偏重选录白居易杂律诗，从取材和辞藻上加以
引导，可补学白流于浅陋之弊。这种诗学倾向在白体诗人中也渐成气
候，杨徽之、徐铉、李昉、田锡、王禹偁等人都有此倾向的诗歌作品，
尤以杨徽之、徐铉为突出。

杨徽之是宋初少有的能诗者，在宋太祖时期，他的诗歌"必有雕
章丽句，传诵人口"。宋太宗尤喜杨徽之诗，曾御选其十联诗句命人写
于御屏之中。文莹《玉壶清话》卷五载："十联诗者，有《江行》云：
'犬吠竹篱沽酒客，鹤随苔岸洗衣僧。'《寒食》云：'天寒酒薄难成醉，
地迥台高易断魂。'《塞上》云：'戍楼烟自直，战地雨长腥。'《僧舍》
云：'偶题岩石云生笔，闲绕庭松露湿衣。'《湘江舟行》云：'新霜染

枫叶，皓月借芦花。'《哭江为》云：'废宅寒塘雨，荒坟宿草烟。'《嘉阳川》云：'青帝已教春不老，素娥何惜月长圆。'又云：'浮花水入瞿塘峡，带雨云归越巂州。'《年夜》云：'春归万年树，月满九重城。'《宿东林》云：'开尽菊花秋色老，落残桐叶雨声寒。'"① 这十联诗所出诗歌题材多为日常生活之事，对仗精工，清新秀丽。

徐铉，其诗"冶衍遒丽，具元和风律，而无洄洇纤阿之习"②。文莹《玉壶清话》卷八载："铉晚年于诗愈工，《游木兰亭》云：'兰舟破浪城阴直，玉勒穿花苑树深。'《观水战》云：'千帆日助阴山势，万里风驰下濑声。'《病中》云：'向空咄咄频书字，与世滔滔莫问津。'《谪居》云：'野日苍茫悲鵩舍，水风阴湿敝貂裘。'《陈秘监归泉州》云：'三朝恩泽冯唐老，万里江关贺监归。'《宿山寺》云：'落月依楼角，归云拥殿廊。'"③ 这些诗句与杨徽之的诗风有相似之处。

综上所述，通过对《文苑英华》录选白居易诗歌情况的分析，可以看出宋初馆阁文臣对宋初崇白之风的规范意图。他们重视白居易，为矫正流于俚俗的诗风之弊，倡导学习白居易雅俗相融的杂律诗，显示出宋初馆阁文臣淡化诗之讽谕功能、倾向选取日常生活题材和追求典雅秀丽诗风的诗学意识。《文苑英华》是奉宋太宗旨意修纂的，宋太宗本身是重要的白体诗人④，主要的参与者如李昉、徐铉、杨徽之、李至等亦是白体诗人。可以说《文苑英华》是宋初白体诗派对白居易诗歌的一次全面总结，选录白居易诗也可以说是宋初白体诗派的一次内部诗学改良，这种改良显示出了宋初诗坛主流由白体向西昆体发展过程中的渐变性，白体诗派所倡的弱化讽谏精神、重视诗歌的唱和形式、追求丽辞等诗学观念在后来的西昆体诗派那里得到了强化，在一定程度上促进了宋初诗学的发展。

---

① （宋）文莹：《玉壶清话》，中华书局1984年版，第47页。
② （清）吴之振：《宋诗钞》，中华书局1986年版，第68页。
③ （宋）文莹：《玉壶清话》，中华书局1984年版，第79页。
④ 张海鸥《宋初诗坛"白体"辨》(《中山大学学报》2000年第6期)一文对宋太宗的白体诗人身份有充分论述。

四 编者杨徽之对白居易的接受及其文学史意义

研究白居易对后世的影响，是其接受史研究的一个重要内容。五代至宋初崇白之风盛行，故而白体诗人也成为关注。方回《送罗寿可诗序》云："宋划五代旧习，诗有白体、昆体、晚唐体。白体如李文正、徐常侍昆仲、王元之、王汉谋。"视李昉、徐铉、徐锴、王禹偁为白体诗人，今学者将白体诗人扩至宋太宗、晁炯、李宗鄂、陶穀等[①]，而宋初名儒杨徽之罕见提及。

杨徽之，字仲猷，建州浦城（今福建浦城）人，由五代入宋的文人，入宋后经历了宋太祖、宋太宗、宋真宗三朝。入宋前杨徽之便因才华横溢而享有盛名，周显德中举进士甲科，先后任秘书省校书郎、集贤校理、著作郎，后升至右拾遗。太祖时期杨徽之屡遭打压，宋太宗对其赞赏有加，屡屡重用，宋真宗时官至翰林侍读学士。杨徽之精通儒典，学识渊博，大力培养、提携后进，对宋初文化建设作出了很大贡献。杨徽之是宋初为数不多的能诗者之一，很推赏白居易的诗歌。宋太宗以杨徽之精于风雅，命其编纂《文苑英华》诗部分。杨徽之选诗态度极为认真，"孜孜探掇，矻矻服勤"（杨亿《故翰林侍读学士杨公行状》），选录诗作180卷，总计收录诗10493首，诗人1085人，其中选录白居易诗254首，为《文苑英华》所收录诗作数量最多的诗人，可见杨徽之对白居易诗歌的推崇。杨徽之的诗歌创作受白居易的影响也很明显，推动了宋初馆阁诗风的转变。以下以杨徽之的诗歌创作为考察中心，分析这位长期被忽略的白体诗人对白居易的接受特征及其文学史意义。

（一）杨徽之对白居易诗歌的接受特征

杨徽之是宋初诗歌创作的佼佼者，后周翰林学士窦仪和枢密直学士

---

① 如张海鸥认为"太宗朝明确提倡学白诗者是李昉及其子李宗鄂，学白体唱和的诗人很多，主要的代表人物是：宋太宗、李昉、徐铉、王禹偁、晁炯等"（见张海鸥《北宋诗学》，河南大学出版社2007年版，第16页）。尚永亮认为宋初学白代表诗人有陶穀、徐铉、李昉、李至、晁炯、释智圆、王禹偁等（见尚永亮《论宋初诗人对白居易追摹和接受》，《社会科学辑刊》2009年第4期）。

王朴见杨徽之文章，大加赞赏。宋太宗曾经素闻杨徽之诗名，而索其诗作。考察杨徽之的诗歌创作情况，可以看出他对白居易诗歌的接受特征主要有以下四点：

1. 对白居易诗歌风雅美学精神的继承

诗歌风雅美学精神已成为儒家传统诗学精神，其产生可溯源至《诗经》。关于风雅美学精神内涵，葛晓音认为："然而无论是否认同风雅正变说，几乎所有的学者都不否认《诗经》里存在着对时世盛衰和讽颂美刺的问题，分歧只是如何认识这一现象。"[①] 白居易诗歌比较明显体现出风雅美学精神，他倡导"惟歌生民病，愿得天子知"（《寄唐生》）的诗歌讽刺精神，同时也主张诗歌包含颂美精神。如《策林·议文章》所云"补察得失之端，操于诗人美刺之间"，即指出诗歌"美颂"一面。《策林·采诗》所云"故闻《蓼萧》之诗，则知泽及四海也；闻《禾黍》之咏，则知时岁丰也"，则是直接用诗歌之美颂来反映盛世状况。

白居易诗歌前期创作不少讽谕诗，所体现的风雅审美精神倾向于"刺"；后期诗歌创作则更多体现出诗歌之"美"精神。诗人在《序洛诗》中提及自己的诗歌创作，云："自（大和）三年春至八年夏，在洛凡五周岁，作诗四百三十二首。除丧朋哭子十数篇外，其他皆寄怀于酒，或取意于琴，闲适有余，酣乐不暇，苦词无一字，忧叹无一声，岂牵强所能致耶？盖亦发中而形外耳。斯乐也，实本之于省分知足，济之以家给身闲，文之以觞咏弦歌，饰之以山水风月，此而不适，何往而适哉？兹又以重吾乐也。予尝云：'治世之音安以乐，闲居之诗泰以适。'苟非理世，安得闲居？故集洛诗，别为序引，不独记东都履道里有闲居泰适之叟，亦欲知皇唐太和岁，有理世安乐之音。集而序之，以俟夫采诗者。"[②] 白居易在大和三年至八年（829—834）所作的诗除了几首感伤诗外，其余皆是"苦词无一字"的闲适之作。他将这些诗作"集而

[①] 葛晓音：《从诗骚辨体看"风雅"和"风骚"的示范意义》，《中华文史论丛》2006年第3期。

[②] （唐）白居易撰，顾学颉校点：《白居易集》，中华书局1979年版，第1474—1475页。

序之,以俟夫采诗者",目的是"欲知皇唐太和岁有理世安乐之音",希望通过采诗者让君王知晓民间的安乐生活。而白居易在元和时期创作讽谕诗时亦言:"其言直而切,欲闻之者深诫也。其事核而实,使采之者传信也。"① 从元和时期的讽谕诗到大和时期的闲适诗,诗歌由"讽"转为"美",诗风变化明显,但是两者本质相同,都是通过诗歌反映民生,起到"补察时政"的作用。

杨徽之亦是比较重视风雅传统精神,他"素好吟咏,老而不废,对宾客论诗,则终日忘倦,言六义者莫不宗之"(苏颂《赠太子太师谥号文庄杨公神道碑铭》),可见其诗重"六义"。宋太宗称杨徽之"精于风雅",杨亿认为杨徽之选录《文苑英华》诗是"非风雅之言,未尝取也"。杨徽之现存诗歌很少,几乎都是写景诗,无一句针砭时政。其中有美颂性较强的诗句,如"十年流落今何幸,叨遇君王问姓名"句,以称颂方式感激宋太宗的知遇之情。又如《禁林宴会之什》诗云:"星移岁律应青阳,得奉群英集玉堂。龙凤双飞观御札,云霞五色咏天章。禁林渐觉清风暖,仙界元知白日长。诏出紫泥封去润,朝回莲烛赐来香。二篇称奖恩尤重,万国传闻道更光。何幸微才逢盛事,愿因史册纪余芳。"此诗对仗整饬,以雍容华贵之笔调颂扬宋初王朝的盛世之气。杨徽之在宋太祖时期任凤翔天兴令和嘉州峨嵋令之时所作诗歌也多以游宴唱和为主,"凡游赏宴集、良辰美景,必有雕章丽句,传诵人口"(杨亿《故翰林侍读学士杨公行状》)。由此可见,杨徽之诗歌中的风雅审美精神更倾向"颂美",这种倾向在他选录的《文苑英华》诗中也体现明显。《文苑英华》诗体下设天部、地部、帝德等25类。如帝德、应制、应令、省试等诗歌类型都与统治阶层活动有关,这些诗类基本上面向君王皇族、朝廷而作,创作环境特定,决定了诗歌较强的颂歌性质;如释门、隐逸、道门、花木、禽兽等类型则将创作视线转向山林或物体。大量以应制唱和、僧院释道、山林水迹、花草鱼虫为内容的诗作选入《文苑英华》,大部分诗歌以展现个体情绪为主,关注国运民瘼的

---

① (唐)白居易撰,顾学颉校点:《白居易集》,中华书局1979年版,第52页。

诗作选录不多。很显然，在对白居易诗歌风雅审美精神的继承中，杨徽之更倾向继承白居易诗歌的"美颂"精神。

2. 对白居易之清丽典雅诗风的吸收

宋初诗坛崇白风气盛行，学界早已关注到白体诗人对白居易诗风的接受倾向其浅易一面，"浅近""平易"风格也成为宋初白体诗风给人们的一个基本印象。实际上白居易的诗歌创作风格多样，宋初白体诗人学白也不局限于只学白居易的浅易诗风。仔细分析杨徽之的诗作，会发现杨徽之更注重吸取白居易清丽典雅的诗风。

白居易诗风平易为人共识，但是白诗亦有清丽典雅一面。清丽典雅是诗歌意境清新，用词讲究，雅致脱俗。白居易不少诗歌都有此特点，如《赋得古原草送别》诗云："离离原上草，一岁一枯荣。野火烧不尽，春风吹又生。远芳侵古道，晴翠接荒城。又送王孙去，萋萋满别情。"此诗格调清新，古雅劲健，寥寥几笔勾勒出古道荒城的生机盎然之景。"萋萋"一词既写出春草之欣荣，又点出了友情之浓厚，用词锤炼可见一斑。又如《宿简寂观》首联"岩白云尚屯，林红叶初陨"，景以白、红两色搭配，其诗如画，宁静的秋景图跃然纸上。《池上赠韦山人》云："新竹夹平流，新荷拂小舟。"写景以动衬静，动静相谐，清新自然。再如《寒食夜月》中的"风香露重梨花湿，草舍无烟愁未入"，《早春题少室东岩》所云"三十六峰晴，雪销岚翠生""远草初含色，寒禽未变声"等类似这种笔调的诗句在白居易诗歌中常见。

杨徽之的诗尚存较少，其中有十联诗句尤为后人赞赏。文莹《玉壶清话》卷五载十联诗者，有"犬吠竹篱沽酒客，鹤随苔岸洗衣僧"（《江行》）；"天寒酒薄难成醉，地迥台高易断魂"（《寒食》）；"戍楼烟自直，战地雨长腥"（《塞上》）；"偶题岩石云生笔，闲绕庭松露湿衣"（《僧舍》）；"新霜染枫叶，皓月借芦花"（《湘江舟行》）；"废宅寒塘雨，荒坟宿草烟"（《哭江为》）；"青帝已教春不老，素娥何惜月长圆"（《嘉阳川》）；"浮花水入瞿塘峡，带雨云归越巂州"（《嘉阳川》）；"春归万年树，月满九重城"（《年夜》）；"开尽菊花秋色老，落残桐叶雨声寒"（《宿东林》）。在宋太祖时期，杨徽之曾任凤翔天兴令和嘉州峨崛令，常有雕章丽句传诵人口。宋太宗将杨徽之调回京城，因素闻其名而索诗。这十联诗句言辞清新自然，遣词讲究。文莹用"天地浩露，涤其笔于冰瓯雪碗中"①来形容杨徽之诗的这种清灵、纯净之神韵。阮阅《诗话总龟》载有杨亿所推崇的杨徽之十联诗，与文莹《玉壶清话》所记载的相比，除了用"杳杳烟芜何处尽，摇摇风柳不胜垂"（《春望》）代替《玉壶清话》所载的"犬吠竹篱沽酒客，鹤随苔岸洗衣僧"（《江行》）一联外，其他九联诗皆相同。南宋曾慥所辑《类说》卷五三"记诗"条在论及宋初能诗者时，列举了杨徽之的《春望》《湘江舟行》《嘉阳川》《元夜》四联诗句，与《诗话总龟》所载杨徽之十联诗句中的四联相同。上述所举杨徽之诗句皆为宋人认为可代表杨徽之诗风之例，从中也可大致看出杨徽之诗歌创作清丽典雅的风格。纪昀对杨徽之诗评价很高，他以《寒食寄郑起侍郎》为例，称其"情韵并佳，一望黄茅白苇之中，见此如疏花独笑"②。纪昀形容宋初诗坛是"黄茅白苇"，而称杨徽之诗是"疏花独笑"。在宋初诗歌整体流于浅俗的创作中，杨徽之的诗清雅脱俗，的确有独秀之态。杨徽之重诗之清丽典雅，不仅从其诗作可以体现，在他对他人作品的评论中亦可体现。如夏竦"为文章，典雅藻丽"（《宋史·夏竦传》），举制科之时，遇杨徽之，杨徽之向其索诗，夏竦挥笔而就，杨徽之读罢，称其"真将相器也"③。夏竦诗文典雅藻丽，杨徽之以"真宰相器"赞之，可见他对于诗歌"雅""丽"的欣赏。上述可见，杨徽之对白居易诗风的继承重点不在承其平易，而在于取其清丽典雅。

3. 对白居易之自适心态的继承

白居易在《序洛诗》中称大和三年至八年其于洛阳所作432首诗，除数十篇诗丧朋哭子外，其余无一字苦词，无一声忧叹。他称："盖亦发中而形外耳。斯乐也，实本之于省分知足，济之以家给身闲，文之以觞咏弦歌，饰之以山水风月，此而不适，何往而适哉？兹又以重吾乐

---

① （宋）文莹：《玉壶清话》，中华书局1984年版，第47页。
② （元）方回撰，李庆甲集评校点：《瀛奎律髓汇评》，上海古籍出版社1986年版，第1511页。
③ （宋）江少虞：《宋朝事实类苑》，上海古籍出版社1981年版，第431页。

也。"可见白居易在洛阳期间生活态度已发生转向，由关注时政民生转向内在自我心灵的安顿，随遇而安，遁形山林，知足知乐，独善其身。白居易的恬淡知足淡化了社会责任感，但何尝不是一种在宦海沉浮中的自我精神调节方式？仕途中漂浮的文人常用"山林""知足"等方式调节自己，但以此求得自由、真乐的似乎也不多。正始时期的阮籍，虽然不拘礼教，却"时率意独驾，不由径路，车迹所穷，辄恸哭而反"①，不能真正洒脱。何逊"在昔爱名山，自知欢独往"（《入西塞示南府同僚》），"吾人少拘碍，得性便游逸"（《刘博士江丞朱从事同顾不值作诗云尔》），但亦无法从根本上获得精神自由，郁郁终身。可见能取其真谛，方能有内心自由。

　　杨徽之与白居易虽相隔百年，而可谓能取白居易生活之真谛者。他虽为宋太宗重臣，但在太祖时期不被重用，起先因为在周时讥议过宋太祖，被贬为唐州方城监税，后又因进谏引宋太祖不满，左迁凤翔天兴令，又改为嘉州峨眉令。而仕途不顺似乎并没有给杨徽之心情带来诸多负面影响，被贬之地在他笔下风景旖旎，如《嘉州作》云："俗遇腊辰持药献，吏逢衙日隔花参。耆宿因来问封部，竹篱西畔是云南。"《峨眉》诗云："嘉州山水地，二蜀最为美。翠岭叠峨眉，长岭叠峨眉，长澜涌锦水。"《嘉阳川》云："浮花水入瞿塘峡，带雨云归越巂州。"这些诗句皆赞美蜀地风光。文德秀在《杨文庄公书堂记》中对杨徽之的心境也大为赞叹，其称："公之去国也，一迁而楚，再徙而秦，又再转而蜀，山川益廖远，风物益凄凉。昔词人墨客悲伤憔悴，若不以可生者也。而公嘉阳诸咏皆翛然自得，无秋毫陨获意，胸中所存其亦远矣。"②杨徽之从容自若、平淡沉稳之心态是常人所求的，也非常人能有的。

　　4. 对白居易的诗歌酬唱形式的模仿

　　白居易留下的唱和诗作很多，最有影响力的是他与元稹之间的诗歌酬唱，不仅创作数量多，而且被时人纷纷效仿。元稹《白氏长庆集序》

---

① （唐）房玄龄：《晋书》，中华书局1974年版，第1361页。
② （宋）真德秀：《西山文集》，景印文渊阁四库全书本（第1174册），台湾商务印书馆1986年版，第399页。

描述了两人元和年间作诗的情况，云："巴蜀江楚间泊长安中少年，递相仿效，自谓'元和体'。"太和年间白居易和元稹还有唱和集《因继集》。白居易与其他人的唱和活动也很频繁，其中与刘禹锡、崔宏亮、令狐楚等人的唱和诗作尤多。白居易与刘禹锡的唱和诗集有《刘白唱和集》，与刘禹锡、裴度的酬唱集有《汝洛集》。白居易与友人之间的唱和形式被宋初馆阁诗人效仿，蔚然成风。杨徽之与他人的酬唱活动也甚繁，《宋史》本传载杨徽之"酷好吟咏，每对客论诗，终日忘倦"。苏颂《赠太子太师谥号文庄杨公神道碑铭》记载了杨徽之在南唐时与江文蔚、江为的唱和活动，云："邑人江文蔚善词赋，江为能歌诗，并延置客馆切靡友善，遂与齐名。"任嘉州峨眉令之时，杨徽之与宋白相互酬唱，"时宋白宰玉津，多以吟咏酬答"（《宋史·杨徽之传》）；除与文士相互酬唱外，杨徽之与隐士亦有唱和活动，如戚同文，《宋史·隐逸传》载："杨徽之尝因使至郡，一见相善，多与酬唱。"杨徽之与友人这种诗歌酬唱活动既能传递诚挚友情，又在相互切磋之间提高诗歌创作水平，何乐而不为。

综上所述，白居易诗歌的风雅审美精神、典雅清丽的诗风、自适心态及诗歌唱和形式对杨徽之都产生了影响，由此也可证明杨徽之应属于白体诗人。杨徽之在继承前人文学精华的基础上，潜心而为，成为宋初少有的能诗者之一。

（二）杨徽之对白居易诗歌接受的文学史意义

一般认为宋初主流文坛"白体""西昆体"先后盛行，白体诗人慕白居易诗风之浅易；西昆体诗人尚李商隐诗风之绮丽。对于这宋初两体，议者多注意其对立面，如"与其说'西昆体'是对'白体'及'晚唐体'的文学的变革，倒不如说'西昆体'是对所有五代遗臣的文化反动"①。而从杨徽之对白居易的接受来看，西昆体对白体实际上诸多继承性，与其说西昆体是对白体的反动，毋宁说是对白体的继承与改良。

受杨徽之影响最大的当属他的从孙杨亿，史载杨亿早慧，年十一

---

① 张兴武：《昆体文学生态及其创作主体的文化特征》，《文学评论》2006 年第 6 期。

"即授秘书省正字,特赐袍笏",后因父亲去世,生活困窘,投奔杨徽之,"俄丁外艰,服除,会从祖徽之知许州,亿往依焉。务学,昼夜不息,徽之间与语,叹曰:'兴吾门者在汝矣。'"① 杨亿自幼跟随杨徽之学习,杨徽之对杨亿也很看重,视之为兴旺宗族者。而杨亿对于杨徽之诗亦很推崇。《杨文公谈苑》"雍熙以来文士诗"条载:"公言:自雍熙初归朝,迄今三十年,所阅士大夫多矣。能诗者甚鲜。如侍读兵部,夙擅其名……"② 将杨徽之列为宋初第一能诗者。

杨亿在《西昆酬唱集序》中表明西昆体诗人写诗的目的是"在览遗编,研味前作,挹其芳润,发于希慕。更迭唱和,互相切磋",这说明西昆体诗人主要是以唱和形式进行创作,切磋技艺,自我娱乐,这使得西昆体诗歌重形式,缺乏针砭现实的讽谏精神,这与杨徽之颂美的诗学精神倾向、诗歌重唱和形式的运用以及自适心态的追求一脉相承。

与李昉等仿白居易之浅易诗风不同,杨徽之倾向吸收白居易清丽典雅之诗风,其所创作的"雕章丽句"也被广为传诵,这种诗风得到了宋太宗的赞赏,故而有"素闻其诗名,因索所著"之举,可谓影响之大。这说明除了白居易诗之平易,白诗之清丽也是白体诗人所崇尚的。这种诗风对杨亿亦有影响。《杨文公谈苑》载有杨亿所赞的杨徽之四联诗:"《春望》云:'杳杳烟芜何处尽,摇摇风柳不胜垂。'《江行》云:'新霜染枫叶,皓月借芦花。'《嘉阳川》云:'青帝已教春不老,素娥何惜月重圆。'《元夜》云:'云归万年树,月满九重城。'"③ 杨亿所赞杨徽之这四联诗,亦因其意境清新、颇有神韵为后人所许。而在杨亿诗歌中也不难发现杨徽之的影子,如"迢迢宫漏传银箭,淅淅天风下白榆"(《初秋夜坐》),"钟声空谷答,塔影乱云齐"(《山寺》),"夜长风露泠,川迥水烟昏"(《郡斋西亭夜坐》),"松菊门前三径在,烟波江上片帆飞"(《十九哥赴舒州太湖簿仍得假归乡》)等,皆有类似特

---

① (元)脱脱等:《宋史》,中华书局1977年版,第10079页。
② (宋)杨亿口述,黄鉴笔录,宋庠整理:《杨文公谈苑》,上海古籍出版社1993年版,第80页。
③ 同上书,第81页。

点，写景意境明朗，清丽平实，诗意如画。杨亿作诗虽崇李商隐，但其诗风的形成与杨徽之不无关系，可以说杨徽之崇白在一定程度上推动了宋初馆阁诗风由浅易向工丽的转变。

杨徽之在宋初诗作成就高，蜚声朝野，但是在文学史上杨徽之是被湮没的。究其原因，与其诗歌流传下来的较少有关。《宋史》本传载杨徽之"既没，有集二十卷留于家，上令夏侯峤取之以进"，也就是说杨徽之当时有文集20卷，《宋史·艺文志》载《杨徽之集》仅有5卷，但是《元史》以下就未收录了，可知杨徽之的文集实际上在宋以后就散佚了。后人对作家的接受又往往基于对作家作品的认识，故而杨徽之身后寂寥也可想而知了，但是不能否认杨徽之在诗坛上存在的历史真实，在宋初诗坛尤其是宋初白体诗人的研究中，杨徽之不应忽略。

第五章 《文苑英华》诗学批评综论

《文苑英华》作为一部选集，其编纂体例、文体设置、选录作品范围、倾向等方方面面都渗透着编者的文学观，浸染着一个时代的文学气息。从《文苑英华》诗的基本面貌，到纵向上审视其与前代诗歌的关系，再到横向上"诗"与"歌行"的文体比较，目的是要从各角度透视宋初的诗学观念。前面几章节重在细处具体分析，本章从宏观上对《文苑英华》选诗批评、序跋批评及批评效能等方面进行分析，总结《文苑英华》诗学批评特点。

第一节 《文苑英华》诗学批评特点及成因

一 《文苑英华》诗学的批评特点

（一）推崇诗体，凸显尊君意识

《文苑英华》共收赋、诗、歌行、杂文、中书制诰、翰林制诰、策问、策、制、判、表、笺、状、檄、露布、弹文、移文、书、疏、序、论、议、连珠、喻对、颂、赞、铭、箴、传、记、谥哀册文、谥议、诔、碑、志、墓表、行状、祭文38种文体，"诗"仅次于"赋"排第二位，而收录作品数量居各体之首，《文苑英华》1000卷共2万余篇（首）作品中，诗就有180卷1万余首。可见"诗"在《文苑英华》中的地位是相当高的。《文苑英华》诗以类相分，分天部、地部、帝德、应制、应令附应教、省试、朝省、乐府、音乐、人事、释门、道门、隐逸、寺院附塔、酬和、寄赠、送行、留别、行迈、军旅、悲悼、居处、郊祀、花木附果实草、禽兽 25 子类。其排序注重空间秩序，形成了"天—地—人—物"的空间结构。在"人"这一层以"帝德"为首，突出君王的地位。其后的应制、应令附应教、省试、朝省等诗歌类型都与朝廷有关，其内容实质也是以君王为中心的。此外，《文苑英华》对每一诗歌子类所录诗歌进行排序时，如果有帝王诗作选入，则将其置于首位。这种诗的类型编排强调"天人合一"、君王之尊以及"君为臣纲"的有序性，有浓厚的儒家政治色彩。

《文苑英华》的编纂受《文选》影响较大，但是两者在诗的分类意识上有区别（本书第三章第二节在阐述"《文苑英华》选诗对《文选》的继承与创新"这一问题时已详细论述，此不赘述）。《文选》崇经，列"补亡"为诗的首位。《文苑英华》以"天"为首位，尊君意识强。从《文选》到《文苑英华》诗分类的转变，可以看到文学政治化意识的加强。

《文苑英华》编纂者的这种诗体分类意识，或许可以帮助我们理解为何《文苑英华》要将"歌行"独立于诗外。前文已经论述过歌行在《文苑英华》编纂者观念里实际上就是"歌"，乐府最早是汉武帝设置的音乐官署，《汉书·礼乐志》载：

> 至武帝定郊祀之礼，祠太一于甘泉，就乾位也；祭后土于汾阴，泽中方丘也。乃立乐府，采诗夜诵，有赵、代、秦、楚之讴。以李延年为协律都尉，多举司马相如等数十人造为诗赋，略论律吕，以合八音之调，作十九章之歌。[①]

又，《汉书·艺文志》载：

[①] （汉）班固：《汉书》，中华书局 1962 年版，第 1045 页。

自孝武立乐府而采歌谣，于是有代赵之讴，秦楚之风，皆感于哀乐，缘事而发，亦可以观风俗，知薄厚云。[1]

　　从中可以看出，乐府机构是一个中央职能部门，它收集的诗作、歌谣主要作用是为统治者祭祀、观民俗察时政等政治活动服务。乐府诗最初是通过乐府机构收集、配乐的诗作组成，虽然此后成为文体的乐府与这一音乐官署联系日渐疏远，但是从源头来说，乐府诗是承担政治功能的诗作。"歌"从源头上说也与音乐有联系，但是没有进入乐府的"歌"并不必须具备此功能。从《文苑英华》对"歌行"的分类可以看出，宋人对其分类并不如"诗"那样有浓厚的政治色彩，反是更倾向以"歌"承载娱乐生活内容，"诗""歌"之别由此可见。"歌行"在唐代兴盛，在《文苑英华》编纂者看来，唐人"歌行"实际上就是"歌"发展到唐代的一种模式，宋人将其另立一体，与诗保持了一定的距离性，表现出对这一兴盛文体的关注，又突出了诗之正统性。

　　（二）标榜"风雅"，倾向美颂尚采

　　杨亿认为《文苑英华》所选的诗"非风雅之言，未尝取也"（《故翰林侍读学士杨公行状》），这是最早明确《文苑英华》诗"风雅"特征的评论。而在杨亿之前，《文苑英华》诗的"风雅"特征实际上已经得到宋太宗的认可。宋太宗命杨徽之编纂诗，原因是杨徽之"精于风雅"（《宋史·杨徽之传》），意味着宋太宗是以"风雅"作为选诗标准来选定编纂人选，《文苑英华》编成之后得到宋太宗的赞许，"览之称善"（《玉海》卷五十四），从宋太宗对编纂的人选以及编纂成书的态度可见其对于《文苑英华》诗"风雅"特征的欣赏。

　　诗歌"风雅"内涵溯源应追至《诗经》，《诗》三百分风、雅、颂三部分，风、雅、颂的区分标准观点不一，或有倾向以音乐类分的，或有倾向以内容标准类分的。无论何种标准分类，《诗经》里的"美刺"精神都受到了关注。"风雅"进入文学批评中，成为重要的

---

[1]　（汉）班固：《汉书》，中华书局1962年版，第1756页。

批评理论范畴。受《诗经》内容影响,"美刺"以及语言的"温柔敦厚"亦逐渐成为"风雅"批评的基本内涵。《文苑英华》对于关注国运民瘼的诗作虽有选录,但非主体,其"风雅之言"呈现出"美颂"倾向。

《文苑英华》诗分25类,分类便于寻检,也反映出人们对诗歌题材的认识和价值取向。与前代文集的诗歌类分相比,《文选》诗设立讽谏性突出的"百一"类,白居易的《白氏长庆集》设"讽谕"类,这些都体现出对社会现实的关注。《文苑英华》诗歌分类排除了"百一""讽谕"这些直指社会现实的诗歌类型,在立类意识上淡化对民生的关注。编纂者或者设立与统治阶层活动有关的类型,如帝德、应制、应令附应教、省试、人事等,这些类型特定的创作环境就已经决定诗歌的颂歌性质;或者将立类视线转入世外山林,如所立的释门、道门、隐逸、寺院附塔类等,或者着眼于花木、果实、禽兽等咏物诗作。大量以应制唱和、山林水迹、僧院释道、花草鱼虫为内容的诗作选入《文苑英华》,这些诗作无论是体现诗人的闲适惬意还是哀伤愁绪,大部分都是展现自我心绪的浅吟低唱。即使有关注到民生的诗作入选,《文苑英华》从类型的设立上也已经淡化了这种关注性。从实际选录诗作来看,《文苑英华》对于典型心系国运民瘼的诗作也选录不多,如杜甫"三吏""三别",王建、张籍绝大部分乐府诗,《文苑英华》都未录。

《文苑英华》尚文采,早在明代就有人指出。胡维新《刻〈文苑英华〉序》所云"或訾《苑》集渔采氾博,艳靡伤于华,雕镂乖于雅,骈偶牵于拘,纤媚沦于弱,使湮之,不足虑者",实际上就反映出明穆宗隆庆时期已经有人注意到了《文苑英华》录文"绮丽"的风格。胡维新在此篇序里针对一些人认为《文苑英华》因录文倾向绮丽而不必刊刻的观点提出了自己主张刊刻《文苑英华》的看法,但是他对于《文苑英华》的"绮丽"风格也并不否认。明人的这一见解是符合事实的,如《文苑英华》所录入的南北朝诗歌就以南朝绮丽诗歌为主。对于北朝诗歌则选择受齐梁诗风影响大的诗人诗歌选录,其中由南入北的王褒、庾信两人的诗歌就占到所录北周诗歌的 92%。对"北朝三才"的诗歌，《文苑英华》也是选录南朝诗风特点明显的诗作，诸如温子升《春日临池》《咏化蝶》等，剔除了具有北朝粗犷、古朴诗风特征的诗歌，如《捣衣》《白鼻涡》《凉州乐歌》等。魏收的诗"富言淫丽"，基本模仿南朝，《文苑英华》收录其诗作也最多。再如《文苑英华》不录质朴的"六镇兵歌"也可以看出这一倾向。选录唐代诗歌时，《文苑英华》亦倾向于有辞藻者，诸如宫廷诗人、晚唐温庭筠、李商隐等人诗作都以辞藻丰赡为特点。而对于语言质朴者，《文苑英华》予以剔除。如王珪的《赋汉高祖》《咏淮阴侯》、魏徵的《咏怀》《咏西汉诗》等诗劝谏性强，质直古拙。王梵志、寒山等僧侣诗歌近似口语，这些《文苑英华》均不选录。《文苑英华》极为重视白居易诗歌，收录其 254 首，为所收唐人之最。白居易在《与九元书》中自言其讽谕诗"意激而言质"，与初唐王珪、魏徵的劝谏诗歌一样，白居易的讽谕诗亦最具教化性，但是《文苑英华》收录这类诗的数量很少，收录最多的是他雅俗相融的杂律诗。

（三）诗以教化，诗人德行不作为选录标准

宋太宗很重视从优秀文化中吸取治国之道，认为书籍为教化之本。《文苑英华》所选皆为宋太宗认可的前代作品精华，主要是通过精选诗歌为世人提供学习的范本。这种以推出示范本来推广文化知识的方式与宋太宗振兴儒学的策略一致。

端拱初，重臣杨徽之即《文苑英华》诗的编纂者，曾上书宋太宗：

> 自陛下嗣统鸿图，阐扬文治，废坠修举，儒学响臻，乃至周岩野以聘隐沦，盛科选以来才彦，取士之道，亦已至矣。然擅文章者多超迁，明经业者罕殊用，向非振举，曷劝专勤，师法不传，祖述安在！且京师四方之会，太学首善之地。今五经博士，并阙其员，非所以崇教化、奖人材、縻内及外之道也。伏望浚发明诏，博求通经之士，简之朝著，拔自草莱，增置员数，分教胄子，随其所业，授以本官，廪稍且优，旌别斯在。淹贯之士，既蒙厚赏，则天下善

类知所劝矣，无使唐、汉专称得人。①

　　杨徽之认为朝廷可以通过博求、重用、厚待通经之士，最终达到"淹贯之士，既蒙厚赏，则天下善类知所劝矣"的教化目的。这一建议得到宋太宗的首肯和采纳。
　　诗以教化的观念在汉代就已凸显，《毛诗序》倡导诗歌教化涉及两方面内容：一是诗歌与德行的关系，认为诗歌通过播扬人"德"而感化天下。《毛诗序》对统治集团的个人行为产生的影响很重视，故释《关雎》言："关雎，后妃之德也，风之始也，所以风天下而正夫妇也。"以后妃之德端正天下夫妇常伦，此正所谓"上行下效"。二是诗歌与政治的关系，认为政治兴衰可以通过诗歌反映，有什么样的政治就有什么样的诗歌。实际上就是把诗歌作为巩固政治统治的工具，从精神层面通过感动人的内心来实现普天下"经夫妇，成孝敬，厚人伦，美教化，移风俗"的目的，从而维护社会有序性。《文苑英华》虽为北宋王朝教化政策的产物，但是与《毛诗序》倡导的教化有所不同，《毛诗序》强调诗歌与德行、政治的关系，而北宋文臣在选录诗歌时，诗人德行与政治行为并未入诗歌批评范畴。就以《文苑英华》所选帝王诗为例，《文苑英华》收录梁武帝萧衍诗15首，梁简文帝萧纲诗93首，梁元帝萧绎诗42首，陈后主陈叔宝诗10首，北周明帝宇文毓诗2首，隋炀帝杨广诗20首，唐太宗李世民诗67首，武则天诗1首，唐中宗李显诗1首，唐玄宗李隆基诗36首，唐德宗李适诗1首，其所选录的帝王德行及政治作为各异，梁武帝、唐太宗、武则天、唐玄宗属有所作为之君。梁简文帝、梁元帝虽不属昏君之列，但值王朝衰落期又都创作宫体诗，多遭后人批评。而诸如陈后主、隋炀帝则属治国无方的昏君。《隋书·五行志》记载陈后主朝纲松弛之事：

　　　　陈后主每祀郊庙，必称疾不行。建宁令章华上奏谏曰："拜三

---

① （元）脱脱等：《宋史》，中华书局1977年版，第9867—9868页。

妃以临轩,祀宗庙而称疾,非祗肃之道。"后主怒而斩之。又引江总、孔范等内宴,无复尊卑之序,号为狎客,专以诗酒为娱,不恤国政。①

《隋书·炀帝纪下》载隋炀帝生活的欢淫无度以及民不聊生的社会状况:

> 帝性多诡谲,所幸之处,不欲人知。每之一所,辄数道置顿,四海珍羞殊味,水陆必备焉,求市者无远不至……人饥相食,邑落为墟,上不之恤也。东西游幸,靡有定居,每以供费不给,逆收数年之赋。所至唯与后宫流连耽酒,惟日不足,招迎姥媪,朝夕共肆丑言,又引少年,令与宫人秽乱,不轨不逊,以为娱乐。②

而不论明主昏君,《文苑英华》对他们的诗歌均有选录,以萧纲、萧绎、李世民的诗选录较多。尤其是萧纲的诗歌,在《文苑英华》所录先唐诗人诗歌中居首位。如果从诗歌以反映社会现实达到教化目的层面来说,帝王诗作与此相距甚远。如《文苑英华》所选录陈后主与隋炀帝的诗歌中多为轻歌曼舞之乐、盛世太平之景,与国家现实截然相反。又如张说为人猥琐卑下,张鷟《朝野佥载》卷五载:"燕国公张说,幸佞人也。前为并州刺史,谄事特进王毛仲,饷致金宝不可胜数。后毛仲巡边,会说于天雄军大设,酒酣,恩敕忽降,授兵部尚书、同中书门下三品。说谢讫,便把毛仲手起舞,嗅其靴鼻。"③ 谄媚之状至极,张鷟以"幸佞人"来评价张说实不为过。《文苑英华》收录张说的诗118首,在所录初唐诗人中诗歌数量仅次于宋之问。诸如此类人品不高又被选入《文苑英华》的很多,此不一一列举。这些都说明《文苑英华》编纂者在判断诗之优劣时,并不将作者德行、政治行为归入评诗

---

① (唐)魏徵:《隋书》,中华书局1973年版,第624页。
② 同上书,第94—95页。
③ (唐)张鷟:《朝野佥载》,中华书局1979年版,第125—126页。

的标准中。

以作为、德行论诗，使诗歌成为附庸的批评方式并不少见。以萧纲、陈后主、隋炀帝为例，史家就多将其诗歌与政治联系，毫不客气地给宫体诗扣上"亡国之音"的帽子。如李延寿《南史·梁本纪下》所论"简文文明之姿，禀乎天授，粤自支庶，入居明两，经国之算，其道弗闻。宫体所传，且变朝野，虽主虚号，何救灭亡"[1]。姚思廉《陈书·后主本纪》引魏徵论："古人有言，亡国之主，多有才艺，考之梁、陈及隋，信非虚论。然则不崇教义之本，偏尚淫丽之文，徒长浇伪之风，无救乱亡之祸矣。"[2] 又有以德行评诗者，如《贞观政要·文史》载唐太宗所言"只如梁武帝父子，及陈后主、隋炀帝，亦大有文集，而所为多不法，宗社皆须臾倾覆、凡人主惟在德行，何必要事文章耶"[3]？太宗否定梁武帝父子、陈后主及隋炀帝的德行，而将诗歌成就一并抹杀。又如沈德潜评隋朝杨素："武人亦复奸雄，而诗格清远，转似出世高人，真不可解"（《古诗源》卷一四）。在沈德潜看来，有什么样的品行应该有什么样的诗歌，杨素属武人奸雄，诗歌格调不应该清远，所以沈德潜才有"真不可解"的感叹，这正是以人品来评价诗歌的结果。《文苑英华》编纂者对于诗中的声色问题远没有唐代政治家那么忧心忡忡，上述材料所提梁武帝父子、陈后主、隋炀帝、杨素诸人诗歌均有精华之作选入，且收录数量不少。诗风纤巧浓丽的宫体诗，如梁简文帝《咏舞》、张率《白纻歌》、刘邈《万人见采桑人》、萧纪《同萧长史看妓》等在《文苑英华》中也能见到。

从《文苑英华》德行作为不入诗歌批评标准的特点可以看出北宋君臣对待诗歌的态度。这种诗歌批评与梁代萧纲在《诫当阳公大心书》中所提"立身先须谨重，文章且须放荡"有类似之处。两者在论及诗歌时，均将与德行政治相关的"立身"与诗歌分开，只是萧纲此论主要用于诗歌创作上，而《文苑英华》编纂者用于诗歌鉴赏上。

---

[1] （唐）李延寿：《南史》，中华书局1975年版，第250页。
[2] （唐）姚思廉：《陈书》，中华书局1972年版，第119—120页。
[3] （唐）吴兢撰，姜涛点校：《贞观政要》，齐鲁书社2000年版，第234—235页。

二 《文苑英华》诗学批评特征的成因

(一) 儒学复兴思潮对文体观的影响

五代儒学式微，士人节操观念淡薄，礼教丧失，君臣关系转变，"其臣子视事君犹佣者焉，主易则他投，习以为常"①，臣子对待君王犹如雇工对待雇主，忠信全无。北宋政权建立后，振兴儒学，大兴科举选拔、重用儒士，欲以儒家思想匡正五代浇漓之风。有了五代乱世的前车之鉴，宋初对待文学也着眼于发挥其教化功能，重树儒学正统观念。

儒家诗学比较突出的一个特点是重视诗歌的社会功用，视其为移风易俗、修身经国的工具，赋予了很强的社会政治功能。春秋有"赋诗言志"的风气。孔子论诗云"诗，可以兴，可以观，可以群，可以怨。迩之事父，远之事君。多识于鸟兽草木之名"（《论语·阳货》），"不学诗，无以言"（《论语·季氏》）。先秦人们对于诗歌作用的认识还主要是个体立身、交际上，汉代则将诗的地位直接提高到顺美匡恶的治国之道上，如《毛诗序》所言诗歌用以"经夫妇，成孝敬，厚人伦，美教化，移风俗"，这种认识影响深远。如《晋书·文苑》云："移风俗于王化，崇孝敬于人伦，经纬乾坤，弥纶中外，故知文之时义大哉远矣！"②《陈书·文学传》云："自楚、汉以降，辞人世出，洛汭、江左，其流弥畅。莫不思侔造化，明并日月，大则宪章典谟，裨赞王道，小则文理清正，申纾性灵。至于经礼乐，综人伦，通古今，述美恶，莫尚乎此。"③《隋书·文学传》曰："然则文之为用，其大矣哉！上所以敷德教于下，下所以达情志于上，大则经纬天地，作训垂范，次则风谣歌颂，匡主和民。或离谗放逐之臣，途穷后门之士，道轗轲而未遇，志郁抑而不申，愤激委约之中，飞文魏阙之下，奋迅泥滓，自致青云，振沈溺于一朝，流风声于千载，往往而有。"④ 这些观点实际上都是沿用

---

① （元）脱脱等：《宋史》，中华书局1977年版，第9083页。
② （唐）房玄龄：《晋书》，中华书局1974年版，第2369页。
③ （唐）姚思廉：《陈书》，中华书局1972年版，第453页。
④ （唐）魏徵：《隋书》，中华书局1973年版，第1729页。

《毛诗序》对诗歌的认识，将范围扩充到整个文学范畴。就《文苑英华》编纂者的诗学观念来看，亦很重视诗歌的社会功用。《文苑英华》诗的编纂者杨徽之本身是大儒，致力于北宋儒学的复兴，他"素好吟咏，老而不废，对宾客论诗，则终日忘倦，言六义者莫不宗之"（苏颂《赠太子太师谥号文庄杨公神道碑铭》），诗"六义"之中的"风"就强调诗歌的教化功能。杨徽之诗为崇尚六义者所尊奉，亦可反推杨徽之的诗歌创作主张。《文苑英华》另一主要编纂者徐铉认为"诗之旨远矣，诗之用大矣。先王所以通政教，察风俗，故有采诗之官，陈诗之职，陈情上达，王泽下流。及斯道之不行也，犹足以吟咏性情，黻藻其身"（《徐骑省集》卷十八），对诗歌的重视不言而喻。《文苑英华》重视诗体以及尊君色彩的凸显，无疑受到了重新走向政治舞台的儒家思潮的影响。

（二）文化主体心态影响选诗倾向

从编纂意图来说，作为为宋初政权服务的《文苑英华》有其特有的政治色彩，是以文学形式实践儒家诗教活动，因此《文苑英华》所选诗歌皆为北宋君臣认可的"风雅"之言。但是《文苑英华》诗之"风雅"精神的体现不重在"刺"而重在"美"，这与宋初文化主体心态有很大关系。

《文苑英华》由李昉、徐铉等人奉旨所修，实际上形成了以宋太宗为首、馆阁文臣为主要成员的文学集团，这一集团会聚了当时的文化精英，构成了宋初文化主体。北宋王朝一统江山，"太宗当天下无事，留意艺文"（《石林燕语》卷八），赠诗答词内容不出称颂王朝兴盛。这一文化主体的尚"颂"心态在本书第三章第四节讨论"庾信诗歌的选录与宋初诗教特征"一问题时已有阐述，此不赘述。

相对于五代战乱的局面而言，宋初政局相对稳定，但并非"天下无事"，局势也并不太平，外患未减。为了把契丹势力驱逐出长城，宋太宗曾在太平兴国四年（979）、雍熙三年（986）两度出军攻辽，可是都失败了。从此，北宋对辽采取被动防御的方针。而对于西面党项贵族，宋太宗同样也找不到有效的策略遏制。他即位后，曾令其首领挈家入朝，企图消灭这一割据势力，这种做法非但没有成功，还让党项首领李继迁从此长期与北宋为敌，并结辽国为外援。不过这种外患并未引起君臣很大不安，他们更多的是沉浸在盛世的自满之中，吟诗赋词歌咏太平气象，连宋太宗都感叹："夫诗颂歌辞，华而不实，上不足以补时政之阙失，次不足以救苍生之弊病。"① 范仲淹也在《唐异诗序》中批评宋初的诗风："吟咏性情而不顾其分，风赋比兴而不观其时""仰不主乎规谏，俯不主乎劝诫。"② 王禹偁在当时是个例外，他早年追慕白居易闲适达观的诗风，后来转学白氏诗歌的讽谏精神，创作了不少关注民生的诗歌，如《对雪示嘉佑》《秋霖二首》《感流亡》《竹䴉》《金吾》等。而这种讽谏精神在其文中更为明显，他在《上太保侍中书》中说："少苦寒贱，又尝为州县官，人间利病又粗知之。"对统治者据天下为己有的私欲提出抗议："夫天下者，非一人之天下，乃天下人之天下也。"（《代伯益上夏启书》）王禹偁的诗文虽受称赞，但正是这种直面现实的态度却给诗人带来种种非难，宋太宗曾对他说："卿聪明，文章在有唐不下韩柳之列，但刚不容物，人多沮卿，使朕难庇。"③ 苏轼《王元之画像赞序》云："故翰林王元之，以雄文直道，独立当世，足以追配此六君子者。方是时，朝廷清明，无大奸慝。然公犹不容于中，耿然如秋霜夏日，不可狎玩，至于三黜而死。"④ 诗人富有讽谏精神的诗风也未能成为主流，由此也可看出北宋初期文化主体的普遍心理。《文苑英华》目的便是为世人提供学习范本，有导向作用，在这种崇尚颂扬的心态下，大量偏向闲适、称颂的诗歌作为诗歌精华入选《文苑英华》也就理所当然了。

同样，《文苑英华》选诗尚文采也成为需要。"白体"流行自五代就开始，宋初倡导文教，鼓励诗人的产生，由于士人文化水平普遍并不高，白居易的浅易诗风成为模仿对象，而模拟的结果却是使宋初诗风趋

---

① 傅璇琮：《全宋诗》（第一册），北京大学出版社1991年版，第312页。
② （宋）范仲淹撰，李先勇、王蓉贵校点：《范仲淹全集》，四川大学出版社2002年版，第186页。
③ （宋）文莹：《玉壶清话》，中华书局1984年版，第41页。
④ （宋）苏轼撰，孔凡礼点校：《苏轼文集》，中华书局1986年版，第603页。

向鄙陋、浅俗，这种诗风难以满足北宋统治者平定天下之后的颂扬心理需求。本书在第四章第三节在分析《文苑英华》对白居易杂律诗收录情况时对此有详细阐释。这也就不难理解《文苑英华》编纂者为何会给世人提供选录风格倾向"绮华"的学习范本。

（三）以政治德行制约诗歌导向流弊

孟子曰："颂其诗，读其书，不知其人，可乎？是以论其世也。"（《孟子·万章下》）主张将作者生活背景、思想结合起来理解作品，而不单单关注作品本身。孟子"知人论世"的文学批评对后代影响较大。而《文苑英华》选诗将作者德行标准剔除，也就是说"颂其诗，读其书"，可以"不知其人"。德行有瑕疵的文士诸如前文所提及的江总、隋炀帝、张说等不乏良好的文学修养，能够创作出优秀的作品，所谓"有言者不必有德"（《论语·宪问》）。这种诗歌鉴赏方式着眼于诗歌本身的艺术成就，在一定程度上有利于选出艺术性强的作品，引导学习者关注文学作品本身，研习揣摩，提高文学修养。《文苑英华》选录诗歌不强调诗人的德行、政治作为，但儒家历来重视对于"德""言"的结合，无论是"有德者必有言，有言者不必有德"（《论语·宪问》），还是"君子耻有其辞而无其德，有其德而无其行"（《礼记·表记》），都体现出对两者的关注。意在教化的《文苑英华》选录诗歌的标准，是否意味着宋初对儒家传统"德行"要求的降低？

答案是否定的，宋初统治者不仅没有忽略"德"，相反是更为重视。《文苑英华》编纂者杨徽之就是一个"德"的典范，他"行履端谨，未尝放佚""其余十年在官，徐防无过"（杨亿《故翰林侍读学士杨公行状》），赢得了宋太宗高度称赞，认为杨徽之"操履无玷"（《宋史·杨徽之传》）。宋太宗本身对于立身很慎重，林駉《古今源流至论后集》卷二"侍从"条载："太宗语侍臣曰：'朕何如唐太宗？'李昉诵白居易《七德舞》词'怨女三千放出宫，死囚四百来归狱'。上闻之曰：'朕不及，朕不及。卿言警朕矣。'"① 宋太宗本意自诩治国之功，让李昉称赞一番，而

---

① （宋）林駉：《古今源流至论后集》，景印文渊阁四库全书本（第942册），台湾商务印书馆1986年版，第191页。

李昉这次并未迎合太宗，相反引白居易《七德舞》委婉规劝宋太宗，太宗视为警言，其自省精神还是很强的。李焘《续资治通鉴长编》中记载类似事情，淳化四年（993）宋太宗与臣下论君王为政，云："朕闻孟昶在蜀日，亦躬亲国政。然于刑狱之事，优游不断，错用其心，每有大辟，罪人临刑之时，必令人侦伺其言，苟一言称屈者，即移司覆勘，至有三五年间迟留不决者，以为夏禹泣辜，窃欲效之，而不明古圣之旨。朕历览前书，必深味其理，盖大禹止能行王道，自悲不及尧、舜，致人死法，所以下车而泣。犯罪之人，苟情理难恕者，朕固不容也。"① 从宋太宗对前代君王的评论可以看出他强烈的史鉴意识。在官员的选用上，宋太宗也将"德"作为重要考察标准。知制诰范杲，"上恶其躁竞"②，未许入为翰林学士。宋太宗评价南唐词臣张洎，云："张洎富有词藻，至今尚苦心读书，江东士人中首出也。然搢绅当以德行为先，苟空恃文学，亦无所取。"③ 宋太宗强调了德行的重要性。

  《文苑英华》虽然未如《文选》那样得到普及和推广，后世对其选录的诗作也颇多不满，但不可否认它的编纂者的确抱着严谨的态度精选诗歌，企图以此为导向，为世人开启一道学诗之门。五代儒学式微，世风日下，重塑士人节操也是宋代统治者为巩固统治的一大任务。《文苑英华》诗歌的艺术唯美的导向可以提高士人的文学修养，但是无法实践对士人道德人格的重塑。而这种缺失可以通过仕途政策予以弥补。宋初科举大兴，诗赋为重要的科举内容，《文献通考》卷三十载："宋朝礼部贡举设进士、九经、五经……凡进士，试诗赋杂文各一首，策五道，帖《论语》十帖，以对《春秋》或《礼记》、墨义十条……"④ 事关诗人命运的科举把诗与政治紧密联系在一起，统治者虽然在文学上未强调作者德行，但是在政治上对德行的重视，必定会使学习者在致力于提高自己文学修养水平的同时规范自己的道德行为，以此保证文治政策

---

① （宋）李焘：《续资治通鉴长编》，中华书局1979年版，第757页。
② 同上书，第725页。
③ 同上书，第757页。
④ （元）马端临：《文献通考》，中华书局1986年版，第283页。

的实施效果。

第二节　周必大《〈文苑英华〉序》与文学史权力

一　周必大《〈文苑英华〉序》的特殊意义

序跋是一种常见的文体。就总集的序跋而言，序文对书籍的编纂过程、宗旨、体例等具体情况进行说明，并对书籍进行一定的评价。跋文重点叙写心得体会或者说明议论，也常会叙述与书籍编纂相关的内容。序跋与书籍联系紧密，对读者有引导作用，在一定程度上促进书籍的传播。而且序跋中含有大量的学术观念，因此序跋也成为古代文论研究的重要部分。

在序跋中也常会出现某一学者的文献观点对后世影响至深的现象。以总集的序跋为例，如徐陵《玉台新咏序》云"撰录艳歌"，从胡应麟所说"《玉台》但辑闺房一体"到刘跃进《中古文学文献学》所言《玉台新咏》"专收歌咏妇女的作品"，都可以看到徐陵的影响。又如《文苑英华》，自胡维新《刻〈文苑英华〉序》提出"《苑》之集始于梁"之后，《文苑英华》录文始于梁代之说遂为众人接受。如《四库全书总目》言《文苑英华》"此书所录，则起于梁末，盖即以上续《文选》"，现代诸多学者如穆克宏、刘永济、刘跃进等都接受此观点。这种现象在全国性的总集文献中存在，在地方性总集中也存在。如莫友芝所编诗歌总集《黔诗纪略》，莫友芝之子莫绳孙在《黔诗纪略》卷首题记中云"先君任辑明代"，这一说法为后人所沿用。如晚清黎庶昌《莫征君别传》所云"又综明代黔人诗歌……为《黔诗纪略》三十三卷"，陈夔龙《黔诗纪略后编序》所言"莫子偲征君尝憾黔中文献散逸，辑明代黔诗，得二百数十人"，这些都认可《黔诗纪略》所录为明代诗歌。《黔诗纪略》为贵州明代诗歌总集之观念至今已被众多学者接受。

但是序跋中这些影响深远的观念与文本实际可能存在矛盾之处，有的矛盾甚至显而易见。如《玉台新咏》中所录并非全是艳诗，其卷三李充《嘲友人》、卷四鲍照《赠故人二首》均为朋友离别之作。《文苑英华》收录文章亦并非始于梁代，最早可推到建安徐干的《自君之出矣》。再如其所录晋代程晓的《伏日作》、刘宋时期鲍令晖《自君之出矣》，吴迈远《飞来双白鹄》《阳春歌》《长离别》、齐代释宝月《行路难》、刘绘《有所思》等作品都在梁代之前。《黔诗纪略》所录也并非全为明代诗歌，其收录有确切年代可考的就有73首诗为清代诗作，收录最晚的是吴中蕃于康熙三十一年（1692）所作《再入志局》《志成》。也就是说文本与接受出现了不一致性，而这种不一致性的历代传承就可能导致文学史的改变。程章灿先生曾指出："在古代中国，虽然文学史之撰写及其呈现形态与现代中国颇不相同，但是，在包涵文学作品的文本整理、文学典籍的文献承递、文学知识与经典的传播等在内的一系列影响文学史运作的过程中，话语权力的渗透可以说是无处不在的，只不过其表现形式较为隐蔽，往往不为人察觉。"[①] 他将这一话语权力称为"文学史权力"。上述所列的总集序跋实际上就隐藏着这种文学史权力。

《文苑英华》主要的序跋有：宋周必大《〈文苑英华〉序》，明涂泽民《刻〈文苑英华〉序》，胡维新《刻〈文苑英华〉序》，清钱谦益《跋宋版〈文苑英华〉》，傅增湘《校本〈文苑英华〉跋》，中华书局1966年版《〈文苑英华〉出版说明》，杨旭辉《叙北京图书馆藏傅校〈文苑英华〉》等，那么这些序跋中的文学史权力是如何行使的？它又是如何影响文学史的？以下以周必大《〈文苑英华〉序》中所提的"《唐文粹》铨择《文苑英华》"之说为例，对这一问题进行探讨。

"《唐文粹》铨择《文苑英华》"之说见于周必大《〈文苑英华〉序》，其云："当真宗朝姚铉铨择十一，号《唐文粹》，由简故精，所以盛行。近岁唐文纂印浸多，不假《英华》而传，况卷帙浩繁，人力难及，其不行于世则宜。"[②] 以此为例探讨《文苑英华》序跋与文学史权

[①] 程章灿：《总集与文学史权力——以〈文苑英华〉所采诗题为中心》，《南京大学学报》2011年第1期。

[②] （宋）周必大：《文忠集》，景印文渊阁四库全书本（第1147册），台湾商务印书馆1986年版，第583页。

力关系，主要基于以下三点考虑。

其一，"铨择说"提出者周必大地位特殊，其刊刻的《文苑英华》对后世影响大。周必大（1126—1225），江西庐陵人，历任宋高宗、孝宗、光宗三朝，为孝宗时期重臣，"孝宗皇帝在位二十八年……宰相凡十有五人，明良会遇，可谓盛矣。求其相为终始全德备福，未有如益国周文忠公者"①，"凡乾道、淳熙之间号令训词，温纯典丽，焕然可述者，皆公之文也"②。周必大位居高位，以宰相之尊主盟文坛，一生著述丰赡，门生众多，交际圈子几乎遍及整个南宋中期文坛，被誉为"一代道宗主"。清代四库馆臣评价周必大，称："（文章）为南渡后台阁之冠；考据亦极精审，岿然负一代重名。著作之富，自杨万里、陆游之外，未有及之者。"③周必大不仅以政治家、文学家闻名，他还致力于书籍印刷活动，其刻本校勘精良，备受后人推崇，宋嘉泰元年至四年（1201—1204）所刻《文苑英华》就是其代表作之一。周必大嘉泰刻本《文苑英华》出现后成为定本，此后几乎所有《文苑英华》版本都直接或间接源于周必大刊本，如日本静嘉堂旧抄本、明蓝格抄本、朝鲜铜活字本、隆庆元年刻本、劳权影宋抄本、四库全书本等。此外，与《文苑英华》有关的文学总集也以周必大刻本为底本，如南宋高似孙《文苑英华纂要》、清代宫梦仁《文苑英华选》等。

其二，《文苑英华》《唐文粹》在文学总集发展史上具有独特性和代表性。《文苑英华》系宋太宗命馆阁文臣编纂而成。作为一部敕修选本，《文苑英华》实际是官方文学话语的载体。它收录了20000余篇先唐及唐代的诗文，其中唐代诗文占了90%。《文苑英华》是唐代诗文宝库，也是唐宋以来与中古文学研究关系最为密切的总集之一，还是我国继《文选》之后完整保存下来的最早的一部分体编录型文学总集，是研究宋初选本发展及文学观念的重要文献资料。而《唐文粹》是宋初

---

① （宋）周必大：《文忠集》，景印文渊阁四库全书本（第1149册），台湾商务印书馆1986年版，第320页。
② 同上书，第317页。
③ （宋）周必大：《文忠集》，景印文渊阁四库全书本（第1147册），台湾商务印书馆1986年版，第1页。

另一部重要的分体编录型总集，亦是现存最早的断代诗文总集，系姚铉一己之力编成的私修书籍。《唐文粹》专录唐代诗文，施昌言赞其："用意精博，世尤重之。"① 该书在宋代就流传很广，是士子学习的必读书籍。

其三，周必大校勘《文苑英华》是奉孝宗之命而为，"铨择说"中渗透出官方话语权力强大而隐蔽。以《文苑英华》《唐文粹》现存版本对比，两者录文出入很大。就诗歌而言，《唐文粹》只有20%的诗歌与《文苑英华》重合。郭勉愈《〈唐文粹〉"铨择"〈文苑英华〉说辨析》一文运用翔实可信的文献材料从两书的编纂时间、过程、体例，入选作品及文字校勘等三个方面详细论述，证明《唐文粹》与《文苑英华》无特别的关系。② 据《宋史》本传记载，姚铉曾于淳化五年（994）任直史馆之职。此时《文苑英华》已完成编纂，姚铉有可能了解到《文苑英华》的一些情况。退一步而言，即便姚铉真的接触到了《文苑英华》，也只能说《文苑英华》对姚铉编纂《唐文粹》起到了某些借鉴作用，两书关系也远未到"铨择十一"的程度。周必大将《文苑英华》《唐文粹》两者捆绑起来，巧妙地将私修总集与官修总集两者紧密联系。这一观点又借助刻本传播，影响深远，可以说"铨择说"后面的文学史权力行使很隐蔽，但是其文学史权力的影响又极深。

二 "铨择说"背后的文学史权力运作与表现

在文学接受中，文学史权力无处不在却又形式隐蔽。有时文学史权力的行使可能是无意识而为，如总集抄本在流传中出现因误抄、漏抄而导致文学作品原貌改变。但不少时候文学史权力的运作是有意而为。如《诗经》，先秦称《诗》，汉代尊称《诗》为经，始有《诗经》的称呼；《文苑英华》中有不少诗歌为归类方便而改编诗题的行为都属此类。有意而为者与时代背景、社会思潮的联系就更为紧密，文学史权力的运作可能更为隐蔽。"《唐文粹》铨择《文苑英华》说"亦是属于文学史权

---

① （宋）姚铉：《唐文粹》，（台北）世界书局1989年版，第653页。
② 参见郭愈勉《〈唐文粹〉"铨择"〈文苑英华〉说辨析》，《北京师范大学学报》2002年第3期。

力运用的有意而为,也就是说周必大在知晓《文苑英华》《唐文粹》两集实情的情况下有意将两者紧密联系,使两集由几乎平行的关系变成了包含关系。

《文苑英华》编纂成书后,在宋代就经历了四次校勘,以第四次校勘(宋宁宗嘉泰元年至四年[1201—1204])最为精审。在这次校勘中,周必大不仅主持工作,亦是亲力亲为参与校勘。

周必大《二堂诗话》记载了他校勘《文苑英华》的一些情况,其中"苏颋九日侍宴应制诗"条,云:"予编校《文苑英华》,如诗中数字异同,固不足怪。至苏颋《九日侍宴应制得时字韵诗》,《颋集》与《英华》略同,首句'嘉会宜长日',而《岁时杂咏》作'并数登高日'。第二句'高游顺动时',《杂咏》作'廷龄命赏时'。第三句'晓光云半洗',《杂咏》作'宸游天上转'。第四句'晴色雨余滋',《杂咏》作'秋物雨来滋'。第五句'降鹤因韶德',《杂咏》作'承仙驭'。第六句'吹花入御词',《杂咏》作'睿词'。后一联云'愿陪阳数节,亿万九秋期',《杂咏》作'微臣复何幸,长得奉恩私'。窃意《杂咏》乃传书录当时之本,其后编集,八句皆有改定,《文苑》因从之耳。"① "论'缥缈'二字"条云:"自唐文士诗词多用'缥眇'二字,本朝苏文忠公亦数用之。其后蜀中大字本改作'缥缈',盖韵书未见'眇'字尔,或改作'渺',未知孰是。予校正《文苑英华》,姑仍其旧,而注此说于下。"②

上述两则材料所载皆为周必大校勘《文苑英华》时的情形。前一则记载周必大在校对苏颋《九日侍宴应制得时字韵诗》时,用了《苏颋集》《岁时杂咏》两书,对《文苑英华》所录苏诗与这两书之间的关系进行了辨析。后一则对"缥缈"用字辨析。《文苑英华》校勘工作的参与者——周必大门生彭叔夏曾将校文析出,写成《文苑英华辨证》十卷。这两则材料在彭叔夏《文苑英华辨证》中并未提到。将这两则

---

① (宋)周必大:《文忠集》,景印文渊阁四库全书本(第1149册),台湾商务印书馆1986年版,第31页。
② 同上书,第33页。

材料与《文苑英华辨证》相比较，可以发现二人校勘思维之异。《文苑英华辨证》分用字、用韵等20类记载了校勘《文苑英华》时所发现的脱漏舛误、体例缺陷，重在记录校勘实际，阐明"是什么"。周必大这两则校勘材料重在辨析，阐述"为什么"。

周必大有《杨子直秘书送小儿归省又一绝及平园花木校〈文苑英华〉并次韵发笑》诗云："老去何心悦盛华，观书无奈眼昏花。但思载酒扬雄宅，细问三州二部家。""观书无奈眼昏花"直言周必大校勘《文苑英华》之艰辛。他在《〈文苑英华〉序》中介绍了校勘情况："国初文集虽写本，然雠校颇精，后来浅学改易，浸失本指，今乃尽以印本易旧书，是非相乱，一也；凡庙讳未祧，止当阙笔，而校正者于赋中以'商'易'殷'，以'洪'易'弘'，或值押韵，全韵随之。至于唐讳及本朝讳，存改不定，二也；元阙一句或数句，或颇用古语，乃以不知为知擅自增损，使前代遗文幸存者转增疵类，三也；顷尝属荆帅范仲艺、均倅丁介，稍加校正，晚幸退休遍求别本，与士友详议疑则阙之。凡经、史、子、集、传注、《通典》《通鉴》及《艺文类聚》《初学记》，下至乐府、释老、小说之类无不参用。"①"与士友详议""凡经、史、子、集、传注、《通典》《通鉴》及《艺文类聚》《初学记》，下至乐府、释老、小说之类无不参用"这都说明周必大亲自参与《文苑英华》校对工作。因为是身体力行，故而才有"予刻《文苑英华》千卷，颇费心力"②的感慨。

《唐文粹》在宋代流传很广，被学子视为必读之书，同样也受到了周必大的重视和喜爱。周必大在淳熙六年所作的一首诗中称"余闲手点唐文粹，春昼长时分外勤"③，表明了对《唐文粹》的喜爱。不仅如此，他将《唐文粹》视为总集成功范例。周必大在《〈文苑英华〉序》中分析《文苑英华》不能广为流传的原因时，即以《唐文粹》作为成

---

① （宋）周必大：《文忠集》，景印文渊阁四库全书本（第1147册），台湾商务印书馆1986年版，第583页。
② 同上书，第484页。
③ （宋）周必大：《文忠集》，景印文渊阁四库全书本（第1148册），台湾商务印书馆1986年版，第315页。

功例子相比较。在《论〈文海〉命名札子》一文中亦称"（《皇朝文鉴》）将与《文选》《文粹》并传永久"①，将《唐文粹》与《文选》相提并论，希冀《宋文鉴》能如两书广泛流传。此外，《文苑英华辨证》中共有 32 条校勘记提到了《唐文粹》，亦可见周必大及其门生对《唐文粹》的熟悉和重视。

《唐文粹》与《文苑英华》录文出入很大，周必大又对《文苑英华》和《唐文粹》都很熟悉。姚铉在《唐文粹》自序中称："遍阅群集，耽玩研究，掇菁撷华，十年于兹，始就厥志。"② 姚铉说得很清楚，《唐文粹》是花 10 年时间编撰。如果是铨择《文苑英华》，《文苑英华》收录作品 2 万余篇，从已经辑成的 2 万首（篇）作品中辑出 2000 首，应该花不了 10 年时间。况且姚铉的自序根本未提及《文苑英华》。书序主要介绍作者的创作宗旨、过程以及全书概貌，对读者阅读书籍有提纲挈领之作用。出于编纂者之手的序对读者领会全书内容的帮助就价值更大了，周必大对姚铉的这篇序不应该熟视无睹。作为一个严谨的学者，周必大即便不能肯定说《唐文粹》《文苑英华》毫无关系，也应该清楚《唐文粹》从《文苑英华》中"铨择十一"是不符合事实的。

综上所述，"铨择说"最有可能是周必大有意而为，从现有文献来看周必大至少夸大了《文苑英华》对《唐文粹》的影响。这种文学权力的运用改变了《唐文粹》与《文苑英华》的关系，很明显提高了《文苑英华》的价值。周必大在《〈文苑英华〉序》中介绍了《文苑英华》编纂成书后的难以流传的状况并分析了原因，对自己《文苑英华》的校勘情况也进行了详细说明，指出刊刻《文苑英华》的目的是"欲流传斯世，广熙陵右文之盛，彰阜陵好善之忧，成老臣发端之志"③。《文苑英华》是宋太宗推行文教政策的产物，集当时文化精英编纂 4 年而成，馆阁文臣希冀通过此书为世人学习提供指导，宋太宗对《文苑

---

① （宋）周必大：《文忠集》，景印文渊阁四库全书本（第 1148 册），台湾商务印书馆 1986 年版，第 132 页。
② （宋）姚铉：《唐文粹》，（台北）世界书局 1989 年版，第 4 页。
③ （宋）周必大：《文忠集》，景印文渊阁四库全书本（第 1147 册），台湾商务印书馆 1986 年版，第 583 页。

英华》很赞赏，这是最能体现"熙陵右文之盛"的成果之一，惜当时未能刊印。宋真宗景德年间诏令校勘《文苑英华》之时，曾谓宰臣曰："今方外学者少书诵读，不能广博。《文苑英华》先帝缵次，当择馆阁文学之士校正，与李善《文选》并镂板颁布，庶有益于学者。"[①] 真宗欲借此提升《文苑英华》在学者中的影响力，但实际上《文苑英华》也未能刻印。种种原因导致《文苑英华》校勘不力，舛误颇多，加之书部头大，刻本不出，《文苑英华》流传面极窄，就如周必大所形容"士大夫家绝无而仅有"。当初宋太宗重视的《文苑英华》处境如此尴尬，这对于以"广熙陵右文之盛"为发端之志的周必大来说，无遗是一种隐痛。周必大在提高《文苑英华》影响力方面做了两件最主要的事情：一是借孝宗下令校勘《宋文海》之际，提出校勘《文苑英华》，得到宋孝宗的支持。二是刻印《文苑英华》，使《文苑英华》有了真正意义上的刻本，周必大刻本也成为定本。据《郡斋读书志·附志》卷五所记载"周益公刻而记于前"，可知宋版《文苑英华》有周必大的题记，即《纂修文苑英华事始》。《事始》中周必大将他的《〈文苑英华〉序》引入其中。周必大写这篇序文原因是"惧来者莫知其由"[②]，让后人清楚自己为什么要刊刻《文苑英华》。周必大将《〈文苑英华〉序》与其他材料一起汇成《纂修文苑英华事始》随《文苑英华》一起刊刻。《文苑英华》"欲流传斯世"的同时，周必大的序也会借此流传开来。在整篇序中，"铨择说"的影响无遗是最深远的。周必大认为"当真宗朝姚铉铨择十一，号《唐文粹》，由简故精，所以盛行"，虽然重点是分析《文苑英华》不能盛行的原因，但他同时也改变了《唐文粹》《文苑英华》的关系，使《文苑英华》成为《唐文粹》的母本。周必大"铨择说"很明显突出了《文苑英华》的文献价值，或者说依托《唐文粹》提高了《文苑英华》的影响，由此也可见周必大行使文学史权力的儒臣心态。这一点从周必大对待《宋文鉴》的态度也可看出。宋孝

[①] （宋）王应麟：《玉海》，江苏古籍出版社1987年版，第1022页。
[②] （宋）周必大：《文忠集》，景印文渊阁四库全书本（第1147册），台湾商务印书馆1986年版，第583页。

宗欲刻江钿《文海》之时，周必大上奏，认为"其去取差缪，不足观"①，孝宗遂令吕祖谦负责校正。暂且不论江钿《文海》是否如周必大所言舛谬多，先看看淳熙六年周必大的《论〈文海〉命名札子》，其云："臣准省札备奉圣旨以吕祖谦编类到《圣宋文海》，令臣撰序……臣虽骫骸不才，无以序前人所为作者之意，然叨尘词禁，恭值陛下观乎人文以化成天下，纪事之端，固其职也。但臣伏思《文选》《文粹》者皆以精择为义，而江钿所编颇失之泛，故其命名有取于海。今若袭而用之，似未足以仰副隆指，谓宜出自渊衷，别赐一字以诏来世，或恐不必上勤睿笔，即愿令宰执商量。拟进仍以'皇朝'二字冠其上，用示悠远无疆之意，臣当推广圣意，拟述序引，恭俟制旨临定，伏取进止。"②周必大先是阻止孝宗刊刻江钿《文海》，待官职铨择校勘《文海》后，周必大又建议《文海》改名。经过这一系列操作后，属于民间选本的江钿《文海》变成了官修总集《皇朝文鉴》。宋初官修总集《文苑英华》不足为珍、难以流传已成事实，为增强其影响力，周必大提出"铨择说"，将已负盛名的《唐文粹》笼罩于《文苑英华》之下，成为母子关系。而为了摆脱江钿《文海》的影响，周必大对其大加批判之后建议铨择另成一书，改头换面成朝廷修纂的书籍。从中就能不难看出周必大对待民间选本的心态。换句话说，周必大身为大臣，希望的是朝廷修书而不是民间私人选本来影响社会。

《文苑英华》和《唐文粹》都是宋初重要的诗文总集，北宋人并未将这两部总集联系起来。周必大"《唐文粹》铨择《文苑英华》"说出现之后，影响深远。因为周必大刻本《文苑英华》附录了周必大的题记，此后的《文苑英华》版本又以周必大刻本为祖本，周必大又亲自校勘过《文苑英华》，"铨择说"对后人的影响不言而喻。明清时期对《唐文粹》的认识基本沿袭周氏之说。如嘉靖甲申年汪伟器《唐文粹

---

① （宋）周必大：《文忠集》，景印文渊阁四库全书本（第1147册），台湾商务印书馆1986年版，第583页。
② （宋）周必大：《文忠集》，景印文渊阁四库全书本（第1148册），台湾商务印书馆1986年版，第132页。

第五章 《文苑英华》诗学批评综论 295

序》言："宋姚宝臣所集《文粹》百卷，实本《文苑英华》，十摘其一，当时服其精确。"① 高儒《百川书志》云："宋太宗诏群儒辑《文苑英华》千卷，吴兴姚铉观其浩瀚，恐人难得，纂采有唐之作，十拔其一，谓之《文粹》。"② 《四库全书总目》的《文苑英华》解题云："姚铉铨择十一，号《唐文粹》。"③ 这些评述均将《唐文粹》看成是《文苑英华》的节本。今人对《唐文粹》录文与《文苑英华》有出入的事实已有共识，诸如何法周《〈文苑英华〉、〈唐文粹〉的编选情况、相互关系及其他——答石华同志》、郭愈勉《〈唐文粹〉"铨择"〈文苑英华〉说辨析》、杨栩生《〈文苑英华〉之录李白诗文所本寻踪》、钱仲联等主编《中国文学大辞典》、凌朝栋《〈文苑英华〉研究》等涉及两集关系问题研究的成果均指出《唐文粹》部分诗不被《文苑英华》收录的问题，但对于《唐文粹》与《文苑英华》关系的关注点仍集中在"铨择说"，分歧只在于对周必大提出《唐文粹》"铨择"《文苑英华》说的含义理解及原因分析上，可以说周必大"铨择说"至今还在影响学人的学术思维，其背后的文学史权力影响不可谓不深。

《文苑英华》从编纂成书至刻本出现，经历了200年的时间。从文学史角度而言，《文苑英华》的这200年史几乎是被淹没的。倘若没有周必大的校勘与刊刻，仅凭藏于秘阁的《文苑英华》写本存于世，《文苑英华》很难说不会散佚。而《文苑英华》编纂200年之后的周必大刻本成为此后《文苑英华》版本的祖本，这在文学史上也是少有的，毫不夸张地说是周必大改变了《文苑英华》的文学史地位。"文学史，就其最深刻的意义来说，是一种心理学，研究人的灵魂，是灵魂的历史"④，人的灵魂是最难以琢磨的，从这个层面上来说，文学史是最复杂的。周必大的"《唐文粹》铨择《文苑英华》十一"说表面上看只是一个简单的两集诗文篇目相符不相符的问题，但是其背后的文学史权

---

① （宋）姚铉：《重校正唐文粹》卷首，明嘉靖三年徐焴刻本。
② （明）高儒：《百川书志》卷十九，长沙叶氏1915年刻本。
③ （清）永瑢：《四库全书总目》，中华书局1965年版，第1691页。
④ ［丹麦］勃兰兑斯：《十九世纪文学主流》，张道真译，人民文学出版社1980年版，第2页。

力问题就显得复杂多了,这其中包括文学史权力是如何行使的,为什么要行使文学史权力,产生了怎样的影响等问题都值得追问。当我们靠近这些问题的时候,实际上在靠近当时参与其中的人们的灵魂,而只有当这些文学史权力涉及的问题都比较清楚了,文学史才会鲜活起来。总集的序跋往往总结了研究者对总集的接受观点。从总集接受现实而言,除了少数人对总集有较深了解外,大部分人并不是直接通过总集,更多是通过总集的序跋来认识总集,总集编纂者或者有影响力的学者所作序跋在传播总集上发挥的作用更大。这是因为"述而不作"的传统思维会使后人往往习惯赋予某些观点一定的权威性。比如周必大,因其在《文苑英华》校勘、刊刻的影响无人能及,这种影响力会大大强化周必大对《文苑英华》解读的可信度,故而周必大的"铨择说"流传长远而少人异议。类似的情况如《古文苑》,最早提到《古文苑》出处的是南宋韩元吉。孝宗淳熙六年(1179)韩元吉刊刻《古文苑》,他写了《古文苑记》。此序认为《古文苑》是唐人所编,由北宋人孙洙于佛寺经龛中得到。韩元吉的说法得到后人承袭,绍定五年章樵重校《古文苑》时,承韩元吉之说,认为《古文苑》为唐人所编。赵希弁、陈振孙等人亦沿袭了韩元吉的观点,这一观点遂成后世学者的普遍观点。韩元吉的说法能够流传久远要得益于他是刊刻《古文苑》的第一人。又如前文所举的总集跋序都有类似现象,这些序跋后面的文学史权力的运作可以形成一个类别去考察。

第三节 从宋初诗歌创作看《文苑英华》的批评效能

选本批评是中国古代文学批评中常见的方式,这一批评方式与诗话、文话等其他批评方式最突出的不同点在于它的文学创作意义,即选本重视读者接受,以读者为重心,通过选录范本指导人们实践创作。目前选本研究主要关注于编纂者,诸如对编纂者的选诗观念、文体观念等,很少从创作指导层面去考察选本的创作指导与实际创作之间的关系。《文苑英华》是宋初官修诗文选本,可以说是宋初官方话语的载体。该书成书之后,其编纂者宋白等人上表宋太宗,称该书"使沿泝者得其余波,慕味者接其妍唱",阐明了编纂者的用意,即通过选录文章精华的方式,树立典范,引导他人进行创作。这体现出《文苑英华》对读者的重视,实用目的性强。选家通过自己的鉴赏选录诗歌精华,希冀发挥典范作用来引导创作。在实际接受中,《文苑英华》能否达到范本目的,也就是《文苑英华》的批评效能如何?本节依据《文苑英华》诗歌类目设置的原则及特征对宋初诗歌进行分类考察,进而对《文苑英华》的诗歌创作引导与实践创作之关系进行讨论,对《文苑英华》诗歌批评效能做一个初步评价。

一 《文苑英华》诗类目的设置原则

《文苑英华》诗分天部、地部、帝德、应制等25类,其中帝德类、应制类等9类诗无子类,其余16类诗都有子类,共有279小类。总体而言,《文苑英华》诗分类有以下三个原则。

(一)依三种方式确定诗类,以内容题材分类为主

《文苑英华》诗分25大类279子类,主要有三种分类方式,一是以诗歌内容题材分类。有天部、地部、帝德、朝省、人事等16类,这些诗类从名称上可判断所录诗歌的大致内容,各类的子类题材分类意识则更强;二是以诗歌外在目的分类,如应制、应令、省试、寄赠、酬和、送行、留别等,这些诗类大体反映出诗歌的主要用途,兼有题材分类特征。如应制、应令、省试属于命题诗,应制类的子类完全按题材分类;寄赠、酬和、送行、留别等诗类用于人际交往,大体表达对友人的关心、留恋等;三是以诗歌体式分类,如乐府。大体而言,《文苑英华》诗分类方式以内容题材为主。

(二)诗题是《文苑英华》选诗归类的重要标准

《文苑英华》诗有25大类279子类,共录10496首诗7873诗题[①]。

---

① 据李昉等编《文苑英华》(中华书局1966年版)统计。

所录诗题与诗类契合度高，从诗题可基本判断该诗在《文苑英华》中所归诗类。如天部类有日、月、中秋月等 42 子类，诗题中含"日"的多归入"日"子类，题中含"月"的归月类。地部类有 36 子类，类目均在诗题中可以体现，如山类诗题中均有"山"，终南山类诗题中均有"终南山"；朝省类分寓直、趋朝 2 子类，题中多含"直""朝"体现官员从政生活。《文苑英华》其余诗类题目处理大体如此。

诗题不合诗类，无法显示内容者，《文苑英华》不选入。如无题诗，诗人不想或不便于直接用题目体现诗主旨而以"无题"为名，遂成一类。《全唐诗》收录 38 首《无题诗》[①]，《文苑英华》不录。又如《全唐诗》收录以《绝句》为题的诗 59 首，《文苑英华》均未录。《文苑英华》选诗归类以诗题为重要标准，可见宋初馆阁文臣认为诗题是诗篇的重要组成部分，与诗歌内容关系密切。

（三）先定类型后选作品

分体编录型总集从《文选》发展到宋代，在类型设置上已有一定基础。从《文苑英华》诗歌选录情况来看，编纂者应是先将类型确定再选作品，依据有三。

首先，《文苑英华》诗分类借鉴了前代书籍。一是对《文选》类目的借鉴。《文苑英华》乐府类与《文选》同，行迈、悲悼、酬和、寄赠、军旅、郊祀等类与《文选》诗之行旅、哀伤、赠答、军戎、郊庙等类目相似。二是对类书类目的借鉴。如天部与地部 2 类在《北堂书钞》《艺文类聚》《初学记》等类书出现，《文苑英华》继承其名目，细分子类。人事类在《太平御览》中出现，《文苑英华》承其类目，分宴集、宿会、逢遇 3 个子类。其借鉴类书的类目还有隐逸、居处、花木、禽兽等。

其次，《文苑英华》有改变诗题的现象。如《文苑英华》录梁简文帝诗《冬夕》，归入天部类的"冬"子类下。《艺文类聚》此诗题为《大同十一月庚戌》；《初学记》录此诗题作《冬》，显然《文苑英华》

[①] 据彭定求等编《全唐诗（增订本）》（中华书局 1999 年版）统计。本书所用《全唐诗》均为此版本。

改编了此诗题，突出"冬夕"主题。又如《文苑英华》行迈类的奉使子类录裴讷之《奉使至邺馆》，此诗《艺文类聚》题作《邺馆公宴诗》；馆驿子类录李郢诗《涮河馆》，此诗本集题为《暮春山行田家歇马》。经《文苑英华》改动后，诗题与诗类更吻合。这种改编很明显是先定类后选诗。

最后，《文苑英华》诗立类上有选择，存在弃多存少现象。《文苑英华》某些诗类仅录诗一两首，存诗也极少。如音乐类的箫子类仅录刘孝绰《箫》1 首，《先秦汉魏晋南北朝诗》所录箫诗仅存此首（作刘孝仪）[①]。《全唐诗》亦仅录李峤《箫》、沈佺期《凤箫曲》、张祜《箫》3 首箫诗。又如其花木类的杉子类仅录 1 首，《全唐诗》所录杉诗亦仅存 4 首。而一些存诗量相对多的诗类，如《全唐诗》以"咏史"为题的诗 184 首，以"咏怀"为题的诗 53 首，咏井诗 38 首，均超过上述《文苑英华》诗类存诗数，《文苑英华》不立类。为存诗量少的诗立类，忽略一些存诗量相对多的诗类，说明《文苑英华》在诗立类上有所选择，体现出《文苑英华》编纂者引导创作的意识。

二 《文苑英华》诗类批评视域下的宋初诗歌特征

依据《文苑英华》诗类目及分类原则，对宋初徐铉、李昉、杨徽之等 231 位诗人 2247 首诗[②]进行分类，可以归入《文苑英华》诗歌类型的如表 5-1 所示。

[①] 据逯钦立编《先秦汉魏晋南北朝诗》（中华书局 1983 年版）统计。
[②] 主要依据傅璇琮主编的《全宋诗》第一卷，结合《全宋诗》以后出现的一些研究成果，如胡可先《〈全宋诗〉琐考》（《文学遗产》1993 年第 3 期）、《〈全宋诗〉再考》（《中国文学研究》1997 年第 3 期）、《〈全宋诗〉补遗 100 首》（《韵文学刊》2005 第 2 期）、《〈全宋诗〉误收唐诗考》（《中国典籍与文化》2005 年第 3 期）、《新补〈全宋诗〉150 首》（第四届宋代文学国际研讨会论文集，2005 年 9 月）；韩立平《〈全宋诗〉补遗一百则》（《重庆师范大学学报》2010 年第 3 期）等对宋初诗人诗歌进行统计。因《文苑英华》是宋太宗时期所编纂，本处所统计的这些诗人基本上活跃于宋太宗时期。

表 5-1　　宋初诗歌依《文苑英华》诗分类表

类别	数量	可归入的子类及诗歌数量	未归入的子类
天部	98	日（2首）、月（3首）、喜雨（3首）、雨（9首）、对雨（2首）、晴霁（2首）、咏雪（2首）、喜雪（2首）、咏雪杂题（1首）、风（4首）、云（2首）、春（24首）、元日（2首）、寒食（4首）、夏（5首）、秋（11首）、九日（4首）、七夕（13首）、除夜（3首）	玩月、中秋月、望月、对月、杂题月、星、苦雨、杂题雨、对雪、杂题风、杂题云、霜、雾、露、天河、烟霞、虹蜺、人日、上元、上巳、端午、冬、伏日
地部	53	山（26首）、太山（1首）、华岳（2首）、山杂题（1首）、石（9首）、潭（1首）、水（2首）、湖（2首）、泉（2首）、瀑布（1首）、池（3首）、溪（3首）	终南山、南岳、望夫山、庐山、归山、峡、孤石、洞、太湖石、杂题、江、海、河、潮、杂题、曲江、温汤、池杂题、游泛、杂题
帝德	4		
应制	39	锡宴（1首）、元日（2首）、上元（1首）、春（1首）、寒食（1首）、雨（1首）、雪（2首）、送钱（1首）、杂题（29首）	侍宴、酺宴、巡幸、扈从、人日、晦日、仲春、中和节、夏、上巳、七夕、秋、九日、晴、追赏、台、宫、宅、楼、殿、阁、园、亭、幸宅、兴庆池、昆明池、降庆池、送公主、公主林亭、杂题、寺院、宫观
应令附应教	3		
省试	0		
朝省	7	趋朝（1首）、寓直（6首）	
乐府	16		
音乐	11	琴（1首）、笛（1首）、歌（6首）、歌妓（3首）	乐、筝、琵琶、笙、箜篌、箫、杂乐、舞
人事	49	宴集（36首）、逢遇（5首）、宿会（8首）	
释门	48		
道门	36	怀仙（1首）、梦仙（1首）、送赠道人（18首）、宫观（16首）	游仙、神仙、谪仙、秦越人洞中咏、仙谷遇毛女、桃源、下元斋咏、歌词、送宫人入道
隐逸	31	处士（10首）、隐士（19首）、山人（2首）	征君、居士
寺院附塔	47		
酬和	163		
寄赠	273		

续表

类别	数量	可归入的子类及诗歌数量	未归入的子类
送行	122		送人省亲、歌、赋物送人
留别	17		
行迈	99	馆驿3首，其余为行迈大类96首	奉使
军旅	7	边塞（3首）、边将（2首）、征伐（2首）	讲阅
悲悼	46	追述（4首）、哭人（7首）、坟墓（2首）、送葬（2首）、第宅（6首）、遗迹（6首）、怀古（3首）、挽歌（16首）	哭僧道、哭妓
居处	115	华清宫（2首）、宫（2首）、台（4首）、楼（28首）、堂（1首）、阁（2首）、别业（3首）、亭（16首）、园斋（50首）、村墅（6首）、山庄（1首）	上阳宫、九成宫、苑、殿、田家
郊祀	9	祠庙（9首）	宿斋
花木附果实、草	58	牡丹（16首）、桃花（2首）、梅花（2首）、莲荷（2首）、芙蓉（2首）、海棠（2首）、菊花（1首）、蔷薇（1首）、惜花（2首）、杂花（8首）、柑橘（1首）、柳（2首）、松（1首）、竹（3首）、梅（3首）、树木（4首）、茶（2首）、兰（1首）、芦苇（1首）、木叶（2首）	杏花、紫薇、石榴（花）、玉蕊、玫瑰、蜀葵、刺桐、山花、看花、残花、柏、桧、桂、桐、杉、槐、笋、樱桃、梨、桃李、枣栗、石榴、柰、杂果实、荔枝、藤、药、众草、萱、苔、枸杞、萍、杂咏
禽兽	24	鹤（4首）、莺（2首）、雁（1首）、鸡雉（2首）、鸥鹭（1首）、鹭鹚（1首）、燕（6首）、杂题（1首）、萤（2首）、促织（1首）、鱼（1首）、蝉（2首）	凤、鹰、鹊、乌、鹦鹉、百舌、鸂鶒、鸳鸯、孔雀、凫、鸥、鹅鸭、子规、雀、蜂、蝶、蜘蛛、猿、马、獭、龟

　　宋初2247首诗中有1375首诗可归入表5-1《文苑英华》诗类目，有872首诗未归入上述类型。不能归入《文苑英华》诗类的主要有以下四种情形。

　　1. 《文苑英华》中不能找到相应类型

　　这种情形包括：一是虽能入《文苑英华》诗大类，但无法归入子类者31首。如朱贞白《题狗蚤》、钱俨《平望蚊》、郭震《闻蛩》等可归入《文苑英华》禽兽类诗，但此类未立狗蚤、蚊、蛩等子类，故无法归入。又如张贤齐《杜甫祠》可归入《文苑英华》居处类，但此类未设祠子类，无法归入。二是《文苑英华》中未设相应诗类。如徐铉《题雷公井》、许坚《题扇》、朱贞白《题棺木》等咏物诗，徐铉《咏史》、刁衎《汉武》等咏史诗，向敏中《偶吟遣怀》、郭昭干《述怀二首》等咏怀诗，徐铉《梦游三首》、刁衎《梦中诗》等叙梦作品，宋太宗《逍遥咏》《缘识》、晁迥《静中好》等阐释佛、道义理之诗，张咏《憨农》《悯旱》《本农》等讽谕诗，晁迥《属疾》、郑文宝《爽约》、郭昭干《移家》等反映生活琐事、感悟之诗等，均不能在《文苑英华》中找到相应诗类。不能归入《文苑英华》诗类的宋初诗歌绝大部分属此种情况，阐释佛道义理的诗达570首。

2. 诗题不能体现诗歌内容者

如王伏溥《诗一首》、释遇贤《诗三首》、杨朴《诗一首》等，此类诗有18首。这些诗的题目与《文苑英华》诗分类原则不吻合，故不入《文苑英华》诗类。

3. 佛教偈颂

佛教偈颂是否属于诗，历来有争议。《文苑英华》未收录偈颂，将偈颂排除在诗外。故释可勋《偈》、释智勤《偈》、释智同《颂二首》等52首偈颂均未入《文苑英华》诗类。

4. 歌行

《文苑英华》将"歌行"独立一类，其所录歌行实际是以七言为主的歌，题目八成以上都是歌辞性题目，如"XX篇""XX歌""XX辞"等。《文苑英华》乐府类有182题，依《文苑英华》歌行观，不在这182题范围但具有歌辞性诗题的古体诗均可视为歌行，有徐弦《月真歌》、张佖《惆怅吟》、卢郢《残丝曲》等61首。这里主要讨论《文苑英华》诗类，歌行另作讨论。

总体而言，宋初诗歌风貌呈现几个特点：其一，诗歌取材广泛，题材涉及自然景物、时政、岁时、人际交往、人文景观、生活起居等方面，以寄赠、酬和、送行、留别这些体现人际交往的诗类题材最为突出。诗歌题材趋向日常生活化，不仅是梦游、夜坐、昼寝、爽约等日常小事入诗，连棺木也成吟咏对象。关乎时政、国运民生的诗作极少。其二，题材选择不均衡。鉴于所存宋初省试诗极少①，暂不将省试诗考虑进去。从表5-1可见能归入《文苑英华》诗类的宋初诗歌分布于25类中，各类诗数量差距悬殊。最多的为寄赠类诗273首，其次酬和类163首，留别、乐府、音乐、郊祀、朝省、军旅、郊祀、帝德、应令等诗类数量少，应令诗仅3首。而归入279子类的诗歌分布更不均衡，能归入《文苑英华》139子类的宋初诗歌中，数量最多的为园斋类50首，不少子类仅为1首。另有142类子类无宋初诗歌归入。其三，明佛道义理之诗大量出现。以宋太宗为代表，其《逍遥咏》有216首，《缘识》竟达318首之多。晁迥作此类诗也有31首。旨在阐释佛理的偈颂也不仅限僧人创作，宋太宗、晁迥等人也留有此类作品。其四，诗题与题材关系较密切，但也有疏远关系存在。宋初诗歌诗题与主题关系整体而言密切，但如王伏溥《诗一首》、释遇贤《诗三首》等诗题也存在，这类诗题与题材关系疏远。其五，长诗题集中，以李昉、李至为代表。宋初这2247首诗1484个诗题中，诗题20字以上的有62个，其中18个诗题在50—100字之间，诗题100字以上的有5首。李昉存诗共53个题诗，有16个在20字以上，其中7个在50字以上，最长97字。李至存诗共45题，20字以上的诗题25个，其中50字以上的9个，100字以上的4个，最长的达217字。

三 宋初诗歌创作显现的《文苑英华》诗类批评效能

从《文苑英华》类目设置原则来看，编纂者对诗类设置是有选择性的，他们不仅筛选诗歌，对类别安排也经过斟酌，体现出对诗歌创作的引导倾向。

---

① 宋太宗大开科举之门，首次开科取进士及诸科就有500人，淳化二年取进士达17300人，仅这一年的进士就超出唐代进士取科总数6000多人。诗歌是当时主考内容之一，所留省试诗数量应该不少，但是有关宋初省试诗文献极少，周子益《训蒙省题诗》、寿翁的《省题诗》皆为省题拟作，已佚。《宋会要》只载殿试诗题，无省试诗记载。叶景达《万宝诗山》、刘辰翁《须溪四景诗集》四卷、林希逸《省题诗》二卷所载省题诗皆为南宋作品。笔者目力所及的一些宋代文献也发现有关宋初省题诗的记载。《全宋诗》第一卷仅收录田锡《御试二仪合德诗》一首殿试诗，无明确注明省试诗者。

就宋初诗歌整体风貌而言，其与《文苑英华》诗类有一致性。《文苑英华》诗类目设置和选诗都有美颂倾向，本章第一节"《文苑英华》诗选批评特点及成因"中对此有详细阐述。宋初诗歌以酬唱寄赠、流连光景为主，类似张咏《愍农》《悯旱》《本农》关注民生的诗寥寥无几。宋王朝虽结束了五代十国战乱局面，时局相对稳定，但外患不断。宋太宗曾两度攻辽未果，对西夏势力亦无有效遏制方法，三个政权长期对峙。外患问题在宋初诗歌中却反映极少，军旅类的诗作仅有7首，全无边疆士兵征战之苦，相反如田锡《圣主平戎歌》、张齐贤《石将军南征赋赠》都是歌颂性的。从这一层面来说，《文苑英华》对诗歌创作的引导是成功的。

但宋初诗歌与《文苑英华》创作引导的不一致性也明显。首先，宋初诗歌与《文苑英华》在题材选择上不尽相同。就诗大类而言，除省试类外，宋初能归入《文苑英华》诗类的诗歌数量排序为：寄赠（273首）、酬和（163首）、送行（122首）、居处（115首）、行迈（99首）、天部（98首）、花木附果实草（58首）、地部（53首）、人事（49首）、释门（48首）、寺院附塔（46首）、悲悼（46首）、应制（39首）、道门（36首）、隐逸（31首）、禽兽（24首）、留别（17首）、乐府（16首）、音乐（11首）、郊祀（9首）、朝省（7首）、军旅（7首）、帝德（4首）、应令（3首）。《文苑英华》录诗量排序为：送行（1232首）、乐府（1087首）、寄赠（940首）、应制（663首）、行迈（623首）、居处（615首）、悲悼（566首）、天部（550首）、地部（485首）、省试（454首）、花木附果实草（441首）、寺院附塔（404首）、释门（378首）、酬和（350首）、人事（334首）、道门（308首）、禽兽（228首）、隐逸（203首）、留别（194首）、音乐（148首）、军旅（140首）、朝省（122首）、郊祀（64首）、应令（61首）、帝德（60首）。两者对比可见，宋初诗歌的题材突出在寄赠和酬和类上。而寄赠与酬和类在《文苑英华》中地位悬殊，寄赠类诗数量是酬和类诗的2倍多，显然《文苑英华》编纂者对寄赠类诗的重视度要远高于酬和类诗。而酬和类诗在宋初诗得到了重视，创作数量仅次于寄赠类，位居第二。《文苑英华》比较看重的乐府、应制、悲悼等诗类，在宋初诗歌题材中并不突出。就子类而言，《文苑英华》279 类诗子类中只有 114 类被宋初选择。而《文苑英华》未设置的一些诗类如佛道义理诗在宋初却大量出现。宋初诗歌中的咏怀、咏史、咏物等诗类也在《文苑英华》类目范围之外。总体上说宋初诗歌并非全按《文苑英华》的引导发展。不少诗歌甚至并未"接其妍唱"，而是另成他类。宋初诗歌题材与《文苑英华》诗类目设置的不一致性说明诗歌题材的选择有其时代性，官方诗学意识对其影响还不大。

其次，宋初诗歌与《文苑英华》体现出对诗题与主题关系理解的差异。《文苑英华》对诗题不能体现内容的诗都未录。而宋初诗歌中出现了类似《诗一首》这样与内容主题疏远的诗题，依《文苑英华》的选录标准，这些诗不被提倡。中国古代诗歌诗题与主题关系经历了从无到有，由疏到密的历程。《文苑英华》重视诗题与主题关系亦是诗题发展的结果。当诗题与主题关系日渐被人们重视时，《诗一首》现象就是创作者对诗题与主题关系的故意疏远，与《文苑英华》对诗题与主题关系的理解差异明显。

最后，宋初诗歌与《文苑英华》在诗题长短倾向上存在偏差。诗至宋初，诗题有由短变长的历程。《先秦汉魏晋南北朝诗》所录 135 卷诗只有 147 首诗的题目超过 10 字，其中题目在 20—40 字的 12 首，72 字的 1 首。《全唐诗》中超过 10 字的诗题已很普遍，有 758 个诗题在 20 字以上，占全唐诗比例约 0.02%；其中 46 首诗题在 50—100 字之间，占全唐诗比例约 0.001%；超过 100 字的有 8 个，诗题最长的达 124 字。而在宋初 1484 个诗题中，20 字诗题以上所占比例约 0.04%，其中 50—100 字的诗题所占比例约 0.01%，诗题在 100 字以上的比例也远高于唐诗。长题比例超过以往任何时期，像李昉、李至长诗题如此集中，在中国古代诗歌发展史上都罕见。《文苑英华》所录 7873 诗题中，绝大部分诗题在 20 字以内，20 字以上的诗题 173 个，所占比例约 0.02%；其中 50—100 字的诗题 9 个，所占比例约 0.001%；百字以上的 1 个，题长 105 字。可见宋初对长诗题的偏好明显高于《文苑英华》。

综上所述，宋初诗歌与《文苑英华》诗风导向虽有某些一致性，但在题材选择、诗题与主题关系的理解及诗题长短倾向上的差异亦明显，《文苑英华》批评效能并不尽如编者所愿。

四　影响《文苑英华》诗类批评效能发挥的因素

从宋初诗歌创作实际来看，《文苑英华》诗类的批评效能并不很突出。影响《文苑英华》诗类批评效能发挥的因素主要有以下几点。

其一，《文苑英华》本身的批评机制所影响。选本的选文、选本的序跋以及选本的评点是选本批评的三种常见形态。选本的序跋、评点在内容上虽侧重点不同，但都是以选本为中心，直接表达文学观念。选本可以通过这些批评方式让读者最快获取阅读信息。选本的选文是编纂者认为的精华作品，编纂者将自己的文学观念通过所选录的作品体现。选文不直接传递批评观念，需要读者在品评鉴赏中分析总结编纂者的文学批评观念。相对于序跋和评点而言，选本选文的批评具有间接性和隐蔽性。《文苑英华》序跋在周必大刻本之后才出现，宋初《文苑英华》既无序跋也无评点，仅靠选文传递文学观念。宋初士人素质普遍不高，淳化三年（992），宋太宗试进士，出《卮言日出赋》为赋题，结果很多应试者不知所出。鉴此，此后"所试进士诗赋题，皆明示出处"[1]。读者文化素养不高，品评诗文、提炼编纂者的文学批评观念的能力就弱，从而使《文苑英华》对读者影响力减弱。

其二，《文苑英华》外在传播条件的影响。《文苑英华》在宋太宗时期只有抄本留存，若无巨资，根本抄不起这样一本千卷大部头的书，所以一般人难以见到该书。宋太宗时期所修纂的《太平御览》《太平广记》和《文苑英华》三部大书，周必大云："今二书闽蜀已刊，惟《文苑英华》士大夫家绝无而仅有。"[2] 士大夫都难得见到《文苑英华》，普通人能目睹《文苑英华》的机会就可想而知了。《文苑英

---

[1]　（宋）吴曾：《能改斋漫录》（上册），上海古籍出版社1979年版，第14页。
[2]　（宋）周必大：《文忠集》，景印文渊阁四库全书本（第1147册），台湾商务印书馆1986年版，第582页。

华》的传播环境使得该书的受众面极窄，也直接影响到了它的批评效能的发挥。

其三，诗歌创作时代的影响。任何时代的诗歌创作都有其时代影响，即便影响很大的总集，也不见得能对当时创作有决定性的影响。如《文选》在唐及宋初的影响都大，但唐诗出现较多的是送行、寄赠类题材，而不是《文选》收录最多的"杂诗"。这些诗歌题材的增多与唐人追逐仕宦、漫游交友之风都分不开。宋初参与《文苑英华》编纂工作的苏易简撰有《文选双字类要》一书，是书"编取《文选》中藻丽之语，分类纂辑"①。宋太宗本人喜欢《文选》，"尝令文仲读《文选》，继又令读《江》《海赋》，皆有赐赉"②；淳化三年（992）三月，"（杨亿）读书秘阁。因拟《文选·两京赋》作《东西京赋》以进，太宗嘉之，诏学士院试"③。而宋初诗歌出现最多的是寄赠、酬和类诗，亦非《文选》之"杂诗"。宋初一统天下，重视文化建设，上到朝廷下至一般的士大夫皆喜宴饮唱和。宋初寄赠、酬和类诗突出亦是此风气所使。

总体而言，依《文苑英华》诗类目的设置原则对宋初诗歌进行题材考察，可以发现《文苑英华》诗类的批评效能并不强。在"分体编录"型总集中，《文苑英华》可以说是与《文选》关系最为密切的，基本上继承了《文选》以题材相分的编纂形式。这种编纂形式的优点是读者依据诗类名称就可大体知晓诗歌的大致内容。缺点是不能囊括所有的诗歌题材。随着诗歌题材的不断扩大和日常生活化，在几乎无所不能入诗的时代里，以题材分类的方法就越发暴露出它的缺陷。宋初诗歌创作无法归入《文苑英华》诗类的现象就证明了这一点。这种缺陷也被后来的"分体编录"型总集编纂者所意识到，他们更多的是采用了以诗歌体式分类的编纂方式。如《宋文鉴》收录诗文150卷，在诗分类上，它主要依诗歌句式将诗分为四言古诗、乐府歌行、七言古诗、五言古诗、七言律诗、五言律诗、七言绝句、五言绝句、杂体等9类。《元

---

① （清）永瑢：《四库全书总目》，中华书局1965年版，第1160页。
② （元）脱脱等：《宋史》，中华书局1977年版，第9871页。
③ （宋）王应麟：《玉海》，江苏古籍出版社、上海书店1987年版，第1130页。

文类》诗分四言诗、五言古诗、七言古诗、乐府歌行、七言律诗、五言律诗、七言绝句、五言绝句等类，与《宋文鉴》诗分类相似。明代吴讷《文章辨体》与徐师曾《文体明辨》两书都是依诗体形式分四言、五言、律诗、绝句等类。清代薛熙所编《明文在》诗分古诗、律诗、绝句等类，亦主要依诗体形式而类。这种诗歌分类方式无须考虑题材的多少，在一定程度上弥补总集编纂中以题材为主的分类方式的不足。

主要参考文献

（汉）孔安国注、（唐）孔颖达正义：《尚书正义》（清·阮元刻本《十三经注疏》本），中华书局1980年版。

（汉）司马迁：《史记》，中华书局1959年版。

（汉）班固：《汉书》，中华书局1962年版。

（汉）许慎：《说文解字》，中华书局1963年版。

（南朝宋）范晔：《后汉书》，中华书局1965年版。

（南朝梁）沈约：《宋书》，中华书局1974年版。

（南朝梁）萧子显：《南齐书》，中华书局1972年版。

（南朝梁）萧统著，李善等注：《六臣注文选》，中华书局1987年版。

（南朝梁）刘勰著，周振甫注：《文心雕龙》，人民文学出版社1981年版。

（南朝梁）钟嵘著，陈延杰注：《诗品注》，人民文学出版社1961年版。

（南朝陈）徐陵撰，吴兆宜注：《玉台新咏》，上海古籍出版社2007年版。

（南朝陈）徐陵撰，穆克宏点校：《玉台新咏笺注》，中华书局1985年版。

（北齐）魏收：《魏书》，中华书局1974年版。

（北齐）颜之推撰，王利器集解：《颜氏家训集解》（增补本），中华书局1993年版。

（北周）庾信撰，倪璠注，许逸民校点：《庾子山集注》，中华书局1980

年版。

（唐）房玄龄：《晋书》，中华书局 1974 年版。

（唐）魏徵：《隋书》，中华书局 1973 年版。

（唐）姚思廉：《梁书》，中华书局 1973 年版。

（唐）姚思廉：《陈书》，中华书局 1972 年版。

（唐）李百药：《北齐书》，中华书局 1972 年版。

（唐）李延寿：《南史》，中华书局 1975 年版。

（唐）李延寿：《北史》，中华书局 1974 年版。

（唐）令狐德棻：《周书》，中华书局 1971 年版。

（唐）虞世南：《北堂书钞》，中国书店 1989 年版。

（唐）徐坚：《初学记》，中华书局 2004 年版。

（唐）欧阳询：《艺文类聚》，上海古籍出版社 1999 年版。

（唐）刘餗撰，程毅中点校：《隋唐嘉话》，中华书局 1979 年版。

（唐）李贺撰，叶葱奇疏注：《李贺诗集》，人民文学出版社 1959 年版。

（唐）白居易撰，顾学颉校点：《白居易集》，中华书局 1979 年版。

（唐）李德裕：《会昌一品集》景印文渊阁四库全书本，台湾商务印书馆 1986 年版。

（唐）张鷟：《朝野佥载》，中华书局 1979 年版。

（唐）吴兢撰，姜涛点校：《贞观政要》，齐鲁书社 2000 年版。

（五代）孙光宪撰，林艾园校点：《北梦琐言》，上海古籍出版社 1981 年版。

（五代）刘昫：《旧唐书》，中华书局 1975 年版。

（宋）王溥：《唐会要》，中华书局 1955 年版。

（宋）李昉等：《文苑英华》，中华书局 1966 年版。

（宋）李昉等：《太平广记》，中华书局 1961 年版。

（宋）李昉等：《太平御览》，中华书局 1960 年版。

（宋）姚铉：《唐文粹》，《四部丛刊初编》本，商务印书馆 1936 年版。

（宋）姚铉：《唐文粹》，（台北）世界书局 1989 年版。

（宋）姚铉：《重校正唐文粹》，明嘉靖三年徐焴刻本。

（宋）徐铉：《徐骑省集》，商务印书馆 1937 年版。

（宋）杨亿：《武夷新集》，载于敏中《四库全书荟要》（第 368 册），（台北）世界书局 1985 年版。

（宋）杨亿口述，黄鑑笔录，宋庠整理：《杨文公谈苑》，上海古籍出版社 1993 年版。

（宋）欧阳修：《六一居士诗话》，中华书局 1985 年版。

（宋）欧阳修：《新唐书》，中华书局 1975 年版。

（宋）王尧臣等撰，钱东垣等辑释：《崇文总目》，商务印书馆 1939 年版。

（宋）范仲淹撰，李先勇、王蓉贵校点：《范仲淹全集》，四川大学出版社 2002 年版。

（宋）文莹：《续湘山野录》，中华书局 1984 年版。

（宋）文莹：《玉壶清话》，中华书局 1984 年版。

（宋）吴处厚：《青箱杂记》，中华书局 1985 年版。

（宋）范祖禹：《帝学》，载于敏中《四库全书荟要》（第 248 册），（台北）世界书局 1985 年版。

（宋）程俱撰，张富祥校正：《麟台故事校正》，中华书局 2000 年版。

（宋）苏轼撰，孔凡礼点校：《苏轼文集》，中华书局 1986 年版。

（宋）秦观撰，徐培均校注：《淮海居士长短句》，上海古籍出版社 1985 年版。

（宋）阮阅撰，周本淳校点：《诗话总龟前集》，人民文学出版社 1987 年版。

（宋）李攸：《宋朝事实》，中华书局 1955 年版。

（宋）洪遵：《翰苑群书》，中华书局 1991 年版。

（宋）计有功：《唐诗纪事》，上海古籍出版社 1987 年版。

（宋）江少虞：《宋朝事实类苑》，上海古籍出版社 1981 年版。

（宋）郭茂倩：《乐府诗集》，中华书局 1979 年版。

（宋）胡寅：《斐然集》，中华书局 1993 年版。

（宋）李焘：《续资治通鉴长编》，中华书局 1979 年版。

（宋）叶梦得：《避暑录话》，载上海古籍出版社编《宋元小说笔记大观》，上海古籍出版社 2001 年版。
（宋）晁公武撰，孙猛校证：《郡斋读书志校证》，上海古籍出版社 1990 年版。
（宋）郑樵：《通志二十略》，中华书局 1995 年版。
（宋）吴曾：《能改斋漫录》，上海古籍出版社 1979 年版。
（宋）胡仔：《苕溪渔隐丛话》，人民文学出版社 1984 年版。
（宋）严羽撰，郭绍虞校释：《沧浪诗话校释》，人民文学出版社 1983 年版。
（宋）周必大：《文忠集》，景印文渊阁四库全书本，台湾商务印书馆 1986 年版。
（宋）吕祖谦：《宋文鉴》，《四部丛刊初编》本，商务印书馆 1936 年版。
（宋）章樵注：《古文苑》，景印文渊阁四库全书本，台湾商务印书馆 1986 年版。
（宋）陈振孙：《直斋书录直解》，上海古籍出版社 1987 年版。
（宋）朱熹注，赵长征点校：《诗集传》，中华书局 2011 年版。
（宋）林駧：《古今源流至论后集》，景印文渊阁四库全书本，台湾商务印书馆 1986 年版。
（宋）真德秀：《西山文集》，景印文渊阁四库全书本，台湾商务印书馆 1986 年版。
（宋）王应麟：《玉海》，江苏古籍出版社、上海书店 1987 年版。
（元）马端临：《文献通考》，中华书局 1986 年版。
（元）方回撰，李庆甲集评校点：《瀛奎律髓汇评》，上海古籍出版社 1986 年版。
（元）苏天爵：《国朝文类》，《四部丛刊初编》本，商务印书馆 1936 年版。
（元）脱脱等：《宋史》，中华书局 1977 年版。
（明）王莹：《群书类编故事》，书目文献出版社 1993 年版。
（明）张之象：《唐诗类苑》，北京大学图书馆藏明万历二十九年刻本。
（明）程敏政：《明文衡》，四库全书本，上海古籍出版社 1987 年版。

(明) 都穆：《南壕诗话》，载丁福保《历代诗话续编》，中华书局 1983 年版。

(明) 徐师曾著，罗根泽校点：《文体明辨序说》，人民文学出版社 1962 年版。

(明) 高儒：《百川书志》，长沙叶氏 1915 年刻本。

(明) 胡应麟：《诗薮》，中华书局 1958 年版。

(明) 胡应麟：《少室山房集》，四库全书本，上海古籍出版社 1987 年版。

(明) 周珽：《删补唐诗选脉笺释会通评林》，四库全书存目丛书补编，齐鲁书社 1996 年版。

(明) 张溥撰，殷孟伦注：《汉魏六朝百三家集题辞注》，人民文学出版社 1960 年版。

(明) 许学夷：《诗源辩体》，人民文学出版社 1987 年版。

(明) 胡震亨：《唐音癸签》，上海古籍出版社 1981 年版。

(明) 陆时雍：《唐诗镜》，台湾商务印书馆 1983 年版。

(清) 吴之振：《宋诗钞》，中华书局 1986 年版。

(清) 彭定求：《全唐诗》，中华书局 1960 年版。

(清) 彭定求：《全唐诗》（增订本），中华书局 1999 年版。

(清) 许梿撰，黎经诰笺注：《六朝文絜笺注》，中华书局 1962 年版。

(清) 吴任臣：《十国春秋》，中华书局 1983 年版。

(清) 张宗橚：《词林纪事》，古典文学出版社 1957 年版。

(清) 何焯撰，崔高维点校：《义门读书记》，中华书局 1987 年版。

(清) 沈德潜：《古诗源》，中华书局 1963 年版。

(清) 沈德潜：《唐诗别裁集》，上海古籍出版社 1979 年版。

(清) 何文焕：《历代诗话》，中华书局 1981 年版。

(清) 厉鹗：《宋诗纪事》，上海古籍出版社 1983 年版。

(清) 永瑢：《四库全书总目》，中华书局 1965 年版。

(清) 王鸣盛：《十七史商榷》，中国书店 1987 年版。

(清) 弘历：《御选唐宋诗醇》，景印文渊阁四库全书本，台湾商务印书馆 1983 年版。

（清）赵翼：《瓯北诗话》，人民文学出版社1963年版。

（清）赵翼：《陔余丛考》，中华书局1963年版。

（清）董诰：《全唐文》，中华书局1983年版。

（清）严可均：《全上古三代秦汉三国六朝文》，中华书局1958年版。

（清）刘熙载：《艺概》，上海古籍出版社1978年版。

（清）徐松：《宋会要辑稿》，中华书局1957年版。

（清）江顺诒：《词学集成》，载唐圭璋《词话丛编》，中华书局1986年版。

（清）严可均：《全梁文》，商务印书馆1999年版。

（清）朱铭盘：《南朝宋会要》，上海古籍出版社1984年版。

（清）朱铭盘：《南朝齐会要》，上海古籍出版社1984年版。

（清）朱铭盘：《南朝梁会要》，上海古籍出版社1984年版。

（清）朱铭盘：《南朝陈会要》，上海古籍出版社1984年版。

（清）朱庭珍：《筱园诗话》，续修四库全书本，上海古籍出版社2002年版。

（清）薛熙：《明文在》，四库全书全目丛书本，齐鲁书社1997年版。

（清）顾广圻：《思适斋集》，上海古籍出版社1995年版。

（清）王闿运：《湘绮楼诗文集》，岳麓书社1996年版。

（清）缪荃孙等撰，吴格整理：《嘉业堂藏书志》，复旦大学出版社1997年版。

曹道衡、沈玉成：《南北朝文学史》，人民文学出版社1991年版。

曹道衡：《南朝文学与北朝文学研究》，江苏古籍出版社1998年版。

曹道衡、沈玉成：《中古文学史料丛考》，中华书局2003年版。

曹道衡、刘跃进：《南北朝文学编年史》，人民文学出版社2000年版。

陈寅恪：《元白诗笺证稿》，文学古籍刊行社1955年版。

程千帆、吴新雷等：《两宋文学史》，上海古籍出版社1991年版。

陈庆元：《沈约集校笺》，浙江古籍出版社1995年版。

陈文忠：《中国古典诗歌接受史》，安徽大学出版社1998年版。

陈贻焮：《唐诗论丛》，湖南人民出版社1980年版。

主要参考文献　315

陈贻焮：《全唐诗增订注释本》，文化艺术出版社 2001 年版。
陈戍国：《尚书校注》，岳麓书社 2004 年版。
岑仲勉：《隋唐史》，中华书局 2004 年版。
成明明：《北宋馆阁与文学研究》，中国社会科学出版社 2007 年版。
成玮：《制度、思想与文学的互动：北宋前期诗坛研究》，复旦大学出版社 2013 年版。
杜晓勤：《初盛唐诗歌的文化阐释》，东方出版社 1997 年版。
陈伯海：《唐诗学引论》，知识出版社 1988 年版。
陈伯海：《唐诗论评类编》，山东教育出版社 1992 年版。
陈尚君：《唐代文学丛考》，中国社会科学出版社 1997 年版。
丁福保：《清诗话》，上海古籍出版社 1963 年版。
杜若鸿：《北宋诗歌与政治关系研究》，北京大学出版社 2015 年版。
傅璇琮：《全宋诗》（第一册），北京大学出版社 1991 年版。
傅璇琮：《唐人选唐诗新编》，陕西人民出版社 1996 年版。
傅璇琮：《唐才子传校笺》（第一册），中华书局 1987 年版。
傅璇琮：《唐才子传校笺》（第二册），中华书局 1989 年版。
傅璇琮：《唐才子传校笺》（第三、四册），中华书局 1990 年版。
傅璇琮、蒋寅：《中国古代文学通论（隋唐五代卷）》，辽宁人民出版社 2005 年版。
傅璇琮等：《唐五代人物传记资料综合索引》，中华书局 1982 年版。
傅璇琮：《唐代科举与文学》，陕西人民出版社 1986 年版。
傅刚：《〈昭明文选〉研究》，中国社会科学出版社 2000 年版。
范志新：《文选版本论稿》，江西人民出版社 2003 年版。
方孝岳：《中国文学批评·中国散文概论》，生活·读书·新知三联书店 2007 年版。
郭绍虞：《清诗话续编》，上海古籍出版社 1983 年版。
郭绍虞：《宋诗话辑佚》，中华书局 1980 年版。
郭绍虞：《中国文学批评史》，百花文艺出版社 1999 年版。
郭绍虞：《中国历代文论选》（一卷本），上海古籍出版社 2001 年版。

葛晓音：《山水田园诗派研究》，辽宁大学出版社1993年版。
胡云翼：《宋诗研究》，巴蜀书社1993年版。
胡大雷：《文选诗研究》，广西师范大学出版社2000年版。
胡大雷：《宫体诗研究》，商务印书馆2004年版。
胡大雷：《中古文学集团》，广西师范大学出版社1996年版。
胡大雷：《中古诗人抒情方式的演进》，中华书局2003年版。
何忠礼：《宋代政治史》，浙江大学出版社2007年版。
逯钦立：《先秦汉魏晋南北朝诗》，中华书局1983年版。
骆鸿凯：《文选学》，中华书局1989年版。
刘永济：《十四朝文学要略》，黑龙江人民出版社1984年版。
吕思勉：《隋唐五代史》，上海古籍出版社1984年版。
吕思勉：《宋代文学》，商务印书馆1929年版。
刘跃进：《永明文学研究》，（台北）文津出版社1992年版。
刘跃进：《中古文学文献学》，江苏古籍出版社1997年版。
林庚：《唐诗综论》，人民文学出版社1987年版。
李泽厚、刘纲纪：《中国美学史》，中国社会科学出版社1984年版。
鲁同群：《庾信传论》，天津人民出版社1997年版。
凌朝栋：《〈文苑英华〉研究》，上海古籍出版社2005年版。
《鲁迅全集》，人民文学出版社2005年版。
刘师培：《汉魏六朝专家文研究》，商务印书馆2010年版。
施蛰存：《唐诗百话·历代唐诗选本叙录》，华东师范大学出版社1996年版。
罗国威：《日藏弘仁本文馆词林校正》，中华书局2001年版。
骆玉明、张宗原：《南北朝文学》，安徽教育出版社1991年版。
罗根泽：《中国文学批评史》，上海古籍出版社1984年版。
罗宗强、郝世峰主编：《隋唐五代文学史》，高等教育出版社1990年版。
罗宗强：《魏晋南北朝文学思想史》，中华书局1996年版。
罗宗强：《隋唐五代文学思想史》，中华书局1996年版。
穆克宏：《昭明文选研究》，人民出版社1998年版。

穆克宏、郭丹：《魏晋南北朝文论全编》，江苏教育出版社2004年版。
马茂军：《北宋儒学与文学》，暨南大学出版社1999年版。
梅家玲：《汉魏六朝文学新论——拟代与赠答篇》，北京大学出版社2004年版。
马海英：《陈代诗歌研究》，学林出版社2004年版。
钱锺书：《宋诗选注》，生活·读书·新知三联书店2002年版。
钱锺书：《谈艺录》，中华书局1984年版。
钱志熙：《魏晋南北朝诗歌史述》，北京大学出版社2005年版。
清华大学图书馆：《清华大学图书馆藏善本书目》，清华出版社2003年版。
孙述圻：《六朝思想史》，南京出版社1992年版。
孙琴安：《唐诗选本提要》，上海书店2005年版。
佟培基：《全唐诗重出误收考》，陕西人民教育出版社1996年版。
王钟陵：《中国中古诗歌史》，江苏教育出版社1988年版。
王运熙、杨明：《魏晋南北朝文学批评史》，上海古籍出版社1989年版。
王瑶：《中古文学史论》，北京大学出版社1998年版。
王仲荦：《隋唐五代史》，上海人民出版社1997年版。
王仲荦：《魏晋南北朝史》，上海人民出版社2003年版。
王园：《唐诗与宋代诗学》，三晋出版社2012年版。
薛天纬：《唐代歌行论》，人民文学出版社2006年版。
徐宝余：《庾信研究》，学林出版社2003年版。
余恕诚：《唐诗风貌》，安徽大学出版社1997年版。
袁行霈：《中国文学史》，高等教育出版社2005年版。
张毅：《宋代文学思想史》，中华书局2006年版。
张海鸥：《宋代文化与文学研究》，中国社会科学出版社2002年版。
张海鸥：《北宋诗学》，河南大学出版社2007年版。
周勋初：《汉唐文学的嬗变》，北京大学出版社1990年版。
周裕锴：《宋代诗学通论》，巴蜀书社1997年版。
张思齐：《宋代诗学》，湖南人民出版社2000年版。

祝尚书:《宋代科举与文学考论》,大象出版社 2006 年版。

[日] 遍照金刚撰,王利器校注:《文镜秘府论校注》,中国社会科学出版社 1983 年版。

[丹麦] 勃兰兑斯:《十九世纪文学主流》,人民文学出版社 1980 年版。

[德] 伽达默尔:《真理与方法》,洪汉鼎译,上海译文出版社 1999 年版。

程章灿:《总集与文学史权力——以〈文苑英华〉所采诗题为中心》,《南京大学学报》2011 年第 1 期。

郭勉愈:《〈唐文粹〉"铨择"〈文苑英华〉说辨析》,《北京师范大学学报》2002 年第 6 期。

胡可先:《〈全宋诗〉琐考》,《文学遗产》1993 年第 3 期。

胡可先:《〈全宋诗〉再考》,《中国文学研究》1997 年第 3 期。

胡可先:《〈全宋诗〉补遗 100 首》,《韵文学刊》2005 年第 2 期。

胡可先:《〈全宋诗〉误收唐诗考》,《中国典籍与文化》2005 年第 3 期。

胡可先:《新补〈全宋诗〉150 首》,第四届宋代文学国际研讨会论文集,2005 年 9 月。

胡大雷:《试论南朝宫体诗的历程》,《文学评论》1998 年第 4 期。

韩立平:《〈全宋诗〉补遗一百则》,《重庆师范大学学报》2010 年第 3 期。

葛晓音:《从诗骚辨体看"风雅"和"风骚"的示范意义》,《中华文史论丛》2006 年第 3 期。

葛晓音:《初盛唐七言歌行的发展》,《文学遗产》1997 年第 5 期。

郭英德:《论历代〈文选〉类总集的分体归类》,《中华文化研究》2004 年秋之卷。

谷敏:《周必大与〈文苑英华〉》,《兰州学刊》2005 年第 6 期。

巩本栋:《〈文苑英华〉的文体分类及意义》,《中山大学学报》2015 年第 6 期。

林心治:《〈文苑英华〉歌行体性辨》,《渝州大学学报》1997 年第 2 期。

凌朝栋:《〈文苑英华〉性质辨析》,《图书与情报》2003 年第 1 期。

凌朝栋:《〈文苑英华〉收录诗文上限考略》,《文学遗产》2004 年第

3期。

刘忠文:《庾信前期作品考辨》,《文史》第 27 辑,中华书局 1986 年版。

张兴武:《昆体文学生态及其创作主体的文化特征》,《文学评论》2006 年第 6 期。

张海鸥:《宋初诗坛"白体"辨》,《中山大学学报》2000 年第 6 期。

尚永亮:《论宋初诗人对白居易的追摹与接受》,《社会科学辑刊》2009 年第 4 期。

钟琼:《白居易诗歌接受的历时性考察》,《河南社会科学》2013 年第 9 期。

赵艳喜:《白居易在宋初的"影子"——论白体诗人李昉与白居易》,《殷都学刊》2008 年第 2 期。

张安祖:《〈论白居易荐徐凝屈张祜〉非皮日休所作》,《文学遗产》1996 年第 4 期。

贺中复:《论五代十国的宗白诗风》,《中国社会科学》1996 年第 5 期。

朱易安:《略论唐诗学发展史的体系建构》,《文学评论》1998 年第 5 期。

张宏生:《姚贾诗派的界内流变和界外余响》,《文学评论》1995 年第 2 期。

余恕诚:《晚唐两大诗人群落及其风貌特征》,《安徽师范大学学报》1996 年第 2 期。

吴晓芳:《略论吴均体》,《中国韵文学刊》2004 年第 2 期。

王立群:《文选次文类作家编序研究》,《文学遗产》2004 年第 3 期。

万光治:《论"吴均体"》,《文学遗产》2007 年第 1 期。

王辉斌:《论歌行与乐府的关系——以〈文苑英华〉为研究重点》,《长江大学学报》2012 年第 8 期。

赵昌平:《"吴中诗派"与中唐诗歌》,《中国社会科学》1984 年第 4 期。

附　录

表一　《文苑英华》所录先唐诗歌考

与逯钦立《先秦汉魏晋南北朝诗》（中华书局1983年版）所录诗歌比照

序号	《文苑英华》收录先唐诗歌	《先秦汉魏晋南北朝诗》所录
1	徐干《自君之出矣》	作徐干《室思诗》，另多出六句
2	刘孝威《升天行》	作曹植诗
3	吴均《咏萍》	作刘绘诗
4	梁简文帝《临高台》	作萧衍诗
5	吴均《采莲曲》	作萧衍诗
6	梁武帝《望织女》	作范云诗
7	宗史《别诗》	作宗夬《别萧咨议》
8	鲍明远《长歌行》	作沈约诗
9	王筠《酬淮南别》	作王均《愁别离》
10	陆罕《咏笙》	作陆罩诗
11	梁简文帝《晚春》	作萧统诗
12	刘尊《度关山》	作刘遵诗
13	徐胐《夏日》	作徐勉《夏诗》
14	萧子荣《日出东南隅》	作萧自显
15	刘瑗《在县中庭看月》	作刘缓诗
16	萧子显《春日贻刘孝绰》	作萧琪诗

续表

序号	《文苑英华》收录先唐诗歌	《先秦汉魏晋南北朝诗》所录
17	梁简文帝《拟古应教》	作刘孝威诗
18	刘孝绰《吹箫》	作刘孝仪诗
19	刘孝绰《同萧长史看妓》	作萧纪诗
20	昭明太子《和林下咏妓应令》《咏新燕》	作萧纲诗
21	庾信《寻周处士弘让》《经陈思王墓》	作庾肩吾诗
22	梁简文帝《望江中月影》	作萧绎诗
23	沈约《咏风诗》	作萧绎诗
24	任昉《赋得观潮满》	作徐防《赋得观涛诗》
25	庾骞《和缪郎视月珠》	作何子朗诗
26	吴均《行路难》	作费昶诗
27	朱超道《奉和登百花亭怀荆楚》	作朱超诗
28	刘孝威《钓竿》	作戴暠诗
29	顾恺《赋得露》	作顾煊诗
30	颜之推《犯虏将逃作诗》	作惠穆道士诗
31	陆玠《赋得杂言咏栗》	作陆玠诗
32	徐陵《征虏亭送新安五应令》	作张正见诗
33	佚名《赋得山中翠竹》	作张正见诗
34	徐陵《秋日别庾正员》	作张正见诗
35	苏子卿《紫骝马》	作祖孙登诗
36	惠标《咏水》《莲调》	作祖孙登诗
37	褚珍《斗鸡东郊道》	作褚玠诗
38	萧铨《咏夜猿啼》	作萧诠诗
39	贺休《赋得夹池竹》	作贺循诗
40	徐陵《梅花落》《宛转歌》	作江总诗
41	陵系《有所思》	作陆系诗
42	标法师《咏孤石》	作释惠标诗
43	佚名《浴温汤泉》	作刘逖诗
44	《奉和悲秋应令》一作王胄，一作庾信	作萧悫诗
45	萧懿《春庭晚望》	作萧悫诗

续表

序号	《文苑英华》收录先唐诗歌	《先秦汉魏晋南北朝诗》所录
46	佚名《咏龟》	作赵儒宗诗
47	李那《奉和重适阳关》	作李昶诗
48	庾肩吾《赠周处士》	作庾信诗
49	庾亮《奉和夏日应令》	作庾信诗
50	佚名《暮秋望月示学士各释愁应教》	作徐仪诗
51	庾茂《在南接北使》《奉和望海》《赋昆明池一物得织女石》《赋得石》《衡阳王斋阁奏妓》	作虞世基诗

表二 《文苑英华》所录唐诗考

以佟培基编纂的《全唐诗重出误收考》（陕西人民教育出版社1996年版）所考为据

序号	《文苑英华》收录的唐代诗歌			《全唐诗重出误收考》
	诗歌	收录卷目	作者	作者
1	《过温汤》	170	唐太宗	唐高宗
2	《谒大慈恩寺》	178	唐太宗	唐高宗
3	《登骊山高顶寓目》	170	唐太宗	唐中宗
4	《三日书怀因示百僚》	172	崔元翰	唐德宗
5	《九月九日上幸慈恩寺登浮图群臣上菊花寿酒》	178	上官氏	难论定
6	《益州城西张超亭观妓》	213	王绩	卢照邻
7	《奉和进船洛水应制》	164	薛慎惑	薛慎惑
8	《晚霁登王六东阁》	314	严维	张九龄
9	《经梧州》	290、317	一作宋之问，一作孟浩然	宋之问
10	《幸梨园亭关打他毬应制》	175、169	一作崔湜，一作乔知之	崔湜
11	《拟古神女宛转歌二首》	207	崔液	郎大家宋氏
12	《关中好风景》	290	李乂	崔融
13	《九日八丘登高》	158	杜甫	张均
14	《铜雀妓》	204	高适	王适
15	《仪坤庙乐章》	167	卢纶	刘知几

续表

序号	《文苑英华》收录的唐代诗歌			《全唐诗重出误收考》
	诗歌	收录卷目	作者	作者
16	《咏黄莺儿》	328	郑缙	难确定
17	《石桥琪树》	326	蔡隐石	蔡隐丘
18	《应诏赋得除夜》	159	王浬	史青
19	《古意》	205	崔国辅	薛奇童
20	《晓次荆江》	292	宋昱	戎昱
21	《和徐侍郎从筱咏》	242、325	一作卢象，一作蒋涣	卢象
22	《休假还旧业便使》	296	王维	卢象
23	《省试夏日可畏》	181	张籍	丘为
24	《采莲》	208	李颀	齐己
25	《过人上人兰若》	234	綦毋潜	孟浩然
26	《酬鸿胪裴主簿雨后北楼见赠》	155	王昌龄	高适
27	《送东林廉上人归庐山》	219	王昌龄	刘慎虚
28	《淇上酬薛据兼寄郭微》	242	王昌龄	高适
29	《遇薛明府谒聪上人》	219	王昌龄	孟浩然
30	《湖中晚霁》	155	目录为常建，诗署韦建	常建
31	《却赴南邑留别苏台知己》	288	贾岛	刘长卿
32	《送张栩扶侍之睦州》	284、279	卷284作刘长卿，卷279为周贺，题为《送张消之睦州》	刘长卿
33	《扬州雨中张十宅观妓》	213	张谓	难论定
34	《寄灵一上人初还云门》	219	张南史	难论定
35	《寄灵一上人》	220	郎士元	刘长卿
36	《送人游越》	272，277	一作郎士元，一作张籍	难论定
37	《晚春归山居提窗前竹》	325	刘长卿	钱起
38	《奉酬中书相公至日圆丘摄事合于中书后阁宿斋移止于集贤院叙怀见寄之作》	320	崔曙	崔备
39	《登瓦官阁》	314	李宾	李白
40	《胡无人》	196	无名氏	陈陶
41	《赋得贺送史司马赴崔相公幕》	269	李白	难论定

续表

序号	《文苑英华》收录的唐代诗歌			《全唐诗重出误收考》
	诗歌	收录卷目	作者	作者
42	《送客归吴》	269	李白	难论定
43	《送友生游侠中》	269	李白	难论定
44	《冬夜宿司空曙野居因寄酬赠》	217	韦应物	卢纶
45	《赠乔琳》	253、340	张谓	难论定
46	《蜀葵花歌》	323	刘慎虚	岑参
47	《南溪别业》	318	蒋洌	难论定
48	《登楼》	312	王之涣	朱斌
49	《嵩山望幸》	180	卷目王邕，题下佚名	王邕
50	《燕衔泥》	837	冯渚	冯着
51	《题苏公林亭》	315	钱起	韩翃
52	《和王员外雪晴早朝》	155	钱起	钱珝
53	《送杨著作归东海》	271	钱起	难论定
54	《郓城西楼吟》	312	佚名	郎士元
55	《冯翊西楼》	312	置于《郓城西楼吟》后，标注"前人"，而《郓城西楼吟》佚名	郎士元
56	《送张中丞归使幕》	272	张继	韩翃
57	《奉送王相公赴幽州》	272	张继	韩翃
58	《奉和元相公家园即事寄王相公》	317	韩雄	韩翃
59	《赠张五湮归濠州别业》	318	韩翃	郎士元
60	《宴杨驸马山池》	165	韩翃	陈羽
61	《送韦逸人归钟山》	232	郎士元	难论定
62	《途中送权三兄弟》	219，272	一作张南史，一作皇甫冉，题为《送权骅》	难论定
63	《酬张二仓曹扬子所居见寄兼呈韩郎中》	244	张南史，将"左补阙皇甫冉"如题	皇甫冉
64	《题庄上人房》	235，222	一作耿湋，一作贾岛	耿湋
65	《秋日》	151	王昌龄	马戴
66	《送车参军江陵》	273，274	一作戴叔伦，一作清江	清江

续表

序号	《文苑英华》收录的唐代诗歌			《全唐诗重出误收考》
	诗歌	收录卷目	作者	作者
67	《登楼望月寄凤翔李少尹》	152，256	一作戴叔伦，一作清江	清江
68	《竞渡歌》	348	刘禹锡	难论定
69	《九日陪皇甫使君泛江宴赤岸亭》	315	张雷，新编目录为畅当	畅当
70	《夏首犹清和》	181	张聿	难论定
71	《皇帝移晦日为中和节》	180	王季友	吕渭
72	《将赵东都上相公》	252	孙叔向	难论定
73	《南至日隔霜仗望含元殿炉烟》	180	王良士	难论定
74	《省试恩赐耆老布帛》	180	崔宗，新编目录及索引为李绛	李绛
75	《湖南观察使故相公袁公挽歌二首》	310	权德舆	刘禹锡
76	《九月九日勤政楼下观百僚献寿》	180	佚名	王涯
77	《南至日隔仗望含元殿香炉》	180	裴次元	难论定
78	《水》	163	马戴	张籍
79	《宿州江岸留别乐天》	288	张籍	白居易
80	《春日偶题》	157	佚名	白居易
81	《何处春先到》	157	佚名	白居易
82	《早春即事》	157	佚名	白居易
83	《南阳小将张彦硤口镇税人场射虎歌》	344	佚名	韦庄
84	《宿张云举院》	227	接白居易后署前人	姚合
85	《惜花》	323	佚名，新编目录为方干	方干
86	《律中应钟》	184	裴元	裴次元
87	《近无西耗》	299	敬方	难定论
88	《府试中元观道流步虚》	189，229	一作殷尧恭，一作殷尧藩	殷尧藩
89	《春风扇微和》	183	公乘亿	蒋防
90	《送苏绍之归岭南》	279	张佑	张祜
91	《赠僧云栖》	261	温庭筠	难定论

续表

序号	《文苑英华》收录的唐代诗歌			《全唐诗重出误收考》
	诗歌	收录卷目	作者	作者
92	《经杜甫旧宅》	307	殷陶	雍陶
93	《黄陵庙词》	320	李群玉	难定论
94	《过鲍溶宅有感》	304	刘得仁	许浑
95	《游钱塘青山李隐居西斋》	317	李郢	许浑
96	《将为南行陪尚书崔公宴海榴堂》	216	许浑	李群玉
97	《和宾客相国咏雪》	154	署前人,前一首佚名,新编目录为许浑	许浑
98	《风蝉》	330	佚名,新编目录为赵嘏	赵嘏
99	《上令狐相公》	263	项斯	赵嘏
100	《老圃堂》	314	薛能	曹邺
101	《谪仙吟赠赵道士》	229	李群玉	陈陶
102	《莲峰歌》	342	贾岛	温庭筠
103	《暨光大师草书歌》	338	贯休	司空图
104	《哭张籍司业》	304,305	304,佚名,目录张乔;305,张乔,题为《哭陈陶》	张乔
105	《龙潭》	163	韦应物	僧应物
106	《早春寄华下同人》	265	裴说	汤悦
107	《送邹尊师归洞庭》	229	杨逵	杨夔
108	《失题》	329	徐璧	徐楚璧
109	《送孙舍人归湘州》	381	梁陟	梁涉
110	《自商山宿隐居》	318	处一	苏广文
111	《留别中州故人》	288	灵一	难定论

另据陈贻焮先生主编《〈全唐诗〉增订注释》(文化艺术出版社2001年版)所考,《文苑英华》所收录的王勣、王绩疑为同一人;张潮、张朝疑为同一人;宋晢又为宋鼎;朱顾为李顾;梁钟为梁锽;杨逵为杨夔;杨希道疑为杨师道;刘瑗为刘媛;徐璧、徐安贞同人。

后　　记

本书是在我的博士论文的基础上修改而成的。当年博士论文画上句号之时，正值春暖花开之季，而今毕业已近六载。回眸往昔，感触颇多。

书卷浩如烟海，中国古代文学尤为博大精深。选择这一学科，就意味着选择了一种生活方式。2004年我有幸考入广西师范大学，跟随胡大雷先生研习古代文学六年。这六年是充实的六年，也是身心自由、纯粹宁静的六年。

胡大雷先生从不以固定模式限制学生，不以严厉语气批评人，而常能在关键之处启发学生。犹记最初进校，先生要求我们选择某一个作家文集，仔细研读，做出一篇论文。我选择了陶渊明，在查阅资料的过程中，发现不少人都在探究陶渊明笔下的桃花源在现实中的具体位置，在我看来这就是一个文人创作了一篇意境优美、生活理想化的作品而已，却有如此多人探究桃花源在哪，有何意义？请教先生，先生只说不用管有何意义，发现问题，探讨、解决问题，乐在其中就行。我以为先生会给我一次端正学习态度的教育，不料回答如此简单。等毕业之时回想，才知其中奥妙，学术自然是严谨的，然而凡事都要追求一种确定的意义，过于注重结果，反而会影响过程的进展。保持一种简单的好奇，才能感受到学术的乐趣。乐趣是一剂催生坚持力量的良药，唯有坚持，这份选择才能走向深刻。自己从对学术的懵懂认识到逐步了解再到主动探索，每一点进步都浸润着先生的心血。我博士论文的顺利完成更是得益于先生的悉心指导，在此对先生致以深深的感谢。

上海古籍出版社的赵昌平先生、北京大学廖可斌先生、河南大学王立群先生和广西师范大学古代文学教研室的张明非先生、沈家庄先生、王德明先生和杜海军先生在博士论文的开题或答辩中提出了宝贵的意见，使我受益匪浅；古代文学教研室其他老师的治学方法启发了我的思维，开阔了我的学术视野；广西师大学校图书馆、文学院资料室的老师在我论文资料收集过程中给予了默默地支持；另外，同学之间的相互切磋学习对我论文的完成提供了很多帮助。在此一并致以诚挚的感谢！

2010年从广西师大毕业后进入凯里学院工作已近六载。教书之余，我将博士论文不断打磨、修改，论文部分章节先后发表在《图书馆理论与实践》《中南大学学报》《广西师范大学学报》《山西师范大学学报》《重庆邮电大学学报》等学术期刊上，深表谢忱！

本书的出版，得到了教育部人文社会科学研究项目基金资助，中国社会科学出版社武兴芳女士对拙稿的出版付出了许多辛勤劳动，谨致谢意！

论文写作是一个艰难而又充满挑战乐趣的过程，对于自身学识的积累、学术思维的锻炼、意志的磨砺等都大有帮助。本书的出版是对我这几年学术研究的一个总结。当然遗憾也免不了，遗憾亦是一种鞭策，学术之路漫漫，唯有日后潜心求索，方得少些不安。

何水英

2016年2月